Martin Mader

AM ANFANG WIEDER DIE NACHT

Roman

Karla Ulrika EINS
2006

EINS

Wie das Aufschlagen eines Papiersacks, sage ich. Das Raketentreiben, der rabiate Raketenreigen über unseren Köpfen klang, als würde ein Sack aus Kraftpapier aufgeschlagen. Ein Rascheln. Ein Papierrascheln. Ein Kraftpapierrascheln, sage ich in den Raum. In den tauben Raum, nicht laut, im Raum ist es nicht laut, da ist es taub im Raum, im Wohnraum, im Wohnschlafraum, an den der dunkle Flur angrenzt. Ein abgedunkelter Flur, der zur Küche führt. Eine grüngekachelte Küche mit Therme drin, mit einer Gastherme drin, die sich entzündet und mich erschreckt, beinahe zu Tode mich erschreckt, jedes Mal aufs Neue, wenn sie mit letzter Kraft aus dem Delirium einer längst vergangenen Zeit erwacht.

ZWEI

Die Wohnungstür ist aus dickem Holz. Dahinter der Wohnraum, der Schlafraum, der Wohnraum als Schlafraum hinter der Tür aus dickem Holz, die sich in der Sommerhitze ausdehnt, so sehr ausdehnt, dass sie kräftiger ins Schloss gedrückt werden muss als in der kühleren Jahreszeit. Und hinter der Tür, da pocht es in meinem Kopf. Die Taubheit in meinem Kopf, der Staub vor meinen Augen pocht, pocht und streut, zerstreut das Licht des Vormittags, das milchige Licht des späten Vormittags pulsiert und zerstreut sich, verstreutes Staubpartikellicht, das aussieht wie Rauch, aussieht wie Rauch der rauscht. *Licht das rauscht, Licht das schwoll* und ich, *angstvoll bis ans Herz,* starre auf den Staubrausch, welcher teilt sich, er richtet mich. Er richtet sich empor, aus dem Rauch kriecht die Erinnerung hervor an die Silvesternacht vor fünf, sechs Jahren; die Silvesternacht neunzehnhundertneunundneunzig, die aus dem Erinnern hervorkriecht, die Erinnerung, die aus dem

Staubrausch sich erhebt, fast plastisch, denke ich. Zum Angreifen, die Erinnerung zum Angriff bereit, der Angriff aus dem Inneren, aus dem Erinnern heraus, und nochmals sage ich zu Marcel: Das rabiate Raketenrascheln über unseren Köpfen klang, als würde ein Sack aus Kraftpapier aufgeschlagen. Aufgeschlagen an Supermarktkassen, paff, paff! Sie entfalten sich, Nico, findest du nicht? Nico? Die Kraftpapiertaschen blähen sich auf mit einem Knall, bevor die Einkäufe dann darin verschwinden können; rasch, um die Einkäufe raschelnd darin verschwinden lassen zu können; paff, paff! In die Kraftpapiertaschen beim Billa etwa. Kunde um Kunde das Papiersackkraftpapierknallen, rief ich, ein überlappender, sich überschlagender Rhythmus an den Supermarktkassen, rief ich, Nico, warte, jetzt klingt es, als wäre der Himmel aus Stanniol, rief ich. Nico, bleib doch mal stehen! Hör doch, der Himmel eine funkenknisternde Folie aus Stanniol, findest du nicht? Nico? *Wo, wohin willst du eigentlich,* keuchte ich! Doch keine Zeit mehr. Da war schon die Zeit nicht mehr. Nicht mehr wie sonst. Ich musste ihm hinterher. Die Zeit war ihm vielmehr zu etwas anderem geworden. Eine Zeit ohne ein Davor. Eine Zeit ohne ein Danach. Ich musste ihm dann einfach hinterher, dem Nico.

DREI

Du musstest ihm also hinterher, fragt Marcel, als er sich aufrichtet, aus dem Halbschlaf, halb Gram, halb Schlaf, langsam aufrichtet. Eine gefaltete Luftmatratze wallt sich da gerade auf, bekommt Luft, Luft in den Bauch, atmet aus dem Bauch, aus dem Bauch durch den Mund heraus. Warm. Milchschaumwarm und bitter. Etwas verbittert, denke ich noch und schon stützt er sich auf, auf die Ellenbogen, auf die Ellenbogen drauf. Und er sieht mich an. Irritiert und irgendwie auch erleichtert, da ich augenscheinlich doch noch sprechen kann. Seine Augen sind zart wie Glas. Glas aus viel zu wenig Schlaf. Die Schlieren auf den Pupillen sind Traumreste, sinniere ich und: *warte, was,* fragt er, *du konntest nicht anders, musstest wem, diesem Nico?,* fragt er, *was? also ihm, hinterher? Und, ich weiß nicht,* sagt er, *ehrlich,* sagt er, *Karla, ich versteh's nicht, was war da los heute Nacht? Ich habe es dir doch immer wieder gesagt,* sagt er, jedes Wort, ja jede Silbe betonend: *ich habe es dir immer schon gesagt, dass das kein Spiel, dass das Zeug zu viel, es dir viel zu viel sein wird, irgendwann. Nur eine Frage der Zeit. Aber du, ach was! Weißt du, mir jetzt auch egal. Das musst du selber,* flucht er und steht dann auf. Steht auf und wankt durch den Flur. Wankt durch den Flur zur Tür, zur Toilettentür, und verschwindet im viel zu engen Raum. Ein für ihn doch viel zu enger Raum, denke ich, mit den gesprungenen Fliesen, die sich langsam lösen. Fliesen, die sich aus den Fugen lösen und die Risse offenbaren. Die Risse in der Wand, denke ich, hinter den gesprungenen Blumenmusterfliesen, da zeigen sie sich.

VIER

Marcel ist groß. Fast ein Meter neunzig. Und hager. Seine Haare sind kraus und leuchtend. So goldlockig leuchtend, nicht nur im Vormittagslicht, beinahe goldbraun sind sie. Ein ungewöhnlich schönes Braun. Die Augen hingegen grünstichig und blitzend. Die Lippen spitz und schmal. Die Nase zu einer leichten Kurve gebogen. Seine Garderobe besteht beinahe seit einem Jahr aus schwarzen C&A-Hemden sowie schnöden Cordhosen, welche er mit ausgetretenen Sneakern kombiniert, die mitten im Zimmer liegen, die wie immer unter all meinen Dingen sich befinden, sich in meine Wäsche und Zeitungsberge eingliedern, als wären sie gestreut, das

Chaos wie aus einer Hand auf meinen Fußboden kuratiert worden. Dann lasse ich meinen Blick zu unseren Taschen, zu seinem Rucksack schweifen und ärgere mich. Marcel, denke ich, das Chaos wurde uns nur aus deiner Hand bereitet und in meinem Kopf, da sticht's, da pocht's. Da klopft's immer noch, bis ich erinnere, mich wieder an mich selbst erinnere, wie ich irgendwann zu Marcel: *Du erinnerst mich noch immer an den schillernden Technotempel-Besitzer,* sagte. *Oder vielleicht, ja, lass mal sehen,* und ich bildete kleine Schlitze mit meinen Augen, spielte die Konzentrierte: *In diesen schwarzen Hemden vielleicht auch an einen gentrifizierten Szenepizzerienbesitzer. Das wird so nichts. Radikaler müsste sie sein, deine Veränderung. Die äußerliche, meine ich, um mit deiner inneren mithalten zu können* und versuchte sogleich beschwichtigend zu grinsen, setzte gute Miene auf zum ernsten Treiben, zum ernsten Spiel, das sich spiegelt, sich an Marcel auch oberflächlich widerspiegelt. *Es stimmt eben doch, man bekommt den Menschen zwar aus der hippen Fasanstraßenkaste, aber die Kaste bekommst du wiederum nicht so einfach aus dir selbst heraus,* setzte ich noch einen drauf. Dann fiel mir noch ein, dass ein Kamel eher durch ein Nadelöhr geht als Marcel unter die, ja, unter was eigentlich? Unter die Gentlemen's-Club-Besitzer? Unter die Möchtegernzuhälter, die sich an die Garderobe ihrer Durchschnittsklientel anpassen wollen? *Oder wie auch immer du jetzt aussehen möchtest,* schob ich noch hinterher. Ich lachte locker und rollte doch so unsicher wie noch nie ein Stück Karton, das ich aus der Zigarettenschachtel gerissen hatte, zu einem Filter.

FÜNF

Nach meinen ersten Versuchen, Marcel aus der Reserve zu locken, um mit ihm irgendwie ins Gespräch zu kommen, um endlich wieder in einen Austausch zu gelangen, wandte er sich noch ab. Verlegen wandte er sich ab und murmelte unverständlich vor sich hin. Irgendwann blieb er stumm, ließ Wasser auf den leergegessenen Teller fließen und das Besteck scheppernd in die tiefe Aluminiumwanne plumpsen. Dann Stille. Stille wie nach einem Schuss im Wald. In einem Wald voll dumpfem Schnee. Und getroffen schleppte sich das Reh in ein Loch, leckte sich übers Fell. *Das kam überraschend,* dachte ich noch, war er doch sonst selten um einen Konter verlegen; wumm! dann flog schon die Wohnungstür zu mit einem Knall. *Mit einem Schlag der Welt entrückt.* Der Schlüsselbund fiel klackernd zu Boden. Lächerlich, ich komme mir jetzt lächerlich vor, wenn ich daran denke, und richte mich auf. Ich zünde mir eine Zigarette an, und das Fotoalbum neben mir, das klappe ich zu, *in Windeseile,* als könnte ich Nico, als könnte ich so wenigstens die Silvesternacht neunundneunzig noch eine Zeit lang unter Verschluss halten.

SECHS

Für einen Moment schien es, als würde Marcel der alte werden. Als er wiederkam, trug er Schnauzer, der Vollbart war weg, abrasiert. Auch seine Lethargie, so hofften wir, abrasiert. Die Hemden und Cordhosen waren einem abgewetzten Tweed-Anzug sowie einer grünen Melone gewichen. *Vielleicht wird's ja wieder,* womöglich hatte sich Marcel gefunden, zu sich selbst zurückgefunden. Er trug wieder schräge Klamotten und einen Schnauzer, sogar mit aufgezwirbelten Enden. Enden, als stünden sie unter Strom. Doch irgendwann fletschte er mich an, fletschte mich Marcel vor all den anderen im Koma mit einer so finsteren Miene an, dass ich am liebsten gelaufen wäre, auf der Stelle, *auf und davon.* Er stapelte eine Kiste, eine Kiste über die nächste Bierkiste. Alle waren sie da, im Lager hinter der großen Theke waren wir wie gebannt, starrten auf die Szenerie in der Erwartung, getroffen zu werden von einer Laune, die neu war, die neu an Marcel war, so kannten wir ihn nicht. Und da standen wir und horchten, horchten und duckten uns, schmiegten uns aneinander an, gespannt an den anderen dran, und er hob weiterhin Kasten um Kasten, einen nach dem anderen zu viel zu hohen Stapeln, er wuchtete sie mit so viel Kraft, dass so manche Flasche brach, es klapperte und klirrte. Keine Beschwichtigung kam ihm bei, bis der Spuk versiegte, Marcel vor Erschöpfung schwieg, ja, schweigen musste und das Lager schwitzend hinter sich ließ. Erst nach Stunden kam er wieder und katapultierte sich, *as loud as possible,* in die Nacht. Er transformierte sich trinkend und tanzend in die Musik, in die Musik in seinem Club, die den Schrei verschluckt, die seine Schreie versteckt, die seine Wirren verenden, endlich enden lässt und wieder in Jauchzen wandelt, Marcel wieder in Jubel und Tanz verwandelt. In Hedonismus, in seinen so ansteckenden Überschwang. Und auch am übernächsten Wochenende dann, da ließ er den Schnauzer wieder stehen. Und wir würden sehen, wir würden ja sehen, wie es wird, sagten wir uns, wie die erste Sex&Balances-Party nach dem Krach, nach dem Konflikt zwischen Marcel und den Erfinder:innen der Reihe werden wird. Der Name der Party blieb. Das Logo, die Flyer und Plakate wie gewohnt. Wir waren also guter Dinge, dass alles ausgestanden, dass sich die Beteiligten wieder verstehen würden und sich verständigt hätten. Doch die Gäste dann wieder andere im Koma, wieder ganz andere in der Sex&Balances-Partynacht im Koma-Keller, in Marcels *unterem Gewölbe.*

SIEBEN

Plötzlich also wieder gewöhnliche Gäste mit gewöhnlichen Klamotten unter den Resten unseres Stammpublikums. Unter den schrillen Verbliebenen, die sich aufs Neue blauwunderten und gelbärgerten über die Gäste mit den schüchtern glitzernden Gesichtern, in denen verstohlene Augen unverhohlen glotzten und sich an der Bar entlang, an der Wand bei der Bar entlangtasteten, als wüssten sie selbst, dass sie fehl am Platze waren. Sie alle warteten auf ein Zeichen von Marcel, dessen Schnauzer etwas schmaler ausfiel und auch die Enden fielen aus, die Ende fielen ab, nach unten ab, einem traurigen Smiley gleich, dachte ich und *was soll das denn jetzt wieder,* fragte ich ihn entsetzt und ich schaute in sein Gesicht wie in einen tiefen Schacht, als er einfach öffnete, das gusseiserne Tor für die unverhohlen Glotzenden einfach öffnete. Keine Checks der Outfits, kein Sicherstellen, dass bei der sexpositivity Party auch nur kinky Outfits zu sehen waren. Kein Awarenessteam des Veranstalters. Weit und breit niemand, der in letzter Instanz entschied, ob Zutritt gewährt wird oder nicht. Keine Instanz, die kontrollierte, ob alle wirklich alle Regeln, alle Kleider- und Verhaltensvorschriften einer solchen Party kannten und sich hielten, sich an diese auch hielten!, um zu unterstützen, um unsere Gäste vor Ungebetenem zu schützen, kein: *Bitte halte die Vorgaben ein oder du musst leider gehen;* alles fehlte. Nur Marcel stand noch da. Marcel, der freundlich lächelte unter seinem Trauersmileyschnauzer und *viel Spaß* sagte. Und ich war dann keineswegs erleichtert, als er lachte, als er wieder sein Marcellachen ansatzweise lachte und fragte: *du dachtest wirklich? Nur wegen des Anzugs und des Schnauzers?* Ja, der Schnauzer, rief ich ihm zu, während die aufgeregt murmelnde Horde sich an uns vorbei in den Keller duckte. Den Schnauzer nannte er dann eine Reaktion, eine bloße Reaktion auf meine ständige, auf meine beständige Provokation. *Du dachtest, ich würde diesen Verein mit seinen Aufpasserteams, mit seinen Moralaposteln, jemals wieder die Partys im Gewölbe veranstalten lassen? Das mache ich ab jetzt selbst!* Und er lächelte mich dann an. Triumphierend. Mir schien, auch ein klein wenig entschuldigend. Er öffnete das gusseiserne Tor, gab den Weg frei, den Weg für all die aufgeregten Augen ins Gewölbe. Unkontrolliert, unselektiert. Und es war, als wäre nun ein Band geknüpft, das uns zusammen fest verschnürte. Denn ab jetzt würde ich ja wissen, wie es zu verstehen, wie dieser Schnauzer zu verstehen sei. Seine Entscheidung wäre endgültig und ich verstand nichts, *dabei verstand ich doch nichts!* Gute Miene zum traurigen Spiel? Oder umgekehrt? Tat es ihm insgeheim leid, dass er sich mit seinen Partner:innen überworfen hatte? Oder wurde Marcel vollends zum Zyniker und sein Schnauzer zum Zitat, zum zynischen Zitat eines Ichs, das es nicht mehr gab, das vergangen war und als gespenstische Reminiszenz, als Mahnmal in seinem Gesicht erhalten blieb? Marcel war zu seinem unheimlichen Doppelgänger geworden, zu seinem bösen Zwillingsbruder, dachte ich noch, als er nach dem letzten Gast das Tor zum Gewölbe schloss. Er zwinkerte mir zu und drückte mir einen Umschlag in die Hand. Den ersten von vielen. *Nur zur Verwahrung,* wie er sagte. *Jetzt aber weiter. Die Arbeit.*

ACHT
2006 und 1999

Das Dröhnen der Lüftung saugt den Raum auf, nimmt den Raum in sich auf, übertönt, überdröhnt das Brummen des Kühlschranks. Ich füttere die Katze, die begierig frisst, und ich weiß nicht, denke ich, ich weiß immer noch nicht, was wir tatsächlich voneinander wissen, wie wir all das verstehen müssten. Er hat seither nie wieder was gesagt, nur vorausgesetzt, seither stillschweigend vorausgesetzt: *Ich will gar nicht wissen, wie. Pass einfach nur darauf auf.* Bis dann vor Tagen, bis dann vor fünf, sechs Tagen neue Ansagen kamen. Dass es bald so weit wäre. Dass er auf mich zukäme, *wegen der Umschläge,* wie er sagte. Nicht mehr, nicht weniger. All die Fragen, die daraus resultieren, ließ er auf sich beruhen, lässt sie weiterhin in der Luft, lässt sie unbeantwortet über den Koma-Nächten hängen und fängt mich, denke ich, so fängt er mich, so fängt es an. Mit einer kleinen Geste, mit einem Augenzwinkern, fängt es an, ein neues Kapitel für mich, denn seither bin ich schuldig, womöglich an etwas mitschuldig, das ich nicht verantworten, aber ausbaden, irgendwann selbst ausbaden kann, denke ich, und dann Nico – die Gedanken mit einem Mal wieder bei ihm in unserer Nacht, in der Silvesternacht neunundneunzig.

Wie ich lief,

ihm hinterherlief. Die kalte Luft in meiner Lunge brannte, *egal,* dachte ich. Ich lief ihm einfach hinterher. Aus dem Dorfzentrum von Oberbach in Richtung Almbaumsiedlung. Er rannte schnell, der Nico, so schnell und entschlossen durch die Jahrtausendwendesilversternacht, dass sich meine Lungenflügel krümmten vor Kälte. *Egal,* sagte ich mir, so kannte ich ihn nicht, den Nico. Ich musste ihm hinterher, erinnere ich mich. Damit fing es an. Am Anfang war das Vertrauen, ein Hinterherlaufen. Mit Marcel passiert mir das nicht.

NEUN

Marcel hätte sich mit mir beraten, sich mit mir verständigen sollen wie eh und je. Sich mir verständlich machen, auf die selbstmitleidigen Monologe, auf die Wutausbrüche, auf sein Schweigen verzichten, rechtfertige ich mich, während ich seinen Rucksack durchsuche. Dann hätte es nicht so weit kommen müssen, versuche ich mich zu beruhigen und mein Kopf, der dröhnt. *Du bist selber schuld, nicht ich, du, nur du,* sage ich halblaut, während ich seinen Rucksack durchwühle und Sand unter meinen Nägeln fühle, Sand von unserem Besuch am Fluss, von unserem Bad am Strand, vom Sonnenbad am Flusssandstrand, aber nichts finde, nicht wirklich etwas finde, *schon wieder nichts,* fluche ich. Nur die üblichen Umschläge und das Akkuladegerät und die Bartschere, die Bartschere!, mit welcher er seinen immer undurchdringlicher werdenden Vollbart akribisch pflegt. Millimeter für Millimeter, obwohl er spätestens seit den ersten Umschlägen viel Wert darauf legt, seine sonst so exzentrische Eitelkeit vor der Welt zu verstecken. Und ich verstehe nicht, ich verstehe das immer noch nicht, welches Spiel Marcel jetzt spielt. *Ich will eben kein eitles Szeneklischee mit Hut und Hipsterschnauzer mehr sein,* erklärte er einmal lapidar. *Dekadenter Schnick-Schnack das alles,* wie er sagte und gegen die buntschimmernde Sonnenbrille schnippte, sie vom Tisch schnippte, sodass sie fiel, vom Tisch auf den Boden fiel, und das Glas, das sprang, das aus der Fassung sprang, knirschte, die vielen kleinen Splitter knirschten unter seinem Schuh.

ZEHN
2006 und Silvesternacht 1999/2000

Was zu Hölle ist sein Problem, fluche ich und stelle seinen Rucksack in die Ecke zurück. Seine Wandlung ins Dunkle, sein *einsamer Wandel auf abgelegnen Pfaden,* zu radikal, abnormal brutal und zerstörerisch, sich selbst und seinem liebevoll gehegten Club gegenüber. Eigentlich kann das doch gar nicht sein, das darf einfach nicht wahr sein, denke ich und untersuche die Seitentaschen seiner Cordhose. Probleme mit dem Koma sind doch nichts Neues! Marcel war bisher ein unerschütterlicher Fels, zur Not ein Taschenspieler, welcher mit einem gekonnten Trick den nächsten Innovationsschritt aus dem Hut zauberte. Also was, wenn wir uns täuschen, wenn wir uns alle in ihm täuschen, und Marcel uns nur einen Schritt voraus war oder zwei? Vielleicht sogar zwei Schritte in seiner langweiligen C&A-Cordhose. Das ist Marcel doch inhärent, so viel weiß ich doch, auch wenn es derzeit nicht danach aussieht, auch wenn er nicht wie sonst danach aussieht. Und ich merke, wie es nagt, wie der Zweifel wieder an mir nagt. Möglich, dass ihm die Situation weniger entgleitet, als wir alle denken, und die Umschläge erfüllen einen ganz bestimmten Zweck, eine Wendung zum Guten nicht ausgeschlossen, denke ich jetzt, ach, was weiß ich! Und ich sehne mich dann nach Flucht, schon wieder, diese Gedankenflucht, der Gedanke an Flucht drängt aus mir, drängt mich hinter die dicke Tür aus Holz, springt in mir vor und zurück zugleich und ich möchte weg, raus, wie aus der Silvesternacht vor fünf, sechs Jahren.

Aus dem zähen, sich unaufhörlich dehnenden Moment. Raus aus dem ausgedehnten Gefühl des Aufpralls, des schleudernden Wagens, des nach links schlingernden Wagens. Weit weg aus dem Schneerauschen wollte ich. Aus Oberbach weg, in die Stadt. Raus aus dem lauten Blutrauschen in meinen Ohren, aus dem Knistern und Summen der Schocksekunden, die sich in mein Ohr spannten und die Stille vernichteten, für immer vernichteten. Ich sehnte mich raus aus dem Wagen, der nun zusammengesackt da lag. Halb im Graben, endlich halb im Graben lag. Weg von dem blaulichternden Krankenwagen im Nebel, Schneenebel, dem nervösen Blinken der Polizeiwagen, die wie Risse waren, Risse im Gefüge.

ELF

Mein Telefon vibriert in der Tasche. Die Tasche neben meiner Stoffhose, die am Boden liegt wie der Umriss einer Leiche im Sonntagskrimi. Marcel entgleitet nichts, denke ich. Es ist Absicht hinter allem. Selbst hinter seiner Typveränderung befände sich noch eine weitreichende Strategie, deliriere, ja hyperventiliere ich und mir dröhnt Puls den Hals entlang bis in den Kopf. Warum er diese nicht teilt, warum er sich selbst mir nicht mehr mitteilt, ich weiß es beim besten Willen nicht. Aber eines ist gewiss: Geschickte Inszenierungen sind der Ursprung seines Erfolgs! Erinnere dich daran, erinnere dich doch daran! Vorsicht ist Programm. Und es sticht in mir, es sticht in mir dieser Gedanke, der Gedanke an die legendäre erste Kampagne für das Koma, an der wir gemeinsam gearbeitet haben. Es sticht in mir jener Gedanke auch den an Nico ab. Für den Moment verdränge ich wieder die Nicogedanken, *konzentriere dich auf Marcel,* sage ich mir, verdränge jegliches Gefühl in dir und friere, mit einem Mal friere ich wieder wie in der Silvesternacht vor fünf, vor sechs Jahren, obwohl die Hitze bereits zehrt und zieht, in sämtliche Ecken der Wohnung kriecht. Und mir ist, als würde sie schimmern, sogar schon schimmern im Zimmer wie Ölpfützen auf Wüstenstraßen, doch ich wälze mich dann bibbernd auf die Matratze zurück. Ich ziehe mir die Decke über den Kopf. Ich suche mit den Füßen nach Marcel und mir, nach der gespeicherten Körperwärme der letzten Nacht.

ZWÖLF
2001

Zwei Wochen lang fuhren wir für jeweils eine Stunde pro Tag mit dem Fahrrad durch die Stadt. Wir zogen ein kleines Transparent wie eine Fahne hinter uns her. Darauf war ein Countdown zu sehen. Noch 14 Tage, noch 13 Tage und so weiter. Zu sehen war auch eine Mailadresse. *Zur Voranmeldung,* stand darunter. Und nach nur vier Tagen waren schon so viele Mails eingelangt, dass per Los entschieden werden musste, wem Zutritt zur Eröffnungsparty gewährt wird. Später mussten sich die Gäste sogar bei ihm um eine Einladung zu Events bewerben. Es gab kein offizielles Datum mehr. Es wurden nur noch jene ausgesucht, die die kreativsten Bewerbungen und die besten Fotos an die stets wechselnden Mailadressen sendeten, die auf subtilen Hinweisen in der Stadt gefunden werden konnten. Und dann kam irgendwann eine Einladung. Man war also entweder dabei oder eben nicht. Marcel ist der Erfinder einer geheimnisvollen, aber keineswegs geheimen, einer exklusiven, aber nicht abgehobenen Schnitzeljagd. So etwas schüttelt niemand aus dem Handgelenk und wirft es danach arglos weg. Dann vibriert wieder das Telefon. Ich stelle es stumm.

DREIZEHN

Mir ist schwindelig. Ich überlege, mir Kaffee zu kochen. Und ich frage mich dann, frage mich wie so oft in letzter Zeit, ob Marcel nicht vielleicht doch einfach nur gebrochen ist? Und folglich, ob nicht weitere Gespräche nötig, ja, das geeignetere Mittel wären, um zu verstehen, um womöglich mit ihm gemeinsam umzudrehen, noch einmal in die Pedale zu treten und das Koma anzukurbeln? Hätte er das nicht verdient?, werfe ich mir vor, sollte ich ihn nicht sogar schützen, ihn vor sich selbst, seinem Team in Schutz nehmen und nicht umgekehrt? Nicht umgekehrt! Ich strecke die Beine aus und sehe die vielen Pflanzen an. Große grüne Gewächse, fast schon Bäume, die ungeniert vor sich hinwachsen. Seine Welt hätte sich gegen ihn gewendet, ließ er neulich wieder vor mir fallen, als wir uns suchten, als wir uns auf meiner Matratze liegend einmal mehr zu erklären versuchten. *Warum soll ich mich ihr wieder zuwenden? Vertrau mir einfach, es ist alles in Ordnung, mach dir keine Sorgen;* und ich konnte, ich kann nichts mehr erwidern, da ich irritiert bin und glaube, ihm tatsächlich abkaufe, dass er getroffen, dass er nur ein Fass ohne doppelten Boden ist. Ein Fass, das für den Moment nichts mehr aufnehmen kann. Das sich verschließt und absichert, mit allen Mitteln vor dem Zerbersten schützt und dafür instinktiv das Schlechte in einer Welt sieht, um Gleiches mit Gleichem vergelten, um mit einer Welt abrechnen zu können, die bisher mehr als fair zu ihm war. Da muss er durch, möchte ich denken, da könnten wir auch gemeinsam durch, sollte man denken!, wenn nicht ich selbst, wenn mit ihm nicht so viele andere am Koma hängen würden.

VIERZEHN

Ungekannt schwermütig und dunkel wirkt er in solchen Momenten. Schwarz sein Blick und alles um ihn herum. Und so sah er zuletzt auch aus, schaute verloren aus dem Fenster in den Garten raus, in den Innenhof hinter jenem Haus, in welchem sich sein Club, das Koma befindet; und er kämpfte an gegen das Licht, überall das Licht, welches knurrte ihm ins Gesicht, und er las über Ökokatastrophen in der Zeitung, von Lebensräumen und Vergiftungen, von Krieg und Explosionen, *Explosionen und Kampfhandlungen sind in Beirut angekommen,* trug Marcel mir vor. Explosionen auch am Immobilienmarkt, sagte er und kniff die Augen zusammen, kniff die Augen zusammen gegen die Migräne, kämpfte an gegen das gleißende Licht und er dreht den Spieß einfach um, denke ich jetzt. Er zieht Kraft, zieht Kraft aus der Verzweiflung, aus der Verzweiflung in der Zeitung, zieht Kraft aus dem Scheitern der Welt, weil er ebenfalls Anklage erheben möchte. Anklage gegen all jene erheben, die sich auf der guten Seite wähnen und auf ihn herabblicken, ihm kein Vertrauen mehr entgegenbringen und nicht offen wären für neue Perspektiven, für *seine* Strategien in seinem Club, *in meinem Club,* wie er betont. Stattdessen Herabwürdigung mit Blicken, *deine eingeschlossen, Karla.* Und das in einer Zeit, die von vornherein von hehren Zwecken und Zielen befreit zu sein scheint, die nur den Eigensinn kennt und dennoch in Opfer und Täter unterteilt. *Opfer und Täter,* fluchte er in seinen Club, *verflucht! Obwohl jeder beides zugleich sein kann und meistens auch ist. Und dafür verantwortlich bin nicht ich. Ganz sicher nicht!* Und ich kann nicht erkennen, ob er glaubt, was er sagt, oder ob er diese Opferhaltung nur für sein eigenes Wohlbefinden braucht, oder ob er nicht doch eine Reaktion auf die vielen Vorwürfe wegen der Partys im Gewölbe schmiedet, die mit jedem Wochenende, die mit jedem Umschlag anwachsen werden. Ich kann ihn nicht einschätzen, ich kann nicht und es macht mich verrückt! *Muss ich aber auch nicht,* ermahne ich mich. Werde bloß nicht schwach. Gespräche und Gebärden gab es zuhauf, *irgendwann ist genug!,* sagten wir uns im Koma. *Konzentriere dich also auf das Wesentliche,* sammle ich mich und kratze, kratze über meinen Fuß, der juckt, der mich so unendlich juckt. Und ich lehne mich zurück und bleibe ruhig, bleibe ruhig, so gut es geht, da Entscheidendes bevorsteht, meine Zeit, die nicht mit

Marcel zu Ende geht, ermutige ich mich. Gutzumachen hätte ich nämlich so einiges, nicht nur an Nico, denke ich, sondern auch an Judit. *Reden wir nicht darüber,* sage ich zu mir, *da reden wir jetzt nicht darüber.*

FÜNFZEHN

Marcels Wandel begann mit den Anrainer:innen, die sich über nächtlichen Lärm beschwerten, rekapituliere ich dann auf der Matratze liegend. Hinzu kamen etliche Schwierigkeiten mit der Stadtverwaltung, die von Lärmschutzauflagen bis hin zur Müllentsorgung reichten. Und schließlich versiegten nach und nach die Subventionen für jene Künstler:innen und Vereine, die sich bei ihm einmieteten oder solch erfolgreiche Partys wie die Sex&Balances-Reihe veranstalteten. Daraufhin beschloss Marcel, die Stockwerke über dem Koma zu räumen. Er baute die Ateliers und Co-Working-Spaces zu kleineren Wohneinheiten um. Zunächst war es für viele nicht abzusehen, was Marcel im Schilde führte. Er behielt seine Pläne für sich. Die Räume sind nicht besonders groß, notdürftig ausgestattet und liegen direkt über seinem Club. Alle rätselten – wer sollte denn diese über einer Partymeute mieten? Doch als die ersten Damen einzogen, blickten wir argwöhnisch auf Marcel. Zwar betrieb er weiterhin einen der besten Clubs der Stadt. Doch bei seinen Partys, insbesondere bei jenen im unteren Gewölbe, für die das Koma zuletzt so geschätzt wurde, da sie safe waren sowie vom Sex&Balances-Verein bestens organisiert. Ausgerechnet dort tauchten Marcels neue Mieterinnen in hochhackigen Stiefeln, in Lack und Leder wieder auf. Sie mischten sich unters Partyvolk, fügten sich selbstverständlich in die Nächte, in die Koma-Nächte ein, und erst nach und nach dämmerte, dass sie im Koma selbst ihrem

Gewerbe nachgingen, dass Marcel es gar, ja, was, duldete? Leitete? Unter unser aller Augen klammheimlich im Koma etablierte? *Die wohnen hier nur, was soll's?,* feixte Marcel und stellte sich sichtlich ahnungslos, sortiere ich für mich auf der Matratze liegend. Er schien in Kauf zu nehmen, es sogar zu begrüßen, dass sie nicht nur die Veranstaltungsreihe Sex&Balances sabotierten, sondern alle Formate, die sich im Koma etabliert hatten und händeringend nach Wegen suchten, sich dort halten zu können. Er torpedierte also nicht nur seinen eigenen Club. Er torpedierte uns alle. Und er verdiente sicherlich auch daran. *Nicht zu knapp,* wie es hieß, wie es schnell hinter vorgehaltener Hand hieß und sich womöglich in den Umschlägen bestätigen würde. Er beging Verrat an seiner Szene, die Wert auf Sensibilität und Correctness legt. Eine Szene, die seine wirtschaftliche Konstante darstellte und auch mit weniger Subventionsgeldern einen Weg hätte finden können, ihre Veranstaltungen aufrecht zu erhalten. Doch was macht Marcel? Er macht die Partys ab jetzt einfach selbst. *Wer braucht die Spießer schon? Ich nicht.* Dass er zwei Sphären der Nacht, dass er das Rotlicht mit der Clubkultur auf so neue wie innovative Weise vereinen würde, wie er zuvor etwa Clubkultur mit Performancekunst im Koma verschmolzen hatte, wollte ihm niemand mehr glauben. Zu dunkel und verbittert, zu zynisch wirkte Marcel nun auch in seinen dunklen Hemden und den Cordhosen. Seine positive Energie war verschwunden und ins Gegenteil verkehrt. Er war nicht mehr der Marcel, der einst auch die Kreativwirtschaft mit ins Boot geholt und eines Tages Co-Working-Spaces in den oberen Etagen aus dem Boden gestampft und an Grafiker:innen und Designer:innen vergeben hatte, um das Koma neu aufzustellen. Dieser Schritt ist anders, bestätige ich mir, er ist aggressiv.

SECHZEHN

Die Klospülung rumpelt. Die dröhnende Lüftung verstummt. *Nun erzähl schon,* sagt Marcel und schlurft mit hängendem Kopf an mir vorbei. *Was war da los bei dir heute Nacht?* Und er zieht, nein, er schnieft die schimmernden Rinnsale in seine Nase, wischt mit dem Handrücken die kleine Kerbe unter der Nase trocken und legt seine Geldbörse in den Rucksack zurück, zückt daraufhin die Umschläge, sogar mehrere Umschläge aus beigem Papier, DIN A4, und legt sich mitsamt seinem Tabakbeutel zu mir wieder auf die Matratze. Er zündet sich die selbstgedrehte Zigarette an. In seiner Lunge prasselt es. Es prasselt wie Regen auf einem Zeltdach, denke ich, und er entnimmt den Umschlägen einige Geldscheine, zählt zufrieden vor sich hin. *Eine gute Nacht, trotz allem, trotz allem,* murmelt er.

SIEBZEHN

Dann flirrt eine Fliege, eine Fliege flirrt und landet fast, fast berührt sie seine Lippen, ihre Beinchen an seinen schimmernden Lippen für einen Moment, ein Kribbeln, welches das Zählen unterbricht; dann ist sie fort. Sie flirrt durchs Licht, durchs Staubpartikellicht, und nur das Flirren der Fliege vor meinem Gesicht, bis er: *was wolltest du mir eigentlich erzählen, Karla. Oder eben nicht mehr erzählen?,* fragt. Und er stellt mich, stellt mich mit seinem Blick, während meiner noch bei der flirrenden Fliege ist. Er fragt nach mir *und diesem Nico,* wie er sagt und dabei vor allem die letzte Silbe betont. Und er sieht mich weiter an, *markdurchdringend,* wäre wohl die gängige Wendung. Oder: *eindringlich, eindringlich,* ja, *eindringlich* mustert er mich mit seinen blauviolett umschatteten Augen. *Seit Tagen versuche ich zu erfragen,* raunt er, *warum du so zerfahren, warum du so aufgekratzt, im buchstäblichen Sinn aufgekratzt bist! Erzähl mir nicht, dass es dem Koma oder mir geschuldet wäre.* Mit diesem Nico hätte es zu tun. *Nicht wahr?*

ACHTZEHN

Und dann denke ich an die Nacht. An die vergangene Nacht. Und ich frage mich: *War mein Hinterkopf gegen die Kabinenwand gekracht? Nein. Ich hatte ihn selbst krachen lassen, ihn gegen die Hartplastikwand im Koma geschlagen, neben der Toilette sitzend, neben einem Eimer mit Lappen und Putzmitteln sitzend gegen die Wand geschlagen, dass es nur so krachte, ja, dass ich sogar verbrachte, die frühen Morgenstunden im Krankenhaus verbrachte.* Und in mir zieht die Erinnerung, zieht und sägt die Erinnerung an Nico, die Erinnerung an Marcel und das Koma, an allen Ecken und Enden. Eine Nacht als vorbeiflitzender, als stechender Lichtblitz im Augenwinkel. Trübe wie das Abwasser im Eimer. Schon jetzt weniger Erinnerung als ein Blutgeschmack, ein Geschmack von Blei im Mund, von Blei und Chlor im Mund. Und mit jenen Fetzen, mit dem abwassergetränkten Fetzen aus Erinnerung, wird es wieder mehr, wieder mehr Blei im Mund, Blut im Mund. Doch ich schlucke. Schlucke das Blut, nehme es wieder auf, so wie ich das Morgengrauen heute in Kauf nehmen musste. *Ein Morgengrauen,* dachte ich: Das Grauen vor einem Anfang, Grauen vor dem, was vor mir liegt, vor dem, was noch kommen wird, an Nico dachte ich, an seine Nachrichten, die vor wenigen Tagen bei mir ankamen:

Ich bin wieder in Oberbach.

Ich kann da aber nicht bleiben. Nico.

Und dann wieder Marcel im Sinn, wie er begraben liegt, eingeklemmt unter seinen Entscheidungen im Koma, all das hat sich in mir stark gemacht, die Nachricht:

Wo bist du, Karla? Ich muss raus aus Oberbach. Nico.

Sie hat sich so stark gemacht, sich mit aller Macht Platz verschafft, sodass sie gepocht, meinen Hinterkopf an die Wand, an die Kabinenwand geschlagen hat, bis Blut, bis überall Blut an der Kabinenwand entlang, entlangrann, während im Gewölbe sich noch drehten, alle sich noch drehten, Menschenschemen, die sich hinter Gitterstäben regten, Schemen, die sich um Stangen drehten. Traurig tanzende Trabanten. Trabanten, die sich rund um sich selbst drehten, die sich rundherum im Nebel drehten, rund um jene Frauen; Frauen getaucht in falsches Kerzenlicht, gewandet in knappe Fetzen, Stroboskoplichtfetzen, und Marcel sagt: *Ich will ja verstehen. Also bitte, weiter, weiter hinterher,* sagt er, *du musstest in der Silvesternacht diesem Nico hinterher, weil was? Eine Art Vakuum, eine Art Raum-Zeit-Vakuum euch einsog? Oder der Orakelspruch aus Delphi sich erfüllte? Der Schicksalsbrand entfachte sich, nein, der Schicksalsbrand wurde entfacht in nur einer Nacht von diesem Nico und droht noch heute dich zu versengen? Ist es das?*

NEUNZEHN

Ich zögere. Zögere seiner Tonlage wegen. Zögere der vielen Fragen wegen in meinem Kopf, wegen des Blutgeschmacks im Mund und flüstere: nein, flüstere ich, nein, nein. Und überlege vor mich hin: kein Raum-Zeit-Vakuum, kein Schicksalsbrand. Eher war es ein Gefühl an jenem Abend, das mich Nico folgen ließ. Damals, vor fünf, nein, vor mittlerweile sechs Jahren. Ein ganz und gar einnehmendes Gefühl. Kein Schicksal, sondern Unvorhersehbares, Unlenkbares, Ungreifbares – wie eine Erinnerung aus Kekskrumen. Das versuche ich zu sagen, das versuche ich dir doch zu sagen! Aber das gehe nur von einem Anfang an. Von irgendeinem Anfang. Und ich wüsste noch nicht genau, sage ich ihm, wo ich diesen finden, den Faden wieder aufnehmen kann, der sich seit jener Nacht knäult und weiterknäult, zu einem unauflöslichen Durcheinander sich verwickelt und als Unbehagen vorhanden ist, als schürfendes Gefühl von einer Nacht, die vor sechs Jahren stattgefunden, nein, sich ereignet hat. Ja, ein Ereignis war sie, mindestens. Und dann ein Gefühl, das von diesem blieb, sage ich. Von einem ekstatischen Ereignis und dessen Beben, sage ich, dessen Nachbeben selbst noch die vergangene Nacht zum Einsturz gebracht haben.

ZWANZIG

Ein Gefühl kann dich doch nicht derart aushebeln, Karla. So was kann doch nicht, und Marcel bricht, Marcel bricht ab, mitten im Satz bricht er ab und starrt, starrt auf meinen Schrank, den alten Kleiderschrank mit Metallbeschlägen und der schräg hängenden Tür. Ein zäher Moment, denke ich. Er starrt auf das kaputte Scharnier, glaube ich. Ein Moment, der aus gedehnten Sekunden besteht. Den zähen Sekunden vor dem Aufprall, den Sekunden nach dem Aufprall, den Sekunden des Rumpelns über einen Rumpf. Warnblinkanlagensekunden – Tik, Tak, Tik, Tak-Sekunden, in denen die Hoffnung eine Sekunde, eine Sekunde die ausgedehnte Hoffnung, dass es nur Schnee oder ein Tier im Schnee, vielleicht ein Ast, und *ich bin mir nicht nur nicht sicher, was du meinst,* bellt Marcel jetzt, bellt mich zu sich zurück, *sondern dass du etwas rechtfertigen möchtest, bevor du überhaupt angefangen hast zu erzählen. Aber weißt du was, das muss nicht sein. Vor allem nach so einer Nacht. Ach, weißt du was, so viel weiß ich ja, dieser Nico, der kann ein Zimmer bei mir haben, wenn es denn sein muss.*

Vorübergehend. Dann muss er nicht bei dir aufschlagen. Beruhigt dich das? Du musst dann in Zukunft nicht mehr deinen Hinterkopf gegen meine Toilettenkabine krachen lassen.

EIN UND ZWANZIG

Dann wird mir ganz heiß. Schlecht und heiß zugleich; und ich frage: *woher? woher er weiß?* In der Fasanstraße über dem Koma sollte sich noch Platz für ihn finden, meint er trocken. Du hast auf dem Weg ins Krankenhaus davon gesprochen. Oder eher: gefleht, vielmehr gefleht und eindringlich darum gebeten, sagt er, dass er aufpassen solle, dass da wer kommen könnte, dass da irgendwer dich holen komme, dich einholen komme, und dabei mich angesehen, mit weit aufgerissenen Augen, als ob es um mich, als ob es irgendwie beträfe mich, mich Marcel, und ich, Marcel, immer nur: *bitte was, was meinst du? Was habe ich damit zu tun? Wer oder was soll mich einholen?*, habe ich gefragt. Doch du wiederholtest und wiederholtest, hast den einen Satz stets aufs Neue aus dir hervorgeholt, hervorgebetet: pass auf, pass bitte auf dich auf, Nico, hast du gesagt. Warnblinken, hast du gesagt und dann entsetzt, dich entsetzt von der Trage aufgesetzt und ja, da ist jetzt eine Naht, bemerkt Marcel und legt seinen Zeigefinger an meinen Hinterkopf. Und, setzt er fort, *ich sollte gehen, gehen und bei mir zu Hause schlafen, und zwar jetzt sofort,* zischt er, als würde ein Stück Fleisch in der Pfanne gewendet, *zu Hause* und *schlafen* schallen in meinem Schädel nach wie Taubenflügelknattern in Bahnhofshallen, und es platzt aus mir heraus: *Nein! Bitte, nicht! Bitte, bleib!*

ZWEI UND ZWANZIG

Dann tritt Stille ein. Nein, weniger Stille als ein zarter Sinuston. Es klopft wieder in meinem Kopf und der Sinuston wird laut, laut, laut. Und irgendwann dann wird der Tinnitus übergroß und steht im Raum wie nach einem Knall, nach einem Feuerwerkskörperknall im Altglas-Container. *Bitte, nicht gehen,* sage ich. Dann dreht Marcel sich um, dreht sich seufzend auf der Matratze wieder von mir weg, versucht sich vom Wach in den Schlaf zu drehen. Und er seufzt, seufzt mit einer Süffisanz, mit einer selbstgewissen Arroganz, denke ich, einer Arroganz aus halb geschlossenen Augen, und ich sage: *du hast dir ja deine Mückenstiche am Schulterblatt aufgekratzt.* Und ich streiche über seinen Rücken. Vereinzelte, gummibandweiche, gummibandgleiche Haare kräuseln sich unter meiner Hand, unter meiner Hand auf seinem Rücken vereinzelte Haare, und für einen Moment zieht Gänsehaut über seinen Nacken. Sein Schulterblatt zuckt. Dann kratze ich, kratze, bis ein wenig Blut aus den kleinen roten Kratern tritt; *Aua! Lass das!*

DREI UND ZWANZIG

Freiheitsfeindlich sei das, stellte Marcel unlängst bei einem Telefongespräch fest. Ein: *alles wird so eng, so klein unter eurem Blinzeln und Stirnrunzeln und Kopfschütteln,* drang dann durch die Badezimmerwand zu mir. Was seine Mieterinnen treiben würden, gehe nur sie etwas an. Es gäbe außer ihnen keine weiteren Mieter:innen in seinem Haus. Nur seinen Club. Das wäre doch perfekt. Und was er mit seinem Eigentum mache, sei auch ausschließlich seine Sache. Zumal die Subventionen für ihn und seine bisherigen Mieter:innen weniger werden, an mancher Stelle gar ganz ausbleiben, *einfach auslaufen und dann ausfallen. Ausbluten lassen,* wiederholte er, *ausbluten lassen wollen die mich. Ich musste handeln, was soll ich denn sonst machen? Es wird auch niemand von mir rekrutiert oder explizit angeworben, also von wegen Zuhälter, das wäre ja noch schöner! Niemand wird zu irgendwas gezwungen, was also soll das Gekreische,* fragte er rhetorisch. *Bist du dir zu fein für die Damen? Warum sollten sie nicht auch Platz bei mir haben und mit uns feiern?* Nur um dann weiter auszuführen, dass seiner Meinung nach die Ablehnung, die ihm entgegenschlage, tiefere Gründe hätte. Nämlich, dass die meisten es nicht aushalten würden, wie sie sich in der Figur *der Hure,* wie Marcel betonte, auf das Extremste spiegeln würden. In ihr wäre nämlich nichts mehr verschleiert. Es könne *bei der Hure* nichts schöngeredet werden. *Sie ist offensichtlich das, was wir alle in unserer Blase zu verdrängen versuchen!* Eine Hure sei Verkäuferin und Ware in einem. Dies hätte Marcel auch bei Walter Benjamin gelesen, *irgendwo im Internet.* Sie wäre zugleich käufliches Objekt und unverfügbares Subjekt, zitiert er ihn, den Walter Benjamin. *Sie preist sich selbst als Ware an, und doch kann man sie nicht im eigentlichen Sinne kaufen – aber, so fragt sich der Bürger, was verkauft sie dann eigentlich?* Die Antwort, so Marcel, ist so einfach wie erschütternd: *Sie macht es wie wir! Genauso wie ihr!* Wie all diejenigen, die sich naserümpfend abwenden würden. Sie stelle eine Dienstleistung bereit, die zugleich ihre Identität ausmacht. *Wie ein DJ. Eine körperlichere, eine intimere, zugegeben.* Aber ehrlicher als so manche Arbeit, die sich noch tiefer in die Seele und in die Körper der Menschen einschreiben würde und die uns dazu zwinge, zu kriechen, sich zu verbiegen und die Augen vor der Welt zu verschließen. *Und genau das wäre euch zu viel,* sagte er. Dann sei es sehr schnell vorbei mit der Toleranz und mit Individualität und der viel geliebten Freiheit, die ihr mit euren bunten Basecaps und dem teuren Bartbalsam zum Ausdruck bringen wollt. *Aber bitte, mach nur.* Er verstehe schon. *Letztlich möchtet ihr nur von euresgleichen anerkannt werden, Individualität ohne Anerkennung wäre bloßes Narrentum. Und in euren Augen bin ich jetzt eben ein Narr. Soll so sein,* sagte er und beendete das Gespräch.

VIER UND ZWANZIG

Saurer Atem liegt in der Luft. Der Duft flockender Milch, meine ich zu erkennen, und unter den Achseln riecht es nach Rindersuppe, und was ich meine, sage ich dann, was ich dir versuche aus der Silverstnacht zu erzählen, ist: manchmal ist da was, verstehst du? Da ist dann einfach was, das durchbricht, das durch die Gewohnheit sich bahnbricht, wie eine Ekstase, sage ich. Eine Ekstase, die kann dann die Zeit, Zukunft wie Vergangenheit, außer Kraft setzen. Alles in ihr wird zu Gegenwart, zu einem Hier und Jetzt, das ein Davor und auch ein Nachher als unwichtig erscheinen lässt. Es ist eine *andere Zeit,* wie es heißt. Keine Ausnahme von der Regel, sondern es ändern sich die Regeln selbst. *Verstehst du,* frage ich, *verstehst du denn nicht?*

FÜNF UND ZWANZIG

Marcel schweigt. Immerhin. Schweigen, das eine Leere entstehen lässt. Eine Leere, in die sich weiterhin erklären lässt, und ich sage: Der junge Mann vorgestern, vorgestern am frühen Abend. Der mit der durchsichtigen Schirmmütze, der vor dem Zigarettenautomaten im Koma tanzte und ihn umarmte, ihn immer wieder umarmte, bevor er Geldstücke in den Schlitz warf. Viel zu viele Geldstücke, als wäre es ein einarmiger Bandit. Der mit den trainierten

Armen, die er spontan in die Höhe streckte und sich im Kreis drehte und sich selbst und dem Automaten zujubelte, der die beste Party nur für sich und den Automaten feierte – für ihn galt eine andere Zeit und er veränderte die Regeln; die Regeln für sich und für uns. Für uns, die dabei waren, die ihn nicht ignorieren konnten und die wir nicht sicher waren, wer er war, was er hier zu suchen hatte, und ich fragte dich noch: *Ist der neu bei uns? Oder einfach eine verlorene Seele im Pillenrausch?* Und selbst du warst dir nicht sicher und es bildete sich langsam eine Traube um den Mann. Dieser drückte manchmal auf den Automaten und zog etwas heraus, *wahrscheinlich zog er einfach Zigarettenpackungen,* jedoch konnten wir nicht sehen, was genau vor sich ging, bis Jubel ausbrach. Jubel aus ihm und aus den Menschen, die ihn ansahen. Sie jubelten ihm zu und er streute, streute irgendwas vor ihre Füße und die Menschen nahmen mit, nahmen mit so viel wie ihre Taschen trugen, und bevor du noch reagieren konntest, war er weg. Und selbst als er weg war, da kreisten sie noch um den Automaten, wie magisch angezogen kreisten sie um ihn und manch einer warf, warf einfach eine Münze in den Schlitz und wartete gespannt, wartete gespannt, bis du irgendwann angerannt kamst und den Automaten vom Netz genommen, einfach vom Stromnetz und ihn geöffnet und entleert hast. All die Münzen, all die Zigaretten in einen Müllsack gekippt hast du, weil die Ordnung wiederhergestellt werden musste. Eine Ordnung wieder herstellen, die aber neue Regeln verlangte. Denn erst, wenn das Außergewöhnliche zu einem Ende kommt, setzt das Vorher und das Nachher wieder ein. Aber die Spielregeln haben sich geändert. Ein Ereignis, das seine Spuren hinterlassen hat und in das Leben hineinwirkt wie Strahlung und es fortan durchzieht. Und während so etwas geschieht, herrscht die gewohnte Zeit nicht mehr. Sie ist suspendiert.

Gefesselt. Gefesselt von dieser Kraft, die vom Instinkt ausgeht, von einer Lust, die just nur in diesem Augenblick zu ihrem Recht kommen kann. Wir widerstehen ihr meistens, weil wir durch und durch rationalisierte, durch und durch zivilisierte, nein: *so durch und durch abgerichtete Wesen geworden sind,* brülle ich jetzt vor Wut *auf uns, auf uns abgerichtete Wesen,* brülle: *Wir Wesen, die nachdenken und abwägen und sich in die Zukunft aufschieben und Pläne machen. Aber manchmal,* dann beschwöre ich es mehr als ich spreche, *da macht man was ganz anderes. Man lässt sich freien Lauf, man überlässt sich einem freien Lauf in ein neues Jahrtausend. Ein Lauf, der sich nimmt, der dich, der mich einfach mit sich nimmt, der kein Nachdenken mehr zulässt, da ist dann dieser Rausch, das ist der Rausch des Verlaufs, dem du folgen musst, der dich mitreißt. Manchmal geht das gut. Und manchmal eben nicht.* Und mir bricht die Stimme dann, mir bricht die Stimme, als ich sage:

SECHS UND ZWANZIG
Silvesternacht 1999/2000

Raus, sagte ich, noch im Schneenebel sagte ich: raus aus Oberbach, raus, raus! Weg von diesem Fahrrad. Diesem altrosa Fahrrad mit dem Einkaufskorb, mit dem weißen Einkaufskorb sorgfältig angelehnt, angelehnt an die mächtige Esche, und weg auch die Aluminiumdecke, die Aluminiumwarmhaltedecke um meinen Nacken. Weg von den Blutlachen im Schnee und Stille finden. Erst in der Stille, dachte ich, in der Stille würde ich wieder erfahren, wer ich bin. Erst in der Stille würde ich mich wieder entfalten, dachte ich, die Falten glätten, mich resetten, auf dass man sich selbst wieder nach hinten und nach vorne denken, sich selbst erkennen kann. Doch es funktionierte nicht. Bei mir funktionierte das nicht, seit der Silvesternacht neunzehnhundertneunundneunzig nicht mehr, und ich legte die Bücher zur Seite, ließ die Fotobücher im Regen liegen, nur um sie panisch wieder einzusammeln. Die Stille war verschwunden, selbst Hunderte Kilometer entfernt fand ich sie nicht wieder. Eine Veränderung der Regel, denke ich noch, und dann: Dann höre ich den Takt der Stadt.

SIEBEN UND ZWANZIG

Auf der Matratze liegend, mit Marcel auf dem rauen Leintuch einer alten Matratze liegend, höre ich den Takt der Stadt. Den Takt der nahegelegenen Einfalls- und Umfahrungsstraße, tak, tak. Da fahren die Wagen unweit des Wohnblocks, unweit des Wohnblocks mit dem großen Innenhof vorbei. Einem Innenhof, der von vier Häusern umgrenzt wird und in den eine alte Dame starrt wie ein Fragezeichen, wie ein auf ein Fensterbrett gelehntes Fragezeichen starrt sie in den Innenhof, über den nun ein Flugzeug dröhnt. Eine Stelle des Geredes. Eine Kreuzung der Blicke, eine Kreuzung der Verläufe. Und so manches Fahrzeug wird heute sowie auch morgen und auch übermorgen wieder einkehren, denke ich. Einbiegen von der Umfahrungsstraße über die Einfahrtsstraße in den Innenhof und ihn queren, zur hauseigenen Tiefgarage hin überqueren und einbiegen in das Leben, in das Leben der alten Dame womöglich nicht, sinniere ich, aber einbiegen in eines der vielen andren. *So wird es sein,* murmle ich, während die Motorengeräusche tiefer dringen, in den Körper drängen, je mehr ich lausche, ihnen nachlausche, dem Röhren und Heulen, dem Aufheulen der Sirenen, da zucke ich; bei jedem Aufheulen der Sirenen zucke ich, die Folgetonhörner der Polizei, *noch zu früh,* denke ich; *noch viel zu früh. Noch weiß ich nichts Neues, noch weiß ich es einfach nicht, was Marcel wirklich im Schilde führt, deshalb warten, abwarten, irgendwann wird Marcel;* – dann dreht er sich, erhebt er sich? – *ich melde mich, murmle ich ins Telefon,* und obwohl ich weiß, dass die vereinzelten Sirenen nicht mir gelten, *noch nicht,* denke ich, *mir gelten,* gieße ich mir aus zwei Weinflaschen die Reste ein und lege das Handy leise zurück. Fuck. Das Jetzt wird sich wölben, über mich wölben. Doch diesmal, Nico, diesmal aus einer Absicht heraus, aus der meinen, denke ich. Dann wird es zwar auch kein Nachdenken mehr geben, kein Abwägen, dann wird es passieren, wieder etwas Einschneidendes passieren. Doch ich bin vorbereitet, Nico, versprochen, diesmal bin ich darauf vorbereitet wie auf eine Prüfung, deren Ergebnis fortan den Verlauf verändern wird und Anspannung dann in meinem Bauch. Ich trinke aus dem Glas. Trinke das Glas aus und höre angespannt auf den Straßentakt der vielen Wagen, der sich eingliedert in die Stimmen, in den Hof mit den vielen Stimmen, in den Hof mit den Kinderstimmen, in das Stimmenwirren in meinem Kopf.

ACHT UND ZWANZIG

Dann drehe ich mich zu Marcel. Ich sehe seine Atmung. Wie sich sein Brustkorb nach oben hebt und dann nach unten senkt und hebt und senkt. Seine Atmung ist wie ein Uhrwerk. Und das leise Pfeifen aus seiner Nase, aus seiner Lunge, ist wie die Unschuld, denke ich. Friedlich wie ein siechender Greis. Dann richte ich mich auf. Höre weiterhin seinem Lungenpfeifen zu und würde ihn am liebsten wieder wecken, möchte ihn eigentlich wieder wecken, weil ich will, dass er mir zuhört, wenn ich dir mich schon erkläre, wenn ich dir schon meine Geschichte erzähle, ach!, zische ich über ihn hinweg. Es ist schon okay, wenn er schläft, auch sein Schlaf verschafft uns Zeit, denke ich, und es greifen meine Gedärme wieder ineinander, verschlingen sich zu einem nervösen Knoten. Das Knäuel aus Fäden kommt mir in den Sinn, ein Knoten aus Raufaserfäden in mir drin, die beim Einatmen an der Bauchdecke kratzen. Würde man das Knäuel ausrollen, käme man auf ihnen zurück ins vergangene Jahrtausend, denke ich und schaue auf meine Haut, kratze mich. Kratze mich, bis Schorf sich sammelt. Bis die Hautschuppen unter den Nägeln sich sammeln, und ich kratze weiter nach Talg in den Poren der viel zu trockenen Haut, und auch meine Wohnung, denke ich, eine Moulage meiner beschädigten Gegenwart. Eine Moulage des pulsierenden Knäuels im Magen oder der Unebenheiten und Schwellungen auf meiner Haut. Die Klamotten, die vielen Fotos am Boden, die Pflanzen im Luftzug zwischen den Fenstern, die Blätter, nervös flatternde Zeitungsblätter, monate-, vielleicht jahrealte Zeitungsblätter flattern in warmen Windstößen, die den abgestandenen Rauch zerteilen, den sanft wabernden Rauch zwischen den angelehnten Fenstern zerteilen sie und Merkel – Merkel auf der ersten flatternden Zeitungsseite. Ich sehe, wie sie quer durch den Raum fliegt und Marcel beinahe weckt. Doch er zuckt nur kurz. Marcel zuckt nur kurz zurück vor der Kanzlerin auf Seite eins. Vor der ersten Kanzlerin auf Seite eins und darunter Benedikt. Benedikt der sechzehnte. Wir sind Papst. Jörg Haiders Zähne leuchten in schwarz-weiß noch heller, bemerke ich, sie leuchten sogar so hell, dass sein Gesicht vergleichsweise viel zu dunkel wirkt, und ich frage mich, wen das etwas angeht, wen das alles wirklich etwas angeht, wer daran Anteil nimmt? Judit. Mit Nicos Nachrichten auch wieder Judit im Sinn. Judit nahm daran Anteil, obwohl die Welt doch ausschließlich aus Kosmonauten besteht, wie Marcel sagt, wie du zurecht sagst, flüstere ich vor mich hin. Sie besteht aus verkapselten Kosmonauten wie ich einer bin. In fest verschlossenen Hüllen eingeschlossen, die vor der lebensfeindlichen Außenwelt abschirmen sollen. Und Kosmonauten sind nun mal in den unendlichen Weiten auf sich allein gestellt. Sie sind auf sich gestellt und mit sich selbst beschäftigt, mit einem Selbst beschäftigt, das sich gegen die Welt zur Wehr setzen muss, das auf sich selbst setzen muss und, *es tut mir ja leid,* flüstere ich Marcel jetzt zu. Nein, es wird mir leid tun, denke ich, und der Satz: *die Mission ist jedoch viel zu wichtig, als dass du sie gefährden dürfest,* kommt mir in den Sinn, so oder so ähnlich kommt der Satz aus Kubricks *Space Odyssee* wieder zu mir zurück. Nico also wieder, sein liebster Film, erinnere ich mich und mir wird schlecht.

NEUN UND ZWANZIG

Ein Zeitungsblatt landet ohrenbetäubend laut auf meinem Kopf und ich lese, lese mich wieder ins Jetzt, aus den Gedanken ins Jetzt. Über das BZÖ ins Jetzt. Das hat sich abgespalten. Und ich lese all diesen Quatsch, *den profanen Weltenquatsch. Damit muss jetzt Schluss sein!,* schreie ich und ziehe, ziehe Marcel die Decke weg. Das klamme, das vom Schweiß aufgeweichte Laken ziehe ich weg mit einem Ruck, und mir ist, als entstünde ein Riss. Ein kleiner Riss nur. Sichtbar für an Dämmerzustände gewöhnte Augen. Ein Riss aus einem schnalzenden Schatten, verursacht von einem aufgeschlagenen Laken, ein Riss vom Silvesterabend neunzehnhundertneunundneunzig ins Jetzt, sage ich. Und dann sehe ich meine Silhouette aus Schweiß neben Marcel auf der Matratze. Sechs Jahre später ein nasser Schatten von mir neben dir, und du, aus dem Schlaf aufgeschreckt, schlägst um dich und schreist: *Hey! Hey,* schreist du jetzt sechs Jahre später und sagst dann genervt: *gib her, gib das jetzt wieder her!* Doch ich bin schneller und springe auf dein Gesicht, quetschte es zwischen meine Schenkel und sage: *du bist ihm irgendwie ähnlich, dem Nico.*

DREISSIG
Silvesternacht 1999/2000 und 2006

Ich lief ihm also hinterher, dem Nico. Die kalte Luft in meiner Lunge brannte, doch egal, sagte ich mir, so kannte ich ihn nicht, den Nico. Es entsprach ihm einfach nicht, diese Entschlossenheit, verstehst du? *Das entsprach seinem Wesen nicht,* sage ich, sitzend auf Marcels Gesicht. Diesem Wesen aus einer so dünnen Haut entsprach das nicht. Einem Wesen aus sensibler Meerestierhaut. Mehr Membran als Haut. Schimmernd wie Wasser. Eine anämische Membran, permeabel wie Quallenhaut, sage ich. Eine solche Haut, die fügt sich, sie wabert, lässt sich treiben, sucht Schutz und Wärme im Dunkeln, im Dunkel seines Souterrainzimmers, und möchte verschwinden, sich verstecken vor den Menschen, verstecken vor deren Aufgang, *vor des Menschen Vorwärtsstreben,* das eben unweigerlich mit Nicos Untergang einhergehen musste. *Ausschussware bin ich,* zitiere ich Nico, sitzend auf Marcels Gesicht und es grummelt in meinem Magen und Druck und Drang, Harndrang in meiner Blase, sitzend auf seinem Gesicht und ich weiß, dass er es hören kann, dass er die Kollisionen in meinem Körper hören kann, widerspenstige, widerstreitende Kräfte, denke ich und Marcel sagt, dass dieser Nico in seinen Ohren von mir losgesagt wird, *praktisch,* wie er sagt, vorab losgesagt wird von all seinen Sünden, die er womöglich begangen haben mag. Ich spräche ihn von seiner Handlungsmacht frei. Als wäre er mein persönlicher Erlöser, sagt Marcel, *ein Erlöser, der das Leid für dich, das Leid der Welt auf sich zu nehmen scheint, ohne dass er von jemandem gefragt worden wäre oder ein Veto hätte einlegen können. Da ist es wieder, das unabwendbare Schicksal,* höre ich ihn noch spotten und vergrabe unter meinem Arsch sein Gesicht und ich kann ihn noch fluchen hören und es grummelt wieder in meinem Bauch, nein, es kocht in mir und dann, *dann ist Schluss,* sage ich, *dass jemand wie du, der nur so strotzt vor Vertrauen in sich, keine Ahnung habe von anderen Menschen, von Versagensängsten, das wundert mich nicht. Mit deiner Empathie ist es nicht mehr weit her,* behaupte ich und beiße mir auf die Zunge. *Wahrscheinlich hat dich das auch erfolgreich werden lassen.*

EIN UND DREISSIG

Dann wird es ruhig unter mir. Ich rücke zurück, setze ein Stück zurück, sitze halb auf seiner Brust und Marcel sieht mich an: *Ich habe gearbeitet, mir alles erarbeitet. Weiter nichts. Meine Eltern haben mir außer einem verschuldeten Gasthaus und der maroden Wohnung in der Fasanstraße kein Erbe hinterlassen, das mich von Sorgen befreit hätte. Im Gegenteil! Also erzähl du mir nichts von Versagensängsten, Karla,* und ich spanne meinen Unterleib an, halte den Harndrang zurück, bleibe ruhig, bleibe möglichst ruhig auf ihm sitzen, *tut mir leid,* beschwichtige ich. *Ich weiß,* beschwichtige ich.

Lass mich da aus dem Spiel, alles klar?

Bleibe bei dir und diesem Nico, bei eurer Geschichte. Das interessiert mich. Ansonsten bin ich raus, und ich; ich setze fort, berichte von Nicos Angst, unterbinde Marcel mit meiner Scham, und erzähle von der übergroßen Angst, die wie Blitze im Bauch waren. *Meine Blitze im Bauch,* sagte auch Nico, wenn seine Phobie da war. Die Angst vor anderen, vor dem Leben, so groß war wie ein Baum und ihn so sehr unter Strom setzte, dass er Blitzableiter brauchte. *Blitzableiter?,* lacht Marcel zwischen meinen Schenkeln. *Ja, Blitzableiter hat er sie genannt. Kleine, vertraute Gegenstände.* Meist griff Nico zu seinem Feuerzeug. Ein verlässlicher Blitzableiter. Er drückte dann den Daumen ans Reibrad und rieb am Reibrad, bis die

Zähne durchdrückten, die Reibradzähne schwarzfärbend auf die dünne Daumenhaut durchdrückten, und er sagte mir dann, alles hätte einen Rattenschwanz. Konsequenzen, die er nicht abschätzen könne. Menschen wären für ihn wie eine Blackbox, *die Welt eine Blackbox. Das schnürt zu,* sagte er. Und in seiner Hand dann das grüne Bic, das grüne Bic-Feuerzeug gekippt, von links nach rechts von rechts nach links gekippt. Als ob so der Krampf, der Angstkrampf losgesprochen, loserklärt worden wäre. Und er zündete sich dann meist eine Zigarette an, atmete ein, atmete aus; atmete das Blitzen in seinem Bauch, mitsamt des weißen Rauchs, erleichtert wieder aus.

ZWEI UND DREISSIG

Es musste also wichtig sein, ich verstehe, wenn jemand wie er plötzlich so entschlossen durch die Nacht läuft, verstehe schon, nuschelt Marcel. Und ich fühle seine Zunge zwischen meinen Beinen. Ich kann spüren, dass er nicht sicher ist, ob er lecken, zuhören oder mich einfach von sich stoßen soll, und ich sage, *ja, das musste wichtig sein, was sonst?* Und ich zünde mir ebenfalls eine Zigarette an. Ziehe dann, ziehe dann daran, einmal, zweimal, dreimal. Ziehe daran wie verrückt. So stark, dass der Eindruck entstehen könnte, dass ich gar nicht anders atmen kann. Doch dann zerdrücke ich die Zigarette im Aschenbecher wie ein Insekt. Die Glut, sie sticht, die Glut sie sticht in meine Fingerkuppe wie feine Nadelspitzen.

DREI UND DREISSIG
1999 und 2006

Wie man sich auch entscheidet, es führt bei mir zu nichts, erklärte mir Nico irgendwann. Er sah mich dabei an mit blassem Gesicht. Angestrengt sah er mich an, als hätte er zur Strafe Extra-Sportunterricht ertragen müssen. Mir entfuhr ein profanes Prusten. Ich prustete und fragte ihn: *Ist das der Grund, warum ich selbst auf ein: lass uns doch heute Abend mal was machen! Lass uns doch irgendwas machen, irgendwas anderes machen als nur hier in deinem Keller zu hocken und zu rauchen, bis wir müde, bis wir trübe sind. Worauf hast du Bock? – immer nur ein: Weiß-nicht bekomme?* Und ich musste wieder lachen, *doch jetzt ärgere ich mich,* sage ich. Ärgere mich über mein Lachen und kratze über meinen Ellenbogen. *Vielleicht sollten wir doch schlafen,* sage ich, während ich mein Becken auf Marcels Gesicht vor und zurück bewege. Vielleicht sollten wir doch schlafen und wälze mich wieder neben ihn und gehe dann durch den Raum Richtung Badezimmer. *Vielleicht sollten wir schlafen,* wiederhole ich und sehe ich mich im Spiegel an; verschränke die Arme vor meinen Brüsten, betrachte meine Haut, betrachte die krakelige wie zarte Tätowierung eines balancierenden Strichmännchens rund um meinen Ellenbogen. *Ein Entwurf von Nico,* sage ich und sehe mich, sehe und schäme mich zugleich im hereinfallenden Tageslicht.

VIER UND DREISSIG
2006 und 1999

Mir war bewusst, dass sein *Weiß-nicht* kein gleichgültiges, sondern ein angestrengtes, ein atemloses war. Ein gehauchtes *Weiß-nicht*. Eines, das aus Hemmungen resultierte. Aus Hemmungen, konkret zu werden, konkret zu einem Gedanken, zu einem ausgesprochenen Beschluss zu werden, da dieser hätte falsch sein können, zu falscher, *zu fataler Wirklichkeit* hätte werden können. Von einem falschen Wort zur falschen Wirklichkeit. Und du hättest jene

Wirklichkeit dann ausgesprochen, Nico. Doch ich wollte die Stimmung lockern, verstehst du? Dir zeigen, dass Entscheidungen zu treffen, nicht todernst, nicht existenziell bedrohlich war. Es geht immer weiter, irgendwie. Das habe ich auch dank dir erfahren in jener Nacht, jener Silvesternacht ins neue Jahrtausend. Dann Blitze im Bauch, bei diesem Gedanken, stehend an meinem Fenster.

Und so versuchte ich noch in ihn hineinzusprechen, sage ich in den Raum, während des Hinterherlaufens, ihn sprechend wieder zu erden und sagte ihm: An den einunddreißigsten Dezembern versuchen wir, versuchen wir uns, findest du nicht, wie immer versuchen wir uns, wieder und wieder, dilettantisch versuchen wir uns an den einunddreißigsten Dezembern, da versuchen wir den Himmel mit mickrigen Marschflugkörpern zu perforieren, regelrecht martialisch wäre das. Da perforieren wir den Stanniolhimmel ungeniert, als ob wir ihm nicht schon genug angetan hätten, dem an den Fortschritt, dem an den sogenannten Fortschritt verratenen Papiersackhimmel, an den einunddreißigsten Dezembern, sagte ich zu Nico, während ich versuchte ihm zu folgen, während ich versuchte seinen gebückten Schritten hinter die Häuserfronten der Siedlung zu folgen und in mir derweil eine Atemlosigkeit herrschte, ein Aufruhr, flatterndes Lametta im Kopf, da ich immer noch nicht wusste, wohin Nico wollte, eigentlich mit mir hin verschwinden sollte – ein, zwei Stunden vor Mitternacht; und ich keuchte ihm hinterher: das Rascheln der Raketen am Stanniolhimmel, am Dezemberhimmel *ist doch raumgreifend, findest du nicht?* Im umfassenden Sinne raumgreifend, terroristisch fast, möchte ich sagen, sagte ich, ein terroristischer Akt, ein Anschlag fast, der Nebel, sagte ich in keuchendem Flüsterton, der Schwarzpulvernebel, während wir uns stahlen über die Felder, über die schneebedeckten Felder hinter den Häusern, hinter den Häusern der Almbaumsiedlung im Südosten von Oberbach, und Nico sagte: *sei doch leise – uns darf niemand sehen.* Und wir stahlen uns über die dunklen Schneefelder. Unsere Schritte auf dem gefrorenen Feldboden huschten durch den Dunst hindurch, während die Menschen in den Gärten, aus ihren Reihenhausgärten, aus ihren Doppelhaushälftengärten heraus den Himmel perforierten, weiter und immer weiter, paff, paff, paff, da stahlen wir uns hinter ihren Häusern durch die Nacht, die unsere Schritte zu dämpfen schien, die unsere knarzenden Schritte fast verschluckte, dachte ich, in ihre schwarze Lunge atmete, sagte ich leise, und du, Nico, du drehtest dich abermals nur zu mir um und es schnalzte aus deinem Mund: *leise, Karla, verdammte Scheiße, sei doch endlich leise!*

Nico Russo EINS
2012

EINS

Wieder im Zimmer sitzend vor offenem Fenster. Immer noch Hitze. Immer noch Hitze, die kriecht, die unter die knarzenden Dielen kriecht, bis das Licht weniger, bis der Tag verglimmt . Als hätte er kapituliert. Die Hitze hält besetzt, die Tage besetzt, das Gelände in meinem Schädel erst recht, und sie lässt schrumpfen, lässt das Zimmer wieder zu einer Zelle schrumpfen, Hitzezelle. Ich atme auf. Doch keine Erleichterung im Bauch. Ein Bild von Ian Curtis hängt an der Wand. Das Bild von Ian Curtis, das mit der Zigarette in der Hand. Es ist ruhig. Es ist immer noch Sonntag. Es wird wieder Nacht. Und ich stiere auf das Plakat. Der Entwurf meines Plakats für Karlas Festival im amoK im nächsten Jahr auf meinem Laptop. Und ich weiß, ich weiß. Ich habe ihr gesagt, mehrmals habe ich bereits nach einem Namen für ihr Festival gefragt, sagte: dabei wäre er doch glasklar! *Ach, ja? Und zwar?,* keifte Karla. Und ich brauchte stets einen Moment. Schluckte, hustete, spuckte schließlich: *Judit* aus. *Dein Ernst?,* schnalzte es aus Karla zurück, während sie erschrocken wie ein Korken aus dem Raum ploppte. *Wir können sie doch wenigstens einladen? Als Keynote-Speakerin, für unser Seelenheil,* insistierte ich. *Du träumst von ihr, fast jede Nacht,* rief ich ihr hinterher. *Das kannst du nicht leugnen!*

ZWEI

Und jetzt sitze ich. Sitze wieder auf meiner Pritsche, als wäre nichts geschehen. Als hätte ich heute Morgen nichts gesehen, nicht Judit und Karla vereint im amoK an der Bar. Als wäre nichts passiert, sitze ich auf meiner Pritsche vor dem offenen Fenster, starre, giere wie gebannt auf die benachbarten Häuserzeilen, von den Häusern wieder in den Laptop, abwechselnd die Häuserzeilen in der Fasanstraße und der Laptop, und warte darauf, dass Karla kommt, dass Karla endlich nach Hause in unsere Wohnung kommt. Seit diesem Sonntagsommermorgen nur dieser Wunsch in mir, und so sitze ich, bleibe hier. Angewurzelt auf meiner Pritsche, wie einst auf der Gefängnispritsche sitzend, *obwohl du weißt, dass es nicht dieselbe Pritsche ist,* denkt es wieder in mir. Die gelb blinkenden Ampeln, das geschlossene Lokal der Fahrradwerkstätte *Aufstieg,* die Litfaßsäule vor dem Optiker *Holzwerkstätte,* die Litfaßsäule neben der Haltestelle, die Straßenbahnhaltestelle vor der Tankstelle, die jetzt ein Café, *Café Desiree,* wie immer eigentlich, wie immer mit Brötchengeruch und doch anders. Ganz anders. Die Fasanstraße. Ganz anders geworden ist sie mir. *Ja, aber warum?,* fragen, ohne es mich zu fragen. *Was,* fragen, ohne es mich zu fragen. *Alles!,* rufe ich. *Seit heute Morgen!*

Ach was, wird Karla postulieren – *seit neunundneunzig ist alles anders,* spiegelt sie mir. Sie schimmert mir auf ihrem Sitz entgegen wie eine Diskokugel aus quecksilbriger Luft, und sie dreht, dreht an der Kurbel neben dem Beifahrersitz, bis das Fenster offen steht und ich wieder sitze, allein im Zimmer auf meiner Pritsche sitze. Ich lächle und schäme mich. Ich schäme mich auch für meine Zähne, stülpe über sie die Lippen. *Was eine Begegnung mit Judit bedeuten würde, auch für dich, hast du unterschätzt, stimmt's?,* höre ich mich mit Karla sagen. *Alles verändert sich, alles würde auf den Kopf gestellt werden!* Mein Lachen aus dem Fenster ein feinnerviges Fiepen dann, ein Fiepen wie von Gefiedervieh.

DREI

Vielleicht hat es aber auch mit dem Staub zu tun. Die Veränderung kommt mit dem Saharastaub, nicht mit Judit, sondern mit dem Sand aus der Wüste, der wie die Ursuppe vor dem Fenster blubbert und Fahrt aufnimmt, und ich summe, *hört, o Geister! Hört meine Kunde:* Aus den Sedimenten erwachsen stumme, runde Juditköpfe. Sie wirbeln sandgelb vor meinem Gesicht, bis sie wieder versinken im Spalt, der wächst mit jedem Biss in die Lippe, die durchlässt und nicht mehr standhält, Judit nicht mehr standhält, da alles mit ihr zusammenhängt, *obwohl Karla es nicht einsehen will,* rufe ich und sehe Karla, wie sie pfützt, über ihren Beifahrersitz sich wegstibitzt. *Doch halt, nicht mit mir,* und sie legt ein, die CD *Everywhere at the stage of time,* und Karlas Hand dann in der anderen Hand, in Judits Hand heute Morgen im amoK. *Ist das Judit? Hast du sie schon eingeladen, ohne es mir zu sagen?,* vor mich hin fragen, vor mich hin in den Wind bei offenem Fenster fragen. Dem halte ich nicht mehr stand. In der Atmosphäre wütet der Saharasand.

VIER

In der Auflösung liegt alles. Als würde etwas anderes in mir denken. Als würde nicht ich, *sondern etwas ganz anderes mich jetzt lenken,* denke ich mit der Stimme des Sportreporters Béla Réthy in meinem Ohr. *Und so sinne bitte nach über die Tatsache, dass alles einmal Staub gewesen ist,* fordert Béla Réthy in meinem Innenohr: sinne bitte nach, ob es nicht vielleicht doch einer Tatsache entspricht, dass alles Staub für dich geblieben ist. Karlas Lippen auf Judits Lippen zum Beispiel. In Karlas Club, im amoK, küssen sie sich? Und sagen sie wirklich: *so herzoffen, noch nie waren wir so verliebt, wir sind fast dreißig und noch nie waren wir so herzbesoffen.* Und ich kann mir nicht vorstellen, dass das Judit, doch: ich stelle mir vor, dass das Karla und Judit, ich stelle es mir vor, dass sie mich nicht bemerkt haben,

mich missgesehen haben heute Morgen. Ich zog vorbei an ihnen, an diesem Sonntagmorgen, sogar nah, ziemlich nah an der Bar! Ein paar Schritte entfernt nur. Deshalb mehr als eine Ahnung in mir, dass es Judit ist, denke ich. Das Tuch, Judits Halstuch, flatternd, flackernd. Mit beiden Händen hielt sie fest, hielt Judit Karlas Wangen, und liebend atmen sie sich an, *wir Blüten über Silberwolken,* höre ich sie im Chor, höre ich Hölderlin über ihre Lippen kommen, während ich zog, an meinen Haaren zog, um mich zu vergewissern, ob dies wirklich, *ob dies wirklich geschehe mir,* zog ich mich an den Haaren an ihnen vorbei, aus dem amoK zurück auf die Fasanstraße, ohne ein Wort zu sagen. Ich sah die beiden vom Kopf bis zur Taille nur. *Sie hörten an der Taille einfach auf,* und es fragt mich Béla Réthy: *Saßen sie vielleicht auf Hockern? Fang an, fang an nachzuforschen, sonst ist's verlaufen, im Saharasand wahlweise, ansonsten in der Lippenkerbe.*
Und er hat recht. Ich muss sie nicht nur stellen, Karla zu mir bestellen, sondern die Angelegenheit selbst aufklären, wie Polizeibeamte es tun. Es wird mir eng.

FÜNF

Dann also wieder die Häuserzeilen vor meinem Fenster. Die Nachkriegsbauten, das amoK direkt gegenüber. Das amoK mit dem kreisrunden Fenster, das wie ein Dämonenauge in der schweren Stahltür steckt. Eine Stahltür wie man sie von Schiffen, von schweren Containerschiffen kennt. Und heute Morgen steckte ich den Schlüssel ins Schloss. Wie jeden Sonntagmorgen. Ein kleiner Bronzeschlüssel, viel zu klein für eine solche Tür. Ich drehte ihn zweimal um. Die Tür gab nach, ächzte auf. Es roch nach leeren Bierflaschen und Toilettensteinen. Keiner da. Alles dunkel. So schien's zumindest. Bis ich die beiden sah, Judit und Karla an der Bar. Wie aus dem Nichts. Aus dem Nichts dieser Blitz. Und jetzt wieder. Jetzt tappe ich also wieder über die Straße, über die Fasanstraße, direkt ins amoK, ins Containerschiff, ich muss sie sehen, muss noch einmal nachsehen, erforsche, ob mir mein Verstand nicht einen Streich, ob mir mein Verstand nicht doch diesen Stich versetzt und imaginiert, sich an mir abreagiert, denke ich. Und die Tür ächzt. Dann das Verschleifen. Zwischen Tür und Boden kleine Steinchen, die verschleifen, weil ich ziehe, die Tür mit beiden Händen am Knauf wieder in ihren Rahmen ziehe, weil ich nicht sehe, weil ich es nicht noch einmal sehen will? Nein. Ich ziehe die schwere Tür und mich zurück, ziehe mich zurück, will nicht stören, möchte die beiden, sollten sie es denn sein, nicht stören. Und ich sehe die übervollen Aschenbecher unter dem Plastikbaldachin neben der Dämonentür im Freien, die Sitzgelegenheiten für die Raucher:innen vor dem Bürgersteig, die aussehen wie Rettungsringe. Rettungsringe neben all den Resten der vergangenen Nacht. Die Sonne kommt durch das diesige Saharawetter; ich muss zurück, schließe die Tür zu unserer Wohnung, zur Wohngemeinschaft von mir und Karla auf. Dann wieder Stadiongesänge, der Jubel. Ich schalte den Fernseher, schalte endlich Béla Réthys Stimme, schalte das Fußballspiel stumm. Lese weiter über Gespenster, lese bei Mark Fisher, dass alles Existierende auf einer Abwesenheit basieren würde. Auf der Abwesenheit anderer Menschen, anderer Dinge. Ich lese, dass die Gestalt des Gespensts deshalb bedeutsam sein soll, weil alles auf dessen Abwesenheit, auf dem in uns Wesenden, auf dem Abwesenden, auf der in uns verwesenden Vergangenheit beruhen soll, auf Gespenstern also. Sie wären zwar nicht-mehr oder noch-nicht da. Aber ihr angedrohtes Kommen, dies allein ändere alles, alles würde sich nach dem angedrohten Zurückkommen des Gespensts ausrichten, lese ich bei Mark Fisher.

SECHS

Und da sitze ich also. Die Mezzomixdose klackert unter die Pritsche. Ja, sage ich zu mir, die Gestalt eines Gespensts ist ein verwunschener Geist. Ein Geist, dessen Katastrophe bereits geschehen ist, während sie geschieht, während sie in die Zukunft hinein wieder und wieder geschieht, denke ich, und dann fährt ein Auto aus der Parklücke. Ein anderes fährt hinein. Das Gespenstische, schreibt Mark Fisher weiter, würde die grundlegendsten Fragen berühren, die überhaupt gestellt werden können. Fragen, die mit Existenz oder Nicht-Existenz zu tun haben. Warum bin ich mir sicher, dass hier etwas ist, obwohl ich zugleich weiß, dass es nicht sein kann? Warum sehe ich nichts, obwohl ich genau weiß, dass ich etwas sehen sollte?

SIEBEN

Judit also. Ein Gespenst, auf welches hin ich mich ausrichte, ja abrichte, Karla bei jeder Gelegenheit ausrichte, dass sie Judit zu ihrem Festival einladen soll, bis sie zirpt, bis Judit: *My eyes goes Blank,* aus meiner aufgebissenen Lippe ins Innenohr zirpt. Wie dem auch sei, zische ich zurück, nicht jetzt, du bist nicht echt, nicht im Hier und Jetzt. Das weiß ich genau, oder glaube es zu wissen, glaube es zumindest zu wissen, weil es nicht sein kann, *doch der Glaube wankt.* Wankt, seit ich das amoK heute Morgen betrat, seither wankt's, sage ich vor mich hin. Da sah ich sie. Eine Wirkung auf mich, wie ein Monolith aus der Vergangenheit, aus der Urzeit, wie der Monolith bei Kubrick, der die Gravitation verändert, so nachhaltig verändert haben wird, dass er in die Gegenwart wirkt, ohne anwesend sein zu müssen. So viel ist sicher, denke ich und will es wissen, muss es noch einmal wissen, und säge, säge über das löchrige Parkett auf der Suche nach dem kleinen Bronzeschlüssel. Ich muss zurück, mich abermals vergewissern, und drehe jede Socke um, wende das Gelände, denn just als ich das amoK betrat, wie jeden Sonntag, wie jeden Sonntag in Karlas Club die Bar, die Tanzfläche wischen möchte, die Toiletten, da saß Karla mit Judit an der Bar. Nebeneinander, ineinander verschlungen aßen sie Nüsse, *verschlungen endlich, das träumst du doch nicht!*, flattert der Saharasand in mir. Ich sehe sie aber nur im Profil, sie kreisen mit mir mit. So scheint's. So scheint's in meiner Erinnerung zu sein, sodass ich nur ihr Profil sehen kann an der Bar, im leergefegten amoK, in welchem noch vor zwei, vor zwei, drei Stunden tanzten, Hunderte Trabanten tanzten, wie Karla sagt, *wenn man genau hinsieht, kann man sie noch sehen,* und ich kann immer noch nicht verstehen, warum die beiden wiederum mich nicht, und schlage Haken. Es macht mich verrückt, wo bloß der Bronzeschlüssel geblieben ist?

Beruhige dich.
Du kennst doch die Hitze.
Dich darf es nicht wundern,

denkt es in mir und es ist wahr: In der Nacht zuvor, da war ich wach, stundenlang wach, eigentlich durchgemacht und gelesen, gegoogelt und gelesen, YouTube und N-TV, das Nachtstudio, das Sportstudio, die Wiederholung des Sportstudios und das Wummern der Bässe aus dem amoK und laut: *Ich bin müde,* sagen. *Müde, müde, müde,* sagen. Dann kurz einschlafen und dann wieder am Tisch. Ich bin immer noch müde und sitze jetzt am Tisch. Meine Hand hält einen Stift und ich versuche sie zu zeichnen, Judit und Karla zu zeichnen, um Gewissheit zu schaffen, schwarzer Grafit auf Papier, sehe mir ihre schemenhaften Gestalten am Brillenrand an, eine Täuschung, meine Wahrnehmung eine stete Täuschung, schaue hoch, dann sind sie auch schon verschwunden – das amoK dunkel, du hast es gesehen, das amoK, alles war dunkel, wie immer.

Aber geh, sieh nach, noch einmal, nach unten,
sieh durchs Dämonenauge!,

schallt es in mir. Und schon gehe ich erneut, zum vierten, vielleicht fünften Mal trete ich vor die Tür, habe Angst, habe wieder Angst, von Anfang an, vor dem Öffnen der Haustür zur Straße, der Fasanstraße, vor den matchatrinkenden Menschen im Café Desiree, dann vor den tanzenden Trabanten im amoK. *Aber dunkel, es ist alles dunkel. Siehst du?* Und meine Hand, sie hält den Stift, ich hebe den Blick zum Fenster. Ich versuche die Verbindung zu halten, um nicht verrückt zu werden, um nicht zu verschwinden wie ein Gespenst, in der Auflösung aller Gewissheiten, im Schlaf einer Zukunft, in der es mich nicht mehr geben wird. *Keine Sorge,* höre ich dann Béla Réthy ein letztes Mal in meinem Ohr: *Fehlende Geräusche sind ein Zeichen, dass es sich um einen Traum handelt. In einem Traum ist es auch unmöglich, mehr als zwei Sätze zu lesen, erinnere dich!, fehlten die Geräusche im amoK? Konntest du die Getränkekarte lesen?* Doch zu spät, dafür ist es schon zu spät. Ich weiß es nicht mehr. Das Klingen einer vorbeifahrenden Straßenbahn schreckt durch den Raum.

ACHT

Gespenster gibt es viele, mich eingeschlossen, denke ich und lege Mark Fisher zur Seite. Mir fällt ein, dass jemand mein Bike geklaut hat. Ich frage mich, ob die Kirchenglocken einsetzen, um die Gewitterwolken zu vertreiben, oder ob irgendwo eine Messe gelesen wird. Ich baue die Pritsche ab. Ab und wieder auf, klemme mir dabei die Fingerkuppe. Wiedergänger aus dem Jahr neunzehnhundertneunundneunzig, Judit, ein Wiedergänger, denke ich.

Einer, der aber nicht irgendwann, sondern heute, vielleicht sogar schon heute zurückzukommen droht und alles durcheinanderwirft und Rechtfertigung verlangt, *endlich!*, eine Rechtfertigung verlangen wird. Und durch das grüne Pflaster drückt das Blut. Als wäre es wieder vor der Silvesternacht neunzehnhundertneunundneunzig, es fühlt sich an, als wäre es wieder vor dem Dezember neunzehnhundertneunundneunzig, und etwas weiß in mir, ich bin nicht mehr allein. *Aber du bist es natürlich. Allein.*

NEUN

Dann eine Berührung im Gesicht. Eine Rührung, denke ich, mitten im Gesicht der Wind, ist das Pech?, frage ich, und ja, *Pech, dein Pech, dass du so bröckelst,* höre ich unumwunden bis es knackt, bis es bricht, die Pritsche zusammenbricht und ich falle ab. Kein Ende in Sicht, bis sich schiebt, bis Judit rückwärts den Verstand pflügt, *den Saharasand zurück in die Wüste,* ruft sie und schöpft aus dem Vollen. *Das Glück ist ein Feigling, das draußen bleibt, wo es seine Ruhe vor dir hat, bis der Wind es zu dir bringt, gegen seinen Willen,* höre ich sie fluchen, bis sie fliegt, die Schaufel fliegt und Tannennadeln rieseln vom Wind getrieben aus der kaputtgebissenen Lippe. *Was war das?,* frage ich. Vermute wieder den Gewitterboten Wind, der in jede Pore dringt und den Spuk erst ins Schwingen, ein spukendes Echo ins Klingen bringt, das in mir gespeichert liegt wie die Dateien auf meinem Apple MacBookPro2012, das ich von Karla geschenkt bekommen habe. Das MacBook mit dem Mittelfinger-Fuck-You-Sticker, mit dem Burger-King-Sticker. Und wieder einmal gehe ich zum Zigarettenautomaten, der an der Wand neben dem Bild von Ian Curtis hängt. Ein brauner Kasten, den eine orangene, eine speckig schimmernde Fläche rahmt, auf welcher *tabaccoland* zu lesen steht und von mir als seinem einzigen Kunden sowohl geleert als auch befüllt wird. Das beruhigt mich. Dieser Automat beruhigt mich und gehört Karla. Karla, denke ich, unsere Wohngemeinschaft, hoch oben in einem Gebäude in der Fasanstraße, die Karla für uns an Land gezogen hat. In ihr hört man den Straßenlärm fast nicht, wenn das Fenster fest verschlossen ist. Dafür ist es aber umso wärmer und die Decke bricht. Sie bricht durch, es bricht durch die Risse bereits der Dämmstoff und die Tapeten an den Wänden blättern ab.

ZEHN

Ich trinke den letzten Schluck aus der Mezzodose. Ich sehne, sehe mir die Bilder von Judit auf dem Laptop an. Bilder, die ich seit mehr als zehn Jahren, die ich seit mindestens zehn Jahren ansammle, auf StudiVZ, Facebook, diversen Universitätsportalen, und pflege sie, pflege sie ein. Immerzu du, Judit. Dein FSJ-Jahr in Ouagadougou tritt aus einem Foto, du im Hauptstadtbüro der österreichischen Entwicklungshilfe in Burkina Faso auf der Homepage der Bezirkszeitung Oberbach. Du in weißem Leinen. *Ein Jahr in Afrika,* lautet die Überschrift des Artikels aus dem Jahr zweitausendundzwei. Und weiter:

> *Die junge Oberbacherin Judit Renner ist aufgeregt. Ein ganzes Jahr wird sie in Burkina Faso leben und als Entwicklungshelferin arbeiten,* und ich imaginiere dich am Telefon oder auf einem Jeep,

der Sand aufwirbelt, eine Fahrt über Hügel, über Stock und Stein, und es kracht der Motor, es kracht wie in der Silvesternacht der Himmel, kracht in den Ordner des ÖH-Wahlkampfs zweitausendundfünf – Judit auf der Liste GRAS, Fachbereich Pädagogik und Medienwissenschaft. Judit im grünen Mantel und in dunkelblauen Jeans. Judit in Unigewölben sitzend mit Plakaten, mit Grafiken, Flipcharts und einer Kaffeekanne in vergilbtem Beige. Dann Judit mit ihrem Border Collie auf den Bibliothekstreppen, mit Schwarzrandbrille und naturgewelltem Haar, Halstuch und Hut und einem Buch in der Hand; und dann: der Facebook-Eintrag zur Anstellung in Antwerpen zweitausendundzehn. Seitdem verliert sich die Spur, verlor ich die Bilderspur zu dir, Judit.

I'm so happy: I'll be a Postdoc at Antwerp
Media Society Centre.

Das Bild deines Gesichts auf der Universitätshomepage, ebenfalls mit Halstuch und Hut, die Anschrift *Sint-Jacobstraat 2, 2000 Antwerpen, BEL,* bis heute meine Verbindung zu dir. Und ich weiß, dass es eine Illusion ist, du mit deinem Hund über den *Grote Markt,* du über den Campus an den prachtvollen Backsteingebäuden vorbei, du im amoK mit Karla an der Bar. Mir ist, als fiele ein Messer aus meinem Hals.

ELF

Bald macht es keinen Unterschied mehr, ob wir in Illusionen leben oder nicht, spreche ich mir selbst zu und lese; lese mit der Nasenspitze an den Zeilen von Mark Fisher, lese, dass die Kultur des 21. Jahrhunderts Geister beschwöre, weil eine Zukunft unmöglich geworden sei. Der Zusammenbruch von Versprechen wie Solidarität und Wohlstand, das Zerfallen von Zeit und Raum in eine permanente Gegenwart, eine permanente Gegenwart, die jederzeit und überall im Netz abrufbar ist, eine penetrante Geschwindigkeit, Beschleunigung ohne konkretes Ziel, kein roter Punkt in der Zukunft, den es zu treffen gelte. Dies führe in die Depression, lese ich, dies führe zum schnellen Konsum der Vergangenheit, zur spätmodernen

Retrospektiven- und Pastichenkultur. Eine Kultur, die wie die Musik in Stranger Things ein trügerisches Gefühl von Sicherheit und Erinnerung vermitteln würde; und ich sehe kaum mehr meine Hände im Halbdunkel. *Bald werde ich also verschluckt von der Erinnerung, von der Geschwindigkeit der Erinnerung verschluckt,* und da: verschluckt von der Dunkelheit, von der Nacht; verschluckt, bis der Wind auf einmal, auf einmal weht wieder warmer Wind durchs Fenster in die Zimmerzelle und es weht und es fliegt unter dem Fenster ein Schirm, ein Schirm und ein Aschenbecher vom amoK über die Fasanstraße.

Lass mich mal sehen, sagst du.

Und du schiebst meine Beine beiseite, Judit, du schiebst meine Beine zur Seite, sanft deinen Finger auf mein Knie legend. Dann der leichte Druck, den ich mit meinem eigenen Finger imitiere. *Ich weiß das. Ich weiß das doch!* Du gehst nicht zum Fenster, streckst nicht deine Hände ins Dämmerlicht und sagst: *Da sind sie doch. Deine Hände.*

ZWÖLF

Ich frage mich, wie lange ich noch unterscheiden, mich von einem Gespenst unterscheiden und wissen kann, was wahr ist, was tatsächlich da ist, und frage mich, wie lange ich noch Vergangenheit von Gegenwart und Zukunft unterscheiden kann. Ich höre das Echo meiner Stimme, die von maroden Zimmerzellenwänden und der herausquellenden Dämmwolle fast gänzlich verschluckt wird. Eine Stimme, die zusammengesetzt ist, die aus Erinnerungen zusammengesetzt ist, und *das Gedächtnis ist kein Instrument für die Erkundung des Vergangenen, vielmehr das Medium,* geistert es durch mich hindurch. *Es ist das Medium wie das Erdreich das Medium ist, in dem die alten Städte verschüttet liegen,* lese ich laut. *Oder träume ich?,* fragt Judit mich und pfitscht mir durch die juckende Nase in den Rachen. Und dann, *dann hörst du, hörst du ganz genau hin, aber da ist nichts!,* krakeelt sie lachend in meinem Rachen, und ich versuche zu lesen, mehr als zwei Zeilen zu lesen: *Wer sich der eigenen verschütteten Vergangenheit zu nähern trachtet, muss sich daher verhalten wie einer, der gräbt, der prüft, der kritisch überprüft mit dem einzigen Instrument, das er hat – seinem Verstand,* steht da und ich muss prüfen, graben, alles noch einmal neu befragen: *seit heute Morgen, seit ich heute Morgen das amoK betrat und euch sah, Karla und Judit vermeintlich an der Bar, ist nämlich alles anders,* sagen, es immer wieder aus dem Fenster sagen, Judit.

DREIZEHN

Es ist Anfang August zweitausendundzwölf. Die Tage sind endlos. Und ich stelle mir die Endlosigkeit wieder wie einen Feldweg vor. Vor mir wieder der Flyer auf dem Bildschirm. Der Flyer und das Plakat für Karlas Festival im nächsten Jahr. Das erste *Porn-Film-Festival* der Stadt soll es werden. Ein Festival, *das Pornografie als Kunstform versteht,* wie Karla sagt. *Filme und Kunstwerke, die den herkömmlichen Pornofilm infrage stellen,* wie sie mich wissen lässt, und ich stelle mir ihren ausgestreckten Mittelfinger vor. Ihr Sinn für den ausgestreckten Mittelfinger – ihr Kerngeschäft. Und dann sehe ich wieder die Ewigkeit vor mir. Das Feld rundum ist bestimmt von einem matten Grüngelb, ein turnmattengrüngelbes Etwas, keine Blumen, keine Gräser. Nichts. So wird der Flyer aussehen. Seine Grundierung knallend grün. Darüber weiße und schwarze Schrift. Wie gemalt. *Das amoK ist mehr als ein Club,* sagt Karla. *Es ist Brutstätte für Kreativität, Kommu-*

nikation, Kultur. Eine Kulturfläche, die blüht. Die blüht wie die Felder im Frühling. Und dann riecht es nach Regen. Wir müssen Judit zu diesem Festival einladen, sage ich vor mich hin und schließe das Fenster. *Sie ist Medienwissenschaftlerin, ihr Forschungsschwerpunkt, Karla, das würde doch passen.* Und zugleich dann wieder die Frage im Sinn, ob ich auch ein Gespenst für dich geblieben bin, Judit? Eine kleine Irritation, eine kleine Einbildung bei einer Person, die an dir vorüberzieht oder in der U-Bahn zwei Reihen entfernt von dir sitzt.

VIERZEHN

Gespenster treiben Anliegen um. Anliegen, die noch nicht abgeschlossen sind, aber als etwas Einschneidendes uns verbinden, wie das Jahr neunzehnhundertneunundneunzig uns; deshalb schlafen wir nicht, Gespenster schlafen nicht, *verdammt zu einem ewigen Wach,* und dann wirbelt der Wind, wirbelt Asche vor meinen Augen auf, Asche aus meinem Aschenbecher auf, durch die Zimmerzelle, und die Partikel wirbeln in der Luft, durch meine Zimmerzelle in die Luft, und wieder fällt um ein sonnenwarmer Schirm, Knall auf Fall, eine Trauer in der Erinnerung, eine solche Trauer in der Erinnerung, wie der Vater vom Strand zu uns, zu mir und meiner Mutter, vom Sandstrand zum Campingplatz herüberwinkt; weißt du noch? *Du weißt doch noch, Judit,* wie ich dir von meiner frühesten Erinnerung an meinen Vater erzählte, der Erinnerung an meinen eigentlichen Vater? Damit beginnt unsere Geschichte, denke ich jetzt. *Eine Kleinkinderinnerung,* nannte ich sie, und ich erzählte dir von dieser Erinnerung in Kilians Keller inmitten von Fitnessgeräten. *Ja, so war es.* Zwischen leergetrunkenen Pappbechern, glaube ich, und den von Straßenschuhen verspurten Fliesen. Es war im

Sommer neunzehnhundertneunundneunzig, *weißt du das noch? Judit?*, franst es aus mir. Sie weiß es noch.

FÜNFZEHN
1999 und 2012

Ich kannte dich damals bereits. Natürlich nur vom Sehen kannte ich dich, aber wir alle wussten, wir wussten: Du bist die Tochter vom Reinhold Renner. Die Tochter von meinem Chef. Nein, die Tochter vom Chef des Chefs meines Chefs. Du wurdest sechzehn, durftest endlich ausgehen, allein abends rausgehen, und du hast dein Fahrrad abgeschlossen, das rosa Hollandrad mit Einkaufskorb an die Straßenlaterne gekettet, ehe du dich dann unauffällig hinter die Ecke der Metzgerei Höllwarth verdrückt hast. Wir haben alle gesehen, wie du aufgeregt deine erste Zigarettenpackung aufgemacht, fast nicht aufgebracht hast, wie das Feuerzeug in der schweißnassen Hand dir keine Flamme spenden wollte. *Die Renner-Tochter versucht zu rauchen*. Dann Lachen, dann viel zu lautes Lachen. Lachen, das sich in ein Leben ätzen kann, bevor es losgeht, bevor die Feier deines sechzehnten Geburtstages überhaupt erst losging, und ich war feige, Judit, ging zu dir, wollte fragen, wollte erfragen, ob du mir ein Bier spendierst, ja, wenigstens ein Bier wollte ich dir aus den Rippen pressen, ein Bier von dir, der Renner-Tochter, erpressen mit der Frage, ob der Papa das denn wüsste, ob der Papa denn von den Zigaretten wüsste, wollte ich fragen, wollte Teil sein, wollte ein Teil von jenen sein, die deine Familie hassten, weil sie für sie schufteten, weil sie in ihren Augen Leibeigene des Renner-Herren waren. Doch die Welt ist von innen eine andere als von außen. Und auf einmal sah ich mich. Von außen ist man selbst viel kleiner als gedacht. Du hast da was verschoben. Dein Ankommen änderte alles, *auf einen Schlag,* wie man sagt, hast du auch das Bild von mir selbst verändert. *Wie?* Keine Ahnung. *Ob der Papa das weiß?,* hast du gefragt. *Ich weiß es ja selbst noch nicht!* Doch ich wusste wiederum, dass ich mich jetzt einfach neben dich setzen kann. *Ich wollte bei dir sitzen und sein.* So einfach war das. Ich zündete mir eine Zigarette an und wusste, dass ich nichts sagen musste. Du hast mir beim Rauchen zugesehen. Irgendwann bot ich dir auch eine Zigarette an. Wir saßen hinter der alten Höllwarth-Metzgerei, rauchten, redeten. Ich und die Tochter vom Reinhold Renner, der eigentlich Hofherr heißt, eigentlich ein Hofherr sei.

Kein Renner, flüstert mir mein Stiefvater ins Ohr, wenn ich genau in die Wohnung über der Fasanstraße höre. Da höre ich jetzt meinen Stiefvater, Hannes Böhm, und nicht nur ihn, alle tauchen sie jetzt auf, nach und nach, alle Gestalten, alle Gespenster meiner Geschichte, wie aufgewirbelter Staub, wie die von dir aufgewirbelten Staubpartikel hinter dem Jeep aus Ouagadougou, welche sich erst wieder legen, auf einen neu zugewiesenen Platz legen müssen, *beruhigen müssen, beruhigen müssen wir uns,* höre ich sie flüstern, höre ich wieder die Mutter meinem Stiefvater, ihrem Hannes Böhm, hinterherflüstern:

Eigentlich stammt der von den Hofherrn ab.
Du weißt schon.
Wie der Hannes sagt, einer von denen,
der hat nie,
der hat auch nach fünfundvierzig nie,
ja, einer von denen halt, die nie abgeschworen haben. Von denen stammt der ab, der Reinhold.

Echt? Woher weißt du das eigentlich?, frage ich den Raum zurück. *Das weiß man halt, mein Schatz!*

SECHZEHN
1999

Der Reinhold Renner ist also eigentlich ein Hofherr, Nico. Das ist so.

Na, und?

Na, und? Damit fängt es doch schon an. Dass du das nicht weißt! Du verstehst nicht, was das heißt!

Der Vater von Judits Vater, der Vater vom Reinhold, der alte Hofherr, so mahnte Hannes Böhm mit der Mutter im Chor, der wurde verhaftet. Nach fünfundvierzig wurde der von den Franzosen verhaftet, und doch war er plötzlich wieder da, in Oberbach. *Einfach so.* Mitten unter den Leuten, wie es heißt, mittendrin unter den Leuten, die allesamt nichts sagten, ja, sogar froh waren, dass der wieder da war. Wegen der Fabrik hauptsächlich, wegen des Werks vom Dannenberg, hieß es. Und so dirndelten und lodenjankerten die Oberbacher wieder vor sich hin, als wäre nichts gewesen, als wäre nie etwas passiert, so der Stiefvater damals ganz erregt, *bis er eben durchdrehte, der Hofherr eben gänzlich überdrehte, und was der mir, was der uns, ach!, du hast ja keine Ahnung!* Dann brach er ab, dann brach er ab, der Hannes Böhm. Für einen Moment. Er nahm einen Schluck, verschränkte die Finger, ließ sie knacken, reckte den Nacken von links nach rechts und setzte schließlich fluchend fort: *Und du, du jetzt mit dieser Judit.* Er schlug mit der flachen Hand auf den Tisch. Sein Glas fiel um. Es war ein schwerer Tisch. Der schwere Küchentisch aus dunklem Holz. Eine weiß-gelb geblümte Tischdecke lag darauf ausgebreitet. Und über die Tischdecke war eine transparente Plastikfolie gespannt, eine Plastikfolie, auf welcher der Weißwein-Spritzer abperlte, zu schimmernden Tropfen sich verperlte, sich um die metallenen Klammern am Tischrand wand, mit welchen die Folie befestigt wurde und um die herum sich gerne rostige

Ränder bildeten. Er schlug so fest auf den Tisch, dass das Besteck in der Tischschublade schepperte, sogar noch das Geschirr in der Vitrine klirrte, sodass selbst jetzt noch die Vögel flattern über der Fasanstraße, aufflattern als Schwarm vor meinem Fenster, und sie beschweren sich jetzt und beschweren sich wie der flachhändig aufschlagende Stiefvater sich beschwerte über die Oberbacher, über mich, über Reinhold Renner, Karl Hofherr, über dich, Judit; aber ich – ich wiederum kann nicht mehr genau verstehen, mich nicht mehr daran erinnern, worüber Hannes Böhm sich noch beschwerte, es hörte sich nach Gott an, es hörte sich nach Oberbach und Gott weiß was an; aber meine Erinnerung ist jetzt ganz nah an der alten Vitrine dran; eine Aufsatzvitrine aus den Neunzehnhundertzwanziger-Jahren mit Glastürchen; mit drei Glastürchen, um genau zu sein, hinter denen Kerzen und Teetassen zu sehen waren.

SIEBZEHN
1995

Kerzen und Teetassen und ein einzelner Eierbecher standen dort und auch ein kleines Grammophon. Rein und staubfrei gehalten, fein aufgereiht. So standen die dort. Hinter den Glastürchen auf gehäkelten Spitzendeckchen, und noch jetzt, mehr als zwölf Jahre später, zischt die Wut in mir, *zischt die Wut wie Feuer gegen Wasser im Kampfe, wie Feuer, das gischend seinen Feind zu tilgen sucht,* dass ich dasaß, einfach sprachlos dasaß in jenem Moment, mit meiner Mutter und dem Hannes Böhm. Dabei stand die Vitrine vor meiner Nase. Ich aber sagte nichts. Nicht, weil ich überrumpelt war, nicht, weil mir mein Stiefvater Angst machte. Ich saß einfach nur da und aß einen Apfel. Kaute den Apfel und spuckte einen Kern auf den handgroßen Teller. Mir war die Aufregung schleierhaft, Judit. Das ganze Politische, die ganze politische Geschichte war mir damals so egal, und ich schreie in meine vorgehaltene Hand: *Es war mir scheißegal!* Das tut mir leid. Ich sinnierte lieber vor mich hin und träumte, träumte von der schönsten Frau, die ich je ein rosa Fahrrad hatte schieben sehen. Eine Frau mit einem Lachen, das betrunken macht. Ich wäre dir überallhin nachgegangen. Egal, was Hannes Böhm oder dein Vater oder wer auch immer gesagt hätte. Irgendwo hätte es für uns eine Zukunft gegeben, in Oberbach oder sonst wo.

ACHTZEHN
1995

Die Vitrine gehörte der Mutter von Hannes Böhm. Magdalena Böhm verstarb vor siebzehn Jahren. Sogar genau auf den Tag vor siebzehn Jahren am 4. August neunzehnhundertfünfundneunzig. Ich war dreizehn Jahre alt und stand im Haus der verstorbenen Magdalena Böhm. Eine Person, die ich nicht gekannt hatte, die ich nicht kennen wollte, aber ich sah mir ihre Bilder an, all die Bilder eines Lebens hängend an Wänden. Ein Leben in Bildern, die mich an Heimatfilme denken ließen. Das Gesicht einer Frau mit weißen Rundperlenketten war da zu sehen, wahrscheinlich ihr wertvollster Besitz, die Perlen, dachte ich. Ein Besitz für den Kirchenbesuch, für den Feiertagskirchenbesuch, und für das eine Mal, für den Termin beim Fotografen Büttner. Der einzige Fotograf in Oberbach. Bis heute. Seit Generationen ein Monopol. Dort erstarrte sie also zu einem Perlenkettenlächeln, ein falsches Perlmuttkettenlächeln vor weißem Hintergrund, für welches ein Sonderrahmen angefertigt worden war. Ansonsten nur Heimatfilmmythen des Alltags: Magdalena Böhm vor dampfenden Töpfen. Magdalena Böhm vor weißen Laken im Wind, die sie zum Trocknen aufgehängt hatte. Ein vergilbtes Foto zeigte sie auch vor ihrem Haus in karierter Küchenschürze, die um die Taille eng zusammengeschnürt war. Später dann Farbfotos vor Kachelöfen mit mehreren Menschen, mit mehreren Männern, mit gamsbärtigen Jägersmännern. Und neben den Fotos hingen tote Tiere. Viele tote Tiere. Hauptsächlich Geweihe, Schädelknochen, der ein oder andere Pelz. Manchmal roch es nach Käse, nach Gorgonzolakäse. Dann wieder süß nach Marmelade, nach dem jahrzehntelangen Einkochen von Himbeermarmelade oder Zwetschgenmus. Ein Geruch, der sich in den Tapeten festgefressen hatte. Und da stand sie dann. Vor der nach Zwetschgenmus nur so schwitzenden Tapete: die Vitrine. Die Vitrine, die ich öffnete mit einem so beherzten Ruck, dass der Aufsatz mir fast entgegenkam. Die Eierbecher jedenfalls zerschellten am Boden. *Sei doch vorsichtig,* keifte die Mutter, die Mutter stets in Sorge um das Gemüt des Hannes Böhm. Die Mutter mit Kehrbesen in meinem Kopf, die Mutter beim Versuch noch zusammenzustecken, die gesprungenen Eierbecher durch Aneinanderreiben der Einzelteile wieder ineinanderzusetzen, und ich hob den einen unversehrt gebliebenen Eierbecher auf. Jetzt ein Einzelstück. Ich stellte ihn auf seinen Platz zurück und sah im Dunkel der Vitrine etwas blitzen, hinter dem guten Porzellan der Magdalena Böhm, nah an der Sperrholzrückwand, sah ich eine Klinge blitzen. Ein Dolch mit polierter Klinge fand sich dann, fand sich dann in meiner Hand. Eingefasst in einen schwarzlackierten Griff, mit RZM-Herstellercode, mit vernickelten Zinkbeschlägen und mit Aluminiumadler.

NEUNZEHN

Ein getragener Dolch in guter Erhaltung, preiste ihn später der Antiquitätenhändler an, den Fund, wie Hannes Böhm den Dolch bezeichnete. *Ein Fund,* der die Erzählung vom gefallenen Vater, von seinem in Russland von der Wehrmacht erschossenen Vater flüchtig werden, sich abrupt verflüchtigen ließ. Es gab ihn nicht mehr – den nach Russland geflohenen und mit den Russen konspirierenden Hannes Böhm Senior, der nie ein überzeugter Nationalsozialist gewesen sein soll und *gegen seinen Willen,* wie es hieß, eingezogen wurde. Immerhin Hannes Böhms liebste Erzählung. Eine Erzählung, die von Magdalena Böhm zunächst kolportiert und ab Mitte der Siebziger von ihr bei jeder Gelegenheit geradezu referiert , ja so oft wiederholt worden war, bis sie sich zur Wahrheit verfestigte. Und erst später, erst mit Judit wurde mir bewusst, der größere Zusammenhang bewusst, wie die Lebenslüge zustande kam, *der Leugnungs- und Verdrängungswahn,* wie sie sagte, *in ihm hatten die Österreicher sich zusammengetan, von Anfang an, von Anfang an sich aufs Leugnen und Verdrängen verständigt. Darauf verstehen wir uns prächtig,* wie Judit sagte. *Und zwar über die Lager hinweg, über die Nachkriegsjahrzehnte hinweg haben sich die Österreicher vor ihrer Geschichte versteckt, sie einfach überschrieben.* Wie ein Palimpsest, denke ich jetzt. Sie überschrieben sie mit Anekdoten, mit Anekdoten über die Toten, mit allerlei Mythen und Geschichten, Geschichten, die darin gipfelten, dass Magdalena Böhm, nachdem sie wieder einmal die Widerstandslegende ihres Mannes am Rande eines Parteitages erzählt hatte, sich für so rein und unverdächtig hielt, dass sie den Kreisky feierlich zitierte: *Wenn die Juden ein Volk sind, dann sind sie ein mieses Volk. Das sagte der Kreisky dem Spiegel neulich,* soll sie brilliert haben. Weil der Kreisky mit SS-lern paktiere, so der Vorwurf vom

Wiesenthal an ihn, an den Kreisky, *unerhört!*, es herrsche keine Ruhe, noch immer keine Ruhe, *wegen der paar alten Geschichten*, wie der Kreisky sagte. *Der wehrt sich aber jetzt, mit aller Macht, der Kreisky, der ja selber einer von denen, einer von den Juden ist*, triumphierte sie. *Wir sind das nämlich nicht, alte Nazis, alles Nazis, wie der Wiesenthal sagt. Wir waren es nie und sind es auch nie gewesen in der Sozialdemokratie. Da hat er recht, der Kreisky. Anständig sind wir. Wie man an den meinen ja sehen kann, sind wir so ganz und gar nicht! Der soll sich wehren, der Kreisky. Recht hat er!*

ZWANZIG

Kein Wunder, dass der Magdalena Böhm dieser Kreisky-Sager imponierte, höhne ich jetzt. Nicht, weil der Wiesenthal die SPÖ attackierte, nein, nein. Der Kreisky traf den richtigen Ton. Er erteilte uns Absolution, er half beim Verstecken, beim Maskenaufsetzen. *Und so bist du Ruhe uns, freundlicher Tröster! Du schenktest Riesenkraft dem Verachteten, den ehemals Schlachtenden*, und schon damals, damals in ihrem Haus neunzehnhundertfünfundneunzig als Dreizehnjähriger, bedenke ich jetzt, hätte ich es sehen, und ja, Judit, ich hätte es dem Hannes um die Ohren hauen müssen. Wie du an jenem Abend im Dezember. Im Dezember neunzehnhundertneunundneunzig, an welchem wir uns *zuletzt gesehen, von Angesicht zu Angesicht*. Aus unserem Wohnzimmer, aus dem Haus von Hannes Böhm bist du gestürmt und aus meinem Leben verschwunden. Ich bin dir nicht nachgelaufen, laufe dir auch heute nicht erneut, nicht noch einmal ins amoK hinterher, sondern bleibe entsetzt, in das Jahr neunundneunzig zurückversetzt, bleibe immer noch entsetzt stehen mitten im Raum, starre zum Fenster und bin bei Hannes Böhm, denke an ihn, denke: auch der Stiefvater hätte es wissen, denke ich jetzt, den Nazi im Gesicht seiner Mutter doch erkennen müssen!

EIN UND ZWANZIG

Ich sehe das Fenster als abendrotrosa Fläche. Ein monochromes Gemälde, und weiß, dass ich zu Frieden, zu ein wenig Ruhe kommen muss. Aber wie?, frage ich. Je näher ich damals den Fotos an der Wand kam, desto deutlicher sah man ihr doch an, dass sie versuchte Magda Goebbels zu imitieren, fluche ich, verfluche nachträglich auch den Hannes Böhm. *Siehst du das nicht, wie sie versucht sich zu stilisieren? Wie Magda Goebbels,* sinniere ich und schäme mich, schäme mich, dass ich nicht früher, *aber ich komme eben aus keiner besonders politischen Familie, nicht wie du, Judit.*

Ich armes Kind.
Armes, Armes du.
Bete ein Nachtgebet ans liebe Unschuldslamm,
bete, bete dagegen an, dass Herkunft unterbinde,
dass Herkunft künftig nicht mehr unterbinden möge
dein Interesse an der Welt, flattert es aus meinem Rachen, und du, du hättest recht, Judit, ich weiß schon, ich weiß schon, *doch so einfach ist es nicht,* höre ich mich verteidigen, mich selbst schützend: es ist ja auch nicht so einfach. *Das habe ich, das hast du ganz brav nachgelesen,* übernimmt die Juditstimme in mir das Kommando. Und ich erstarre. Sage, stammle: Ist es wirklich nicht. Es ist ja wohl wirklich nicht so einfach, wenn man das nicht in die Wiege gelegt bekommt. Ich wollte einfach nichts davon wissen, verstehst du? Weil eben nie jemand von den Meinen je etwas davon wissen wollte, Judit, *natürlich nicht. Niemand möchte bei uns wissen, in Österreich mochte*

überhaupt noch nie jemand irgendetwas wissen, höre ich dich und reiße auf, reiße auf das Fenster zum rosarot lodernden Abend.

ZWEI UND ZWANZIG

Geglaubt wird bei uns. Jemandem wird geglaubt oder nicht. Und meist nicht demjenigen, der weiß. Gewusst haben wollen es zwar alle, aber von einem Verbrechen solchen Ausmaßes, will niemand zu viel wissen. Und geglaubt haben wir es damals auch nicht, was man so gehört hat. Gewusst haben will es ohnehin niemand, geschweige denn mitgemacht! Das kann man beruhigt glauben. Daran glauben wir sogar so fest, wie wir fest an Homöopathie glauben. Wir glauben auch an Salben und Bachblüten und wir glauben natürlich an die reinigende Wirkung des Alkohols. Wir reinigen uns jeden Tag. Tag für Tag, so rein sind wir. Wir haben weltweit den höchsten Pro-Kopf-Verbrauch und nennen es Genuss. Mit Leugnung und Verdrängung hat das nichts zu tun! Wir nennen es den gesunden Genuss, der tötet, der das zu fette Essen in uns tötet, und auch Keime, den Keim des Hasses in uns tötet, oder, nein, ihn fördert, den Kult, den Staatsvertragskult, die Kultur im Allgemeinen sowie auch die Verdauung. Denn der Alkohol verjagt auf natürliche Weise die Krankheiten. Krankheiten, die nichts in unserer Darmkultur verloren haben. Wenn es sein muss, jagen wir diese auch mit Gewalt. Mit Messern und Gewehren jagen wir die Keime, die in unserer Kultur nichts verloren haben! Ach, wie gerne wir doch jagen, Hannes! Wie gerne doch, oder nicht, Mama? Tiere, Juden. Über Straßen, *die ein so wichtiger Wirtschaftsfaktor sind, Junge,* höre ich den Böhm jetzt wieder mahnen, und: *Wir wissen doch um die Widersprüche,* höre ich die Mutter klagen. *Aber die sind uns wurscht,* höre ich den Böhm wiederum sagen. *Wir regen uns nur, wir regen uns nur dann auf, wenn jemand unsere Einfalt mit Wissen und Fragen und Bohren stört, ja zu stören sucht, zu zerstören versucht.* Und deine Mutter, die ging sogar noch einen Schritt weiter, sage ich jetzt zu Hannes Böhm, sie ging noch einen Schritt über den bloßen Glauben, über die Harmoniesucht und über die Wurschtigkeit hinaus, errege ich mich jetzt, dreizehn Jahre später rückwirkend, rückwirkend im von der Sonne so aufgeheizten Raum; sie ging noch weiter und erfand die Geschichte, sie erfand einfach diese Geschichte des desertierenden Gatten. Ein Held, der mit den Kommunisten konspirierte: Hannes Böhm Senior. Erschossen von der Wehrmacht aufgrund seiner Überzeugung, Widerstand leisten zu müssen. Ein verkappter Kommunist, eigentlich immer schon ein Sozialist. Magdalenas liebste Erzählung war das. Um die Vergangenheit unkenntlich zu machen. Ich wünschte, ich könnte das! Die Vergangenheit umschreiben, mich von ihr loseisen, losreißen, *das glaube mir!,* genau wie Magdalena Böhm würde ich gerne sein, ich verstehe das, ich beneide das! Sie fand einen Weg, um aus der eigenen Verstrickung nicht nur loszukommen, sondern um sogar noch zu beweisen, allen voran sich selbst, dass nicht überall *Nazi drinsteckte, wo Nazi draufstand.* Um zu beweisen, dass der anständige unter den österreichischen Männern, vor allem der sozialdemokratische, sich sofort ändert, wenn er die wahren Ausmaße erkennt und dann einlenkt, sogar umschwenkt. Einfach so umschwenkt. *Denn der Hitler hat ja gelogen und manipuliert,* höre ich sie sagen, höre ich all die Gespensterstimmen in einem Durcheinander sagen, *dem haben alle geglaubt,* wie sie alle sagen: *Die meisten wussten ja von nichts. Aber als man erkannt hatte, die Ausmaße erkannt hatte, da hätte sich das Gewissen bei den meisten dann doch geregt.*

DREI UND ZWANZIG

Aber bei deinem Hannes, Mama, da regt es sich noch mehr. Das Gewissen erregt sich noch etwas deutlicher als bei anderen und steht ab, steht ordentlich da und anständig. Dein Hannes mit seinem sozialen Gewissen, das sich regt. Und deshalb war es auch seine liebste Geschichte, weil er sich im anständigen Widerschein eines Widerstandskämpfers allzu gerne erstrahlen ließ und als vom Schicksal bestimmt begreifen konnte, als vom Geschick des Zeitgeistes vorherbestimmt, *Gewerkschafter und Betriebsrat im Werk in Oberbach zu werden,* wie er gerne sagte. Ideologisch unverdächtig. Von Haus aus. Praktisch genetisch ein Roter. Doch ein Dolch in der Vitrine seiner Mutter mit der Gravur: *Meine Ehre heißt Treue,* ließ alles in sich zusammenfallen. SS statt Internationale. Bemerkenswert, erinnere ich mich, dass du es nicht zu verheimlichen versucht hast, Hannes. Andere haben das. Aber du, du hast es ohne Umschweife an einen Antiquitätenhändler verkauft.

Für knapp zweiundsechzigtausend Schilling,
WTF, wow! So viel Geld,
platzte es aus mir, als ich davon erfuhr. Und Hannes Böhm sagte nur: Schmerzensgeld. Ich kann da ja nichts dafür. Und ohne Vater bin ich aufgewachsen deshalb. *Aber was, bitte,* frage ich dich nun, frage ich dich jetzt in diesem immer dunkler werdenden Raum über der Fasanstraße; und schreibe, schreibe in mein MacBook, schreibe für dich, Judit, als ob die Zeit auf diese Weise wieder eingeholt werden könnte, schreibe: *Aber was konnte denn dann der Reinhold Renner für seinen Vater? Und noch wichtiger: Was konnte denn bitte schön die Judit noch dafür?*

VIER UND ZWANZIG

Mondlicht und Bildschirmhelligkeit sind genug, um nirgendwo anzustoßen. Keine Tischkante, keine Stuhllehne kann mir hier gefährlich werden. Die eine Hand hält das Glas, die andere tastet nach der Flasche, der immer noch nicht leeren Rotweinflasche. Und so stehe ich auf, meine Augenlider zucken, die Beinmuskulatur spannt, es sticht, es sticht im Knie die Gicht, fürchte ich. *Treten Gelenkschmerzen kurz nach dem Alkoholgenuss auf, kann es sich um einen akuten Gichtanfall handeln,* lese ich im Internet. Ich folge dennoch dem Kühlschranksurren. Die Leuchtstoffröhren flammen auf, flackern, gehen mehrmals an und wieder aus. Und Karla sitzt in der Küche, endlich, sage ich, da bist du ja endlich, und drehe an den Leuchtstoffröhren, drehe sie aus der Fassung, drehe sie wieder zurück. Dann Stille. Karla weicht der Stille und ich wache auf, wache auf mein eigenes Kommando hin wieder auf und sehe eine Gestalt im Haus gegenüber. Ich trete ans Fenster. Es ist keine heruntergekommene Straße mehr, die Fasanstraße, denke ich. Im Gegenteil. Sie wirkt nur etwas schäbig, absichtlich schäbig mit ihren schmucklosen Nachkriegshäusern ohne Verputz an den Fassaden. Und in der Fasanstraße dreiundzwanzig befindet sich eben das amoK, Karlas Club. Genau gegenüber wohnen wir. Karla hat ihr Büro zwei Stockwerke über dem amoK. Es ist ruhig. An Sonntagen ausnahmsweise ruhig, und gegenüber dann schemenhafte Gestalten hinter den dünnen Vorhängen, und ich frage mich, ob du, Judit, bei Karla im Büro bist, und ich verjage diesen Gedanken mit den Bildern aus Griechenland im Fernseher, die gehen gerade um die Welt. Vor dem Parlament in Athen werden sie eingefangen, die Bilder. Bilder und die Demonstranten und in meine Zimmerzelle werden sie transferiert, aus dem Fernseher heraus in meine Gehirnzellen transferiert, ihr Weinen, das

Wehklagen der Menschen in meinem Ohr und wieder weg, weinende Griechen vor dem Parlament zappe ich einfach weg, zappe die Schuld von mir weg, die Schulden, die fehlenden Hilfen, *keine Hilfen, nirgends,* keine Hilfen für Pussy Riot, keine Hilfe für Putin im Kampf gegen Pussy Riot, auf YouTube Pussy Riot in gelben und grünen Sturmhauben, und ich schreibe, ich tippe: *Wo bleibst du, Karla? Bitte ruf mich zurück.* Und dann frage ich mich, ob ich mich nicht doch hinlegen soll? Wenigstens für ein oder zwei Stunden.

FÜNF UND ZWANZIG

Apropos Palimpsest. Ein Palimpsest ist ein Schriftstück, denke ich jetzt, dessen ursprünglicher Text durch einen anderen ersetzt wurde, ohne dass der ursprüngliche Text verschwunden wäre. Im Gegenteil: Er ist nicht nur sichtbar, er ist unter dem neuen Text auch noch lesbar, wie Judit ein lesbarer Text über meinem geblieben ist. *Ich weiß.* Und umgekehrt, bitte, Judit, unsere Geschichten sind wiederum mit anderen Geschichten verknüpft, sichtbar miteinander verknüpft *und worauf willst du hinaus?;* sichtbar miteinander verknüpft wie der Teppich, *welcher Teppich? Nico, du und deine lächerliche Leidlichkeit!*

SECHS UND ZWANZIG
2012 und 1999

Sieh ihn dir an, das ist doch ein solcher Teppich, oder irre ich? Den Perserteppich *aus der Katscharen-Dynastie,* wie mir dein Vater erklärte, wie mir dein Vater, nicht nur stolz, sondern auch bestimmend, standortbestimmend erklärte. *Sagen dir die was, die Katscharen, Nico,* als er mir euer Renner-Haus zeigte, als er mir bei meinem ersten und einzigen

Besuch euer Haus vorführte, mich vorführte, aber nicht zu viel, nur nicht zu viel, sodass ich es damals bemerken hätten können. Und ausgerechnet der Teppich an der Wand, der Teppich an der Katscharenteppichwand, der soll jener Frau gehört haben, welche wiederum dein Großvater, Judit, der alte Hofherr, aus ihrem Haus vertrieben hat. Die Vertreibung fand eines Nachts im Jahr neunzehnhundertsiebenunddreißig statt. Kurz vor dem Anschluss hat ein Mob mit brennender Fackel die Familie Dannenberg verjagt, oder die sind knapp vorher geflohen. So genau weiß das niemand mehr in Oberbach, wenn man fragt, wenn man genauer danach fragt, will es niemand so genau wissen. Dein Großvater, Judit, der Karl Hofherr, *der aber war jedenfalls ein Nazi erster Stunde,* wie es hieß, wie es seitens meines Stiefvaters hieß. Dabei war der Karl Hofherr ebenfalls Angestellter *beim Juden,* angestellt im Werk der Dannenberg GmbH & Co. KG.

SIEBEN UND ZWANZIG
1999 und 2012

Und versteh mich nicht falsch, bitte, ich möchte dir nicht zu nahe treten, tastete ich, tastete ich mich an das Thema in Kilians Keller heran, aber wie kam es denn dazu, dass dein Vater als Geschäftsführer ausgerechnet jener Firma vorsteht, die von seinem Vater wiederum so hartnäckig bekämpft wurde?, fragte ich Judit, und etwas zog, etwas zog von hinten an mir, bis ich absank, abwand, meinen Blick von ihr und an ihr vorbei auf das Skateboard an der Wand richtete und mich fragte:

Was kann ich tun?

Was muss ich tun, um diese Frage zurückzunehmen,

und ich reibe mir die Augen und suche mit dem Handy in der Hand nach Dannenberg, nach dem Werk des

Peter Dannenberg, lese: Die Dannenberg GmbH & Co. KG., heute Dannenberg AG, fertigt hauptsächlich Produkte für die Werkzeugindustrie an. *Was den Menschen vom Tier unterscheidet, ist die Fähigkeit, Werkzeuge herzustellen, die für die Herstellung von Werkzeugen verwendet werden,* soll der Dannenberg gesagt haben. Und der Dannenberg war es auch, der die Firma durch die Weltwirtschaftskrise in den Zwanzigern manövrierte, was ihm in Oberbach viel Bewunderung einbrachte. Gleichzeitig konnte dies aber nicht mit rechten Dingen zugegangen sein, da war man sich sicher, da war sich Judits Großvater sehr sicher, *sicher ging das nicht mit rechten Dingen zu, du weißt schon, sagten sie in Oberbach, der Peter hat halt auch die richtigen Kontakte.* Und als dann Peter Dannenberg nicht davor zurückschreckte, seine mitunter besten Arbeiter und Angestellten zu entlassen, als diese sich in den Dreißigern als Anhänger der NSDAP entpuppten, schlug die Stimmung um.

Da schlug die Stimmung gegen den Juden um, sagte Judit in Kilians Keller. *Und unter den Entlassenen war auch mein Großvater, Karl Hofherr, geboren kurz nach dem Ersten Weltkrieg. Im Betrieb ausgebildet. Wie du, nicht wahr, Nico, ein junger Schlüsselmitarbeiter würde man heute sagen,* erzählte mir Judit und schob sich eine Wasabinuss in den Mund. Er kannte alle Anlagen im Schlaf, wie man sagt. Er kannte sie sogar so gut, dass er über Monate hinweg unbemerkt Sabotage verübt haben soll. Und entsprechend spioniert habe er auch. Bis Dannenberg ihn eben entließ. Aber im Herbst neunzehnhundertsiebenunddreißig rächte er sich dann.

Zum Kampfe steh'n
Wir alle schon bereit!
Die Knechtschaft dauert
Nur noch kurze Zeit!, sangen sie
sangen sie und dann drangen sie, drangen ein in

die Landhausvilla Dannenberg. Und obwohl die Firma nicht unter die Ägide meines Großvaters gestellt wurde, zu wichtig war sie für das Reich, sodass der Gauleiter höchstpersönlich sich dieser im Auftrag von Hermann Göring annahm. Aber mein Großvater durfte sich das Heim der Familie Dannenberg behalten und sich einen lang gehegten Traum erfüllen. Er wurde Wirt. Und er eröffnete das Wirtshaus Buchenhof in der Villa Dannenberg am Rande von Oberbach. Umgeben von Feld und Wald, direkt am Bach, mit dem von Buchen umsäumten Garten. Der Buchenhof und sein großer Gastgarten.

Aus dem Landgut der Dannenbergs wurde also der Buchenhof?

Ja, Nico, worauf willst du hinaus?

ACHT UND ZWANZIG

Es ist halb ein Uhr morgens und ich drehe mich, auf der Pritsche liegend, drehe ich mich auf den Rücken. Dann stehe ich auf, aus dem Feldbett wieder auf, baue es ab, ab und wieder auf, baue es an anderer Stelle wieder auf. Dreimal. Das Ritual verlangt es dreimal. Und dann lege ich mich wieder auf den Rücken, lege die Hand auf den Bauch und bemühe mich, tief zu atmen, immer weiter nach unten, unter die Hand zu atmen. Vielleicht war es ja doch nicht Judit heute Morgen im amoK. Ich öffne den Mund und schnappe nach Luft. Nicht aufstehen, weiteratmen. Bleibe auf dem Rücken liegen. Seitlich schläfst du ja doch nicht.

NEUN UND ZWANZIG
1999

Die Erinnerung an meinen Großvater besteht aus einem weißen Bart mit braungelben Nikotinstreifen über der

Lippe, erzählte mir Judit an jenem Abend in Kilians Keller. Einem rauschenden Bart, der das Gesicht versteckt, der die Worte dämpft und unverständlich macht. Und ich erinnere mich an den Großvatergeruch. An den Großvatergeruch nach Virginiazigarre, an Fußball, an Formel 1. Nur zwei- oder dreimal, vielleicht viermal, haben wir ihn besucht, erzählte mir Judit in Kilians Keller. Mein Vater wollte ja keinen Kontakt. Mit meiner Mutter war ich aber dort. Heimlich, sagte Judit. Und es wundert mich, es wundert mich rückblickend wirklich, dass du sofort mit mir in diesen Keller gegangen bist an deinem sechzehnten Geburtstag. Aber wie wir da saßen, wie wir da hinter der Höllwarth-Metzgerei saßen und rauchten, war es unausgesprochen selbstverständlich. Wir rauchten und redeten. Es erschien nur folgerichtig, dass wir uns schälten, aus dem Hintergrund des Oberbacher Marktzentrums schälten und uns stahlen, uns von den vielen Menschen in viel zu guter Stimmung davonstahlen. *Denn sie fühlen sich so aggressiv an,* wie Judit sagte, *so aggressiv in ihrem Wahn, eben guter Stimmung sein zu müssen.* Und mir war, als würde sie mir sprechen, als würde aus ihr etwas sprechen, das ich mir so, oder zumindest so ähnlich, auch schon immer gedacht, was ich zumindest auch schon so geahnt hatte. Aber Judit brach an ihrem sechzehnten Geburtstag eine Tür auf, durch die ich bisher nicht gewagt hatte durchzugehen, nämlich mir vor den anderen einzugestehen, dass es mir keinen Spaß machte, dass ich keine Lust hatte, mit Kilian und den anderen mich unter die Menschen, die Menschen in Oberbach zu begeben, sodass ich armselig wie erleichtert hinzufügte: *Als ob es einen glücklich machen würde, sich in den Armen zu liegen und zu grölen, Jon Bon Jovis It's my Life nachzugrölen oder irgendwas von The Offspring,* um sich dann betrunken hinter einen Scheiterhaufen zu zerren, zu *ziehen, bis der Stoff reißt und Knöpfe springen und stell dich nicht so an, du willst das doch, du willst das doch auch aus dem Unterholz dringt und ungehört in der Nacht verebbt.* Und ich weiß noch, wie es kurz zuckte, wie meine Hand kurz zuckte, als wir gingen, als wir aufsprangen und zu Kilian gingen, und ich dich an der Hand nehmen, wollte deine Hand in meine legen. Die Hand zuckte, zuckte kurz in deine Richtung, zuckte dann aber zurück. *Der Mut, er fehlte dir.*

DREISSIG
2001

Die Philosophie muss sich hüten, erbaulich sein zu wollen, las ich später auf meiner Pritsche liegend, auf meiner Pritsche in der kleinen Zelle liegend.

Ab heute sagen wir dir,
was du zu tun hast,
was du zu tun, was zu machen hast.
Alles klar,

fragte der Wachmann beim Haftantritt und ich war erleichtert. Er wies mich an, die Pritsche aufzubauen, nur um sie dann wieder einklappen zu lassen, dann wieder auf, dann wieder ein, und so weiter und so fort. Wir würden Freunde werden und ich las später dann über den Herrn. Über Herren und Knechte auf der Pritsche liegend: *wir sind, was wir sind, durch unser Verhältnis zu anderen,* las ich ein paar Wochen später schon dem Wachbeamten vor. *Und nun fühlt es sich endlich leicht an,* sagte ich zu ihm, *in dieser Zelle fühlte sich mein Verhältnis zu anderen endlich wieder leicht an,* sagte ich zum Wachbeamten und starrte auf das Wort *Gewohnheit,* starrte dem Wachmann ins Gesicht. *Bilde dir ja nichts darauf ein,* befahl er und nahm mir das Buch aus der Hand.

Aufbauen, wieder abbauen!

Daran erinnere ich mich. An diese Befreiung erinnere ich mich. An fast jedem Abend baue ich die Pritsche ab und wieder auf.

EIN UND DREISSIG
1999 und 2001

Wir wollten nicht erbaulich sein an Judits sechzehntem Geburtstag, formulierte ich es dann vor dem Wachbeamten, der mir, so gut wie jeden Sonntagabend, gegenübersaß, mir gegenüber in meiner Zelle saß und einen Teebeutel in die dampfende Tasse tunkte. Ich schlug ihr deshalb vor, zu Kilian zu gehen, erzählte ich ihm. Der hatte im Keller seiner Eltern eine neue Einliegerwohnung mit eigenem Eingang. *Ganz in der Nähe.* Dort hätten wir Ruhe und auch was zu trinken, schlug ich Judit vor. Ich wüsste zudem, wo der Schlüssel läge, und das wäre sicherlich okay für ihn, wenn wir dort redeten, weiterredeten. Denn Kilian käme spät, *wenn er denn heute überhaupt nach Hause kommt,* sagte ich und wir spazierten daraufhin einfach los, beinahe federnd spazierten wir, und Judit schob ihr Fahrrad, das die typischen Klickgeräusche von sich gab, *welche auf ein Bauteil zurückzuführen sind, das den Freilauf ermöglicht,* erklärte ich ihr. Und seither verstehe ich, dass die Beichte eine befreiende Wirkung haben kann. Lossagen von Lasten, von Belastungen, die ausgesprochen werden, dargelegt, abgelegt. Denn es würde eine Beichte werden an jenem Abend. Der einzige Unterschied zum Bußsakrament bestand aber darin, dass wir uns keine Absolution erhofften, keinen Freispruch einer höheren Instanz an diesem Abend in Kilians Keller. Nein, wir erhofften uns, vom anderen anerkannt und verstanden zu werden – und hinter uns hörten wir noch den Refrain des Offspring-Hits *Hit That,* während wir schon über die Familie sprachen. Über unsere Mütter und Väter und eben die Großväter, die ich väterlicherseits noch nicht mal kannte, und Judit wiederum berichtete von ihrem Großvater, erzählte ich dem Wachbeamten, den sie auch nicht wirklich kannte, *also persönlich,* wie Judit sagte, *obwohl der hier doch bekannt war, bekannt war wie ein bunter Hund, wie die Leute sagen,* fragte ich erstaunt. Man kannte den Karl doch in Oberbach, der bis zuletzt *herum war wie das Falschgeld,* wie die Leute sagen in Oberbach. *Drei-, viermal, wie gesagt,* antwortete Judit. *Öfter nicht. Ich habe ihn vielleicht viermal mit Mama besucht. Beim letzten Mal war ich vierzehn Jahre alt.*

ZWEI UND DREISSIG
1999

Nach dem Krieg kam er wieder, erzählte Judit damals in Kilians Keller. Verwundet kam er nach Oberbach zurück, der Großvater, um dann, ja, das stimmt, sofort verhaftet zu werden, um dann wiederum, nach ein paar Wochen, erneut zurückzukehren. *Was sollte man auch machen, es gab halt noch so viele und alle einsperren wäre nicht möglich gewesen in Oberbach, da hätte man ja den Ort auflassen müssen, sagt wiederum mein Vater, wenn er über den Opa Karl spricht. Was selten vorkommt,* wie Judit sagte, *sehr selten. Aber was da genau passiert sei, zwischen ihm und seinem Vater, darü ber schweigt der Papa. Außerdem musste die Fabrik wieder öffnen, das Land musste sich öffnen, dem wirtschaftlichen Aufschwung öffnen, der auch den Franzosen nutzen sollte, denen das Werk nach dem Krieg als Reparationsleistung diente.* Und so kam der Opa Karl zurück. Er heiratete, heiratete die dreizehn Jahre jüngere Anne. Er heiratete *seine Anni,* wie er sie nannte, die als Hebamme gearbeitet hatte und die er von der ersten Begegnung an *gern gesehen habe,* wie man sagt. Und alle seien froh gewesen, da er sich mit den Maschinen auskannte und wieder eine unersetzbare Fachkraft war für die Fabrik.

Und was war mit dem Buchenhof?,

wollte ich wissen.

Wollte er den nicht wieder haben?

Doch das könne sie mir nicht sagen, da sie es nicht genau wisse, nur eine Mischung aus Ahnung und Berichten kenne, aus Hinter-der-Hand-Berichtetem, Unter-der-Hand-Geahntem, und dem, was man sich daraus so zusammenreimen könne. Aber aus ihrer Sicht war der Opa Karl ja einigermaßen realistisch, wie sie sagte. Er wusste sicherlich, dass ihm das Haus nicht rechtmäßig gehörte. Und die Zeit für Wirtshäuser war auch nicht gut nach dem Krieg. Außerdem nutzten zunächst die Amerikaner, dann die Franzosen das Haus. Da war nichts zu machen. In der Fabrik gab es auch sofort Arbeit. Und pünktlich im Jahr der Staatsgründung wurde mein Vater geboren. All das wären Faktoren. Faktoren, die dazu führten, dass der Buchenhof kein großes Thema mehr für meinen Großvater gewesen sein dürfte, mutmaßte Judit. *Doch ich weiß schon, worauf du anspielst.*

DREI UND DREISSIG

Atempanik dann, und doch laufen wollen. Rückwärts graben wollen, sich zurück durch die Dekaden graben wollen, *und ab dafür,* pult die Juditstimme sich aus der Stickluft, ein: *ab mit dir,* schwirrt aus ihr in mein Ohr und ich schüttle es in meinem Kopf hin und her, von oben nach unten wie die Murmel in der Blechbüchse, und *ich würde ja gerne,* sage ich ihr, loslaufen wollen, würde ich auf der Stelle, aber die Luft ist aus, die Luft ist raus, der Brustkorb bläht sich auf, doch die Luft ist aus, kein Nachschub mehr, ich klebe feste, hänge fest an Ort und Stelle, nur das Fenster, es fleht in mir: *das Fenster auf,* ansonsten Atemorganversagen, der Gedanke an implodierende Lungenflügel krallt sich fest, vor Judit fliehen aus dem geöffneten Fenster, das Juditgespenst ziehen lassen aus dem offenen Fenster, der Gedanke an das Versagen der Organe jagt hinter das Auge, ins Innere vors Auge im Kopf, im Kopf dann die Implosion, der Gedanke an:

Schlafparalyse,
typisch Schlafparalyse,
beruhige ich mich.

Halte den Atem an und warte. Warte, bis die Atmung anspringt, dampft es in mir aus. Ruhe kehrt ein. Eine Gestalt sitzt mir in der Mitte des Zimmers. Sie sitzt in der Mitte, mir mitten auf der Brust, während ich auf dem Rücken auf meiner Pritsche liege und langsam atme, mich nicht bewege. Diese Gestalt hat einen Umhang an, einen Umhang aus Blättern, Ahornblättern, nein, Kastanienbaumblättern, mutmaße ich und erkenne meinen Vater, den leiblichen Vater, wie er bohrt, wie er bohrt den Schirm, meine jüngste Erinnerung an ihn, wie er den Sonnenschirm bohrt in den Sand, braungebrannt bohrt er den Sonnenschirm immer tiefer in den Sand des Adriastrands, bis der nächste Windstoß kommt und ihn mit sich nimmt, bis der Wind den Schirm mit sich nimmt und auch den Vater, auch den Vater aus den Gedanken nimmt, entfernt, stolpernd, dem Schirm hinterherstolpernd, über Menschen am Strand stolpernd, und dann, und dann sehe ich noch wie er hinkt, immer weiter mit verstauchtem Knöchel hinkt und winkt, immer weiter aus meiner Erinnerung hinkt, hinter den Horizont, wie ein Schatten aus Graphit, gemalt an eine Wand,

an eine Leinwand, erzählte ich dir, Judit, in der Nacht deines sechzehnten Geburtstags in Kilians Keller.

Und dann lässt sie nach, lässt die Starre endlich nach und ich richte mich auf, sehe das geschlossene Fenster und sage dir, *Judit, dass unsere Zeit eine andere hätte werden können. Eine am Strand vielleicht. Unter einem Schirm. Und zwischen den Zehen, zwischen den Zehen der immer noch warme Saharasand.*

VIER UND DREISSIG
1999 und 2001

Es wurde Nacht, erzählte ich dem Wachbeamten, der neben mir auf der Pritsche sitzt. Kilians Kellerfenster standen angelehnt, lediglich angelehnt im Wind. Und die Lichter erloschen langsam in der Nachbarschaft und die Laternen gingen an, tauchten den Garten vor den Fenstern in gelbes Licht, das bis in den Keller drang, durch die im Wind sich bewegenden Blätter. Und mir war, als würdest du gehen wollen, unser Gespräch jetzt beenden wollen, da ich zu gierig, zu neugierig geworden war mit meiner Frage nach dem Buchenhof. *Du hast mich ertappt,* dachte ich noch und wurde nüchtern. Ihr *ich weiß schon, worauf du anspielst,* zerbrach eine seifenblasenartige Barriere, die uns in Kilians Keller umgab und vom Rest trennte, temporär von Oberbach abriegelte. Ein Ort, der früher oder später sich Zutritt verschaffen würde, keine Frage. Das wusste ich. Doch zu früh, es war noch zu früh an jenem Abend in Kilians Keller! Oberbach würde sich früh genug Zutritt verschaffen. Die Seifenblase in Kilians Keller durfte noch nicht platzen. Es schien jedoch so, als wäre es zu spät: Mir wurde schlagartig wieder bewusst, dass du die Tochter jenes Mannes bist, der nicht nur der Geschäftsführer meines Arbeitgebers war und ist, sondern auch noch für das Bürgermeisteramt kandidierte. Das wiederum wollte doch mein Stiefvater verhindern. Das wollte der Böhm doch mit aller Macht verhindern, und mir, mir wurde kalt. *Die Kälte der Realität,* sagte ich zum Wachmann, der sich mit dem kleinen Finger das linke Ohr auskratzte. *Die kalte Realität war Kilian,* erzählte ich weiter, *Kilian, der bestimmt erzählen würde, überall in Oberbach von mir und ihr erzählen würde.* Bestimmt hätten uns auch andere gesehen, von der Metzgerei gemeinsam weggehen sehen, wie der Wind würde es sich verbreiten, in Windeseile hörte ich bereits die Stimmen schwirren, die Stimmen beim Spind, bei meinem Spind in der Fabrik mit dem Blaumann drin: *Und? Hast du sie gefickt,* würden sie fragen, *hast du die Renner, so richtig?,* würden sie fragen, bestimmt würden sie das.

FÜNF UND DREISSIG
2001 und 1999

Ich wurde stumm. Stumm im gelben Licht, erzählte ich dem Wachbeamten, der die Arme um seinen Bauch geschlungen hielt, als wäre er ebenfalls versunken, in sich selbst, wie ich in Kilians Keller ein Sumpf war, *stumpf war, stumpf das Herz, ein Morast aus Angst.* Und ich rieb dann meinen Daumen gegen das Rad des Feuerzeugs, erinnerte ich mich für den Wachbeamten, gegen die Reiberichtung rieb ich über das Reibrad des Feuerzeugs, bis es brach und irgendwann, *irgendwann dann wurde er ersetzt,* begann ich zögernd zu erzählen.

Irgendwann wurde mein Vater durch den anderen Vater,

durch Hannes, den Stiefvater,

der stets viel mehr Vater für mich war als Claudio, so heißt mein leiblicher Vater, erzählte ich Judit in Kilians Keller. Durch ihn wurde er ersetzt in meiner Erinnerung. Und versetzt waren wir jetzt. Wieder versetzt an den

Anfang jener Nacht in Kilians Keller. Es schloss sich wieder Raum für uns, der Raum über uns, den meine Frage nach dem Buchenhof aufgerissen hatte. Die Erzählung vom Vater und vom Stiefvater brachte das Vertrauen in unsere Zweisamkeit in dieser Nacht zurück und *wir waren versetzt,* fuhr ich fort, *versetzt an einen anderen Strand,* erzählte ich, *an einen Strand in Kroatien oder an irgendeinen Fluss,* unter einem Schirm, unter einem ganz anderen Schirm standen wir jetzt, meine Mutter und ich, fest verankert im Boden war der, und wir stünden von nun an auch fest auf dem Boden, *endlich, mit beiden Beinen,* wie mir meine Mutter sagte, wie meine Mutter es dem siebenjährigen Nico mit Stolz erklärte. Und der Hannes, der steht in meiner Erinnerung nicht ganz so braungebrannt wie Claudio, steht er an einem Grill, einem Holzkohlegrill, und er zündet an, zündet die Kohle an, zündet im Grill die Holzkohle an und spricht über Politik mit einem Bier in der Hand. Er spricht zu mir, zu mir und den vielen anderen Familien, Gewerkschaftsfamilien, über die Firma, *Nico,* sagte er zu mir und klopfte mir auf die Schulter, *auf die Glut kommt es an.* Vor allen klopfte er mir auf die kleine siebenjährige Schulter, und er setzte mich, setzte mich dann in seinen Nacken. Er warf noch mehr Kohlen ins Feuer, und beeindruckt waren sie vom Hannes, vom Hannes Böhm waren sie fasziniert, weil er Brecht zitiert. Sie fragten ihn, *wer denn die Pyramiden gebaut hätte? All die Kathedralen und Paläste? In den Büchern stünden nur Namen der Befehlshaber! Aber die hätten nicht, die hätten sich nicht den Rücken ruiniert, stimmt's, Hannes?,* fragten sie ihn und wussten die Antwort, sie kannten die Antwort in- und auswendig. Hannes aber, der gab die Frage diesmal weiter, er gab die Frage weiter *an die nächste Generation,* wie er sagte, *an meinen Sohn,* wie er prahlte: *Wer hat sie denn gebaut, Nico, all diese Schätze? Das waren wir, die be-*

herrschte Klasse und nicht die herrschende, merk dir das. Und es war auch nicht der *Auswurf, Abfall, Abhub aller Klassen,* schimpfte er.

Die zerrütteten Lebeherren von zweideutiger Herkunft, verkommene und abenteuerliche Ableger der Bourgeoisie: Vagabunden, Tagediebe, Taschendiebe, Taschenspieler, Spieler, Zuhälter, Bordellhalter, Lastträger, Literaten, Orgeldreher, kurz: die ganze unbestimmte, aufgelöste, hin- und hergeworfene Masse, die die Franzosen *la bohème* nennen, lese ich später wieder bei Marx, hier auf meiner Pritsche liegend. Marx und Fisher und Hölderlin und Hegel, das macht mich verrückt, *wenn ich wirklich ehrlich bin, macht es mich noch verrückt,* sagte ich leise zum Wachbeamten. Und zu Judit fügte in unsere Kellernacht hinzu:

Mich macht es jetzt schon verrückt, dass wir uns nicht unter anderen Umständen – dann unterbrach sie mich. Judit unterbrach mich und kramte in ihrer Tasche. Sie kramte nach Stift und Papier. *Zeichne was für mich,* sagte sie und stellte Kilians Nachttischlampe an.

SECHS UND DREISSIG

Was ist los, lese ich auf dem Display. *Was ist denn los? Kann gerade nicht tel. K.,* lese ich in Karlas Nachricht auf dem Display und ich erinnere mich an die Formulierung, dass es das Wesen der Depression sei, eingesogen zu werden, von einer Dunkelheit eingesogen zu werden. Kein Licht, nirgends mehr Licht, kein Exit, nirgends, ausschließlich Nacht. Dann stelle ich mir die Zukunft wieder als einen Feldweg vor. Zwanghaft, das Wort *zwanghaft* spukt mir durch den Kopf und: *Porn-Film-Fest,* nein, der Name muss strahlender werden, Karla. *Naked.* Oder: *FuckArt. Artefuck?* Ein Luftzug zieht mir zur Magenmitte.

SIEBEN UND DREISSIG

Ich bin so müde. Ich möchte der Müdigkeit nachgeben, drehe mich, drehe mich doch noch einmal, suche den Block am Boden, suche den Notizblock auf dem Tisch inmitten der Krümel, der Tabakkrümel, der Mezzomixdosen, der viel zu vielen Mezzomixdosen suche ich die Schrift, die vorgefertigte Nachricht, suche nach: *Wirst du Judit einladen? Das Festival! Das bietet sich an. Oder seid ihr längst wieder vereint und ich weiß von nichts? Wir müssen reden, dringend reden über das Festival, über Pussy Riot und Griechenland, ich denke da an einen brennenden Ölbaum, und nein, Karla, auch über dich und Judit müssen wir reden, bitte nicht ablenken, und über die Einladung für das Festival!*

Aber das funktioniert nicht!,

höre ich Karla knallen, wie ein Glas, das an der Wand zerschellt. Ich schnappe mit der Hand nach ihr wie nach einer singenden Gelse über meinem Ohr. Ich schlage mir sogar auf die Schläfe, *hab ich dich!* Doch falsch gedacht. Ihre Stimme fliegt mir um die Ohren, fliegt mir in alle Himmelsrichtungen davon. Da hilft alles nichts, da brauche ich Gewalt, mindestens einen Bolzenschneider, denke ich noch, bis sie sagt: *Ich kann zum NSU-Komplex wieder etwas veranstalten im amoK. Aber Griechenland, Griechenland ist viel zu abstrakt. Was da passiert, Nico! Staatsanleihen, Verwaltung, das langweilt. Der arabische Frühling wird zum arabischen Dunkelherbst, albtraumhafter Schlaf, du wirst sehen, ganz sicher. Verkauft sich nicht, enttäuschte revolutionäre Hoffnung verkauft sich nicht, und das Festival, Nico, das kann ich so nicht drucken lassen, der grüngelbe Hintergrund, ja, ok, aber das, was heißt das?*

ACHT UND DREISSIG

Dann nehme ich den Entwurf zur Hand. Nehme selbst den Flyer-Entwurf zur Hand, kann ihn aber nicht lesen, kann ihn selbst nicht mehr lesen! *Karla, tut mir leid, es tut mir wirklich leid, ich weiß auch nicht,* im Schlaf kann man eben nicht mehr als zwei Zeilen lesen, höre ich eine Stimme im Radio sagen, höre die Nachrichten im Schlaf, höre: zum Hundertfünfundsiebziger, höre Karla jetzt als Nachrichtensprecherin sagen: Zweitausendzwölf, das hundertfünfundsiebzigste Todesjahr Georg Büchners auf OE-Eins, höre ich Karla sagen im Radio Österreich Eins und bin wach. Schlagartig wach. Ich habe die Hand samt Telefon ans Ohr gehoben. Ich möchte sprechen, mit ihr persönlich sprechen. Ich lege auf. Nach dem zweiten Freizeichen. Stattdessen schreiben, statt der Freizeichen schreibe ich ihr lediglich: *Judit.*

NEUN UND DREISSIG
2001 und 1999

Kilian war der Sohn von Renate, erzählte ich dem Wachbeamten, welcher sich, um wach zu bleiben, neben meiner Pritsche sitzend mit seinem Taschenmesser eine Birne schälte. Renate war wiederum eine gute Freundin meiner Mutter. Ich mochte Kilian. Er war zwei Jahre jünger als ich. Wir bewegten uns in ähnlichen Freundeskreisen, wohnten in der Almbaumsiedlung und absolvierten beide die Lehre im Dannenbergwerk, wie die Fabrik im Ort genannt wird. Wir sahen uns also fast täglich und so wusste ich, sowohl von ihm als auch von meiner Mutter, Bescheid über die Scheidung von Renate und Franz, ihrem zweiten Mann. Franz war Architekt. Das sah man dem Haus auch an: moderner Würfelbau mit dunkelgrauer Wandfarbe, schwarzblauen Fensterbänken und schwarzblauen Stahlgeländern sowie Metallverkleidungen an den Wänden, die langsam oxidierten und dem Haus einen rostigen Look verliehen, der es von den anderen siedlungsüblichen Häusern auffallend abhob. Die Garage hatte zudem einen eigenen Zugang. Einen Zugang zum Keller. Schon in der Planungsphase musste sich das der Franz für den Kilian ausgedacht haben. Ihr Verhältnis war zwar nie besonders. In seinen Augen war Kilian ein *präpotenter Oberbacher Proletenknilch,* wie er sagte, der zwischen ihm und jener Frau sich befand, die Franz doch so sehr zu lieben vorgab und von der er nie geglaubt hätte, dass er *die Renate,* wie er sagte, *diese Granate, die seine,* rufen dürfe. Und so wollte Franz wahrscheinlich einfach zwei Fliegen mit einer Klappe schlagen: Kilian und seine Mutter zufriedenstellen und sich mit Kilian aber kein Haus teilen müssen.

VIERZIG
1999

Doch es kam alles anders, erzählte ich Judit auf unserem Weg zu Kilian. Sie hielt daraufhin an. Abrupt. Und ich war verletzt. Dass sie sich für den Tratsch aus Oberbach interessierte war überraschend. So hätte ich sie nicht eingeschätzt. Dass sie sich aber für den Kilian interessieren könnte, wie so viele andere auch, das hat mir einen Schlag versetzt, mich in Panik geraten lassen. Und so erzählte ich, erzählte ich, ohne darüber nachzudenken, von Kilian, instinktiv erzählte ich ihr von ihm, um ihn aus ihrem Bewusstsein zu kegeln, um die Konkurrenz zu ihm gar nicht erst entstehen zu sehen: Der Franz hätte sich, wie soll ich das jetzt sagen, der Franz hätte sich wahrscheinlich nicht träumen lassen, dass der Kilian mit dem Angebot, eine eigene Wohnung zu bekommen, kaum zu locken war. *Was? Was meinst du?* Ja, der Kilian blieb lieber bei seinen Freunden oder bei seinem Vater; es war dann der Franz selbst, der im Keller seinen Rückzugsort fand. *Finden musste,* präzisierte ich, bereits mit Judit in eben jenem Keller sitzend. Hier richtete er sich ein kleines Fitnessstudio samt Sauna und Kaltschwimmbad ein, wie du siehst. Zudem gibt es den großen Fernseher und das Sofa hier mit den weißen Stoffüberzügen. Außerdem wurde die kleine Küche um einen jener amerikanischen Kühlschränke ergänzt, die Eiswürfel ausspucken, ja regelrecht ins Glas ballern, und just an jenem Tag, just an jenem Anlieferungstag des amerikanischen Eiswürfelkühlschranks wurde bekannt, dass die Praktikantin aus Franz' Büro schwanger war. Ein praller fußballgroßer Bauch zeichnete sich ab unter den weiten Wollwesten. Er ließ sich nicht mehr verbergen. Schnell machte in Oberbach das Gerücht die Runde, dass er, der Franz, die Praktikantin geschwängert habe und Renate ihn deshalb in den Keller verbannt hatte. *Die Scheidung wird sie aber nicht wollen,* sagte Judit in einem Friseursalonton, ihre Mutter wiederum nachahmend, *es heißt, der Franz sei nämlich eine zu gute Partie für die Renate.* Und sie setzte noch einen drauf: *den gibt die nicht so einfach, nicht so billig wieder her, das sag ich dir. Wegen der schwangeren Rebecca sicher nicht,* persiflierte sie ihre Mutter. *Die geht mit mir übrigens in die Klasse, die Rebecca. Denkst du wirklich, das Kind ist vom Franz?,* fragte Judit so beiläufig, als ginge es um die Farbe von Topflappen. Und ich war froh.

EIN UND VIERZIG
1999

Kilian hat da so was angedeutet, erzählte ich Judit in jener Kellernacht. Renate würde alles verraten. Sie würde es allen verraten, was wirklich los sei. *Und was?*

Der Kilian hat sich seine rechte Wange aufgeblasen und mit dem Kopf genickt.

Der Franz? Wem?, brach es aus Judit.

Kindgerecht solle das Haus werden. Ansonsten käme alles, nicht nur das, ans Tageslicht. *Das könne er doch nicht wollen, oder?,* soll ihn die Renate gefragt haben. Und der andere Kerl auch nicht, der kann das schon gar nicht wollen, soll sie gesagt haben. Was das auslösen würde! Ein Hangrutsch, mindestens, wäre das in Oberbach. *Habe die Ehre!* Doch als der Franz sich schließlich weigerte, für Kilians Kind sein Haus umzugestalten, setzte sie ihn vor die Tür und reichte die Scheidung ein. Seither kommt Kilian öfter zu ihr. Er okkupiert den Keller, *solange es noch geht,* sagt er und lädt seine Freunde ein, als ob es kein Morgen mit einem Kind gäbe, erzählte ich Judit. *Ist ja auch echt schön hier,* sagte ich daraufhin. Und die Spuren der vielen Urheber, die sich überkreuzen: Die Fitnessgeräte zum Beispiel. Die werden jetzt als Getränke- und Wäschehalter von Kilian genutzt. Und in die Sauna, in die Sauna hat Kilian sein Bett eingebaut. Und mein Favorit, überschlug ich mich und deutete auf das Schwimmbecken – schau mal: Der hat einfach eine Bierbank reingestellt. Manchmal lässt er es kniehoch einlaufen, während wir pokern. Poolbar. Kilians Poolbar.

ZWEI UND VIERZIG
1999 und 2001

Ich zeichnete Judit vor der Palmentapete. Ich zeichnete sie unbeirrt vor der Palmentapete auf dem Sofa sitzend. *Das ist Judit. Hier,* und der Wachbeamte beugte sich näher zu mir, *hier, das ist die Judit.* Ihr brünettes Haar, lose hochgestecktes Haar und ein dunkelviolettes Spaghettiträgertop. Eine hellblaue Jeans, eine zerschlissene, und ihre Augen, die fast verschwanden hinter einem Lachen aus den niedlichsten Wangen, die ich kannte. Ich zeichnete unsere verschränkten Nervensysteme, verknotete Sehnerven; zeichnete mich neben ihr auf dem Sofa sitzend in Kilians Keller, und all den Groll, den wir heraufbeschwören. Groll, *der über nicht allzu fernem Grunde hing wie Regenhimmel über der Landschaft*. Und in die Landschaft zeichnete ich Judit und mich im Schneidersitz mit X-Box-Controller in der Hand. Und du spielst das Spiel, Super Mario Kart – die Prinzessin, nein, du entschiedst dich für Luigi –, Luigi in der Landschaft unter dunklem Regenhimmel, und die Väter und der Großvater mit weißem Bart auf der Jagd unter den dunklen Wolken, der Großvater, der nach dir und deinem Vater suchte, aber mit Blindheit geschlagen war und nur wild um sich schoss, auf alles ballerte, was sich bewegte, und wir mussten ausweichen, mit unseren Cars ausweichen, und dann so schnell wie möglich ab ins Ziel!

DREI UND VIERZIG
1999

Mein Großvater schied später wieder aus der Firma. Er kündigte selbst, erzählte Judit. Als die Firma zurückgegeben, als sie restituiert wurde an den Dannenberg, da verdunkelte sich ihr Großvater vollends zur griesgrämigen Gestalt, die in Oberbach bekannt und berüchtigt war. Mehrere Male wurde die Polizei bei ihm vorstellig. Als Hausmeister in der Oberbacher Hauptschule soll er Ohrfeigen verteilt und Schüler zu sadistischen Strafdiensten gezwungen haben. Nachgewiesen wurde es ihm nie, hatte er doch eine *glückliche Hand*, wie es heißt, bei seiner Opferwahl. Die Sprache beherrschten sie nicht. *Typisch,* wie es heißt. *Wie soll man deren Aussagen Glauben schenken?*

Wahrscheinlich würden die von ihren Vätern ebenfalls geschlagen, und der Hofherr, dem wollten sie es jetzt anhängen, lauteten die Aussagen des Direktors, heimlich froh, *dass es denen endlich jemand zeigt, ihnen zeigt, wo's langgeht bei uns.* Der Großvater konnte aber auch einstecken. Bei unserem ersten Besuch brachte ihm die Mutter den Verbandskasten samt Haut- und Wunddesinfektionsmittel. Gestürzt wäre er. Sie verstehe schon, gab Judits Mutter trocken zu Protokoll. *Ins Krankenhaus solltest du. Das weißt du.* Doch der Großvater verabscheute Ärzte und die Medizin, wie er das Leben selbst hasste. Nur im Suff wurde er rührselig. *Kein zweites Mal vom selben Juden vor die Tür gesetzt zu werden,* das wäre ihm wichtig gewesen. Der Dannenberg trieb nämlich die Restitution jahrelang voran und bekam neunzehnhundertdreiundsechzig die Werke zurück, endlich zurück. *Und dann noch der Sohn, der eigene,* der nicht mit ihm sprach. Mit achtzehn floh Reinhold Renner vor seinem Vater aus Oberbach und der Karl Hofherr war voller Hass, der sich entlud, immer wieder auch an ihm und meiner Großmutter entlud, die er manchmal fast krankenhausreif, buchstäblich ins Krankenhaus schlug.

VIER UND VIERZIG
1999

Mein Vater floh aus Oberbach in die Stadt, erzählte mir Judit in Kilians Keller. Er absolvierte den Militärdienst und lernte als Rekrut Lisa Renner kennen. Schon das war für meinen Großvater wahrscheinlich zu viel. Eine Frau aus bürgerlichem Haus und dann auch noch mit einem Nachnamen, mit einem ursozialdemokratischen Nachnamen, den mein Vater sofort nach der Hochzeit annahm. Zudem noch der Dannenberg. Der Junior, der Benjamin

Dannenberg. Den lernte mein Vater an der Uni kennen. Die beiden wurden Freunde. Mein Vater fand ein neues Zuhause. Ein Zuhause im bürgerlichen Milieu, das ihm eine neue Welt eröffnete. Höflicher Umgang, Ordnung, Bildung. Schlagworte, die er heute noch im Mund führt, aber bei ihm irgendwie seltsam klingen, auswendig gelernt, als wären es nicht seine Worte. Worte, die nur geliehen sind. Dann starb der alte Dannenberg irgendwann. Benjamin übernahm. Dieser wollte aber nicht vor Ort, nicht in Oberbach leben. Er wandelte die Firma um in eine AG mit Hauptsitz in Amerika, wo sich der Benjamin Dannenberg auch niederließ. Meinen Vater setzte er als Geschäftsführer am Oberbacher Standort ein. Benjamin bot ihm sogar das Landhaus an.

Den Buchenhof?, fragte ich in Kilians Keller.

Den Buchenhof?, wollte auch der Wachmann von mir wissen.

Ja, den. Doch mein Vater wollte nicht. Er lehnte ab. Ich weiß nicht, was er dem Dannenberg alles erzählte. Aber ich glaube, der wusste alles. Denn mein Vater wollte das Landhaus nicht nur nicht, sie veräußerten es an eine Bank mit der Auflage, dass kein Gasthof mehr darin errichtet werden dürfe. Und auch ein Betretungsverbot musste bleiben, auf Lebzeit aufrechterhalten bleiben. *Ein Betretungsverbot für Karl Hofherr?* Genau.

FÜNF UND VIERZIG
2001

Neben dem Wachbeamten auf der Pritsche sitzend zeichnete ich Reinhold Renner. Reinhold Renner, ein kleiner, etwas gedrungener Mann mit hoher Stirn und schütterem Haar. Neben ihm der große, hagere Benjamin Dannenberg, beide mit Hut und im Anzug. Bei Benjamin sitzt er perfekt. Bei Reinhold ist er etwas zu groß. Er wirft Falten, die Schulterpolster stehen etwas ab und machen ihn breitschultriger als er ist. Beide sind zu sehen bei ihrem Abschluss, ihrem Uni-Abschluss, und Reinhold Renner hält in der Hand, hält die Trachtenjacke hinter seinem Rücken versteckt, ganz so, als wolle er sie nicht offenbaren, dem Fotografen seine eigentliche Identität nicht zeigen; und dann rutschte ich ab, ab mit einem Schlag, mit einem Schlag ein fetter Strich, ein Strich, der das Blatt fast zerriss, mit einem Schlag, die flache Hand des Hannes Böhm auf dem Küchentisch – und ich kann jetzt wieder verstehen, wieder vernehmen, was er schrie, was der Hannes Böhm am Küchentisch über Reinhold Renner, nein, auch über den Karl Hofherr aus sich herausschrie, Judit.

SECHS UND VIERZIG
1993 und 2012

Ich war zehn Jahre alt. Ich war vielleicht elf Jahre alt, da schob sich Karl Hofherr durch die Menge des alljährlichen Schützenfestes. Man hätte es dem Karl *angesehen*. Bereits angesehen hätte man es ihm, als er sich breitbeinig seinen Pfad durch krachlederne Kapellen- und Schützenkompanien schlug. Wenn der Karl nämlich kurz davor war *auszuzucken,* dann hätte man ihm das *von Weitem schon* angesehen. Dann wäre er nämlich nicht nur krebsrot im Gesicht gewesen, sondern es bildeten sich auch weißliche Speichelbläschen auf den Lippen, die aussahen wie Gischt. Die aufgeheizte Gesichtsfarbe ließ zudem den blondierten Seitenscheitel goldgelb strahlen, als hätte er die ergrauenden Haare mit Wasserfarbe übermalt. Und so schob, nein, so schubste er eine Schulter nach der anderen zur Seite und steuerte auf den Tisch von Hannes

Böhm zu. Wir aßen Kottelets, schildere ich dem Wachmann, panierte Kottelets, da kommt Karl Hofherr auf Hannes Böhm zu und packt den Hannes am Schopf und schlägt ihn gegen die Tischkante. *Wer hat euch verraten? Sozialdemokraten!*, skandierte er und ich erhebe mich.

Ich stehe von meiner Pritsche auf, werfe das Weinglas an die Wand und reiße das Fenster auf. Ich atme die Nachtluft ein. Sie ist warm und riecht nach Asphalt.

SIEBEN UND VIERZIG
2012, 2001 und 1999

Was beschäftigt dich denn so, wird Karla fragen, von weit außerhalb wird sie mich fragen, wie aus der Stehlampe oder aus dem Schlüsselloch heraus, *und jeder Laut aus ihrem Zaubermunde klingt,* klingt wie die Nachrichten auf Österreich Eins. Wunderbar berichtet sie vom Lauf der Dinge, *unter Schutt und Dornen schlummern sie und dich, Nico, dich verlangt ins ferne Land hinüber,* und ich? Ich sage, dass ich wüsste, dass Gespenster wie ich das doch wüssten, Karla, über das ferne Land aus dem wir stammen, wüssten wir Bescheid, rufe ich. So fern wäre es nämlich nicht, jenes Land, wenn du genau, genau in den Raum, in deine Zeit hineinhörst. Manchmal ist es nur ein Schritt, ein Sprung, ein Katzensprung, ein kleiner Schritt vom Fensterbrett, und man fragt sich nur, warum?

Warum schlug der Hofherr deinen Stiefvater?,
wollte der Wachmann wissen.

Wahrscheinlich, weil Karl Hofherr wusste, um die eigentliche Geschichte des selbsternannten Ursozialdemokraten Böhm wusste und es leid war, es einfach leid war, wie sich Hannes Böhm inszenierte. Wahrscheinlich hatte er auch getrunken, viel zu viel getrunken. Vielleicht fühlte er sich verraten, weil die Gewerkschaft ihn nicht unterstützte, ihn nach der Restauration nicht vor dem Dannenberg schützte, sondern fallen ließ, *ihm das Messer in den Rücken stieß,* und signalisierte, dass sie eine allfällige Entlassung unterstützen würden. *Ich weiß es nicht genau,* erzählte ich dem Wachbeamten in meiner Zelle und verschwieg, dass es mit Reinhold Renner zu tun hatte.

Ich höre Hannes Böhm nämlich noch deutlich: *der Reinhold hatte uns Videomaterial und kopierte Briefe vom alten Hofherr überlassen. Danach konnte ich nicht anders, als seinen Ausschluss aus der Partei voranzutreiben und ihm unsere Unterstützung zu entziehen! Weiß das deine Judit? Weiß sie, was darauf zu sehen ist? Nein? Sein Sohn, der Reinhold, der hat ihn jedenfalls verraten, nicht wir,* sagte Böhm und ließ die Skischuhe aufeinanderkrachen, sodass der Schnee aus den Rillen fiel.

ACHT UND VIERZIG
2012 und 1999

Also gut, dann eben: Warum? Warum beschäftigt es dich, warum beschäftigst du dich so intensiv mit diesen Geschichten, den Gespenstergeschichten, wird Karla fragen. *So viel Zeit ist verstrichen und du verlierst dich, sprichst mit Hirngespinsten, immerfort, immer weiter fort verschwindest du in deinen Hirngespinsten, du selbst schwindest, wirst weniger und weniger und windest dich, schindest dich,* schnauzt sie und ich weiß es, weiß, dass sie diese Worte wählen wird, bevor es passieren wird – *du kannst es also lassen, Karla. Nicht zu fassen. Mich beschäftigt es eben, genauso wie es dich frisst, genauso wie dich die Frist frisst, sie läuft aus, spitzt sich zu, sitzt dir im Nacken, Judit sitzt dir doch genauso im Nacken, spricht dir ebenfalls aus deinem Rachen, Karla!,* rufe ich aus dem Fenster, und dann der Saharasand in meiner Hand, auf den Fingerspitzen, vom Boden aufgelesen und in der Hinterhand belassen. *Es ist eine Hitze,* sage ich vor mich hin, *es ist wie die anhaltende Hitze eben,* sage ich zu mir, sie ist in meinem Kopf ebenso wie in der gesamten Atmosphäre, sie beschäftigt mich und ich trenne endlich mit der Schere einen Faden vom Ärmel meines Shirts. Doch der Schnitt zieht sich durch. Es ist, als ziehe er sich durch die erhitzte Zimmerzelle hinter dem Fenster unserer WG und der Raum kippte am Schnitt entlang nach vorn wie ein sich lösendes Poster und fällt, fällt ins Jahr neunzehnhundertneunundneunzig zu meiner Mutter zurück, in die Fabrik,

im Dannenbergwerk der anstehende Personalabbau

insgesamt, der Sozialabbau

das arbeiterfeindliche Klima unter schwarz-blau

Nico,

der Hannes hat recht, sagte meine Mutter. All das steht vor der Tür, und der Reinhold Renner, der will nicht nur die Firma fusionieren und unsere Arbeitsplätze ruinieren, er will jetzt auch noch Bürgermeister werden, verstehst du nicht? Zweitausend sind die Wahlen und wenn der erst auch noch Bürgermeister ist, frage nicht!

Und die Judit,

sage ich,

die Judit beschäftigt mich. Sie ist da, oder nicht?, Karla, jetzt sag schon, sag schon!, wirst du sie einladen oder ist sie vielleicht schon im amoK?, brülle ich in die Nacht aus dem Fenster, aus dem Fenster an Karlas Fenster gegenüber zum amoK. Da brennt noch Licht.

Und es geht um dich,

es geht auch um dich,

Junge,

um deinen Job,

um deinen Kopf,

was werden deine Kollegen sagen, fragte der Hannes Böhm im Jahr neunundneunzig mit den Skischuhen in der Hand. *Was wird der Kilian sagen, wenn du bei der Renner ständig, beständig ein und aus gehst? Was wird Kilian sagen, wenn du bleiben darfst, aber er gehen muss, wenn all die anderen gehen müssen, gegangen werden müssen? Kannst du mir das verraten, Junge?*,

jetzt antworte,

antworte endlich!, brülle ich das amoK an.

Doch das Gegenüber, es bleibt stumm.

NEUN UND VIERZIG
1999

Ob ich dich nach Hause begleiten darf, habe ich gefragt in jener Nacht in Kilians Keller. Doch du hast nur abgewunken, abgewunken und ausgetrunken, das Glas mit einem Ruck ausgetrunken und dir die Wolldecke geschnappt. *Die paar Stunden Schlaf gibt es gemütlicher hier auf dem Sofa,* sagte Judit. Überfordert hatte mich das. Ich war überfordert, Judit, hoffnungslos, und wollte gehen, wollte schon aufstehen und in die Sauna, in Kilians Bett mich stehlen, als du, *wohin, Nico,* gefragt hast. Ich könne doch hierbleiben, hier auf dem Sofa bleiben, mich ans andere Ende legen, es gäbe genug Platz. Der Kilian könne ja noch kommen, vielleicht sogar in Begleitung, *bleib da, und Musik,* ich mag Musik zum Einschlafen auch, sagte ich und ich mache Musik, stelle Joy Division an.

FÜNFZIG

Es macht mich verrückt, der Gedanke an dich auf dem Sofa in Kilians Keller liegend, macht mich immer noch verrückt, verrückt wie jetzt vor der Farbfläche des geöffneten

Fensters, das mich anzieht, das Fenster ein Nachtblau, ein schwarzschattiges Nachtblau, und schon laufe ich; laufe langsam auf die Farbfläche zu, kann aber nicht erkennen, kann wieder nicht erkennen, worin genau die Anziehung besteht. Nur ihre Kraft erfahre ich und erahne Judits Atmung, auf der Fensterbank des geöffneten Fensters stehend, Judits Atmung erahne ich mit jedem vorbeirauschenden Auto, das wie der Hauch, das wie Judits Atmung klingt, wie sie in jener Nacht tief die Luft in sich einsog, als bestünde akute Atemnot, ein zartes Hyperventilieren neben mir auf dem Sofa in Kilians Keller im Jahr neunundneunzig. Es macht mich verrückt, all die Erinnerungen an Kilians Keller machen mich verrückt, wie wir lagen, wie wir in den vielen noch folgenden Nächten wieder in Kilians Keller gelegen haben, *she expressed herself in many different ways, until she lost control again,* dringt es durch mich hindurch, dringt die Songzeile von Ian Curtis durch mich hindurch und ich drehe mich um. Ich drehe mich um, drehe mich noch einmal auf dem Fensterbrett zum Zimmer um und sehe das Bild an der Wand. Das Bild von Ian Curtis, das mit der Zigarette in der Hand aus Kilians Keller.

Später in jener Nacht erklärte mir Judit, dass es in diesem Song um das Loslassen geht, um das Loslassen der eigenen Identität, wie beim Orgasmus, *das Loslassen der eigenen Identität wäre mächtiger als jeder Orgasmus,* schreibt Mark Fisher, und wir trafen uns noch oft in Kilians Keller. Judit und ich in Kilians Poolbar, in der Sauna, weil ich so lange nicht zu dir sollte und auch Hannes Böhm dich nicht in seinem Haus sehen wollte; und die Fasanstraße, die unter meinem Fenster liegt, schläft still unter den blinkenden Ampeln, schläft vor geschlossenen Läden – wie friedlich es ist. Das ist der gewohnte Gang, denke ich.

EIN UND FÜNFZIG
2001 und 1999

Der Song war zu Ende in jener Nacht und ich hörte Judits Atmung. Ich war nicht sicher, erzählte ich dem Wachbeamten über meinen Zeichnungen sitzend, ich war mir nicht sicher, so albern es auch klingen mag, ob sie *schläft oder masturbiert, sich neben mir berührt,* und was es für mich, falls es zuträfe, denn zu bedeuten hätte. Und so fragte ich vorsichtig: Judit?

Ja?

Wie ging das eigentlich weiter mit dem Landhaus vom Dannenberg? *Kennst du Karla?,* fragte sie. *Karla Ulrika, sie geht mit mir in die Klasse. Sie wuchs dort auf, sie wuchs dort bei den Künstlern auf. Oder bei der Sekte oder was auch immer das ist. Die musst du fragen. Die kennt sich damit aus.* Dann drehte sie sich. Sie drehte sich zur Seite und zog, zog die Decke unter ihr Kinn. *Schlaf gut.*

ZWEI UND FÜNFZIG
2012 und 1999

In der Ferne schimmert Blaulicht. Ich klettere, nein, ich schwebe, schwebe mehr als ich klettere, drehe mich aus dem Rahmen, aus dem Fensterrahmen wieder in die Wohnung zurück. Ziehe ich mir dann die Hose, ziehe mir das T-Shirt wieder an, schließe das Fenster, klappe den Laptop zu und warte, warte auf dem Boden vor dem Fenster sitzend auf alles, was kommen wird. Ich warte auf die Schatten, welche alsbald lebhaft vor mir sitzen werden. Warte auf meine Familie, auf meine Mutter und den Hannes Böhm. Ich warte auch auf Karla und den Wachmann, der Polizist ist, der wieder in den Polizeidienst zurückgekehrt ist, und ich höre sie schon, die Rede ist wieder von der *Fusion und vom Personalabbau, vom Bürgermeisteramt, dem Wahlkampf und von Klassenkampf,* sage ich wieder und wieder vor mich hin. Und flehe meine Mutter an, und den Böhm, den Hannes Böhm flehe ich auch noch an, obwohl es spät ist, obwohl es viel zu spät ist, *bald dreizehn Jahre, Nico!* Aber dennoch: *Mama, das ist doch schon Jahre her, Hannes, hör jetzt bitte auf, für diese eine Nacht, bitte,*

hör mir zu, sagte meine Mama mir im Jahr neunundneunzig,

wir finden das mit Judit sehr problematisch.

Und ich weiß, ich weiß ja, was ihr gesagt haben werdet. Aber seid jetzt bitte still, seid jetzt bitte einfach alle für fünf Minuten still. Es könnte nämlich sein, dass Judit bei uns in der Fasanstraße sich befindet, bei Karla im amoK, und ich weiß, sage ich all jenen, die da kommen werden, ich weiß, dass es zur Täuschung, wieder zu einer Enttäuschung verkommen kann. Aber was, wenn nicht?

Und vielleicht sollten wir auch,

sollten wir auch zu den Künstlern in den Buchenhof ziehen?, fragte ich Judit einmal in Kilians Keller. *Die nehmen uns sicher auf,* sagte ich irgendeines Nachts zu Judit in Kilians Keller.

Und nein, das war gar nicht so scherzhaft gemeint, Judit, sage ich jetzt in den Raum hinein, der immer kühler wird, so scheint's, und es klingelt bereits an der Tür. Judit, das war damals nicht nur scherzhaft gemeint. *Du warst verliebt, Nico.* Ja, sage ich. Verliebt. Und mir ist, als würde ich immer noch fallen, jenes Hochgefühl beim Gedanken an Judit in Kilians Keller! Ein Sprung, ein Gedankensprung entfernt nur, und dann wird *dem Munde ein Schwall entfliehen.* Blaulicht reflektiert an meiner Brust, die nass, die schweißnass ist, die im Takt des beschleunigten Herzschlags tickt – tak, tak, tak –, und die Autos werden fahren, werden zäh über die Fasanstraße ziehen wie ein langgezogener Hauch, Judit. Sie rollen langsam, beinahe bedächtig. Ihr Reifenabrieb wird kaum zu hören sein, bis sie bleiben, bei mir liegen bleiben. Sie kommen zum Erliegen, die vielen Wagen, der Takt rumorender Sekunden im Ohr, und da sind sie; die zartgliedrigen Finger in weißen Handschuhen bewegen sich schnell über Kopf und Bauch und werden versuchen zu retten, was zu retten ist. Und daraufhin wird es schön sein, schön werden, ich bin mir sicher.

DREI UND FÜNFZIG

Doch dann wieder Hitze. Ich sitze auf der Pritsche vor offenem Fenster. Immer noch Hitze. Immer noch diese Hitze, die kriecht, die selbst mitten in der Nacht noch unter Haut und Dielen kriecht. Sage vor mich hin: Übrigens, der Erste und Einzige, der mich je besucht hat im Gefängnis, war Kilian. Bei seinem ersten Besuch im Jahr zweitausendundeins sah er gerötet und aufgedunsen aus. Du weißt schon – der Alkohol, die Vaterschaft. Und dann erzählte er mir bei seinem ersten Besuch vom Franz. Der hatte sich nämlich aufgehängt. In seinem Keller. In unserem. Dort baumelte er über der Poolbar. Im Hintergrund die Palmentapete, und der Kühlschrank piepte wie verrückt, da die Tür noch offen stand. Erst dieses Piepen haben die Nachbarn bemerkt. Ob er jetzt als Gespenst in diesem Keller haust?, frage ich mich. Und ob er mich dort trifft, ob er mich dort treffen wird, als zu Joy Division tanzender Trabant, trifft er mich? *Kann sein! Kann doch sehr gut sein,* höre ich mich noch sagen, und dann, dann schrillt er schon, dann schrillt der Wachbeamte als Polizeibeamter, er schrillt an meiner Wohnungstür.

Judit Renner EINS
2018

EINS

Nach Oberbach führt eine Passstraße. Eine Passstraße, die sich schmiegt, die sich an steile Felswände schmiegt wie die Katze um ein Bein. Und dann und wann, da bricht ein Stein, da brechen massive Felsbrocken aus den Wänden aus; brechen, fallen, treffen auf der Straße auf mit dumpfem Grollen. Ein donnerndes Rollen, das abrupt im dichten Wald verebbt; aber manchmal, manchmal auch die Katze, das Fuhrwerk, den Fiat Punto unter sich zerquetscht. *Tödlicher Unfall nach Steinschlag.* Die Passstraße eigentlich ein Massengrab, denke ich. Unter ihr, knapp vor dem Scheitelpunkt, auf gut eintausendfünfhundert Metern, liegt ein See. Die Straße führt am Sirenensee vorbei. Von einer Aussichtsplattform aus wird er gesehen. Wenn man stehen bleibt auf dem Parkplatz vor der mächtigen Burg und die Straße zu einer kleinen Aussichtsplattform quert. Die Burg ist Bestandteil einer größeren Wehranlage aus dem frühen Mittelalter. Sie diente als Kaserne, später dann als Zollstation. Heute beherbergt sie eine Raststätte; eine Raststätte mit mehreren Restaurants und Gästezimmern und Duschen für die Fernfahrer, und auf der Aussichtsplattform *bietet sich Ihnen ein spektakulärer Blick auf den Sirenensee,* wie es in den Broschüren heißt. Ein See, *der zu Ihren Füßen in eine Schlucht gebettet liegt.* Es empfiehlt sich dabei aber, das Geländer festzuhalten. Keine zwei Meter entfernt, zwischen Burg und Aussichtsplattform, verläuft nämlich die Passstraße, auf welcher die Sattelschlepper vorbeischeppern und den besonders Unglücklichen die Wahl bieten, sich entweder unter einen Vierzigtonner zu werfen oder sich in die Tiefe zu stürzen.

ZWEI
2018 und 1999

Von der Burg aus führen Trampelpfade abwärts zum See. Sie fallen steil von der Passstraße ab zu einem mittelalterlichen Gutsherrenschloss, das unweit des Sirenensees an der Waldgrenze liegt. Es ist historisch verbürgt, dass es bereits im vierzehnten Jahrhundert von den Landesfürsten als Feriendomizil genutzt wurde. Insbesondere der Jagd wurde und wird hier nachgegangen. Man sagt, dass sogar Franz Joseph der Erste einst hier der Hirschjagd frönte. Das Haus befindet sich jedenfalls im Besitz von Jagdpächtern – eine deutsche Industriellenfamilie, die das Gut bereits in der dritten Generation besitzt und jedes Mal, jedes Mal, wenn ich nach Oberbach fahre mit dem Bus, da wird mir schlecht, da wird mir und manch anderem Reisenden in den spitzwinkligen Kurven schlecht, und die Pause, die Pause bei der Plattform ist uns recht; und ich mache ein paar Schritte, mache ein paar Schritte in die Schlucht zum Schloss und muss unweigerlich an Göring denken, an die Sätze von Hermann Göring: *Die Jagd ist auch in politischer Hinsicht wichtig. Auf der Pirsch lassen sich die Probleme oft leichter meistern als am grünen Tisch.* Und dann weht Wind. Frisch weht der Wind mir um die Nase, und auf all die früheren Einladungen, auf all die Einladungen an meinen Vater von lokalen und überregionalen Unternehmern zu Jagden, von Politikern zu gemeinsamen Jagdausflügen, folgten damals Karten. Dankeskarten meines Vaters mit einem Bild von mir und meiner Mutter; ich, mein Vater und meine Mutter vor der Tanne im Garten, die vielen Dankschreiben *für schöne Hirschbrunfterlebnisse* und die Wut als langlebige Glut in meinem Magen, schon als Sechzehnjährige. Und auch heute wieder glühende Wut, von neunzehnhundertneunundneunzig in ein Heute mit Strache in der Regierung, mit einem Wehrsport-Strache in der Regierung, das Bild mit Tarnkleidung im Wald, das Gesicht vermummt und das Gewehr in der Hand, bereit zur Jagd, zur Menschenjagd, da ist die Wut dann zum Greifen, fast so plastisch wie damals.

Damals, im Herbst neunundneunzig, das Bild dann von Amon Göth. Das Bild von Amon Göth hielt ich ausgedruckt als Dankesschreiben in der Hand. Das Bild von ihm auf der Brüstung, auf der Balkonbrüstung mit dem Jagdgewehr an seiner Schulter und der Zigarette in seinem Mund. Doch ich wusste nicht, im entscheidenden Moment wusste ich nicht mehr, wer das Bild im Couvert bekommen sollte. Mein Vater? Irgendwelche Geschäftspartner?

Vielen Dank für die unvergessliche Jagd,

hatte ich auf die Rückseite geschrieben.

Vielen Dank für alles,

hatte ich auf die Rückseite mit Mamas Olympia getippt.

Dein Reinhold R.

Nein, ich zupfte die Karte in der Schreibmaschine nach oben, zupfte vergebens an der Karte, bis sie riss, bis ein Riss, ein kleiner nur, am oberen Rand entstand. *Man verwendet die Rolle an der Seite,* hatte mir meine Mutter beigebracht. Und ich drehte nach oben, drehte die Karte vorsichtig wieder etwas nach oben und überschrieb, überschrieb Reinhold R.

Mit den besten Wünschen
Judit Renner

DREI

Eine behütete Kindheit lehrt das Lügen, denke ich auf der Aussichtsplattform stehend. Man lauscht den Erwachsenen, lauscht ihnen die Sprache ab, ahmt ihre Haltung, ahmt jeden Handstreich nach. Eine Welt aus Formen und Codes, die in die richtige Reihenfolge gebracht, etwas gelingen lassen, das ansonsten unerreichbar bleibt, *merk dir das.* Ich lernte früh, was es heißt, *angemessene Kleidung* zu tragen. Dass man die Schultern nach hinten ziehen und auf den aufrechten Gang achten soll. *Ordnung ist das halbe Leben, die andere Hälfte Fleiß und Gottesfurcht.* Unaufgeräumte Kinderzimmer sieht der Allmächtige ebenso wie jede Gemeinheit. Ja, jedem schlechten Gedanken kommt der Allsehende auf die Spur. Es würde *nie etwas aus einem werden,* wenn das nicht verinnerlicht ist, wenn nicht verinnerlicht ist die Pflicht, die heilige, etwas zu werden, zu werden was für dich vorgesehen ist. Und dieses Werden, dieses *Etwas werden,* sei das eigentliche Wesen, dem es nachzueifern gilt. Schwierig würde es werden. Eine Reise voller Unwägbarkeiten. *Da kommt man nicht aus. Auf die Hinterbeine deshalb mit dir,* auf diese müsse ich mich stellen, *jetzt. Dein Vater ging zur Schule, bis er siebenundzwanzig war, bis er die höchste Stufe der Schulbildung gemeistert hatte,* erklärte mir meine Mutter als Kind stolz vor dem Schlafengehen. Universität wird jene Stätte genannt, die es zu erreichen, die es zu meistern gelte. Deshalb lernen, lernen, lernen – *von Anfang an,* höre ich noch den Vater vor dem ersten Schultag im Gymnasium sagen. Sei brav, Judit, *dass aus dir später etwas wird* und nichts auf mich zurückwirkt, ergänze ich jetzt auf der Plattform stehend.

VIER
1999 und 2018

Was möchtest du mir damit sagen, Judit, fragte mein Vater und warf mir die Amon-Göth-Karte aufs Bett, die er aus der schweren schwarzen Restmülltonne gefischt hatte. *Weißt du überhaupt, wer das ist?* Natürlich wusste ich es!

Ansonsten hätte ich die Karte nicht gebastelt, Papa, rief ich aus. Doch dann sah er mich mit hochgezogenen Augenbrauen an. *Klär mich auf, Judit.* Ich schwieg munter drauflos, weil zwecklos, weil der Gesichtsausdruck des Reinhold Renner nur Kapitulation als Option offen ließ. Die Ausweglosigkeit einer Diskussion offenbarte sich hinter seiner Brille, die ihm leicht nach vorne rutschte, wenn die Augen weit aufgerissen, Augenbrauen Richtung Haaransatz gewandert waren. Ein Signal, dass das Gemüt jetzt erregt, dass die grenzenlose Güte endgültig strapaziert war und man die ungeteilte Aufmerksamkeit des Reinhold Renner nur genoss, um die Aussichtslosigkeit einzusehen und sich seinem Willen zu beugen.

Männermimik, denke ich heute, auf der Plattform stehend. Mimik von sich selbst überzeugten Führungsfiguren, die sich und ihre Wahrnehmung als das Maß der Dinge begreifen und gewohnt sind, sich durchzusetzen.

FÜNF

Eine bürgerliche Kindheit lehrt einen das Lügen ob der eigenen Unzulänglichkeiten. Der Mensch, die Sammlung seiner Fehler, die es tunlichst zu verstecken gilt. Verstecken als lebenslanges Lernen, als Mischung aus Lernen und Schweigen, bis die höchste Stufe der Ausbildung erreicht ist. Bis dahin gilt es die Autoritäten zu achten, ihre Fehler wiederum so lange zu übersehen, sie anzuerkennen, ja lieben zu lernen, bis sie dir dieselbe Freiheit per Zeugnis übertragen. Eine Freiheit, die auf dem Erlenen dessen beruht, was gewusst und gedacht, wie gelebt und geliebt, was akzeptiert oder eben nicht akzeptiert werden darf. Als wäre das Leben ein wildes Tier, das gezähmt werden muss. Und nur wer die Zähmung erfolgreich durchlaufen hat, darf Teile seiner natürlichen Wildheit, seine Unzulänglichkeit, in zivilisierter Form zurückbekommen – *sollte er dazu überhaupt noch in der Lage sein,* ergänze ich jetzt auf der Plattform stehend und erinnere mich an jene Stimmen. Ich versuche sie zu zählen, in eine Reihenfolge zu bringen, je nach Grad und Abschnitt zu bewerten, für welchen mir ihre Autorität ein Stück der Autonomie, *meiner Reife,* wiedergeschenkt oder sie zumindest beglaubigt hat. Meine beste Seite musste ich ihnen dafür zeigen, stets meine beste Seite, die doch die Seite ihrer eigenen Erwartungen war.

Aber das gehört sich so,
hörst du, Judit?

Und so halte ich Abstand, fortwährend zwei Schritte Abstand zum Leben, als wäre Nähe teuer und Schwäche ein Luxus, den es zu vermeiden gilt. In Nähe und Schwäche ruhen die schlimmsten Fehler, die gefährlichsten Fallstricke. Die uneingestandene Überzeugung, dass jeder falsche Schritt das Ende aller Tage bedeuten könnte, bin ich nie losgeworden, denke ich auf der Plattform stehend, starrend in die Tiefe auf den Sirenensee. So lernte ich zu lügen, zu lächeln, zu kaschieren. Gemeinheiten zu ertragen. Die Codes, sie durften nicht durcheinandergeraten.

SECHS
1999

Natürlich wollte ich dir damit etwas sagen, Papa. Ich wollte dich damals eigentlich fragen: Wie kann man, wie können Männer mit einer solchen Geschichte wie der deinen nur für eine Partei kandidieren, die den Haider in die Regierung bringt? Einen, der die ordentliche Beschäftigungspolitik des Dritten Reiches lobt, der ehemalige Angehörige der Waffen-SS *liebe Freunde* nennt und *aufrecht* und *ehrlich*. Liest du keine Zeitung? Wie kannst du für eine Partei kandidieren, deren Kanzlerkandidat nicht mal weiß, wer Franz von Papen war? Wie kannst du Wolfgang Schüssel den roten Teppich in Oberbach ausrollen, obwohl er dem Irrglauben aufsitzt, er könne einen Faschisten zähmen? Einen Faschisten, in dessen Partei jene sitzen, auf die sich noch der Franz Fuchs beruft. *Es lebe die deutsche Volksgemeinschaft! Umvolker, nein danke!* Bist du verrückt geworden?, wollte ich dich fragen. *Nichts ist mehr wie vorher!* Und wofür? Für mehr Macht? Geht es dir darum, Papa? Noch mehr Macht? Geschäftsführer des größten Unternehmens im Ort reicht dir nicht? Ist das überhaupt legal? Und ja, diese Jagdgeschichten. Weißt du, in welcher Traditionslinie du damit stehst? Und dann Mama und mich noch dafür einspannen! Das wollte ich dich damit eigentlich fragen. Aber ich diskutiere das jetzt nicht mit dir, Papa. Geh bitte. Geh bitte aus meinem Zimmer. Ich habe doch alles weggeworfen. Das war blöd von mir, ich weiß.

SIEBEN

Ich denke an die vielen Stimmen, deren Anerkennung ich mir verdient habe, die mir ein Zeugnis dafür ausgestellt haben, sein zu dürfen, wer ich bin, sein zu dürfen, wer ich geworden, augenscheinlich durch sie, nein, mit ihnen geworden bin; auf der Plattform stehend erinnere ich mich, wie auf den letzten Metern die Verhältnisse sich änderten. Wie die Furcht, der Abstand verschwand, wenn die Anerkennung verteilt, das Zeugnis ausgestellt wurde. Lehrer mutierten plötzlich zu gewöhnlichen Menschen. Vorgesetzte wurden zu Vertrauten, die mir private Dinge über sich erzählten und mich nicht mehr mit Arbeit überhäuften. Arbeit, zu welcher ich Ja sagen, Ja lügen musste, kein Schmerz, kein Druck, kein Augenlidzucken ihr im Wege stehen lassen durfte. Mit einem Mal war das vorbei. Die Stimmen verloren ihre Kraft, ihre Gewalt über mich nach Abschluss, nach dem Erfüllen der Kriterien. Es war, als würden sie ihre Bestimmung, ein allein für diese Zwecke bestimmtes Gesetz, einfach übertragen, mich wie ein Kleinkind im Taufbecken damit überschütten, mich weihen, einweihen und verleihen, das heilige Sakrament, das von mir begierig inhaliert, das erfolgreich in mich integriert wurde.

ACHT

Nur die Stimme meines Vaters, mein Vater, der mir als erste und einzige Autorität nie ein Zeugnis ausgestellt hat, verleitet mich in meinem sechsunddreißigsten Lebensjahr immer noch dazu, Codes zu verwenden, um seine Erwartungshaltung zu erfüllen. Eine Haltung, die mich auf seine ritualisierte Frage nach meinem Befinden immer gleich antworten lässt – egal, ob es gut oder schlecht um mich steht. Und so habe ich ihn im Kopf, seine Stimme als eine über allem stehende im Kopf; höre ihn fragen, höre ihn sein Anliegen seit Tagen immer wieder vortragen:

Judit, kannst du bitte mal kommen?
Ich meine nach Oberbach, geht das?
Ich muss mit dir sprechen.
Ohne Karla, bitte.

Und ich habe seine Irritation im Ohr. Seine Irritation am Telefon, als ich wie hypnotisiert, als ob ein Tonband ablaufen würde, wie stets bei unseren Telefonaten geantwortet habe:

Mir geht es gut, danke der Nachfrage, Papa.
Wie geht es dir?

NEUN

Die Baukosten für die Wehranlage samt Burg wurden zu großen Teilen von den umliegenden Gemeinden, also auch aus Oberbach, in Form von Robotdiensten aufgebracht. Auch das Kloster, das nahe im Burgwald lag, wurde nicht von der Hand Gottes errichtet, sondern von der Oberbacher Bauernbevölkerung im sechzehnten Jahrhundert, und eigentlich hat sich nichts Prinzipielles verändert, denke ich jetzt auf der Aussichtplattform stehend. *Einem Patron wird gehuldigt, auf Schutz wird gehofft. Geduldig wird alles ertragen.*

ZEHN
1999

Ich schwieg also in meinem Zimmer. Ich schwieg, weil ich wusste, was mein Vater sagen würde. Mir waren seine Tiraden nur zu gut bekannt, seine Tiraden über Sozialdemokraten kannte ich auswendig, seine Haltung zum Österreich der vielen Vereine, *dem teuren Wohlfahrtsstaat, der nicht in der Moderne angekommen ist und Zuckerln verteilt, weil alle Angst haben, dass die braune Suppe hochkocht, dass die Nazis wieder nach oben kommen. Österreich ist nun mal ein ebenso unterwürfiges wie gewaltbereites wie antidemokratisches Drecksland voller Faulheit, fauler Idioten, die vom Nichts tun und vom Nichts-wissen-Wollen prächtig leben und jedem hinterherlaufen, der ihnen das auch weiterhin garantiert. Proporz.* Das Wort: Proporz. Immer wieder: Proporz. *Das muss man sich mal vorstellen: Die haben noch vor dem Anschluss aufeinander geschossen, die Roten und die Schwarzen. Und seit Kriegsende paktieren wir miteinander, teilen brav alles auf, verteilen brav alles auf die sozialdemokratische Seite um und leisten uns den teuersten Sozialstaat der Welt, weil wir Angst vor den vielen Ehe-*

maligen haben, weil wir darauf hoffen, dass schon niemand auf uns schießen wird, und dafür alle Ausgaben in soziale Hängematten stecken. Wir haben eine Staatsquote von über fünfzig Prozent! Sämtliche Akademiker werden Beamte bei uns. Das geht sich nicht mehr aus. Korrupt, teuer, innovationsfeindlich und ineffizient ist das. Mit den Blauen kann man da vielleicht was machen. Diesen behäbigen Laden internationalisieren. Die sind blöd genug, ihre eigenen Wähler zu verkaufen. Der Haider vielleicht nicht, der riecht den Braten und bleibt in Kärnten hocken. Aber die anderen, die sind's jedenfalls! Nicht die Blauen instrumentalisieren uns, sondern wir die. Du wirst schon sehen!

ELF
1996

Geologen vermuten, dass der Pass nach einem massiven Bergsturz entstanden ist. Er begrub vor mehr als dreitausend Jahren ganze Siedlungen unter sich. Germanensiedlungen. Aber das Tal zwischen den Gebirgsmassiven wurde auf diese Weise aufgefüllt und sichere Überfahrt vom Alpenvorland ins Landesinnere war ab diesem Zeitpunkt möglich. *Der Herrgott gibt's und der Herrgott nimmt's, nicht wahr? Diese Barbaren werden es schon verdient haben,* sagte der Geografielehrer damals im Gymnasium in Oberbach. Er fand sich lustig. Manch einer stimmte in sein Lachen wie auf Befehl ein.

Waren es nicht auch die Barbaren,
die Rom untergehen ließen?
Barbaren nannte man die doch,
die es den Christen in Rom so richtig gezeigt haben?
Ein Weltreich war danach Geschichte,
nicht wahr?

Alle drehten sich um, alle drehten sich dann zur dreizehnjährigen Karla Ulrika in der letzten Reihe um. Die werden es schon verdient haben, nicht wahr?, fügte sie hinzu und schnalzte mit ihrem Kaugummi.

ZWÖLF
1999

Mein Vater blieb ruhig. Die Tirade blieb aus. Fast wirkte er traurig in meinem Zimmer. Ein geprügelter Hund, wie man so sagt, ein begossener Pudel. Er sah sich mit leeren, kränklich glänzenden Augen meinen Schreibtisch an. Sein Blick wanderte vom Taschenrechner zu den bene-Ordnern und blieb schließlich bei *Die Kinder der Toten* von Elfriede Jelinek hängen. Er nahm das Buch zur Hand:

Das liest du?

Ist das gut?

Er legte es zurück, ohne meine Antwort abzuwarten.

Judit, du nimmst das alles viel zu ernst. Ich will nur Bürgermeister in Oberbach werden. Die ÖVP ist mir im Grunde egal. Aber bring mich nicht mit dieser Zeit in Verbindung. Du weißt, da triffst du einen empfindlichen Punkt bei mir.

Dann ging er. Er ging geknickt aus meinem Zimmer. Er blieb noch auf der Treppe stehen, hoffte auf eine Reaktion, wartete auf eine Rückrufaktion von mir.

Papa, warte! Warte, bitte.

Ja, antwortete er und seine Stimme machte einen kleinen Hops.

Ich muss dir doch noch was sagen.

Ja, was ist denn, Judit?,

Ich bin mit Nico zusammen.

Nico?

Dann verschluckte er sich fast, räusperte sich und hielt

sich die Faust vor den Mund: Russo?

Ja, Papa. Russo.

DREIZEHN

Die Kurven der Passstraße sind berüchtigt. An einigen Kehren kommen Busse und Lastkraftwagen mehr schlecht als recht aneinander vorbei. An wieder anderen muss zurückgesetzt und neu eingeschlagen werden, wenn die Windung in einem falschen Winkel angefahren wurde. Bei Wintereinbruch kommt es vermehrt zu Unfällen. Schlecht ausgerüstete Fahrzeuge bleiben bereits am Fuße des Berges hängen und schaffen die stark ansteigende Strecke nicht. Bei erheblichen Neuschneemengen muss die Passstraße, die sich wie eine Serpentine an den Hang schlängelt, ohnehin gesperrt werden. Lawinen- und Murenstriche zeugen selbst viele Sommer später noch von der hangabwärtswallenden Gefahr. Oberbach ist in solchen Fällen nur noch umständlich zu erreichen, von der Außenwelt so gut wie abgeschnitten, die Verbindung gekappt. Eine winterliche Landschaft, die den Takt in Oberbach wandelt. Sie verwandelt Oberbach und die umliegenden Ortschaften in ein Tal aus gedehnten Stunden, die sich wie eine Kuppel über die Region wölbt und die Menschen zusammenrücken lässt. Sie passen ihr Dasein an das Wetter an. Alles andere verliert an Bedeutung, wird zur Nebensache. Alle Kraft wird für nur einen Zweck aufgebracht. Der Winter zehrt und zieht an den Körpern, verlangt ihnen alles ab und der Schlaf wird tief. Die Menschen liegen in den kältesten Nächten wie geschichtetes Gehölz unter dicken, mit gestärkten Laken bezogenen Daunendecken, und sie wachen, wachen mit einem erhabenen Gefühl in ihren Betten auf. *Als ob sie im Unglück der Furcht vor dem Unglück beraubt wurden,* war ein beliebter Aphorismus meiner Mutter, den sie gerne an solchen Tagen vortrug. Als auch: *Im Trotz, im Trotz gegen die Natur sind wir vereint.* Und tatsächlich strotzen, es strotzen jene Wochen nur so vor Geborgenheit. Geborgenheit inmitten der Gefahr, inmitten orange flackernder Einsatzfahrzeuge, inmitten des Schneekettenschleifens auf vereistem Asphalt. In den Küchen riecht es nach gekochtem Kraut. Und die gebratenen Kartoffeln stammen aus den eigens dafür angelegten Reserven in den Kellern und die Eier aus dem Gehege von nebenan. Zum Ausharren verbannt, zum Ausharren gerüstet. *Und man nehme dann doch einfach ein Buch zur Hand,* hat meine Mutter in solchen Momenten mantraartig wiederholt, aber ihr Unwohlsein angesichts der sich zuziehenden Schneeschlinge nicht restlos abschütteln können. Für mich hingegen ist die manisch schneeschöpfende Gemeinde in der frühabendlichen Dunkelheit, das gelbe Straßenlaternenlicht auf schneebedeckten Gartenmöbeln, sind die hellerleuchteten Häuser im Gestöber, die Schneedecken auf Büschen und selbst die dünnsten Zuckerschichten auf den kargen Ästen ein Schatz. Ein Schatz angehaltener Zeit. Die Uhren stehen still in Oberbach, denke ich auf der Aussichtsplattform stehend und lege die Hände aufs Geländer, lege die Hände aufs Geländer, wie ich es bei Vorträgen und Vorlesungen gelegentlich zu tun pflege, bevor es krampft, bevor mir wieder krampft die linke Hand, die linke Hand um die Stange krampft und mir heiß wird im Gesicht und es zischt, zischt hinter mir der Verkehr.

VIERZEHN

Woher die Angst vor der Gegenwart kommt?, lautet die Frage, sage ich und versuche zu erkennen, versuche die Miene des Studenten in der ersten Reihe zu scannen. Doch seine Hand verbirgt das Gesicht, sein Zeigefinger liegt an die Stirn getippt. Ich sehe nur seine Waden, seine tätowierten Waden wackeln von rechts nach links, von links nach rechts, und jetzt, jetzt schüttelt er den Kopf, aus dem verschatteten Gesicht höre ich, höre ich noch?

Ungeschick lässt grüßen,

Frau Renner.

Wir würden in einer beschleunigten Zeit leben, ohne Frage. Einer im Stillstand rasenden Zeit leben wir, wie es bei Kittler heißt. Aber neu, neu, wäre das noch nicht. Die Intensität nimmt stets zu, aber neu wäre die Richtung der Zeit, der Verlauf, der sich geändert hätte, zitiere ich weiter, lasse zur Eröffnung meines Vortrags mich nicht weiter beirren.

Weiter, weiter!

Weiter beirren, höre ich mich in mich selbst hinein sagen, und die linke Hand, mein linker Handballen krampft, sodass ich meinen Daumen nach hinten strecken, die Finger spreizen muss, ich versuche die Sehnen zu dehnen, die Hand zu lockern, sehe: der Seminarraum ist fast leer. Der letzte Block des Seminars ist schlecht, sehr schlecht besucht. Waren es zu Beginn siebzehn Studierende, sind heute nur noch vier anwesend. Das Wasser in meiner Einwegflasche schmeckt schal, und wie gesagt

Die Reihenfolge: Vergangenheit, Gegenwart, Zukunft, gibt es nicht mehr.

Die Zukunft speist sich aus der Vergangenheit, setzt sich aus ihren Daten zusammen und ereignet sich, noch bevor wir die Gegenwart als solche begreifen. Automatisierte Prozesse, Algorithmen, maschinelle Infrastrukturen verändern unsere Zeitwahrnehmung. Die Gegenwart als Gratmesser ist verschwunden, zitiere ich weiter.

Nimm es nicht so tragisch,

sagt die eine zur anderen und legt ihr die Hand auf

die Schulter. Die andere wiederholt die Geste und legt wiederum der ersten die Hand auf, flüstert:

Das kann jedem mal passieren.
Soll nach nur einem Missgeschick
nach nur einem misslungenen Stück
das Theater sofort gesperrt werden?

Ja, sollte es, sage ich scharf. Ich bitte um Ruhe.

Und der Mann, der Mann aus der ersten Reihe sieht mich mit hellblauen Augen an, als ob ich ihm eine Schere in den Bauch hätte rammen wollen. Erst lautstarkes Hupen, das von der vielbefahrenen Kreuzung durch das geöffnete Fenster dringt, zieht unsere Blicke auseinander. Draußen buddeln Arbeiter eine Grube, zwei Bagger stehen bereit und halten den Verkehr auf.

FÜNFZEHN

Der Sirenensee also. Über sein dunkles Grün lasse ich Steine hüpfen. Es ist Sommer und doch ist es stets frisch in solchen Höhen. Niemand schwimmt im See. Selbst im Juli oder im August sind es nur die Taucher, die die Tiefe erforschen, und ich setze mich, setze mich in den Wind, setze mich ins Gras und warte, warte auf Nachricht. Ich warte seit Tagen auf wichtige Nachrichten, die nicht kommen, die nicht kommen wollen, und ich möchte Karla schreiben, breche aber wieder ab. Warte. Mein Blick geht zum Parkplatz auf die Anhöhe. Der Bus ruht abgesackt auf seinen riesigen Rädern, als wäre er am Ende seiner Kraft. Ich schreibe Karla:

Nein, weiß noch nicht, was er von mir will.
Bin auch noch nicht in Oberbach. Melde mich.

Das übliche *Ich liebe dich* lasse ich weg.

SECHZEHN
1999

Judit, kannst du mal kommen?, hörte ich meinen Vater aus der Bibliothek rufen. *Der Ruf seiner Majestät,* ätzte ich und verdrehte vor Karla die Augen. Ich vermutete meinen Vater schwer im rotbraunen Chesterfield-Sessel sitzend, vor der dunklen Bücherwand aus Nuss- und Ebenholz, neben ihm das Nierentischchen aus Glas, auf welchem die Schüssel mit Nüssen und die Wasserkaraffe stünden. *Es ist wohl so weit,* raunte ich Karla zu. *Nico?,* fragte sie. *Ich glaube schon.*

Ohne Karla, bitte.
Nur du, Judit,
höre ich ihn von unten rufen.

SIEBZEHN

Mein Vater mochte Karla eigentlich, die damals meine beste Freundin war. *Ihre Schrulligkeit,* so pflegte er es zu nennen, nahm er ihr nicht übel, obwohl ihn bei meiner Mutter manche Eigenart stets ein wenig gestört hatte. Ihm imponierte, dass Karla die Buchenhofkommune schon als Zehnjährige hinter sich lassen wollte und versuchte, *ganz normal zu sein.* Ihre Schrulligkeit resultierte für ihn aus dem Umstand, dass ihr der Buchenhof *passiert war,* wie er sagte, *sie hatte sich diese Spinner ja nicht ausgesucht.* Und obwohl sie im entscheidenden Augenblick *Nein* gesagt hätte, war der Hof noch in ihr. Sie trug ihre kosmisch schwarz schimmernden Haare als Pagenschnitt und ihre Stirnfransen verdeckten die dunkel geschminkten Augen mit den dünnen Lidstrichen, die sie sich aus den Augenwinkeln bis zur Schläfe zog. Ihre Kleidung bestand aus schwarzen, knielangen Röcken, die sie mit mehr oder weniger intakten Strumpfhosen sowie wahlweise weißen oder schwarzen Blusen kombinierte. Sie versuchte, das Gegenbild der orange-grünen Buchenhofkommune zu verkörpern. Dunkel und düster wollte sie sein. Sie verspürte früh die Neigung zu Zahlen, Naturwissenschaft und Technik. Sie kämpfte darum, dass sie das Gymnasium besuchen durfte, wurde sogar mit dem Direktor der Volksschule in der Direktion vorstellig. Nach vier Jahren Gymnasium wechselte sie aber in die Handelsakademie. Nicht zuletzt auf Anraten des gymnasialen Lehrkörpers, mit welchem sie fast durchwegs Streit suchte. Ihre Noten in der HAK waren gut, zum Teil herausragend. Die Lehrenden dort erkannten ihr Potenzial. Abschließen wollte sie dennoch nicht. Nach zwei Jahren verließ sie die Schule wieder. Zu eng sei es ihr dort geworden. *Zu langweilig*. Sie müsse jetzt bald hier weg. Im Frühjahr neunundneunzig zog sie vorübergehend in eine kleine Mansardenwohnung. Ihre erste Wohnung mit sechzehn. Ich musste lernen, wie nah Freud und Neid beieinanderlagen.

Bis ich hier rauskomme.

Das musst du doch verstehen.

Vor allem du!

Du als meine beste Freundin noch dazu,

erregte sie sich, als ich sie davon zu überzeugen versuchte, die HAK doch noch abzuschließen.

Jetzt etwas Geld verdienen und dann ab in die Stadt.

Und dann? Was dann? Dann haust du einfach ab, zack, und lässt mich in Oberbach zurück?

Du kannst ja mitkommen,

meinte sie lapidar. Ganz so, als gäbe es nichts Verbindendes zwischen uns. Und ich glaubte ihr, ich glaubte ihr *aufs Wort,* dass es ihr Ernst war. Sie hatte zur Kommune, zu ihrer Mutter, den Kontakt ebenfalls abrupt abgebrochen. Es schien ihr nichts auszumachen. Vielleicht eine Folge der emotionalen Verletzungen, der fehlenden emotionalen Bindungen in der Kindheit, vermutete ich und half weiter, ihre Klamotten in große Müllsäcke zu packen und Kartons zu falten.

ACHTZEHN

Die Oberfläche des Sees hat sich nach dem Ditschen und Flitschen der Steine wieder geglättet. Oberflächlich ist alles ruhig, denke ich und sehe mich, sehe mich gespiegelt auf der Oberfläche des Sirenensees, und es ist, als ob der See auch auf mich zurückblickte. Als ob er mit mir meine schuppende Haut musterte, meine geplatzte Ader im Auge. Wir stellen uns auf den Prüfstand, wie man jemanden eben prüft, der heimkehrt, nach langer Abwesenheit an den Ort seiner Kindheit zurückkehrt, um an den Augen, der Haut, der Körperhaltung abzulesen, was aus ihm geworden war.

> Mein Füße schmerzen, ja, mein Lieber, du hast recht.
> Eine Erkältung steckt mir noch in den Knochen, beschwichtige ich.
> Nichts weiter. Mir geht es gut.
> Mir geht es gut.
> Wie geht es dir?

NEUNZEHN
1999 und 1994

Karla nahm nahtlos das erstbeste Angebot einer Bank an. Sie arbeitete zunächst am Schalter. Doch nach ein paar Wochen empfahl sie sich bereits für komplexere Aufgaben. Sie arbeitete viel, veränderte aber ihr Auftreten, ihr Äußeres nicht. Das imponierte mir. Und auch *die Kommune in ihr,* wie ich es nannte, zeigte sich weiterhin im Umgang mit Bäumen und Tieren. Sie berührte diese nicht nur liebevoll, sondern zart wie Neugeborene, wie ein Priester das Allerheiligste. Da war plötzlich eine Wärme, die ihr kaum jemand zugetraut hätte. Ihre Neigung, auf dem Boden zu sitzen und selbst auf einem Sessel entweder im Schneidersitz oder mit angezogenen Beinen Platz zu nehmen, waren neben dem barfuß auf die Straße laufen oder der Vorliebe, in kalten Bächen oder Flüssen zu baden, ebenfalls Eigenarten, die ihr aus ihrer Kommunenkindheit unauslöschlich geblieben waren. Dass sie sich mit sechzehn als Rationalistin und technikaffin begriff und zugleich von den Seelen der Dinge sprach, war kein Widerspruch für sie. *Etwas Maschinelles ist nichts Fremdes, das Menschliches ausschließt. Im Gegenteil.* Ihre Vorliebe für elektronische Musik erschien mir ebenfalls nur folgerichtig. *Imagine This Is A High Dimensional Space Of All Possibilities* von James Holden war ihr Lieblingsalbum. Elegische, verträumte Musik aus minimalen Klangspitzen sowie sphärischen Flächen. Eine Musik, um zu träumen. Jedoch mit den Möglichkeiten der elektronischen Welt in einem maschinellen, pochenden Rhythmus erzeugt. Ich liebte diese Widersprüche an ihr. Karla verkörperte für mich eine Welt, aus deren Mitte keine Kirchturmspitze ragte. Eine Welt, deren drängendste Probleme nicht in der Neugestaltung des Kreisverkehrs oder der Beschrankung noch unbeschrankter Bahnübergänge bestanden, um die sich mein Vater bei seiner ersten Kandidatur neunundneunzig noch kümmern musste. Ihr Heim lag auch nicht auf einem Hügel oberhalb jener Firma, um die sich unsere Oberbacher Welt drehte, und auch ihr Heim, in welches sie als Zwölfjährige gebracht wurde, war keine Heimat für sie.

Ihr Heim sah vielmehr aus wie eine Sporthalle, nachdem das Jugendamt eingeschritten war und das Band zwischen ihr und der Mutter im Buchenhof auch offiziell zerschnitt. Ihren Vater kannte sie nicht. Es kamen mehrere Männer infrage. Zu einem Test wollte sie Karla nicht zwingen. Es sei ihr nicht wichtig. Aber vielleicht fixierte sie deshalb den meinen minutenlang, wenn sie bei uns am Abend zum Essen blieb. Ihr Heim wurde ihr jedenfalls vom Jugendamt zugewiesen. Sie kam in eine betreute Wohneinheit. Ein Heim, das nach neuen Plastikböden roch. Nach grünen Plastikböden, den grünen PVC-Böden im neu gestalteten Empfangsbereich, auf welchen meine Schuhe insistierend quietschten und die bei Regenwetter unverschämt rutschig waren und auf denen so manche Sohle bereits am ersten Tag unauslöschlich schwarze Spuren hinterlassen hatte und so die suggerierte Helligkeit, Sauberkeit, Freundlichkeit torpedierte.

Ein Heim also, das zwar nicht mein Zuhause,
aber geradezu typisch ist für Oberbach,
oder nicht?, stellten wir bei unserer ersten Besichtigung fest. Dort fanden wir uns also vereint. Als Aussätzige, als nicht zu Oberbach Gehörige. Einem Ort, an dem der Eindruck entstehen könnte, er bestünde aus Trachten-, Feuerwehr-, Kirchenmusikkapellenzeltfesten.

Oberbach ist ein Abziehbild.
Ein Bild voller Geranien- und Petunienbalkone,
sagte ich.
Voller Bratenfettgeruch und verkitschter Bäuerlichkeit,
sagte Karla.
Ein Abziehbild, das aber ausschließlich vom Tourismusverband propagiert wird.

Oberbach, das war für uns ein kleines Stück Welt, das den Wandel nicht fassen konnte und die Zeit am liebsten abwürgen würde, daran aber beständig scheiterte. *Alles hinter einer Fassade verstecken. Oder im Keller ein-*

sperren. Oder eben in ein Heim, sagte sie einmal auf dem Boden meines Zimmers sitzend. Dann zog sie ihre Knie wieder unters Kinn, legte ihren Kopf auf ihnen ab und wand ihre Arme um sie, sodass ich zum ersten Mal die kleinen Schnitte und Brandwunden auf der Unterseite ihrer Oberarme sehen konnte.

ZWANZIG

Und unter meine Kapuze trägt der Wind sogleich den Jammer des Sees an mein Ohr: Jammer über das Immergleiche, das seit jeher Fortwährende, denke ich, dass sich nichts verändert hätte in all den Jahren. Die FPÖ ist wieder in der Regierung, bestätige ich dem See. Das BZÖ und der Tod des Kärntners haben nichts daran geändert. Es fühlt sich nach Déjà-vu an, es fühlt sich nach einer Wiederholung unter leicht veränderten Vorzeichen an, nach einem Remix der Welt von neunundneunzig im Jahr zweitausendundachtzehn. *Die da oben sind eh alle korrupt, die richten sich's, und die Ausländer. Die Ausländer befinden sich im Loop, die Ausländer* natürlich im Loop, in variierenden Metriken und Melodien. Nur der Doppelgänger Haiders wirkt anders. Er firmiert seit Neuestem auf der schwarzen Seite im Slim-Fit. Er versammelt wie sein Vorbild die ihm ergebenen Männer mit homoerotischem Flair. Jedoch mitten in Wien, nicht mehr am Wörthersee. Und die Stimme des Doppelgängers ist auch anders, hat sich leicht verändert. *Weicher,* säuselt es seitens des Sees in mein Ohr, *kultivierter.* Vielleicht ist es aber auch des Försters Stimme, sinniere ich, der aus dem See zu mir spricht. Selbst das wäre nichts Neues. *Alles beim Alten,* denke ich: *Geschichte wiederholt sich nicht, aber sie reimt sich manchmal,* wie es heißt, denke ich am See stehend. Und mir fällt die Legende rund um den Sirenensee ein, die davon berichtet, dass dereinst beim Schloss ein Förster gelebt haben soll. Er hatte drei Töchter und er trieb ihre Verehrer reihenweise in den See. Das Los der Töchter war die Einsamkeit und ihr Schmerz darüber so groß, dass er sie eines Tages den Verflossenen in den See folgen ließ. Dies brachte den Alten an den Rande des Wahnsinns, und als er eines Nachts seine Töchter als Engel zu hören glaubte, ging er selbst, stets dem Gesang folgend, ins Wasser. Und an so manch lauem Abend soll man die Lieder der Drei hören können. Lustvoll und rein sollen sie sein. Doch in den rauen, stürmischen Nächten ist es das Wehklagen des Vaters, das der Wind bis zu den Bewohnern in die Ortschaften, in die Wohnzimmer der Menschen bringt. Herzzerreißend auch diese Töne, der Vater weint und grollt zugleich.

EIN UND ZWANZIG

Algorithmische Verfahren. Algorithmische Verfahren, wie jene von Amazon. Sie erzeugen Angst. Sie sind beispielhaft für das Gespenstische unserer Gegenwart. Sie wissen um unsere Wünsche, bevor wir uns selbst derer bewusst werden, fahre ich mit meinem Vortrag fort. *Ja, sie erschaffen diese Wünsche. Die Algorithmen wissen besser über uns Bescheid als wir selbst. Sie kennen uns, unsere Vergangenheit, unsere Konsumvergangenheit. Die Zukunft ist also längst geschehen, sie ereignet sich, rast uns voraus, obwohl sie sich aus unserer Vergangenheit zusammensetzt. Die Gegenwart hechelt einer Zukunft hinterher, die bereits vergangen ist. Wir jagen ein Phantom, das auf gespenstische Weise wir selbst sind,* referiere ich. Was können wir also tun? *Was können wir tun gegen diese Angst? Gegen die Angst vor der Gegenwart? Das ist die Frage, welcher ich mit Ihnen an unserem letzten Seminartag nachspüren möchte,* eröffne ich und höre, höre, wie in einen Apfel gebissen wird und Brote ausgewickelt werden. *Sind wir wieder gut,* flüstert jemand aus den hinteren Reihen, und rasch wird der Kopf ins Notizbuch gesenkt. Und die beiden, die sich die Hand auf die Schulter legten, flüstern sich zu: *Und jetzt? Was jetzt? Lässt du mich allein?*

Nein. Nein, nein,

ich ignoriere die beiden einfach, ärgere mich nicht, möchte sie wieder einfangen, sie für mich, sie mit meiner Begeisterung wiederum für mich begeistern, deshalb bin ich hier, und nehme vorweg, dass ich mich für eine besondere Richtung der Theorie interessiere, die sich mir als Rüstzeug für die aufgeworfenen Fragen aufdrängt. Sie lautet:

Akzelerationismus.

Mit Hashtag geschrieben.

Akzelerationismus bedeutet, vereinfacht gesagt: Beschleunigung. Die Strategie klingt paradox, aber anstatt sich aufzugeben und sich mit bloßer Kritik am gegenwärtigen Kapitalismus zurückziehen, muss man sich der beschleunigten Zeit verschreiben. Ja, sie sogar noch steigern und immer weiter vorantreiben, bis das System vor Erschöpfung implodiert. Erst dann kann Raum für eine andere Zukunft entstehen; und ich höre dann ein Wimmern aus der ersten Reihe, *was für Monster wir doch geworden sind, ungeschickt und unglücklich,* geifert der Mann mit den frisch tätowierten Waden. Fast nicht wahrnehmbar. Verflucht er mich?

ZWEI UND ZWANZIG
1999

Weh- und Anklage in einem. Darf das wahr sein? Das armselige Selbstmitleid des Försters ist eine Provokation. Die Strafe für seine Hybris noch zu gering, sagte ich zu meiner

Mutter. Aber vor allem sei die Geschichte des Försters doch die ganze Armseligkeit unserer stumpfsinnigen, katholisch geprägten Bauernkultur, stellte ich fest, stellte ich meiner Mutter gegenüber fest, die den ganzen Tag im Garten verbrachte, den sie zuvor monatelang ignoriert hatte, ja verkommen ließ, obwohl sie die Bitten meines Vaters stets ablehnte, wieder eine Firma für die Gartenpflege zu beauftragen wie die Jahre zuvor. Auf einmal bemühte sie sich doch. *Fanatisch,* könnte man sagen. Sie pflegte die Beete, wusch die auf einem Flohmarkt erstandenen Gartenzwerge, als wären es verloren geglaubte Kinder. Sie stand mit der Morgensonne im Garten. In ihrem steifen Trainingsanzug aus Polyester kniete sie in der Wiese und grub die Hände in die Erde. Ihre Finger waren so rau von der vielen Arbeit, dass sich Erde wie ein grauer Schatten an ihren Fingern hielt. Sie rechte das Laub, schnitt die Zweige mit einer so großen Schere, dass sie manchmal fast vornüberkippte. Sie setzte Kartoffeln und Tulpenzwiebeln in die gezogenen Furchen, stützte die Äste der Tomatenpflanzen, stopfte kleine Salatköpfe in den Boden.

Hörst du mir überhaupt zu, Mama,

fragte ich sie? Der Vater bestimmt das Schicksal der Frauen, lässt sie nicht selbst ihr Liebesleben gestalten, was aber wiederum ihr einziges Heil sein kann – das Liebesleben mit einem Mann. Nur bei einem Mann kann das Glück gefunden werden. Von hier fortzugehen, auf diese Idee kommen sie nicht. Nein, lieber gehen sie in den See zu jenen Männern, die der Vater mit seinen Hunden umgebracht hat. Und als wäre dem nicht genug, locken die Töchter, die Sirenen!, wiederum ihren Vater, ja den Vater, – Freud, wie konnte man je an dir zweifeln? – mit ihrem Gesang in den Tod. Und alle haben Mitleid mit ihm. Mit ihm! Der Gesang der Frauen erweckt kein Mitleid, sondern Lust! Dabei hat's der Förster doch verdient wie kein Zweiter. Wahrscheinlich hat der auch seine eigene Frau im See versenkt und seine Töchter missbraucht, sie an die Pfaffen im Kloster verkauft. Wäre nichts Neues! Und ist nicht das, *genau das,* das eigentliche Problem? Der Tod der Frau, der keine Rolle spielt in der Geschichte, in dieser Geschichte und seit jeher! Nichts hat sich verändert. Schon gar nicht bei uns. Das musst du doch auch so sehen?

DREI UND ZWANZIG

Selbstverständlich ist der Film *Matrix* Fiktion, richte ich das Wort direkt an den Mann mit den tätowierten Waden. Er zeigt jedoch, wie eine Technikdiktatur mit technischen Mitteln besiegt werden kann. Er präsentiert Lösungen, indem er zeigt, dass die Angst vor der Gegenwart nur besiegt werden könne, wenn man die Technik, also die Produktionsmittel, wie Marx sagen würde, beherrscht. Sie wieder zurückerobert. An genau dieser Stelle setzt die akzelerationistische Philosophie an: Wir müssen noch schneller werden. Wir müssen noch schneller werden, um die Mittel selbst wieder verwenden zu können, die zur Verfügung stehen und von den Mächtigen genutzt werden. Wir müssen –

Ach, so ein Quatsch!

Und ich bin überrascht. Überrascht, ob des barschen Tons, der mich an Karla erinnert, der mich auf frappierende Weise an Karla erinnert, frage: Warum sagen Sie das? Können Sie das auch begründen?

Wer garantiert mir denn, dass dann diejenigen, die noch schneller sind, dann nicht wiederum ihrerseits eine Technikdiktatur errichten? Dass jene die Macht haben, welche die neueste Technik beherrschen würden, ist doch eine Binse. Total banal. Das weiß jeder, der sich außerhalb seines akademischen Elfenbeinturms mit der Welt beschäftigt. Sebastian Kurz ist kein Akzelerationist, aber er beherrscht auch die neuesten Mittel. Er weiß die alle ganz genau für sich zu nutzen. Er beschleunigt die Politik und treibt alle anderen vor sich her. Und warum? Weil er den Kapitalismus gegen die Wand fahren will? Das System so beschleunigen will, dass es kaputt geht? Sicher nicht. Wie krass verblödet muss man sein, um zu glauben, dass das funktioniert? Noch mehr Beschleunigung und hoffen, dass nach dem Crash alles gut wird? Ich kann nicht fassen, womit ich, womit ich und all die anderen hier sich befassen müssen.

Dann gehen Sie doch, trotze ich.

Gehen Sie doch, wenn es Ihnen nicht gefällt. Warum ich? Ich muss hier sein. Ich benötige den Abschluss des Seminars. Sie nicht. Sie wollen das System gegen die Wand fahren? Tun Sie es doch. Tragen Sie unsere Noten ein und verlassen Sie den Raum. Niemand interessiert sich für Ihr Geschwafel. Wir sitzen hier, weil wir müssen.

Ist das so?

Was sagen die anderen dazu?

VIER UND ZWANZIG
1999

Meine Mutter war im Sommer neundundneunzig in eine Welt eingetreten, die irdische Probleme von ihr abschirmte. Sie bewegte sich in einem Kokon aus Watte. Sie schwebte grazil über die nassglänzende Wiese und alle Schwierigkeiten blieben ihr fern. Als hätten alle Unwägbarkeiten kapituliert vor ihrer Übermacht aus Strophen und Aphorismen. Nicht die kleinste Regung war ihr zu entlocken, was auch immer an sie herangetragen wurde. Ihre Stimme klang hell, meist ein monotoner Singsang auf den Lippen, schnitt sie Blumen zurecht, zupfte das ein oder andere Blatt vom Baum und jätete Unkraut zwischen den Beerensträuchern, das sie eingehend betrachtete:

Das Leben blüht und vergeht, das ist der Lauf, Judit. Alles geht, alles kommt zurück; ewig rollt das Rad des Seins. Alles stirbt, alles blüht wieder auf, ewig läuft das Jahr des Seins.

Was willst du mir damit sagen, Mama? Dass alles egal ist, dass man nichts machen kann und sich nicht so aufregen und sich nicht mit Dingen aufhalten soll, die nicht zu ändern sind oder nicht in meine Zuständigkeit fallen? Was soll das heißen? So einfach ist das?

Sei nicht so hart, mein Herz.

Lebe, liebe. Liebe alles, was schön ist. Liebe alles, was andere wirr oder gar abstoßend finden. Das Verbissene steht dir nicht. Du kämpfst gerne Kämpfe, ich sehe das. Aber niemand schreibt dir dein Leben vor. Selbst dein Vater nicht. Wie könnte er auch? Nimm ihn nicht ernst. Du kannst gehen, wohin du willst. Wer oder was hält dich denn auf?

Ich war baff.

FÜNF UND ZWANZIG
1999 und 2018

So hatte ich sie noch nie erlebt. Meine Mutter war stets bereit, an die Reden meines Vaters zu glauben, seinen Vorstellungen zu folgen und sich zu fügen. Es war das sorglose Leben, das sie damit gewann. Und es war der Wunsch nach einem immer noch besseren Leben, der sie antrieb, dachte ich. Dieser Antrieb ließ sie die zusehends gereizter werdenden Launen aushalten, die mit zunehmender Ambition und Verantwortung bei meinem Vater einhergingen. Sie hielt ihn einfach aus. Mich hingegen rieb es auf, innerlich rieb ich mich immer wieder an ihrem Schweigen auf, dass ich Blut und Galle hätte spucken wollen. Nie kam ein Wort gegen ihn. Nur manchmal erschien sie geistesabwesend, wenn er sprach. Sie erschrak dann über sich, wenn sie sich wieder fing, und lachte verlegen. Doch ansonsten zogen sie an einem Strang. Erst seit ein paar Monaten, genau genommen seit der Bekanntgabe der Kandidatur, hatte sie sich verändert. Sie zog sich zurück und bügelte, obwohl sie seit Jahren diese Arbeit unserer Haushälterin überließ. Sie arbeitete nun akribisch im Garten. Sie fuhr wieder zu ihren Geschwistern in die Stadt und ging ins Theater, *wie schon als junge Frau*. Ich versuchte es dann noch einmal, sprach über das Rückwärtige, als wir die Zauberglöckchen in die neuen Töpfe setzten. Ich sprach über das ewig Gestrige, das die Konservativen mit den neuen und den alten Nationalsozialisten der Freiheitlichen verband. Dass mich das fertigmachen würde, wie Papa auf diesen Zug aufsprang. Das Aggressive gepaart mit der Heuchelei bei seinen Auftritten, die doch nur ein Auftakt waren für viel weitreichendere Schritte, *ein Bürgermeister für euch alle,* dass ich nicht lache, klagte ich. Wenn der Landeshauptmann kommt, wenn selbst Wolfgang Schüssel schon den Weg zu ihm nach Oberbach findet, dann ist das eine Machtdemonstration, ein Fingerzeig, eine implizite Drohung: *Seht her, seht her, wer ich bin und was ich kann und welche Kontakte ich habe. Kommt auf meine Seite oder ihr werdet es bereuen*. Er ist wie der alte Förster, nur in politisch, siehst du das nicht? Und ich sehe doch auch, wie es dich belastet, Mama, bitte, redete ich weiter auf sie ein. Ich sehe das doch!

Alles, was ich sehen kann, Judit,
ist, dass ich in den Garten möchte.
Zu den Tomaten, zu den Zwiebeln.
Und zu meinem Mann.

Und manchmal, manchmal zu einer Frau, zwinkerte sie, und ja, manchmal auch zum See, rief sie, rief sie zu sich selbst und ich sah sogar noch ihre Stockzähne lachen. Ich wusste nicht,

nein, eigentlich weiß ich immer noch nicht, wie das gemeint war damals im Garten, Mama. *Mama, wie hast du das gemeint? Konntest du schon sehen, konntest du mich und Karla schon als Paar sehen?,* flüstere ich in den Wind und es signalisiert mir das Handy in meiner Tasche eine Mail, ein Signalton so laut, dass ein knappes Echo über den See zuckt, und ich suche in meiner Tasche, versuche das Telefon zu greifen, aber meine Hand, sie krampft, und fast wäre es mir aus der Hand, aus der Hand direkt in den See gefallen.

Nichts Wichtiges. Nur Spam.

SECHS UND ZWANZIG
1999

Ich tänzelte über die freitragende Treppe. Ich war aufgeregt. Dass mein Vater mich zu sich rief, um mit mir endlich über Nico, vielleicht auch über dessen anstehenden Besuch bei uns zu sprechen, damit hatte ich gar nicht mehr gerechnet, obwohl ich mit Nico seit einiger Zeit zusammen war. Mein Vater hatte weder etwas gesagt noch anderweitig versucht unsere Beziehung zu unterbinden, nichts. Das entsprach ihm eigentlich nicht. Er hatte sogar über meine Mutter angeboten, dass Nico uns besuchen kommen könne. Drei Wochen waren seither vergangen und ich schob es dem Wahlkampf und der vielen Arbeit mit der Firmenfusion zu, dass mein Vater noch keine Zeit gefunden hatte, mit mir darüber zu sprechen. Immerhin standen im Werk weitreichende Neuerungen an, die auch Nico betreffen würden, und ich hatte schon mehrmals darum gebeten, dass ich mich mit ihm unterhalten möchte.

Worüber denn?

Über alles, Papa.

Doch sobald die Firma oder sein Wahlkampf zur Sprache kamen, blockte er ab. *Nicht jetzt. Nicht, wenn ich zu Hause bin. Zu Hause möchte ich davon nichts wissen,* war seine Standardphrase, um jegliche Gespräche darüber zu unterbinden. Und nun saß er in seiner Bibliothek und bat mich zu sich. Welchen Grund sollte er haben, außer endlich ernsthaft sich mit mir austauschen zu wollen? Smalltalk gab es auch beim Abendessen.

Ich öffnete langsam die gepolsterte Flügeltür und nahm die Stimme eines Ö-Drei-Moderators aus den kleinen Lautsprechern wahr, der den nächsten Song ankündigte. Mein Vater hörte fast nie Musik. Er wirkte beschwingter als sonst und guter Dinge. Er bat mich, mich zu setzen, und erzählte von seinen Terminen, die nun im November und Dezember anstünden. Er legte mir den Kalender vor die Nase:

Die rot markierten Termine sind wichtig, sagte er.

Da müssen wir als Familie auftreten. Und stell dir vor, am Silvesterabend lädt die Firma ein. Benjamin kommt extra aus Amerika, um mit uns in das neue Jahrtausend zu feiern.

SIEBEN UND ZWANZIG

Viel hat sich nicht verändert, denke ich, seit ich als Studentin auf dem Vorplatz der Universität stand. Der Eingangsbereich ist moderner geworden. Anstelle der Schwingtüren befinden sich zwei elektronische Portale, deren Elemente sich automatisch auseinanderschieben, sobald man sich ihnen nähert. Die Treppen werden von Rollstuhlrampen flankiert. Die Plattenbaugebäude selbst sind jedoch wie eh und je. Sie wirken neben den neu errichteten Fakultäten für Wirtschaftsinformatik und dem Zentrum für Mikrobiologie noch brutaler, sogar noch dysfunktionaler als noch vor zehn Jahren, denke ich. Bröckelnde, gelähmte Kräfte auf der einen, die Innovation auf der anderen Seite. Und so schieben sich seit ein paar Minuten die gläsernen Türhälften beständig auseinander, ohne dass eine Person sich dem dunklen Gebäude der Geistes- und Sozialwissenschaften auch nur nähern würde. Es scheint fast so, als würden sie mir sagen wollen: *Komm zurück. Die Tür steht dir offen. Die Tür steht dir noch offen. Wer weiß, wie es lange es uns noch gibt. Wer weiß, wie lange es dich hier noch gibt. Wir gehen langsam aber sicher den Bach runter.*

Ich ging aber nicht zurück,

erzähle ich Karla, nippe am Rotwein und starre auf Karlas Schachteln, die nach mehr als vier Jahren in unserer gemeinsamen Wohnung immer noch darauf warten, ausgepackt zu werden. *Noten habe ich ihnen keine eingetragen. Das war's. Mein Vertrag läuft aus. Ich bin fertig, ich kann nicht mehr. Die Universität ist vermutlich auch fertig mit mir,* erzähle ich Karla, die nicht auf mich reagiert, die nur Augen hat für ihr iPhone und vor der sanft summenden Spülmaschine steht.

Es ist zum Kotzen.

Es war, als wäre ich gar nicht da.

Karla?

Ignoriert wurde ich heute schon genug, gluckse ich und schlucke, schlucke den Kloß im Hals, und die Katze, sie schnurrt. Sie träumt auf meinem Schoß, ihr Schwänzchen zuckt und draußen schlägt jemand die Wagentür zu, sodass ich trauere, der Katze hinterhertrauere, die sich vor Schreck versteckt, versteckt im Schlafzimmer unterm

Bett; und ich wünschte, sie hätte mitgenommen, die Erkenntnis mit sich gerissen, dass Karla mich an meinen Vater erinnert, dass auf ihrem Gesicht mein Vater schimmert. Wie sie beide vor ihren marmorgemaserten Küchenflächen stehen und mit ihren Gedanken der Arbeit hinterherhängen ist angsteinflößend, denke ich und nippe, schiebe zwischen Ober- und Unterlippe den zarten Rand des Rotweinglases, und jage, verjage so die Vorstellung, nicht mit Karla, sondern mit meinem Vater zusammenzuleben, so gut es eben geht. Mir fehlt der Sex, stelle ich dabei fest. *Karla, wir haben seit Monaten nicht miteinander geschlafen,* möchte ich ihr sagen, nippe aber nur noch einmal an meinem Glas und es tropft, es fallen rote Tropfen auf das Manuskript, und ich sage:

Es reicht mir, Karla.
Freischaffend arbeiten,
wie du.
Befristete Univerträge auf Teilzeitbasis,
die mir aber mehr als fünfzig Stunden
fünfzig!
pro Woche Arbeit abverlangen,
hatte ich genug.

Ich blättere im Manuskript, lese ihr vor, lese ihr von Nietzsche vor: *Denn welcher Weg ist der revolutionäre Weg? Sich vom Markt zurückziehen? Oder sich gerade nicht von ihm abwenden, unaufhaltsam weitergehen, ja-sagen, tanzen, im Marktgeschehen tanzen, der Mänaden gleich, spielen, wie nur die Kinder zu spielen wissen! Wahrlich, in dieser Sache haben wir noch zu wenig gesehen!*

Verstehst du, frage ich Karla.
Hörst du mir zu?
Was ist mit dir?

Weißt du, Judit, ich dachte immer, du wärst die Vernünftigere von uns beiden.

ACHT UND ZWANZIG

Der Bus setzt sich in Bewegung. Der Bus quält sich mehr als er fährt. Langsam schleppt er sich die letzten Meter auf die Anhöhe. Schubweise, die Anfahrt verläuft schubweise, und ich frage mich, frage mich wirklich, was ich noch tun, was ich noch machen kann. Mein Bus, er fährt im ersten Gang, und es ist zäh, die letzten Monate waren zäh, und ich merke, mir wird schon wieder schlecht. Wende deinen Blick nach vorne, nicht zurück, nicht zurück auf den See, sonst wird dir wieder schlecht. Und die Gedanken fangen an, fangen unweigerlich wieder zu rasen an, doch mein Bus, der fährt im ersten Gang, er keucht, die Achse knirscht. Abwärts geht's, der Aufstieg ist geschafft, jetzt geht's abwärts Richtung Oberbach, als hätte der Bus bereits einen Rundrücken, als müsste er sich stützen und stehen bleiben, bremsen, sich beim Abwärtsgehen immer wieder auf eine Gehhilfe verlassen, ein Motorrad überholt den Bus. Dann noch eins. Hier bleibt alles wie es ist, ein Sattelschlepper auf der Gegenfahrbahn rauscht an uns vorbei. Die Geschwindigkeit ist anderswo, denke ich, Oberbach ist anderswo. Manchmal finden sich Hinweise, kleine Hinweise, dass ein Draußen, ein nach oder vor Oberbach existiert. Die McDonalds-Filiale am Ortsrand beispielsweise, die Nachrichten beispielsweise, *sehr geehrte Frau Renner, vielen Dank für Ihr Manuskript, leider, leider*-Nachrichten im Posteingang beispielsweise, in der Post die Zeitungen mit den vielen schlechten Nachrichten beispielsweise, das Wirtshaussterben, *die alten Wirte sterben,* aber sie wehren sich, *die Oberbacher wehren sich,* steht in diesem Bericht, *sie begehren auf,* das Begehren richtet sich auf, nein, gegen den Tod. Gegen den Wirtshaustod! *Kommen Sie zu uns, hier ist es schön.* Hier ist alles beim Alten, hätte noch Platz gehabt, hätte trotz des fehlenden, trotz des kleinen Zeitungsformats im Inserat noch Platz gehabt, obwohl

Platz, ja, Platz haben wir schon genug verteilt, die Plätze sind jetzt erschöpft, endgültig, heißt es in einem zweiten Bericht: hier haben schon zu viele Platz genommen, in diesem Österreich. Zu viele, die hier nicht dazugehören. Sie haben sich einfach unseren raren Platz genommen, die sind hierhergekommen und weg war der Platz, und die Wirtshäuser sterben, weil der Platz jetzt anders genutzt wird, von jenen, die uns die Plätze, die Arbeitsplätze wegnehmen, und so müssen sie jetzt Platz machen, die Oberbacher. Platz machen wie ein Hund sollten doch aber die anderen, Platz machen für was Neues in ihrem Leben, für die Müllabfuhr, *Wir suchen Sie,* für die Pflege, für den Dienst in unserer Gemeinde, doch was ist? Die Wirtshäuser machen den Platz jetzt frei. Aber für wen?, fragen sich die Menschen in Oberbach, was kommt denn dann? Wer kommt denn da? Und *sie begehren auf,* sie richten ihr Begehren auf den Tod, auf die vom Tod bedrohten Arten richten sie es nicht, aber wenn die Wirthäuser verschwinden und der Nikolaus, erst dann, dann richten sie sich auf, ihr Begehren danach aus, dass alles beim Alten bleibt in Oberbach, und es ist kompliziert, *eine weitere Beschäftigung an unserem Institut erscheint derzeit kompliziert. Aber wir möchten Sie dazu ermutigen, mit uns die Lage zu evaluieren,* es ist wirklich kompliziert, beim Alten bleibt es nicht, zwangsläufig nicht, mit dem Alter verändert sich jedes Jahr ein wenig das Gesicht, denke ich, und dann haben wir es auch irgendwann geschafft, den Pass.

NEUN UND ZWANZIG

Parallel zur Straße verläuft ein Fahrradweg und die Touristen treten in die Pedale. Irgendwann in deren Verlauf kommt dann auch ein Haus, ein Bauernhaus mit Ab-Hof-Verkauf, und daneben ein Gehege mit Pferden drin, mit

Wildtieren, und unweit der Gehege steht ein Chalet. Das ist neu, denke ich im Bus sitzend. Neu, aber alt, *aus Neu mach Alt,* es sieht aus wie ein altes Blockhüttenhaus, und ein ganzes Dorf aus Chalets wird auf einem Schild mit einem Pfeil nach rechts angezeigt – *das mit Fernwärme aus einem eigenen Biomassekraftwerk beheizt wird,* lese ich auf der Homepage und klicke weiter, suche die Seite der Gemeinde, klicke auf: *Sehr geehrte Frau Renner, leider können wir Ihnen hinsichtlich Ihres Stipendienantrags noch nichts Neues berichten. Die Kommission wird sich erst in den kommenden Wochen damit befassen,* und ich klicke auf die Zahlen, die Zahlen der Gemeinde, und sehe, wie reich die Region doch ist. *Die Arbeitslosigkeit ist erfreulicherweise sehr niedrig. Ausbildungs- und Lehrstellen sind vorhanden und die Arbeitsplätze für die Oberbacher für weitere Jahre gesichert,* wird der Bürgermeister und Geschäftsführer der Dannenberg AG, *unser Bürgermeister Reinhold Renner,* zitiert. Der Tourismus blüht, die Dannenberg AG wurde von der Globalisierung noch nicht verzehrt, denke ich. Den Menschen hier geht es gut, warum wählen, warum wählen die dann ihren Untergang?, frage ich mich, und von den vielen Zahlen, vom Starren auf das Display wird mir flau, ich brauche Luft, das große M ragt über Oberbach in den Himmel, heißt die Ankommenden am Ortsanfang willkommen,

könnten Sie bitte da vorne
stehen bleiben? Ich gehe zu Fuß weiter.
Ich brauche Luft.

DREISSIG
1999

Es war, als wäre der Mutter die Schwere abhandengekommen. Als hätte sie eines Morgens einfach beschlossen, den Ballast der Bürgermeisterkandidatur und der Firmenfusion nicht nur abzuwerfen, sondern auch keinen weiteren mehr aufzunehmen. Sie zog sich aus einem Leben zurück, das sie so führen wollte, aber mangels Alternativen auch führen musste. Sie war zu keinem anderen in der Lage, es kam für sie auch nie infrage, weshalb sie einfach ihrer Realität entsagte und fortan pflegte, eben den Garten zu ihrem persönlichen Eden pflegte. Sie setzte Rose um Rose und trank dabei ein Glas Sekt. Wenn der Regen über Oberbach zog, setzte sie sich unter einen belaubten Baum und schaute so lange dem Treiben zu, bis sie mein Vater durchnässt ins Haus zurückbrachte. Auf die Frage, was sie sich dabei denke, was sie denn im strömenden Regen mache, antwortete sie zart, als wäre jedes ihrer Wörter hinter einem Schleier aus Tüll: Ach, Schatz, den Garten habe ich für uns zurechtgemacht! Trink mit mir ein Glas Sekt, mein Lieber. Es ist doch so schön bei uns, findest du nicht? *Resedaduft entschwebt im braunen Grün, Geflimmer schauert auf den schönen Weiher, Die Weiden stehn gehüllt in weiße Schleier, Darinnen Falter irre Kreise ziehn,* zitierte sie Trakl und mein Vater wusste nicht, wusste nicht so recht wie ihm geschah

Und als ich im Regen saß,
da dachte ich bei mir,
wie wäre es denn mit Fischen?

Mit Fischen?, runzelte er die Stirn.

Goldfische glitzern tief im Wasserspiegel,
Bisweilen schwimmen Wolken übern Hügel,
dann wäre der alte Garten perfekt!

Mein Vater gab sich vorerst zufrieden. Dass meine Mutter ihren Frieden mit Oberbach gemacht zu haben schien, mit ihrem Leben in der Provinz, und für sein Dafürhalten sogar damit begann, sich zu verwirklichen, wenn auch auf ungewöhnliche Weise, war ihm recht. Und was war schon gewöhnlich?, dachte er sich. Meine Mutter entstammte einer Apothekerfamilie voller Chemiker und Pharmazeuten. Jene Kreise neigten doch zur Exzentrik, sagte er sich. Ich hingegen beobachtete, wie die Mutter Brote im Ofen vergaß oder besser gesagt, vorgab, sie zu vergessen. Brote, die für Gäste, Geschäftsgäste meines Vates, hätten zubereitetet werden sollen. Sie stand regungslos vor dem Ofen und sah deren Verkohlung und dem wirbelnden Rauch im Backrohr zu, und ich betrachtete es als stille Revolution. Endlich, wenigstens ein kleiner Akt der Sabotage, dachte ich, doch dann griff sie zum Telefon und rief an, im Büro meines Vaters, und wies seine Assistentin an, die Aperitif-Häppchen doch bitte selbst zuzubereiten, denn die von ihr eingekauften Zutaten wären allesamt verdorben.

Entschuldigen Sie bitte, Frau Renner, ich bin irritiert.
Denn ich habe weder für Sie eingekauft
noch steht ein Abendessen im Kalender.
Erst morgen sehe ich eines.
Das Abendessen, das Sie wahrscheinlich meinen,
findet erst morgen statt.

EIN UND DREISSIG

Wenn das Durcheinander bis auf wenige Schritte an mich herankommt, trete ich ihm entschieden entgegen und sortiere die Schuhe im Vorraum unserer Wohnung. Ich hänge Karlas Jacken und meine Mäntel auf. Verhindere, dass das Chaos aus meinem Kopf sich weitet, auf die Wohnung sich ausbreitet. Unsere Küche wird aufgeräumt und das Bett frisch bezogen. Schüsseln, Teller und Tassen kommen auf ihren angestammten Platz zurück.

Karla, wie meinst du das?

Der Esstisch im Wohnzimmer wird vollständig abgeräumt, sodass keine achtlos abgelegten Alltagsgegenstände wie Schlüssel oder Briefe, Geschirr oder Zeitungen mehr das Wischen der Fläche behindern. Bodenflächen müssen frei sein, Tische ebenso, *ich muss noch mal ins Büro,* sagt sie und schon steht sie auf, steht vom Boden, bläst ihre Backen auf und berührt mich im Nacken, legt mir die flache Hand zwischen die Schulterblätter.

Ich ordne Bücher zurück in die Regale, verstaue Kosmetika in den Badezimmerschränken.

Lächelt sie, frage ich mich und lese die Wäsche vom Boden auf, *findest du lächerlich, was ich sage?*

Nein, keinesfalls.

Sie berührt mit den Fingerspitzen meine, meine Fingerspitzen, und fährt über den Handballen entlang bis zum Handgelenk. Sie ist sanft, der Inbegriff von Beschwichtigung, denke ich, während sie bestimmt, bestimmt die Augen verdreht hinter meinem Rücken, bestimmt sagt sie: *lass bitte die Schachteln stehen, ich räume sie demnächst aus, versprochen. Ich muss das aber in Ruhe. Ich muss jetzt* und ich, ich hingegen wische weiter Staub, wische um die Kartons herum, aufräumen ist Macht. Das Abstecken des Reviers. Wer gestaltet, trifft Entscheidungen. Die Eroberung eines gemeinsam genutzten Raums, denke ich und möchte wissen, möchte aber viel lieber wissen, was sie denkt, was sie wirklich; reiße Müllbeutel um Müllbeutel von der Rolle, *sag mir doch einfach, was du denkst, Karla. Ich sehe doch, dass du was zu sagen hast,* und falte eine Milchpackung, sehe Härchen auf den Tomaten, werfe die gesamte Tasse der gefalteten Milchpackung hinterher.

Alles gut.

Sag nicht, *alles gut!* Warum sagen alle andauernd *alles gut,* fluche ich und die Wäsche stapelt sich. Bunt, weiß, ein riesiger Haufen. Ich weiche Seide ein. Es klackt. Die Türverriegelung rastet ein, Wasser strömt in die Waschmaschine, und mir ist bewusst, dass ich weiterhin den universitären Weg gehen sollte, dort festhängen und hoffen, *bitte, gib die Hoffnung nicht auf,* dass mich endlich jemand fest, fest anstellt. Aber ich habe es so satt, deine Phrasen satt, Karla: *nicht aufgeben, du musst einfach weiter, du weißt ja, wie es ist, bis dich jemand übernimmt, übernimmt man sich, pausenlos* übernehme ich mich, sage ich und hänge Wäsche, Socken um Socken auf die Spinne, *ist es das, was du mir sagen möchtest?* Und warum, frage ich, frage ich mich, wenn ich ohnehin weiß, was du denkst.

Fick dich, Karla, sage ich,
immer wieder: Fick dich doch, bis es deutlich wird,
bis Karla unmissverständlich
Nein, fick du dich, Judit, sagt.

Du hast Pädagogik und Medienwissenschaften studiert, trabst aber irgendwelchen philosophischen Theorien hinterher, die nur die Uni, aber niemanden in deinen eigentlichen Arbeitsbereichen interessieren. Und mit mir willst du ja auch nicht arbeiten, obwohl ich dir das tausendmal angeboten habe. Aber das ist noch gar nicht das Entscheidende!

Sondern?
Sag es mir doch einfach, Karla!
Was ist es, das Entscheidende?

Vergiss es, flucht sie, und mir ist, als ob Frost in ihrer Stimme klirrte. *Du kannst ohnehin machen, was du willst!,* flüstert sie zunächst, nur um dann erneut abzuheben: *Es spielt überhaupt keine Rolle. Deine Entscheidungen haben faktisch keine Konsequenz für dich. Du lebst in meiner Wohnung. Ich stehe im Mietvertrag. Nicht du. Du hast in Belgien schon hingeschmissen, weil du nicht mehr konntest, weil du lieber freischaffend arbeiten wolltest. Als ob das leichter wäre! Hat das damals geklappt? Du hast ein paar Lesungen im amoK gemacht, weißt du noch? Vielleicht liegt's, vielleicht liegt's auch einfach an dir? Schon mal daran gedacht? Die Gesellschaft ist nicht für alles verantwortlich. Aber hey, bitte, niemand hält dich auf. Do it. Du hast ja mich. Du weißt schon. Die, die sich ficken soll!* Mit einem großen Knall fällt die Tür dann ins Schloss. Langsam kommt der Puls, kommen die Gedanken zurück auf den Boden der Vernunft, denke ich und lege eine Decke zusammen, falte und streiche sie mit der Handfläche glatt.

ZWEI UND DREISSIG

Judit, kannst du bitte kommen?, Nach Oberbach, geht das? Ich muss mit dir sprechen. Ohne Karla. Bitte.

Mir geht es gut, danke der Nachfrage, Papa.
Wie geht es dir?
Judit, geht's dir gut?
Ja, Entschuldigung.
Mir geht es gut, danke.
Und dir? Ist was passiert?

Nein, ich möchte nur, dass du mich besuchen kommst. Es ist wichtig, höre ich meinen Vater am Telefon sagen und bemerke, dass seine Stimme etwas heißer klingt. Ich weiche aus, sage, dass ich beruflich, dass ich mich beruflich jetzt verändere, Papa, weißt du? Selbstständig will ich arbeiten, schreiben, vielleicht lektorieren bei einem Wissenschaftsverlag. Stipendien, Netzwerkpflege habe ich viel zu lange vernachlässigt, Papa, ich kann nur ganz schlecht weg, und ich lese wieder auf meinem Bildschirm, sage: ich fertige ein Konzept, im Moment fertige ich ein Konzept nach dem anderen an, lese wieder weiter, während mein Vater spricht, schreibe, zitiere ich, während er über sein Ich, wahrscheinlich wieder ausschließlich über sich, sein Ego spricht: *Die Gegenwart war nie zukünftig, sie war auch nie gegenwärtig, sondern war im gegenwärtigen Kapitalismus schon vergangen, bevor wir sie gelebt haben.*

Darum geht's,
höre ich es am anderen Ende knistern.
Über die Zukunft muss ich mit dir sprechen.
Komm einfach,
Komm nach Oberbach, Judit.

DREI UND DREISSIG

In Oberbach ist es grün. Die Sonne steht fest auf ihrem Zenit. Wie aggressiv sie ist, wie aggressiv sie auf knapp tausend Höhenmetern mir in den Nacken sticht; und in den Schatten friere ich. In den Schatten in Oberbach friere ich seit jeher, wenn auf den Bergspitzen die Schneereste nur langsam schmelzen. Manch ein Gipfel ist gar noch gänzlich weiß, obwohl der Juni sich langsam zu Ende neigt. Auf den Wiesen zwischen der McDonalds- und der Baumarkt-Filiale sitzt eine Katze und wartet darauf, dass der Mähdrescher die Mäuse aus ihren Löchern treibt. Ich laufe den Ort einwärts. Ich komme an einem Geschäft vorbei, das Schafwollteppiche und Schafwollwesten in der Auslage präsentiert. Gleich gegenüber gibt es eine Holzschnitzerei. Ich sehe mir die große Figur des heiligen Christophorus an. Die präzisen, fein ziselierten Hände. Uralte Handwerkskunst, *kulminierte Vergangenheit,* notiere ich in mein schwarzes Heftchen und grüße eine ältere Frau, die mich selbstverständlich zurückgrüßt. Je länger ich laufe, desto deutlicher wird mir, dass mein Weg mich entweder durch die Oberbacher Almbaumsiedlung zu meinem Vater führen wird oder am Buchenhof vorbei. Ich bin mir nicht sicher, ob ich dafür bereit bin und umgehe den Buchenhof, gehe weiter zur Ortsmitte, vorbei an der alten Metzgerei, setze mich auf eine Bank, und wenn ich es nicht besser wüsste, würde ich meinen, es wäre ein Witz, wenn ich sehe, plötzlich Karla vor mir sitzen sehe, wenn ich sehe, wie Erinnerungen sich an Orte binden, ein Witz, die vor mir auf dem Boden sitzende Karla in meinem Kinderzimmer; ich sehe die zerschnittenen Oberarme, erinnere mich an die Brandwunden, an die Sprachlosigkeit, kann nicht ordnen, was ich sehe, verstehe aber, dass Karla es bemerkt, meinen Blick auf ihre Wunden, und sie nimmt die Arme nach unten, schiebt sie von ihren Knien, und dann ihr Nokia 3210. Sie schreibt eine Nachricht an Nico. *Alles ist in Oberbach geblieben,* denke ich. Als fände eine achtzehn Jahre andauernde Gegenwart, niemals in der Vergangenheit ankommende Gegenwart, in Oberbach statt. Nur für mich. Eine ungebrochene Resonanz, Oberbach eine Echokammer, und ich frage mich, ob ich auf halbem Wege bei Nicos Mutter stehen bleiben und ihr kondolieren soll.

VIER UND DREISSIG
1999

Eines Tages waren sie da. Streunende Katzen waren aus dem Nichts gekommen. Aus allen Himmelsrichtungen kamen sie in den Garten und erst im Nachhinein drängte sich mir die Einsicht auf, dass die Katzen womöglich gar nicht herrenlos waren, sondern von der Mutter besorgt, um sie zu sich zu setzen, um sie um unser Haus herum auszusetzen, um sie dann wiederum anzulocken. Sie tröstete die Tiere, überschüttete sie mit Liebe, tätschelte ihnen den Kopf und sie lagen da wie U-Haken, die nur darauf warteten, samt vollem Magen in den umliegenden Wald zurückkatapultiert zu werden. Wenn der Sekt ihr zu Kopf stieg, platzte meiner Mutter manchmal der Kragen. Wenn die Tiere sie ihre Unabhängigkeit spüren ließen, nahm sie ihnen ihre Teller weg, bestrafte sie mit Tiraden, mit einem Tritt in die Rippen. Und eines Nachmittags begann sie ihnen Theorien vorzutragen. Theorien über ihre Abstammung, über eine schicksalhafte Herkunft, denn eine Renner sei sie. *Augenscheinlich verwandt mit Karl Renner,* schimpfte sie. Warum ihre Familie dies stets verleugne und darauf verwies, dass es viele Renner auf der Welt gäbe, *ein Allerweltsname sei das,* leuchte ihr nicht ein. Sie hatten wohl schlicht nicht den Mut, *Jemand zu sein,* triumphierte sie und stellte die Tellerchen wieder auf den Boden zu den Katzen zurück, die nur darauf gewartet hatten. Aber ihr würden sie nichts vormachen. Die Ähnlichkeit meines Großvaters mit Karl Renner, *wie aus dem Gesicht geschnitten,* und bitte, die Renner hatten mindestens achtzehn Kinder, die sich nach dem Bankrott der Familie *in alle Welt zerstreuten.* Ihr Großvater könne ohne Weiteres der Zwillingsbruder des Karl Renner sein! Doch dass der Karl so über die Juden herzog und Sozialdemokrat war, das bliebe für meine Familie wohl unverzeihlich. Dass er mit Ja für den Anschluss stimmte, dass er: *als Sozialdemokrat und somit als Verfechter des Selbstbestimmungsrechtes der Nationen, als erster Kanzler der Republik Deutschösterreich und als gewesener Präsident ihrer Friedensdelegation zu St-Germain werde ich mit Ja stimmen,* sagte, referierte meine Mutter auf ihren Knien, beinahe betend auf ihren Knien im Garten, das wird ihm in meiner Familie nie verziehen werden! Doch von mir schon. Versöhnung sei dringend nötig. Versöhnung sei doch die Tugend schlechthin. Und deshalb nannte ich meine Tochter auch Judit, erzählte sie den Katzen, die ihr um die Beine streiften und nach noch mehr Leckerbisschen lechzten. Das Buch Judit ist eine frühjüdische Schrift, die nicht zum Tanach gehört, aber für die Christen zum Kanon des Alten Testaments.

Judit ist ein Symbol der Zusammengehörigkeit der Religionen und der Versöhnung. *Ich liebe sie über alles,* sagte sie, schloss die Terassentür, sah mir in die Augen, ohne mich anzusehen, und verschwand im Keller.

FÜNF UND DREISSIG
1999

Übrigens: Ich wurde eingeladen. Zu seinen Eltern hat Nico mich endlich eingeladen. *Ja, ich weiß. Er hat mir davon erzählt,* antwortete Karla und sie drehte sich, drehte sich so rasch zu mir um, dass ihr Handtuch verrutschte, und schlagartig wurden ihre Unterlider geflutet. *Was ist los?,* fragte ich. *Nichts! Ich freue mich,* schluchzte sie und sah mich an, sah mich von meinem Gesicht abwärts an, legte ihre Finger auf meinen Mund, streifte über meinen Hals. *Das musst du anziehen!,* rief sie, lief aus dem Badezimmer und kramte in ihrem Kleiderschrank. *Hier, das!* Sie gab mir ihr Shirt, ihr Joy-Division-Shirt, und überrascht, *ich bin ein bisschen überrascht,* sagte ich. *Wie oft siehst du Nico eigentlich.*

Wahrscheinlich öfter als ihr euch,

huschte es aus Karla. *Aber das macht doch nichts. Er weiß, dass du Stress hast gerade. Die Schule und so weiter. Und die Situation mit deinem und seinem Vater, ich meine, seinem Stiefvater, ist ja auch nicht einfach,* versuchte sie zu beschwichtigen und sie kam heran, ganz nah an mich heran, und dann war es, als ob jemand Teer in meine Arterien füllte. *Ich weiß nicht, was das alles bedeuten soll,* sagte ich und wandte mein Gesicht von ihr ab. Bis in den Hals schlug mir das Herz.

SECHS UND DREISSIG

In Oberbachs Zentrum befindet sich das Gemeindeamt. Vor dem Gemeindeamt breitet sich ein im Oval gewachsener Marktplatz aus, auf welchem regionaler Speck ebenso erworben werden kann wie Döner Kebab. Dem Gemeindeamt gegenüber liegt eine Kirche sowie das Bezirksgericht. Ein kleines Café, das einen neuen Pächter sucht, und eines der letzten verbliebenen Wirtshäuser, das mit Sicherheit absichtlich den rassistischsten aller Wirthausnamen noch immer über dem Eingang prangen lässt. Vor jenem Wirtshaus wurden drei bis vier Aluminiumtische samt Bestuhlung aufgestellt, die die Sonne reflektieren und deren Flächen in kürzester Zeit brandheiß werden. Drei Männer sitzen dort und trinken große Biere. Sie stecken ihre Köpfe zusammen und heben sie nur, wenn sie fluchend Richtung Infostand stieren, den der Tourismusverband betreibt und der von einer aus Hessen angereisten Familie belagert wird. Der bleiern verkaterte Mitarbeiter lässt den Mann aus Hessen wissen, dass er da jetzt auch wirklich nichts mehr machen oder ihm sonst wie weiterhelfen könne. Daraufhin setzt er sich sichtlich überfordert wieder auf seinen Drehstuhl und wendet sich dem Bildschirm zu. Der Vater aber bleibt aufgebracht, hebt die Arme in die Höhe und lässt sie verzweifelt wieder Richtung Boden sausen. Dies wiederum ärgert einen der Angezechten so sehr, dass er sich wankend erhebt, dabei den Sessel scheppernd nach hinten kippen lässt, ein paar Schritte auf die Familie zugeht und sich mit der rechten Hand in den Schritt fasst. Die Touristen runzeln ungläubig die Stirn, die Männer und ein paar Passanten lachen auf, als wäre eine lang zurückliegende Rechnung endlich beglichen worden. Erst als der wankende Kerl den oberen Knopf seiner Hose öffnet und sich anschickt auf den Marktplatz zu pissen, regt einer seiner Kameraden an: *Ist gut jetzt, Erwin. Geh heim.*

SIEBEN UND DREISSIG
1999

Der Enthusiasmus meines Vaters in der Bibliothek überforderte mich. Benjamin kannte ich nur aus seinen Erzählungen. Es gab eigentlich niemanden, von dem mein Vater so sehr schwärmte. Er hatte ihm nicht nur beruflich viel zu verdanken, Benjamin war der einzige Mensch, den er je seinen besten Freund nennen würde. Für jemanden, der jedem misstraut, selbst seiner Frau nur das Rudimentärste anvertraut, alles andere als eine Selbstverständlichkeit. Aufgeregt zeigte er mir seine Tagesabläufe der kommenden Wochen. Auch meine Schule wolle er irgendwann vor Weihnachten noch besuchen und von einem Krippenspiel war die Rede, von Weihnachtsfeiern oder einem Flohmarkt für caritative Zwecke. Dieser und jener Gottesdienst müsse natürlich auch unbedingt noch besucht werden, und er drängte, er drängte und sprengte jeden meiner Versuche, zu Wort zu kommen, er fällte meine Erwartungen an dieses Gespräch mit seinen Sätzen wie die Axt den Baum, während die Mutter barfuß durch das Vorzimmer schlich und sich am Weihnachtsschmuck erfreute. Sie stellte die elektrischen Lichterketten an und wieder aus und konnte sich nicht entscheiden, ob die Lichter blinken oder beständig erstrahlen sollten; ich konnte es kaum fassen. Kein Wort über Nico, kein Wort über meine Mutter, die noch am Vorabend nach zwei Stunden in der Badewanne im längst abgekühlten Wasser eingeschlafen war. *Glaubst du wirklich, dass Mama und ich da mitmachen?*, brachte ich schließlich hervor, und Erschütterung, nicht weniger als Erschütterung stand in seinem Gesicht. *Ja, warum denn nicht?*

ACHT UND DREISSIG

Ich trage Karlas Kartons endlich in den Keller. Soll sie Karla doch wieder nach oben tragen, *wenn sie endlich Ruhe, wenn sie Zeit dazu hat.* Ich öffne das Vorhängeschloss der Tür im Lattenverschlag. Es knarrt. Da steht das alte Bett, mein altes Bett, das ich aus Antwerpen zunächst zu Karla in die Fasanstraße übersiedelte und jetzt erneut mitnahm, obwohl *wir das Zeug doch entsorgen lassen sollten,* wie Karla sagte. *Das Zeug,* meint: meine Metallregale, die Musikanlage, das Ausziehsofa; ich setze mich auf die rotweinroten Polster aus Schnürlsamt, öffne einen der beiden Kartons. Ganz oben liegt der Flyer, der Flyer von vor fünf Jahren. Darauf hat Karla ein Herz mit ihrem Lippenstift um meinen Namen gezogen. Das *Quick&Dirty.Porn.Film. Festival* im amoK. Ein viertägiges Fest, das der Pornografie und der Sexualität gewidmet war. *Wir, die Gruppe SAMSAG, bieten in Zusammenarbeit mit dem amoK ein buntes Programm. Filme, Podiumsdiskussionen, Workshops, Panels, Konzerte und viel Raum für Austausch rund um das Thema Pornografie und Sexualität. Wir möchten Alternativen zum Mainstream aufzeigen und stattdessen eine Plattform für Diskurse bieten. Diskurse über Sexualität und Politik, über Diversität und Gendervielfalt in der Pornografie, über Sichtbarkeit und Anerkennung und noch vieles mehr.* Mit dabei u. a.: Judit Renner, Pädagogin und Medienwissenschaftlerin (Media Center Antwerpen). Dann noch weitere Namen. Und zuletzt: *Flyerdesign by Nsignz* als Vermerk links unten im Eck.

NEUN UND DREISSIG

Beschleunigung ist Wachstum, notiere ich, verlasse dann das Zentrum und gehe Richtung Almbaumsiedlung an Gärten vorbei, Gärten hinter präzise getrimmten Eibengewächsen. Ein Garten mit Trampolin, Kinder auf und neben dem Trampolin, auf und ab und auf und ab, die Nachrichten auf meinem Smartphone: *Bist du gut angekommen? Was ist mit deinem Vater?* Weitere Mails, nichts Konkretes, viel Spam. *Auf, auf,* denke ich. *Weiter. Weiter,* denke ich, wird schon, und ich erwische mich wieder bei dem Gedanken, dass mein Vater womöglich sterben wird und die Erbschaft regeln will. *Beschleunigung führt zur vollständigen Entfaltung. Die Zeit des Kapitalismus muss an sein Ende getrieben werden,* notiere ich noch im Gehen, bleibe kurz stehen. Mich grüßt ein Herr, ein alter Mann sitzend auf seiner Bank im Garten, Kartoffeln schälend. Ein Schäferhund sitzt im Schatten und sieht ihm zu. Ich folge dem Schild, welches die Richtung zur Seilbahn anzeigt, zur Almbaumbahn, sie führt durch dunkle Wälder an die Spitze, und ich treffe eine alte Bekannte, weitläufig lässt sie sich als Nachbarin bezeichnen, sie treffe ich nah der Brücke vor dem Supermarkt – sie belädt ihren Kombi, *wie geht es dir? Was machst du denn hier?* Ach, gut, Stress, Beziehung, dies das, wie geht es dir? Lang nicht gesehen, und sie zeigt mir Bilder von ihrem Mann, Mann mit Kind, im Sitz schläft das Kind, soll ich dich mitnehmen? Wo musst du hin?

Ja, gerne. Warum eigentlich nicht?
Ist Donald Trump Akzelerationist?,
frage ich mich.
Zu deinem Vater?, fragt meine Bekannte.
Ja, bitte.
Geht's dir wirklich gut? Du siehst durstig aus.

VIERZIG
1999

Es dauerte ein paar Sekunden, bis die Ordnung in mir wieder hergestellt war. Wie konnte jemand nur so ignorant sein, wie? Wie, wie, wie?, fragte ich mich. *Tigern Sie zum Löwen,* schallte es dann durch die Bibliothek. Das anschließende Gebrüll füllte für ein paar Sekunden den Raum, und kaum, kaum als ich wortlos vom Stuhl rutschen und meinen Vater mit der Libro-Weihnachtssonderangebotswerbung allein lassen wollte, änderte er seinen Ton. Sanft sprach er. Er sprach über sich und über mich, mich und Nico. Nur über meine Mutter, über die schwieg er sich weitgehend aus. *Mach dir keinen Kopf, Judit, deiner Mutter geht's gut, vertrau mir. Sie ist auch bei allen Veranstaltungen dabei. Sie freut sich sogar, dass sie wieder mehr eingebunden wird.* Und es wäre ihm selbst schon unangenehm, sagte er, dass es mit Nico bisher nicht zu einem Kennenlernen gekommen sei, aber der Stress. *Außerdem würden der Hannes Böhm und ich nicht mehr die besten Freunde werden.* Aber er kenne Nico aus der Firma. *Geschickt und fleißig. Anders als die meisten. Bedachter.* Er könne mir zudem versichern, dass Nico nicht von den bevorstehenden Einsparungen betroffen sein werde. Auch sonst niemand vom Fachpersonal. *Du glaubst doch nicht allen Ernstes, dass ich Bürgermeister zu werden beabsichtige, wenn ich zugleich die halbe Ortschaft aus der Firma werfe.* Es würde, wie immer bei konjunkturellen Schwankungen, zuerst die Leiharbeiter treffen. *Das ist nicht schön, aber die bekommen weiterhin ihr Geld vom AMS, und von ihrer Communitiy würden die schon aufgefangen werden,* meinte mein Vater lapidar und hatte sogar noch den Sinn, meine Verstimmung über seine Worte zu bemerken, und bevor ich überhaupt etwas erwidern konnte, walzte er plötzlich über mich, als wäre er bei einem politischen Streitgespräch: *Jaja, Judit, ich weiß. Aber so ist das. Was soll ich sagen? Selbst Hannes Böhm schert sich nicht darum. Der sitzt auf einem Betriebsratsposten, hat nichts zu befürchten und keine geschäftliche Verantwortung; moralisiert und mobilisiert dennoch be-*

ständig gegen mich in der Belegschaft, obwohl uns beiden bewusst ist, dass hauptsächlich Leiharbeiter die Konjunkturschwankungen ausgleichen. Der Betriebsrat stimmt jeder Auflösung der Zeitarbeits- oder der Leasingverträge mit den Leiharbeiterfirmen zu. Ohne zu zögern. So viel zur internationalen Solidarität. Natürlich kann man sich darüber entrüsten. Aber in der wirklichen Welt ist das eben so. Und wir alle können unterm Strich gut damit leben. Ein Hannes Böhm und der anatolische Gastarbeiter inklusive. Dem ich übrigens warm ans Herz lege, in der freien Zeit die Sprache zu lernen – am besten gemeinsam mit seiner Frau –, und sich zu qualifizieren, um ansatzweise im zwanzigsten, schon bald einundzwanzigsten Jahrhundert anzukommen. Es ist ja nicht so, als ob es keine Angebote gäbe. Dafür werde ich mich als Bürgermeister auch verstärkt einsetzen. Das ist ohne Frage viel effizienter als das Geplärre gegen die bösen, bösen Bonzen. Und wenn wir schon beim Thema sind: Hast du überhaupt schon Freundschaft geschlossen mit dem Genossen Böhm?

EIN UND VIERZIG

Das *Quick&Dirty.Porn.Film.Festival* hat unser beider Leben entscheidend verändert, erinnere ich mich im Keller auf meinem alten Sofa sitzend und suche die Einladung in meinem Posteingang. Sechs Jahre sind vergangen, seit ich als Expertin vom Verein SAMSAG angefragt worden war, um auf ihrem Festival zu sprechen. Dass aus diesem Besuch ein Verbleib, eine Rückkehr nach Österreich resultieren würde, hätte ich zwar nicht für möglich gehalten, rückblickend möchte ich aber sagen: Es lag in der Luft. Es war nicht nur Karla, die mich hielt. So ehrlich muss ich zu mir selbst sein, und ich hasse es, ich hasse es, fluche ich vor mich hin, und die Provinz, es ist die Provinz in mir, die mich so unsicher sein lässt. Da gehöre ich einfach nicht hin, nach Antwerpen, in große Institute, Tagungen. Auf keiner Party, bei keinem Essen blieb ich länger als nötig, weil ich da nicht hingehöre! Gespräche fielen mir schwer, soll ich die Kollegin nun auch umarmen? Den Kollegen ebenfalls mit einem Küsschen auf die Wange begrüßen oder reicht ein Handschlag? Macht man das so? Lieber Abstand, lieber ein bis zwei Schritte Abstand. Mein Problem mit Nähe und Schwäche. Lust auf soziale Kontakte bekam ich erst, als ich in meinem Miniapartment wieder auf diesem Sofa saß. Sollte ich in eine WG ziehen? Vielleicht. Es kam aber nicht mehr dazu.

ZWEI UND VIERZIG

Wir nähern uns dem Hügel. Im Auto meiner Bekannten riecht es nach Minze. Ein Duftbaum tanzt vor der Windschutzscheibe. Wir haben die Almbaumsiedlung verlassen und schon geht es aufwärts, zirka dreihundert Meter aufwärts zum gusseisernen Tor, mit einer Überwachungskamera sowohl über den verschnörkelten Torflügeln als auch direkt bei der Gegensprechanlage, die, wie ich sehe, nun aus einem Touchscreen besteht. Das Haus ist von der Straße aus nicht einzusehen. Dichter Waldbestand versperrt die Sicht. Wir verabschieden uns. Danke, Danke. Verbindung halten, Vergangenheit, Gemeinsamkeit usw.

DREI UND VIERZIG
2013

Mir war damals nicht bewusst, dass Karla hinter der Einladung, hinter dem amoK und dem Festival steckte. Als ich sie im amoK sah, verschwand sie in einem der Hinterzimmer. Ich ging ihr sofort hinterher, konnte es nicht glauben, dass sie mich hierhergelockt hatte. Aber als ich die Tür aufriss und der jahrelang aufgestauten Aggression, der Wut, dem Unverständnis, der Enttäuschung ihren Raum geben wollte, stand sie da, zitternd, aus Mund, Nase, Augen floss, nein, schoss der Schmerz, rann zähfließend über ihr Gesicht, ihr über Hals und Kragen hinab. Zwölf, nein dreizehn Jahre waren vergangen seit jener Nacht. *Nico ist tot. Aus dem Fenster ist er,* bebte es aus ihr.

VIER UND VIERZIG

Ich wühle weiter im Karton, im Keller auf meinem alten Sofa sitzend finde ich im Karton die Ordner aus jener Zeit wieder, in welcher Karla den Verein SAMSAG, *eine Art Akronym des Namens Gregor Samsa aus Kafkas Erzählung,* wie mir Karla erklärt, in eine GesmbH umwandelt. An dieser beteiligt sie sich fortan. Die Mehrheitsbeteiligung übernimmt sie sogar irgendwann. Sie arbeitet Tag und Nacht für die Produktion *feministischer Pornografie mit künstlerischem Anspruch,* wie es in der Selbstbeschreibung heißt und die sie erfolgreich vertreibt, äußerst erfolgreich zeigt auf Festivals in aller Welt. Auch das amoK gibt Karla ab. Samt den kleineren Büros und Wohneinheiten über dem amoK und der Wohnung gegenüber. So gibt sie alles ab und investiert in ihre Firma, die wächst und wächst, und Interviews gibt sie, ich blättere wieder in den Zeitschriften, sogar noch in kleinen Lokalzeitungen kommt sie vor. Alles liegt lieblos aufbewahrt in den Kartons: *es geht im Wesentlichen darum, eine Darstellung der menschlichen Sexualität zu zeigen, die gleichberechtigt ist und eine Sexualität abbildet, die nicht toxisch wirkt. Es müssen Frauen hinter die Kamera, mehr Genderdiversiät ins Studio, in die Produktion. Wir brauchen mehr Geschlechtervielfalt, von der Regie bis zur Produktion,* erklärt sie in einem Interview, und ich übergebe mich, übergebe mich und massiere mit dem Daumen den Handballen der linken Hand.

FÜNF UND VIERZIG

Das Auto meines Vaters, traditionell eines der neuesten Mercedes-Modelle, steht in der Auffahrt. Er fährt also noch selbst, schließe ich. Von den Gartenzwergen hat er sich nach wie vor nicht getrennt. Vieles verschwand nach dem Tod meiner Mutter, aber die Zwerge, die stehen noch im Garten. Der Rasen ist gemäht. Die Hecken, Büsche und Blumenbeete fachgerecht zurechtgemacht. Manch ein Baum rund um Haus und Garten wurde gefällt und zu Brennholz verarbeitet. Gemüse gibt es keines mehr. Auch die Obstbäume und die Beerensträucher sind verschwunden. Auf der Terrasse stehen zwei Liegestühle, die mit Auflagen versehen sind. Seine Haushälterin macht es sich manchmal in der Sonne gemütlich. So viel weiß ich. Aber dass mein Vater ihr Gesellschaft leisten würde, wäre mir neu. Hat er eine neue Beziehung? Eine, die er schon länger führt, von der er mir aber nie berichtete, da er nicht den Mut dazu gefunden hat? Und jetzt, ja, jetzt will er noch einmal heiraten!, schießt es mir durch den Kopf, bis ein *Judit, kommst du? Oder möchtest du lieber in der Auffahrt bleiben?* mich jäh unterbricht.

SECHS UND VIERZIG

Mein Vater hat abgenommen. Die Arme wirken knochig unter seinem weinroten Pullunder, welchen er über einem beigen Ralph-Lauren-Hemd trägt. Er geht auch gebückter. Seine Schritte wirken bedächtig, als ob er darauf achten müsste, keinen Krach zu machen, weil ein schlafendes Kind nicht geweckt werden will. *Komm, Judit, nimm dir*

Hausschuhe und begleite mich in die Bibliothek. Ich möchte keine Zeit verlieren. Es gibt viel zu besprechen.

SIEBEN UND VIERZIG
1999

Als die Mutter die Tür zur Bibliothek aufzog, roch es von der Küche her nach gebratenen Eiern. *Lasst euch von mir nicht stören,* hauchte sie uns zu, stieg auf die Leiter, um gezielt *Österreich II. Die Wiedergeburt unseres Staates. Band 1* von Hugo Portisch, einen Trakl-Gedichtband und das Kochbuch *Cucina Povera* von Gennaro Contaldo aus den Regalen zu ziehen und sich damit an den Schreibtisch meines Vaters zu setzen. *Du klingst wie ein waschechter Politiker, Papa,* sagte ich. *Was du mit der Kandidatur wirklich bezweckst, erschließt sich mir zwar noch nicht. Aber irgendeinen Hintergedanken wirst du haben, da erzähle mir nichts. Und die Nähe zur FPÖ ist dir ja in die Wiege gelegt worden. Wie soll es auch anders sein? Als ob es sich bei den Gastarbeitern nicht um Menschen handeln würde, sondern um reine Verschiebemasse. Widerlich ist das und ich werde keinesfalls zu irgendeinem deiner Termine mitkommen. Schon gar nicht zu Silvester. Da bin ich mit Nico und Karla verabredet. Wir fahren weg.*

Ach ja, und wohin?, platzte es aus meinem Vater.
Wissen wir noch nicht. Nach Prag vielleicht.

Auf gar keinen Fall!, brüllte er mich an und ich nahm, nahm dann all meinen Mut, trat ihm mit: *Papa, du kannst mich mal!* entgegen und lief in mein Zimmer zurück.

ACHT UND VIERZIG
1999

Die Häuser in der Almbaumsiedlung ähnelten sich. Sie waren nicht besonders groß. Zweigeschossige Bauten mit Satteldach. Die meisten hatten einen Balkon aus Holz. An manchen waren noch Fensterläden zu sehen, grüne Fensterläden mit geschnitzten Verzierungen. In manch einen war sogar ein kleines Herz gestanzt. An den meisten Häusern wurden diese Kunstwerke aber bereits durch braune Rollläden ersetzt, deren massive Kästen den Fenstern braune Augenbrauen verliehen. Einige jüngere Doppelhaushälften waren ebenfalls zu sehen. An das ein oder andere alte Haus wurde auch *von den Jungen* angebaut, wie es heißt. An einer Wegkreuzung stand ein großes schwarzes Kreuz, das mit auffallend viel Vogelkot überzogen war. Leere Container, in welchen im Herbst das Laub und sonstige Gartenabfälle gesammelt wurden, waren mit Frost überzogen und fristeten ein verlassenes Dasein. Manchmal roch es nach angeschwitzten Zwiebeln oder nach Benzin. Es wurde gebohrt und geschraubt. Häufig an Mopeds oder alten Autos. Die Kälte in den offenstehenden Garagen wurde mit Heizstrahlern bekämpft. Die Almbaumsiedlung war der Beweis, dass das Proletariat einen kleinbürgerlichen Lebensstandard erreichen konnte, wie Hannes Böhm es laut Nico ausgedrückt haben soll.

Jetzt stehe ich vor Nicos Haus,
schrieb ich in einer SMS an Karla.
Wünsch mir Glück, gleich lerne ich seine Mutter und vielleicht auch den Böhm kennen!

NEUN UND VIERZIG

Mein Vater lässt sich im braunen Chesterfield-Sessel nieder, reibt sich die Hände, als müsste er sie sich über einem Feuer wärmen. Womöglich Durchblutungsstörungen, denke ich, dann wippt er aufgeregt vor und zurück.

Also, Judit, ohne Umschweife,
wie geht es dir?

Ich bin perplex. *Mir?*, frage ich. *Gut! Warum fragst du?*

Es ist so:
Der Buchenhof steht zum Verkauf,
wie du sicherlich weißt.

Ja, sicher weiß ich das. Karla hat ...

Judit, bevor du weitersprichst:
Ich konnte letzte Woche den Antrag beschließen lassen, dass die Gemeinde selbst das Buchenhofareal kaufen wird. Und bevor du jetzt gleich was sagst: Dort soll ein pädagogisches Zentrum entstehen. Kindergarten, Jugendarbeit, Nachmittagsbetreuung, Lernhilfe, abendliche Sprachkurse für Erwachsene. Das volle Programm. Und du, Judit, du sollst es leiten, das Zentrum.

FÜNFZIG
1999

Im Haus von Gabriele Russo und Hannes Böhm in der Almbaumsiedlung war es ungewöhnlich warm. Eine Welle trockener Heizungsluft schlug mir entgegen, als würde man sich den Rachen föhnen, dachte ich und folgte Nicos Mutter in den Wohnraum, der voller gerahmter Fotografien hing. Nico als Baby, Gabriele Russo am Strand. Groß aufgezogene Bilder der Taufe und der Erstkommunion. Der runde Wohnzimmertisch war gedeckt. Geblümte Teetassen und kleine Kuchenteller warteten auf den Gugelhupf, den Gabriele selbst gebacken hatte. Sie trug eine eng anliegende Leggins und ein ärmelloses Trägershirt. Ihre Wangen waren rot, rot gebacken von der Wärme. Ihre blond-braun gefärbten Locken fielen ihr ins Gesicht, was sie von Zeit zu Zeit störte, und so versuchte sie erfolglos, die Haare von ihrer Stirn zu pusten. Auffällig waren auch ihre großen, runden Silberohrringe, die sichtlich ihr Ohrläppchen strapazierten und ihr bis in den Nacken schlugen, wenn sie ihren Kopf nach hinten warf. *Nico und Hannes werden auch bald da sein,* sagte sie. Wahrscheinlich waren sie wieder aufgehalten worden. *Die Deutschen lieben die beiden,* vor allem die Kinder hätten einen Narren an Nico gefressen. Er sei ein sehr beliebter Schilehrer, mit Kindern könne er *wahnsinnig gut* und das zusätzliche Geld würden sie auch gut brauchen können. Sie bot mir einen Platz auf dem Sofa an. Auf dem Fliesentisch lagen Fotoalben bereit. Nicos Mutter flazte sich auf das Sofa und griff nach dem ersten Album auf dem Stapel. Ich erkundigte mich, wo ich denn die Toilette finden könnte, und verschwand in einem eiskalten kleinen Raum, in welchem das Holzfensterchen auf Kipp stand und sich Eisblumen auf der Scheibe abzeichneten.

EIN UND FÜNFZIG

Er wisse, dass Karla für ihre Firma einen neuen Produktionsstandort im Buchenhof errichten möchte, lässt mich mein Vater wissen. Er wisse auch, dass sie die Finanzierung schon hat prüfen lassen. Und hätte er nicht rechtzeitig erfahren, was hier im Gange ist, der Aufschrei in Oberbach wäre groß gewesen. Davon sei er überzeugt. Das lasse er nicht zu. *Darüber sind sich im Gemeinderat alle einig. Fraktionsübergreifend. Niemand möchte das hier, Judit. Bleibt damit in der Stadt. Das kannst du Karla gerne ausrichten. Das ist für alle besser. Und für dich ist es eine einmalige Chance. Auch, um deine politischen Vorstellungen zu verwirklichen. Findest du nicht?*

ZWEI UND FÜNFZIG

Ich sitze auf der Toilette. Ich schwitze. Das Notizbuch umklammere ich mit der linken, während ich mit der rechten Hand schreibe, notiere, eigentlich schmiere ich, und ich weiß nicht warum, warum es ausgerechnet jetzt mich drängt zu notieren, zu schreiben, zu produzieren, und ich notiere in mein Heft, bis es drückt, durchdrückt auf meine Oberschenkel, schreibe über das goldene Zeitalter des Kapitalismus, das nach dem Zweiten Weltkrieg in Deutschland, in Österreich, ja in Europa Einzug gehalten hatte. Das sogenannte Wirtschaftswunder beruhte jedoch auf Zerstörung, schreibe ich, auf beispielloser Zerstörung. Nicht wegen, sondern trotz der geregelten Arbeitsumgebung wurde Wachstum generiert, weil aufgebaut werden musste, da alles in Trümmern lag. Wachstum also, das den Arbeitern Auskommen, ja kleinbürgerlichen Wohlstand einbrachte, den sie gegen eine stumpfe Arbeit und unerträgliche Monotonie eintauschten. Oberbach ist das beste Beispiel, notiere ich. Dabei ist es nur eine Frage der Zeit, bis der globalisierte Wettbewerb Oberbach einholt und eine Rückkehr in die Siebziger, in die Achtziger, ja in die Neunziger auch praktisch unmöglich macht. Doch genau das wollen die Leute verhindern, genau das, sie wollen in den goldenen Jahren verharren, die gar nicht so golden waren, sondern lediglich zu solchen verklärt werden, sage ich mir in den Spiegel und tropfe Flüssigkeit in das entzündete Auge. Deshalb wählen sie seit der Jahrtausendwende den Haiderismus, den Strachismus, deshalb wählen sie immer wieder die FPÖ oder die ÖVP. Sie würden am liebsten eine Zeitkapsel bauen und sich von allem abschotten!, schreibe ich und betätige die Klospülung, um nicht den Eindruck bei meinem Vater zu erwecken, ich würde mich vor dem Gespräch verstecken; schreibe sodann an Karla: *Es ist nicht zu glauben, was hier passiert. Melde mich später.*

Karla Ulrika ZWEI
2006

EINS
Silvesternacht 1999/2000 und 2006

Wir näherten uns dem Hügel. Vielmehr: Wir krochen. Auf allen Vieren krochen wir auf den schneebedeckten Almbaumhügel, sage ich vor dem Spiegel stehend und sehe Marcel mich mustern, mich von oben bis unten mustern, und ich ertaste die Naht. Der Faden wie Draht. Drei kleine Stiche an meinem Hinterkopf, und Marcel fragt, ob es mir gut gehe, ob ich mich nicht lieber wieder legen, zu ihm auf meine Matratze setzen wolle. Doch meine Knie,

meine Knie wurden nass, erzähle ich, sie wurden nass auf den letzten Metern, und *du musst mich ziehen, Nico, bitte, du musst mir helfen,* zischte ich, da ich nach hinten rutschte, trotz aller Anstrengung wieder rückwärts, nach unten zu rutschten drohte. Nico packte mich am Ärmel, zog mich, zog mich zu sich. Wir hielten uns fest an einem Strauch, einem Hagebuttenstrauch, richteten uns auf und rieben den Schnee von den Hosenbeinen. Wir rieben über die nassen Stellen, als ob wir sie auf diese Weise einfach wieder trocknen könnten, stehend im Hügel über der Almbaumsiedlung, rieben wir vergeblich über kaltnasse Hosenbeine und sahen über das Dorf dem neuen Jahrtausend entgegen; was machen wir hier eigentlich?, fragte ich und schließlich: *Wir sollten die Kontrolle verlieren, nein, wir sollten sie abgeben, sollten doch viel öfter die Kontrolle abgeben,* wiederholte Nico mich, wiederholte Nico meine Worte. Er holte sie zurück aus den vielen vergeblichen Gesprächen, die ihn bewegen, die ihn lediglich aus seinem Zimmer hätten bewegen sollen, zog er sie plötzlich an sich, zog sie von mir ab wie ein Dieb. Er instrumentalisierte sie. Dessen war ich mir bewusst, instinktiv war ich mir dessen bereits auf dem Hügel bewusst. Ich wusste nur noch nicht, wie. Ich ahnte was. *Mir schwante Unheil,* und wollte wenden, mich gegen ihn, gegen mich, gegen meine eigenen Worte wenden und bestehen, auf der Beantwortung meiner Frage bestehen – Was machen wir hier eigentlich? Und ich zog mich noch näher an ihn heran, setzte erneut zum Fragen an, doch dann: dann dachte ich daran, wie er mir die Hand an den Hals legen, mich gegen einen Baum pressen würde, *wir die Kontrolle abgeben,* und ich würde versuchen ihn zu küssen. Wir würden fließen, in den anderen uns biegen,

in der Kälte uns verschränken, zittere ich noch heute in den Spiegel und Marcel ist ruhig. Die Katze sitzt auf seinem Schoß. Eine Katze, die sich putzt, und es huscht die borstige Zunge, die gähnende Katzenfratze wirkt zufrieden, und es quietschen die Zehenspitzen auf dem Parkett, als ich mich drehe, mich vom Spiegel Marcel zuwende: Wir würden miteinander schlafen, Nico und ich. Woher sie kam, die Fantasie, mehr Überzeugung als Fantasie, wusste ich nicht. Aber schön würde es sein, warum auch nicht? Richtig würde es für uns sein, befreiend würde es sein! Zumindest für einen Augenblick. Wir müssten nicht mehr denken, an Judit denken, an Oberbach. An all das, was war. *Aber Judit darf nichts davon erfahren, Nico,* das würde besser sein, würde ich ihm noch sagen, während wir an unseren Gürteln rütteln, *versprich es,* hörte ich mich schon sagen, während ich mich mitten auf dem Hügel an ihm festhielt und in seinen Schal atmete.

ZWEI

Marcel fängt an, über den Fußboden zu trippeln. Erst sind es kleine Schritte, dann erinnert es an Ringelreihen. In nichts als einer schwarzen Calvin-Klein-Unterhose wirft er seine Arme in die Luft, pfeift zwischen Daumen und Zeigefinger, bewegt sich wie anwachsender Puls auf mich zu. Eine schnelle Schrittkaskade, als wäre er auf der Tanzfläche im Koma, ein Blick unter Gleichgesinnten, sein Becken Puls, seine Rippen zeichnen sich unter der behaarten Brust ab. Der Kopf nickt im Puls der gedachten Beats, im Bum-bum-bum des gedachten Beats, er lacht, er kichert ein bisschen und ich frage mich, ob er Verdacht, ob er mich verlacht, schöpft er nun doch Verdacht und ahnt, dass wir schon suchen, sein Büro, seine Wohnung durchsuchen und Einblick nehmen wollen, hinter die Umstände der Umschläge kommen wollen, frage ich und frage mich: *wer sind wir geworden,* die Frage: *wie sind wir nur so geworden?,* hängt schräg hinter meiner Stirn. Dass wir um uns herumreden, dass wir um uns herumreden und dabei heben, versuchen uns mit Geheimnissen auszuhebeln, die uns erschüttern werden, wie das Sterben in Träumen uns aus dem Schlaf fahren lässt.

DREI

Dann bricht er ab. Marcel zieht mich an sich. *So? War es so, ungefähr so am Almbaumhügel mit Nico,* fragt er. *Die Kontrolle solltet ihr verlieren? Sie abgeben? An wen?,* spottet er. Aber er verstehe schon. Das klinge nach putzigem Befreiungsdrang. So fange aber gar nichts an. *So beginnt, so gelingt Befreiung nicht,* fantasiert Marcel. *Nicht mit einer Tat, nicht mit einer Aktion, sondern mit einem Ton, mit einer Geste, die uns so sehr in den Bann zieht, dass eine Vision daraus erwächst. Damit ginge es los. Ein kleines Ereignis ist ausreichend!* Dann wäre sie da, *die Vision, die Faszination für etwas, das uns beginnen lässt, die ins Rollen uns erst versetzt,* und ich frage mich jetzt: *Ob Nico eine solche hatte, oder ob er tatsächlich nur um sich schlagen wollte in jener Nacht?* Jedenfalls: Die Umsetzung, das *Sich-Abgeben, das Sich-Hingeben,* das komme erst, *komme erst viel später,* fährt Marcel fort. *Es ist langwierig, nicht von heut auf morgen zu haben,* sagt er und verschwindet in der Küche. Er stürzt zum Wasserhahn, aus dem ein labbriges Rinnsal tritt. Kein Wasserstrahl so richtig, sondern ein durchsichtiger Faden, dickflüssig, dünn schimmernd wie Zugsalbe. Marcel schlürft mit geschlossenen Augen aus dem Spülbecken. *Am Anfang steht ein Plan,* schlürft er. *Erst dann, erst dann kommt der Gang. Der Gang nach Woandershin. Ein Woanders jenseits der Tristesse.* In der Gewohnheit stecke man nämlich fest wie in einem Portrait. Ein Portrait bewacht von Wächtern, von kontrollierenden Schweinehunden, den inneren, die einen glauben lassen, alles müsse so sein, alles müsse stets unter Kontrolle sein, weil man nichts, nein, weil man nichts anderes kennt, weil Angst vor dem Unbekannten man sein Eigen nennt. Um der Gewohnheit zu entfliehen, müsse mehr vorhanden sein als der bloße Wunsch.

VIER

Auch er steckte fest, bevor er das Koma eröffnete. *In der Tristesse der elterlichen Gastwirtschaft, die von den Arbeitern im Viertel lebte,* erzählt Marcel mir aus heiterem Himmel. *Die Tristesse einer Wirtschaft, die wie der Friseur oder der Kiosk nebenan von den Firmen im Fasanviertel lebte. Vom Autoteilhersteller, von der Eierfabrik, von den Textilfertigungshallen, der Spedition, dem Großhandel am Ende der Straße am Hafen und so weiter, die alle verschwinden sollten. Allesamt, nach und nach, verschwinden oder woandershin gehen wollten, schleichend. Nach und nach schlichen sie sich. Innerhalb von zwanzig, fünfundzwanzig Jahren sollten die meisten Betriebe weichen,* schlürft Marcel unter der Spüle hervor und wäscht sich das Gesicht. Er reibt sich die Augen mit Wasser aus, fährt sich mit den nassen Händen durch das Haar. *Der Tod schlich Ende der Neunziger durch das Viertel wie die Pest durch Venedig,* sagt er. Zuerst erkrankten die Großen. Die bauten Personal ab, *rationalisierten,* wie es heißt, *wie es in solchen Krankengeschichten eben heißt.* Dann traf es die Kleinen, die an den Großen hingen. Die Malereibetriebe und so weiter. Dann meine Eltern, die Nachbarn, die Gastwirtschaften. Dann waren auf einmal die Bretterverschläge vor den Türen. Improvisierte Kunstwerke aus zusammengeworfenem Schrott hinter hastig hochgezogenen Zäunen. *In Zeiten des Verrats wären die Landschaften eben besonders schön, wie es heißt,* sagt Marcel.

FÜNF
1999 und 2006

Besorgt erleuchtet waren die Wohnungen in der Fasanstraße zu jener Zeit. Sie loderten, standen in flimmernden Fernsehlichtern, irrlichternde Gestalten vor den Hauseingängen gestikulierten mit Armen und Beinen, krümmten sich, flehten jeden Morgen den grauverhangenen Himmel an. Die Ratten fraßen sich durch gestapelte Autoreifen. Die wirtschaftliche Lage verschlang noch den letzten Straßenstrich und all seine Schatten, denen das Geld ausging, sodass sie vertrieben, die letzten Huren auch noch aus dem Viertel vertrieben wurden, die doch die Raten, die Kreditraten mit ihren Nachtmahlen meinen Eltern noch ein oder zwei Jahre lang bezahlt hatten, erzählt Marcel. Die Raten für die Wohnung im Block gegenüber, ihrer Gastwirtschaft gegenüber. Eine Wohnung mit zwei Zimmern, die sie sich nach den Wirtschaftswunderjahren unbedingt noch kaufen sollten. Weil der Kredit billig sei, als Sicherheit, *weil man das so macht, was man hat, hat man, wie sie sagten, für den Lebensabend, und das Gasthaus dann verkaufen.*

Und Marcel beobachtete den Verlauf. Den Verlauf eines gescheiterten Anlaufs seiner Eltern über die Hürden auf ihren letzten Metern. Staunend, *stumm vor Angst,* wie er sagt. Die Angst, als die Eltern dann erkrankten, sich zum Sterben zurückziehen wollten wie das Tier in den Wald, *und es an mir, einzig an mir war, nicht auch noch verschluckt zu werden, von der Tristesse angezogen, wider Willen aufgesogen zu werden, galt es doch, sie abzustreifen, abzulegen wie einen viel zu schweren Mantel. Aber wie? Das Gasthaus verkaufen? Verkaufen und weglaufen? Meine Eltern zurücklassen, die Schulden begleichen, abreisen, alles ab- und niederreißen? Und dann, dann was?*

Ja, was, brüllt Marcel und seine Nase blutet. Schwere Tropfen fallen ins Spülbecken. *Irgendwo arbeiten?,* fragt er dann, *einen Job finden, vielleicht studieren, nebenbei, wie es heißt? Vielleicht. Aber was? Wo will ich hin? Wie? Keine Ahnung. Dann eben arbeiten. Nützt ja nichts. Über die Runden kommen,* zitiert Marcel, *von irgendwas leben,* zitiert Marcel seine Eltern und wirft seinen Kopf in den Nacken. Aber das Irgendwas, das *Hauptsache durch,* machte mich fertig, Karla. Eine Notwendigkeit, keine Frage, eine zur Gewohnheit gewordene Zelle. Aber raus, da wollte ich raus. Nur wie? Alles wie gehabt, nur von vorn und mit einer Zwei vor dem Jahrtausend? Nein. Keinesfalls. Aber ich wusste nicht, wie. Mir fehlte die Fantasie. Der Wunsch war da, nur schlug er wild um sich, schlug sich gegen die Wangen mit flacher Hand. Der Wille allein wisse nichts, sagt Marcel, er weiß nichts mit sich anzufangen, wenn das Ziel fehle. Aus sich selbst heraus befreie der Mensch sich nicht, erklärt er und nimmt den Kopf nach vorn, hält sich mit dem Daumen das blutende Nasenloch zu.

SECHS

Marcel geht jetzt auf und ab. Wie eine Raubkatze tigert er vor meiner Küchenzeile, schiebt die Schultern vor und zurück, lässt den Kopf kreisen und spricht dann von den Türen, den Türen zur Freiheit, die direkt vor unserer Nase sich befinden würden, wir müssten lediglich von ihr angestoßen werden, von der Freiheit. Von außen käme sie auf uns zu. Am Anfang als Idee, wie gesagt, jubiliert Marcel in der Manier eines Jahrmarktschreiers und kommt fingerschnippend auf mich zu. *Bei mir war es Techno. Ich ging hin, verfing, tanzte mit. Das war's. Das Gefühl, dass sich alles in Bewegung befindet, schnipp, schnipp, dass sich vieles in der Bewegung selbst erklärte, schnipp, klapp, alles, wonach ich gesucht hatte, lag auf einmal offen da. Wie ein ausgebreitetes Stück Papier, der Plan auf einem Reißbrett. Wir berührten uns, berührten uns in den schweißnassen Achselhöhlen, tanzten nah und noch näher aneinander, tanzten entlang eines Pfads, den der Bass vorgab. Da war es weich und klar. Ab da ging es so dahin für mich, das war stark genug, ich spürte es deutlich, so würde ich ab jetzt leben wollen,* sagt Marcel, *bamm, bamm,* und dann höre ich ihn noch sagen, etwas von *Westbam und Mayday,* von *Wanderschaft* von: *We Will Never Stop Living This Way* und *Sonne, Mond und Sterne* sagen, führe dann aber sacht seine Hand von meiner Hüfte zu ihm zurück.

SIEBEN

Beim vierten, vielleicht beim fünften Umschlag war ich versucht. So viel Geld!, verzehrte ich mich. Verzerrt sah ich im Spiegel mein Gesicht, wunderte mich, dass das Geld noch nicht aus den Wänden hervorquoll, hinter den Leinwänden Ausbuchtungen zeitigte. *Klug investiert,* dachte ich, *klug investiert, was da nicht möglich* – brach dann aber ab, knackte den Gedanken ab am Genick. *Nein, Spekulation interessiert mich nicht,* nein, Marcels Plan, seine Pläne, eigentlich auch nicht, was interessierte: Das Ausbleiben meiner Träume. Unruhiger Schlaf wie Nicht-Schlaf und der Druck im Nacken: *warum, warum ich ihm vertrauen soll,* und die Fragen, wie ein Kredit zustande kommt? Wie Schulden und Schuld zusammenkommen? Und dann Nico, seine Nachricht: *Hast du Kontakt zu Judit?,* als SMS von Nico. Was mich interessierte: Der rote Punkt am Fenster eines Busses. Ein Notausstieg. Jener Punkt, an dem es auszusteigen, an dem es zuzuschlagen gilt. Ein Hammer. Jetzt oder nie, dachte ich. Dachte wieder an die Umschläge und daran, ob es nicht möglich wäre, zu knacken, mit ihnen Probleme wie eine Nuss aufzubrechen, abzuhauen, und was es mich wohl kosten würde? *Zu viel,* dachte ich. Ich denke zu viel.

ACHT
2006 und 1995

Ich steckte das Geld also weiterhin in Kunst. In Kunst, die ich beim *Kunstdiscounter* erwarb. Einem Supermarkt für all jene, die sich dazu gezwungen sahen, ihre Arbeiten für dreißig, vielleicht für vierzig Euro in einem Laden an der Grenze zwischen Fasanstraße und Innenstadt zu verkaufen. *Weiterhin die Scheine hinter die Leinwände kleben,* sagte ich mir, oder selber töpfern. Die eingeschweißten Umschläge einarbeiten, in die Tongebilde einarbeiten, in die Figuren, in die Tiere, die Tontiere erarbeiten, wie als Kind im Buchenhof. Der Kunstunterricht im Buchenhof. Kunst als Therapie. Kunst, um Energie freizusetzen, wie sie im Buchenhof sagten. Das wäre es doch, dachte ich. Kunst, um die Blockade zu lösen,

um die Verhärtungen der Seele zu brechen,
die Verhärtungen, die in einer Männergesellschaft,

in einer autoritären Männergesellschaft wie der unseren sich verfestigen und die die Nazis nur noch mehr verhärtet hätten, ein Generationenpanzer wuchs zu einer Nation, behaupteten sie, eine Nation, die zunächst keine sein wollte, keine einheitliche Form finden konnte, um dann aber zur Uniform zu werden, um zu Ruhm und Ehre zu werden, *die mit der Kunst jetzt zerfickt gehört, hört ihr, zerfickt! Zerfickt die Uniform,* schrie ein Mann im Ballsaal des Buchenhofs und wälzte sich in Farbe, in Ton und Farbe, machte sich in die Unterhose, schiss auf den Boden.

Und so fühlte ich mich gerüstet. Auf seltsame Weise mit meinen Kunst- und Tongebilden gewappnet für Überraschungen aller Art, *bis ich weiß, bis ich mehr weiß,* wie ich ihnen sagte; dem Team im Koma, all meinen Freunden im Koma, die schon seit Jahren, seit Jahren dabei und nicht weggelaufen, vor all den Veränderungen im Koma noch nicht geflohen waren. Sie traten an mich heran. Nach der letzten Sex&Balances traten sie mit jedem neuen Tag, mit wachenden, mit angstvoll angewachsenen Augen an mich heran und harrten, harrten der Antwort auf die Frage: *Was jetzt?* Ein: *Fuck, was machen wir jetzt?,* lag über allem, während die neue Anlage im Koma brummte. *Die Polizei war heute da. Jetzt müssen wir.*

NEUN
Silvesternacht 1999/2000 und 2006

Wir waren auf einem Zwischenplateau des Almbaumhügels angekommen. Wir konnten die angrenzenden Gemeinden sehen. Selbst den Buchenhof erahnte ich, und es ist schön, *irgendwie ist es doch schön.* Hinter uns wuchs der Wald über den Berg. Die Häuser der Almbaumsiedlung strahlten, während die vereinzelten Bauernhöfe an Oberbachs Peripherie im Schlaf lagen. Nirgends brannte Licht in den alten Höfen. Schafe waren eben nicht interessiert an der Silvestermitternacht, dachte ich. Nico und das Ortszentrum flackerten hingegen in den Raketenlichtern *und dort, dort drüben,* sagte ich, *siehst du die Fabrik, die deine, ich meine, den gesamten Komplex, Nico, da! Eine schlaflose Anstalt. Selbst jetzt. Selbst jetzt in der Silvesternacht blinkt ein rotes Licht auf dem Dach. Und die hohen Hallenfenster sind erleuchtet,* sagte ich, *unentwegter Betrieb kurz vor der Milleniumsmitternacht. Ich kann mir das nicht vorstellen,* plapperte ich, *die Welt zählt Sekunden, stimmt ein in einen kollektiven Takt bis Mitternacht, und die stanzenden Maschinen machen einfach weiter, dürfen nicht aufhören, der Dienst an den Maschinen darf nicht enden, der Betrieb muss am Leben gehalten werden, während die einen tanzen, werden die anderen eben stanzen, walzen, falten, Metall falten in den Hallen oder was weiß ich.* Nico antwortete nicht. Mir war sogar, als hörte ich ein leises Seufzen. Ich konnte nicht anders, plapperte weiter, plauderte wie wild über meine Aufregung hinweg und fragte nach den Hallen im Dannenbergwerk. Ob dort auch die Korken knallen würden in den Hallen, wenn zu Silvester schon gearbeitet werden müsse? *Wünscht man sich ein gutes neues Jahr und viel Gesundheit? Inmitten des Lärms viel Gesundheit, und vielleicht wäre es ganz gut, wenn es das Ding tatsächlich zerreißt, meinst du nicht? Nach Mitternacht. Wenn die Systeme versagen, meine ich, meinst du nicht, Nico?*

Und in mir wuchs die Scham, noch während ich sprach, erzähle ich Marcel, der den rechten Arm in sein schwarzes Hemd fädelt.

ZEHN

Wir streiften durch das leere Koma. Am DJ-Pult wippte die Mike-Tyson-Wackelfigur besorgt mit dem Kopf. Die

Musik sollte verhindern, dass Marcel uns hört, dass er uns stört, und ich erklärte dem Koma-Team den Trick mit der Tür, der Tür zu seinem Büro, *bei seiner Wohnungstür funktioniert es genauso, im Haus gegenüber,* die verschlossen, seit Monaten auch für mich verschlossen blieb. Irgendwas könnte dort sein, das uns vielleicht verrät, das ihn verrät, uns verrät, welche Pläne Marcel verfolgt. *Sucht. Keine Ahnung, wonach,* irgendwas müsse dort zu finden sein. Da waren wir uns einig, einigten uns auf den Trick mit der Karte, *fünfundvierzig Grad in den Schlitz zwischen Tür und Dichtung und dann drücken,* mit der Schulter, dann springt sie auf, ich halte Marcel von seiner Wohnung und vom Koma fern, *und wenn Marcel glaubt, dass wir uns in so eine Scheiße reinziehen lassen, dann, ja dann*-Sätze, Sätze wie: *jetzt ist genug, genug ist genug,* sagten sie, *wir dienen nicht länger, lassen uns nicht länger, nicht noch länger im Ungewissen,* sagten sie, *wir lassen uns das Koma nicht zugrunde richten,* sagten sie, *und jetzt ginge es eben los, sagte ich. Was es auch kosten mag. Und das Resultat?,* wurde dann gefragt. Zur Polizei? Je mehr wir darüber sprachen, wurde uns schwarz. Auch die Farben im Koma verblassten, die Treppen, die Stahlverschläge, die Graffitis wichen von ihrer gewohnten Beschaffenheit ab, verschwammen zu einem Brei. *Zur Polizei also. Wenn es handfest wird, zur Polizei. Ansonsten warten,* sagte ich, *ansonsten abwarten und wieder beraten.*

ELF
Silvesternacht 1999/2000

Wir stampften stur durch den Schnee. Die Schneedecke auf dem Almbaumhügel glänzte silbern. Mit jedem Schritt, den wir waldwärts gingen, traten wir ein Loch, hinterließen Krater auf unberührtem Untergrund. Erst im Wald endete unsere Spur. Es roch nach Tannennadeln, nach nassem Moos und Schnee, und wir kamen an, nach einigem Zick-Zack-Gang an einer Grundstücksgrenze an, *hier steht es, Nico: Privatgrund, betreten verboten!,* sagte ich. Und ich verstand, endlich schaltete mein Verstand sich wieder ein: *Das ist eine Grundstücksgrenze, und ich weiß, dass du weißt, dass es sich um Judits Grundstück handelt.* Genauer: um die Rückseite des Grundstücks ihrer Eltern. Und mir war klar, dass sie zwar bei dieser Feier oder Gala *oder was weiß ich was* waren. Dennoch, das war eine Grenze, *buchstäblich. Nicht, bitte. Denn wer weiß,* sagte ich, *ihr Vater hat bestimmt Kameras, ihr Vater hat hier sicher Kameras irgendwo. Selbst im Wald. Und Judits Mutter ist fast nie bei offiziellen Anlässen dabei in letzter Zeit. Die ist sicher im Haus!*

ZWÖLF
2006 und Silvesternacht 1999/2000

Wo willst du hin, frage ich ihn, *was hast du vor?* Marcel knöpft sich den letzten Knopf seines Hemds zu und fragt nach Judit, *wer denn diese Judit nun schon wieder sei?* Dass Nico und Judit ein Paar, dass wir alle befreundet waren, erzähle ich eilig, und wie schwierig es war, die Eltern der beiden, wie schwierig das Verhältnis zwischen Judits Vater und Hannes Böhm, die Umstände unglücklich, ich nannte sie: *unglücklich,* unglücklich gelaufen sei das, mein Gott, all das brach auf, doch dann, dann blaffte er mich an:

unauffällig,

bitte,

möglichst unauffällig, blaffte Nico und zog mich durchs Gebüsch, dann unter mehreren Bäumen durch, unter den etwas jüngeren Eichenbäumen, die allesamt bedeckt waren mit Schnee, eingeebnet unter Pulverschnee, gesäumt von Hecken, wilden spitzdornigen Hecken, und dann, *stopp,*

halt, warte!, sagt Marcel mit seinen Lippen fast an den meinen. *Lass uns was essen, lass uns was essen gehen, ich habe solchen Hunger.* Und mir war, als würde ich ein außerirdisches Gesicht sehen, ein Nico-Gesicht, für den einen Moment in Marcel, das außer Trauer nichts, aber auch gar nichts erahnen lässt.

DREIZEHN
2000

Im Jahr zweitausend fuhr ich mit der Straßenbahn ins Fasanviertel. Ich sah, wie die Krähen kreisten. In der Dämmerung zogen sie ihre Bahnen. Mit ihren Krähenfüßen kratzten sie an einem Schornstein, bis kleine Keile aus dem porösen Gemäuer brachen und vor das geplatzte Fenster eines Pfandleihers rieselten wie Schnee. Im Park gegenüber wurde der Stamm eines Spitzahorns zerkleinert. Kinder versteckten sich zwischen den Autoreihen eines Gebrauchtwagenhändlers, der nicht mehr zur Arbeit erschienen war. *Business out of Order. Dagegen ist kein Kraut gewachsen,* hörte ich jemanden sagen. Einen jungen Mann in der Bahn mit Aktenkoffer. Er steckte in zerrissenen, zerlumpten Hosen und einer Wollmütze mit mehreren Löchern an den Seiten. *Dagegen ist kein Kraut gewachsen,* wiederholte er, als würde er bald jemanden verprügeln müssen. Er trat gegen die Sitze, wankte gegen einen Kinderwagen und der Aktenkoffer flog gegen die Scheibe. Dann ließ er sich in eine leere Reihe fallen. *Vielleicht trifft seine Wut auch mich,* fürchtete ich, und ich kannte doch niemanden, hatte nur diese eine Nummer auf einem Zettel bei mir, bis der Typ mit mir an derselben Haltestelle ausstieg. *Vernahmst du's nicht, dass einer dich befreit?*, fragte er und bat danach um etwas Milch. Er fragte, ob ich Milch für ihn hätte oder welche kaufen wollen würde. *Milch, ganz egal wessen Milch, ob von einem Vogel oder einem Hamster, er kaufe und verkaufe jegliche Form von Milch* und ich hatte doch nur diese eine Nummer!, die ich anrief, als ich Oberbach zweitausend mit dem Bus verließ, und der Typ schrie mir hinterher: *Was los mit dir? Sternschnuppen aus der Elfenfabrik gibt es überall!,* und er zwängte sich dann durch ein Loch in einer Häuserwand.

Gilt dein Angebot noch?, fragte ich am Telefon.

Karla, richtig?

Ja.

Sicher! Komm vorbei, antwortete Marcel.

VIERZEHN
Silvesternacht 1999/2000

Meine Nervosität zuckte im Rhythmus des funkenschlagenden Himmels. Der Puls im Hals, die Aufregung unter der Schädeldecke, als wir kletterten, über den morschen Zaun aus Holz uns stützten, über Maschendraht sodann, über grün verflochtenen Maschendraht kletterten wir in den Garten, ein Garten, wie er weder mir noch Nico je gehören würde. *Ich meine, sieh ihn dir an, sieh dir diesen Garten an:* Die aufwändig angelegten Kieswege, der Pool! *Nein,* ein zugefrorener Fischteich sei das vor der Veranda, sagte ich, von so viel Schilf umgeben, und die geflochtenen Möbel. Überaus hochwertige Rattan-Möbel. Eine Amalfi-Ecke, eine Amalfi-Veranda von exotisch anmutendem Schilf umsäumt und von gefrorenen Rosenbeeten oder Gemüsebeeten. Und dann zuckte wieder eine rabiat raschelnde Rakete über uns *und ich weiß,* sagte ich, und für einen zuckenden Augenblick ließ uns das Licht die vielen Zwerge sehen. *Diese lächelnden Zwerge, Karla, eine Armada voll grausam lächerlicher Zwerge,* stieß Nico aus, *aber nein, eine Armee,* sagte ich. *Eine Armada kommt auf Schiffen daher.* Und dann zuckte, dann zuckte die in ausgestellter Schlichtheit gehaltene Villa auf im Licht der knisternden Raketen; ich zählte, zählte sicher zwanzig Gartenzwerge. Gartenzwerge, welche uns anstarrten, uns halbe Sekunden lang ins Gesicht starrten. Die Villa am Almbaumhügel zuckte in ihrem grellen Edelputzweiß, grelles Edelputzweiß zuckte so stark zusammen mit dem Beschlag aus dunkelgrauem Blech, dass alles so kontrastreich wirkte wie die restaurierten Bilder eines Fellini- oder Hitchcockfilms; und dann: dann klickte es neben mir: *Flick, flack.* Zweimal am Verschluss gezogen und schon war er offen. Nicos Rucksack stand offen und er spielte, spielte mit einem Bolzenschneider wie mit einer Schere. *Träume ich? Bist du verrückt, was machst du, Nico,* zischte ich, *Nico!,* wie er das Vorhängeschloss des Schuppens malträtierte, knackte, letztlich aufbrachte und mit der Motorsäge aus dem Schuppen sich an der großen Tanne im Garten zu schaffen machte, eine offene Wunde in den Baum schlug, *Nico!* Mein Mund, ein scharlachroter Schlot und Tränendampf, *Nico, hör auf!,* dampfte es in die Kälte, als der Schnee dämpfte, den Aufprall, als ich lag, dann am Boden lag wie ein lästiges Insekt, das Nico abschüttelte, während er den Baum immer *weiter, weiter,* bis er durch, zerteilt war der Stamm, dann der Fall. Der Baum verfehlte das Haus um Zentimeter nur. Er lag quer im Garten. Ragte noch in die Einfahrt wie ein gefallener Riese, aus dem die Kraft gewichen war. Nadeln überall. *Grün auf Weiß das Gesprenge.* Und da war es also. Das, was man Leben nennt. Eine Intensität, die in einem brennt und wie Feuer in der Lunge lodert, dachte ich und Nico stand dampfend im Garten, knatternder Lärm. Motorsägenlärm im kalten Nebel, und sein Speichel hing in Fäden vom schaumigen

Kinn. Ein zufriedener Krieger nach geschlagener Schlacht. *Und ich weiß,* sagte ich dann zu Nico, *ich weiß!* Und trat einen der Zwerge um, sodass es zischte und brach zugleich, und vielleicht ist es ja nur ein Riss im Stanniolpapier, dachte ich noch, doch es lachte mich an, es lachte mich an sodann, das gebrochene Gesicht aus geplatztem Porzellan.

FÜNFZEHN

Karla, Karla. Das hätte ich dir gar nicht zugetraut, schmatzt Marcel und streicht mir über die Wange. Er juchzt. Er schickt sich an, seinen verlorenen Schuh in meinem Chaos zu suchen und auch die Tür zum Stiegenhaus steht schon offen. *Ausgang offen,* denke ich, die anderen aber, an die anderen denke ich, die das Koma durchsuchen, die benötigen Zeit, noch viel mehr Zeit. *Weißt du, es mag sie ja geben, auch im Koma,* sagt Marcel, *die Wasserglasrevolutionäre, die sich widerständlerisch fühlen, wenn sie auf Gartenzwergen herumtrampeln, aber du? Wo ist denn mein zweiter Schuh? Aber du doch nicht,* gluckst er weiter und ich weiß, etwas weiß in mir, dass jetzt, das Koma, ich das Koma noch einmal anschneiden muss:

Hast du deshalb aufgehört, über deine Entscheidungen mit uns zu sprechen? Weil wir so naiv sind?, pulsiert es aus mir. *Und wann hast du vor, endlich mit mir über alles zu sprechen, wenigstens mit mir! Über die –* Huren, unterbricht mich Marcel. *Über die Frauen im Koma,* halte ich dagegen. *Und natürlich über das Geld. Marcel, diese vielen Umschläge, bitte, die Polizei, die Polizei war da und hat nach dir* – Ich weiß doch, Karla, ich weiß. Reg dich ab. Das ist nichts Neues. Die kommen regelmäßig auf mich zu. Ich betreibe einen Nachtclub. Himmel noch eins, wiegelt er ab und zieht sich aus. Er zieht sich sein Hemd wieder aus, schleudert auch den einen Schuh zurück und schlüpft aus den Socken sowie aus seiner Hose, seine Unterhose fädelt er über die geschüttelte Waden zu Boden, und mit der Ferse drückt er die Tür wieder in den Rahmen zurück. *Wenn ich höre, was du da in fremden Gärten treibst, war es vermutlich auch richtig, mir die Entscheidungen wieder selbst anzueignen.* Und er sieht sich um, greift zu einem Eimer, leert die Pflanzenpflegeprodukte aus, lässt kaltes Wasser laufen, in den Eimer laufen. Dann sitzen wir uns gegenüber. Marcel steckt seine Füße ins Kühle. Er strahlt, strahlt über das ganze Gesicht, als ob er mich nicht mehr ernst, als ob wir beide jetzt ein Spiel spielen würden, bei dem der jeweils andere gar nicht mehr mitspielt, ohne es den anderen wissen zu lassen. Er wischt mit der Handfläche über den Tisch, wischt über die Fotos, als wären es Memory-Spielkarten. *Bist du das? Und das Nico? Erzähl weiter, erzähl du doch weiter,* sagt er und patscht mit den Füßen im Wasser, bis es überschwappt.

SECHZEHN
2000

Ausgeschlachtet lag sie da. Die alte Gaststätte von Marcels Eltern lag ausgeschlachtet da wie das Fasanviertel selbst. Kahles Gemäuer, offene Anschlüsse, das Haus in einer Notoperation. Der Großteil der Decke zwischen Erdgeschoss und dem ersten Stock war schon verloren, für immer eingerissen, sodass eine Art Kuppel entstanden war, die den Blick auf ein offenes Stockwerk freigab. Nur eine Stahltreppe verband das Erdgeschoss mit der darüberliegenden Ebene, die noch provisorisch gestützt werden musste, da ihr die tragenden Wände entzogen worden waren. *Hier: Der DJ-Käfig und der Mainfloor. Im Kellergewölbe: Dark Room oder Second Floor – je nachdem. Im ersten Stock: Chill-out-Area,* erklärte mir Marcel. *Du kannst deine Sachen in den Dachboden bringen, der ist groß genug. Im zweiten Stock werden noch die alten Holzverkleidungen entfernt und Anschlüsse erneuert und so weiter, zeig ich dir gleich. Da könnten dann Büros oder sonst was entstehen.* Ok. Krass, sagte ich. *Ja, so wäre das gedacht.*

SIEBZEHN
Silvesternacht 1999/2000

Wir trampelten über die Beete, rissen gefrorene Stöcke aus, zogen Wurzeln, purzelten durch den Tannennadelschnee, warfen einen Stuhl gegen die Glasfront der Veranda, die standhielt, die auch dem zweiten und dem dritten Stuhl noch standhielt, bis ein Stein und noch ein Stein und wieder einer durch die Scheiben flog. Auflagen, Blumentöpfe, ein Rechen. Eine Gartenkralle, die Motorsäge und Gießkannen landeten auf einem Haufen. Das Eis des Fischteichs war zu dick. *Die Eisschicht ist zu dick,* rief Nico, *gibt es nicht, fuck, gibt es nicht einen Eispickel im Schuppen?, schau nach,* und ich: Schick, schick, sagte ich, als ich die Spraydosen in Nicos Rucksack fand und zwei Flaschen Wein – dann war Nico schon mit den Spraydosen dran, sprühte ein FUCK YOU an die Wand, ein SCHWEINEJAGD und ein DU BRUNFT-HIRSCH auf den abgeholzten Stamm. Auch ein kunstvolles ATEMZYKLOS und ein SCHLACKE fanden Platz. Die Schriftzüge führten von der Wand über die Bank entlang über Kissen, und irgendwann, irgendwann dann Nico in meiner Hand. Sein Fleisch zunächst weich, dann fest, dann steif, bis es wieder schwach, sehnig, sämig wurde, obwohl der Wille uns aufrieb, ich weiter an ihm rieb, als würde Feuer gemacht, das Feuer wieder entfacht werden wollen durch Reibung, mit kalten Fingern unter Kleidung und die Lippen blau vor Kälte, blau vom Wein die Küsse, die nach

Essig schmeckten, und seine Hände unter meinem Hemd am Hosenknopf, bis eine übermäßige Speichelproduktion zwischen unseren Lippen einsetzte, eine große Menge Schleim, so schien's, der entweichen, der aus einem geheimen Speicher endlich befreit sein wollte, *austreten, aus all den Verstrickungen und Verwicklungen heraustreten,* den Ekel loswerden wie bei einer Reinigung, Großreinigung. Dann ein ruckartiges Zucken unter meiner Bauchdecke, als ob mit Nicos Finger in mir alle Muskeln nachgaben. Es rieselte bis in die Zehen durch den Körper, fast, fast als hätten wir es endlich geschafft, nichts, für eine Sekunde kein Schmerz mehr, die Angst, der Druck wurde weniger, und der Moment, dieser Moment war magisch, bis das Licht, bis irgendwo ein Licht auf der Veranda die Dunkelheit zerschnitt, und Nico zippte, seinen Hosenschlitz verschloss und zischte: *Lauf!*

ACHTZEHN

Marcel sitzt mir gegenüber wie gemalt. Eine Figur, gemalt von Francis Bacon. Seine fransende Gestalt atmet hohläugig, so hohlwangig in seinem Nachdenken plötzlich. Ein Schweigen wie sein weißer Schweißschimmer über der Nase. Und dann höre ich, wie es pfeift. Die Sirenen pfeifen wieder, heulen über die Dächer, fallen ein, die Polizei fällt mir ein und Judits Mutter heulend über den Dächern in meinem Kopf, in meinem Kopf!, bis ein großer Knall aus dem Innenhof uns wieder zusammenführt ins Jetzt und Marcel sagt: Irgendwann setzt Ernüchterung ein, Karla. Jeder Traum entzaubert sich. Am nackten Himmel hält sich nichts. Er gerinnt zur Gestalt eines knöchernen Schädels zurück und bleibt als Erfahrung, sagt Marcel, der sich zurücklehnt und sich den Glanz von der Nase wischt. *Bei mir war es die Begeisterung für das Koma, für die Clubkultur an sich. Sie wurde mir Schicht für Schicht von den Knochen geschält und durch Auflagen ersetzt. Zunächst von Auflagen und Bestimmungen und Zahlungen und Fristen und Beschwerden. Doch dann auch noch von Sektierern und Spießern und Hipstern und Künstlern, und* ich verstehe nicht, unterbreche ich. Sage: für mich schwer verständlich, Marcel, in letzter Zeit bist du nur schwer verständlich für mich, und er nickt. *Weißt du, dich habe ich gesehen, Karla, damals bei der Silvester-Party am Hafen. Ich wusste, dass uns was verbindet. Neugierde, Freiheitsliebe. Ehrgeiz, ja, Exzess! Lediglich die Bestimmung, die fehlte dir, fehlt dir immer noch. Paradox!, ich weiß. Aber bestimmt zu werden, Karla,* sagt Marcel. *Bestimmung ist alternativlos. Ansonsten wird man verrückt,* sagt Marcel, zieht seine Füße aus dem Eimer, springt vom Sessel auf und wäre um ein Haar auf dem Laminat ausgerutscht.

NEUNZEHN
2000

Es war ein so weiches Gefühl. Als ob der Magen vom Glück gestützt würde. *Ich schaute, wollte, ging und dachte,* hielt Ausschau nach Marcel, der stand, der stand mitten in der Musik, in der Menge aus Menschen und Musik. Was für ein Einstand, die Eröffnung des Koma. Ich sah Marcel, wie er mit ein paar anderen tanzte und auf sie einredete, alle erhitzt mit Sound. Gestolpert, mehr gestolpert als sonst was kam Marcel auf mich zu. Er war jetzt selbst die Musik, war wie überall mit seinen Gedanken – *dass das Jetzt, dass das Hier und Jetzt erst der Anfang sei.* Als wäre er erhoben, von der Welt auserkoren worden, und nichts könnte uns aufhalten, den Aufstieg aufhalten, und da ginge mehr, *verstehst du,* fragte Marcel, da ginge dann aber noch mehr in diesem Prozess, *wir machen hier was! Club als Ort, als kul-*

tureller Ort, der bündelt, bündeln!, das ist es! Und es fühlte sich so richtig an; wir waren auf der Innenseite der jeweils anderen Stirn und verstauten Wärme zwischen uns. Ein Pumpen. Ein Röcheln. Ein Dröhnen. Wir krochen noch in die hintersten Winkel unserer Windungen, wandelten auf jenseitigen Umlaufbahnen mitten in unserer Stadt, *eine Stadt, die jetzt uns gehört,* wie Marcel sagte, und ich hielt fest: hier ist es zu voll für eine einzige Geschichte, lass uns für immer ein Fragment bleiben, ein Mosaik aus vielen Splittern, so muss es sein im Koma, hielt ich fest, und dann der Gedanke an Sex zwischen uns zum ersten Mal, *denkst du auch, oder?,* wir dachten beide an den Darkroom, *wollen wir in den Darkroom,* schrie ich an sein Trommelfell, und wir mussten lachen, als wir beide lagen auf dem Matratzenlager und Stöhnen, Tuscheln, die Musikspitzen *tss tss zss zss und der Bass mit Rumms* um uns herum, und wir hatten es erschaffen, den *Junk für Partyhasen,* sagte Marcel. *Es gibt nur diesen Wunsch nach meinem Club. Sonst nichts. Ich wollte nie etwas anderes,* sagte er und wurde demütig. Die Demut eines Gläubigen, dachte ich, und wir hörten gehorsam dem Treiben, den Trieben um uns zu; *dein Wille geschehe,* wiederholt: *dein Wille geschehe* als Vocal, als Refrain in der Musik. *Ist das was von Sven Väth?,* fragte ich. An Sex war dann nicht mehr zu denken.

ZWANZIG
Silvesternacht 1999/2000

Nico öffnete den Rucksack. Er zog die zweite Flasche Wein hervor. Und eine Dose Bier aus dem Eastpak voller Aufnäher und Brandlöcher. Dann schnappte er, schnappte er nach der trockenen Winterluft, bis sein Bier endlich offen war und die kaltroten Finger an seiner kleinen Schatulle zu fummeln begannen. Wir waren die Waldlinie entlanggelaufen. Im Schutz der Bäume und des Dickichts aus Sträuchern. *Niemand hat uns verfolgt,* sagte ich.

Aber gesehen haben sie uns.

Nein, das ging viel zu schnell.

Denkst du?, fragte Nico und antwortete sich: *Egal, ist auch schon egal,* und es musste kurz nach Mitternacht gewesen sein. Das Geballere steuerte auf seinen Höhepunkt zu. Wir versteckten uns hinter der kleinen Kapelle, die knapp unterhalb des Almbaumhügels am Kopfende eines Friedhofs lag, und Nico drehte OCB, drehte hellgrün glänzendes Gras in OCB und sein Gesicht im Widerschein der Flamme wie gelbes Wachs. *Mit freundlichen Grüßen,* sagte er und pisste vor die Kapelle. *Wir stehen auf, pissen drauf* und Dampf stieg auf. Dampf aus einem kleinen, gelbschwarzen Loch im Schnee. *Und bevor wir auf die Schnauze fallen,* sang Nico, *fallen wir lieber noch einmal auf mit einem Ruck,* mit einem beherzten Ruck hob er das Portal der Kapelle mit einem Stemmeisen aus den Angeln.

EIN UND ZWANZIG

Wesentlich bei einer Hure ist, hebt Marcel an und tippelt über das Laminat, über das mit Fotos und Zeitungen, mein Gott, so viele Zeitungen, übersäte Laminat, als ginge er auf struppigem Gras. Über Gras inmitten spitzer Steinchen, inmitten eines Minenfelds, inmitten eines Felds, das er für uns bereitet hat, *auf alle Fälle ein Feld voller Fallen,* höre ich die Leute aus dem Koma sagen, höre ich sie an so vielen Abenden beklagen, *dass Marcel uns ins Messer laufen lassen wird und sich absetzt, sich mit dem Geld irgendwann absetzt und uns zurücklässt,* doch Marcel watet weiter über Laminat, als würde er nach einem verlorenen Schlüssel suchen. *Du musst zur Polizei, Karla, mit dem Geld sofort zur Polizei,* und ich beschwichtige, beruhige und beschwere mich bei

Marcel über das Wort *Hure. Prostituierte, Prostituierte bitte, wenigstens das,* bis es klafft. Bis ein Prusten klafft aus seinem Gesicht, ein Begriff wäre das, den die Spießer in ihren Wohnzimmersesseln verwenden würden, ein Verharmlosungsbegriff, der distanziert, die Hure desinfiziert und ihre Magie zersetzt, das Verruchte! Das Wort reduziere, ersticke das Freie im Keim und werde dem Spiel nicht gerecht, dem Spiel im Spiel, dem Spiel im Spiegel der Hure, fratzt Marcel. *Ein Job wie jeder andere sollte es sein,* werfe ich ein. *Fair und safe. Wenn schon. Ein reglementiertes Geschäft. Aber nicht bei uns im Koma! Am besten nirgends.* Es wäre nämlich tragisch, sage ich. *Was denkst du dir eigentlich?* Aber das ist doch nicht der Punkt, japst er dann und begutachtet einen Stapel alter Zeitungen, als stünde in ihnen eine Offenbarung, welche es erst noch zu entdecken gelte. Als würde eine Botschaft in ihnen stecken, die aufzuspüren, sie stante pede auszulesen ungemein wichtig wäre. Das Geld aber, sagt er dann, das Geschäft, Karla, ist nur ein Aspekt der Hurerei. Man könne es als Geschäft verstehen, das möglichst rechtssicher abgewickelt werden muss. Sicherlich. Aber wer kauft was? Und wer besitzt danach was genau nach einem Kauf? Das geht nicht auf, die Rechnung ginge nicht auf in einem bloßen Tausch. Die Hure sei ein revolutionäres Phänomen, das sich nicht greifen, nicht begreifen lässt, wenn man es als bloßes Geschäft verstehe. Zu sehr beruhe es auf Verführung, auf Emotion, auf Schein, der für einen Wimpernschlag zum Sein wird, nur um sich wieder aufzulösen, sobald er eingelöst werden soll. Das ist ihr Spiel! Sobald man glaubt, man besäße was, löst es sich wieder auf! Je erfolgreicher die Hure, desto mehr ist sie Kinoleinwand. Sie ist der Sehnsuchtsfilm, der auf ihrer Haut abläuft, der auf ihr erscheint. Ja, *erscheinen,* betont Marcel. Eine Hure *erscheint, ist ein Widerschein,* sagt Marcel und blättert beiläufig im Schneidersitz durch all die

Zeitungen. Jeder erliege der Illusion, sie sei nur für ihn da, obwohl man es besser weiß. Man möchte sie besitzen, aber beide Seiten wissen, dass dieser Wunsch nie erfüllt werden dürfe. Die Begierde, zu ihr vorzudringen, müsse ewig unerfüllt bleiben. Alles drehe sich um die Fantasie. Ein Geheimnis, das keines ist, aber eines bleiben muss. Ansonsten wären wir alle nackt und müssten das profane Leben erkennen. Das nackte, das entzauberte Leben, das mit dem Tod sein jähes Ende findet. Woran erinnert dich das?, fragt er dann, um darauffolgend ein kräftiges: *Ha!,* auszustoßen – *das habe ich gesucht,* ruft er aus und zielt mit dem zu einer Pistole geformten Zeigefinger auf das Titelblatt irgendeiner Zeitung.

ZWEI UND ZWANZIG
2001 und 2006

Wann immer ich in meinem ersten Jahr aus dem Koma auf die Fasanstraße trat, sah ich Nico. Selten Judit, nur sehr selten Judit. Und wenn, dann irgendwo in einiger Ferne. Als würde es in mir eine Zensurbehörde geben, die Sehnsucht nach Nico duldete, meine Schuld stundete in Scham, in der Scham etwa vor dem Gesicht jenes Mannes, der Zeitungen am Bürgersteig auflegte und rasch, aber erst im allerletzten Moment, sie vor Regen zu schützen suchte. Ins nahegelegene Straßenbahnhäuschen schlüpfte er dann und wischte sich die Tropfen von der gelben Weste, während er die Münzen zählte, die ich ihm zuvor in seine Kasse gelegt hatte. Judit hingegen fand nur indirekt statt. Sie war ein Schatten. Sie lag begraben unter Verboten. Ihre Erscheinung kam nie direkt, sondern meist nur in Form der Reflexion auf einer vorbeifahrenden Windschutzscheibe an mich heran. Ihr immer dünner werdender, sich in den Himmel ziehender Hals verschwand und die naturroten Haare verflüchtigten sich, sobald die Ampel auf Grün umschaltete und die Autos weiterfuhren. Weg war sie, weg waren sie beide, wie die Jahre in der Fasanstraße sich verflüchtigten, bis vor wenigen Tagen. Bis sie kamen, die Nachrichten vor wenigen Tagen wieder und wieder ankamen:

Ich bin wieder in Oberbach.
Ich kann da aber nicht bleiben. Nico.
Wo bist du?
Karla?,

Und ich ging der verschmutzten Morgensonne nach einer Koma-Nacht entgegen. Eine Sonne hinter verrußter Luft. Meine Beine waren weich. Weich im Angesicht der Vergangenheit und die Nacht war lang gewesen. Im Falafel-Laden wurde schon geputzt, gewischt. Auch bei IBM, die die alte Eierlagerhalle umbauten, herrschte frühmorgendlicher Baustellenbetrieb, und dann fuhr ein Wagen an mich heran. Er wurde langsamer und ich kannte doch diesen Mann, dachte ich. Ein kantiges Gesicht mit hoher Stirn erschien hinter der herunterfahrenden Scheibe. Wir standen in der Mitte der Straße – und ich wusste, irgendwann würde ich zu jenem Mann ins Auto steigen, wir standen mitten auf der Straße, und ich würde irgendwann, nicht jetzt, aber irgendwann würde ich wieder einsteigen. Ich wusste auch genau, wie es im Wagen aussehen und riechen würde, und der Mann sah mich an. Gestreift die Krawatte über seinem Anzug und ein glänzender Aktenkoffer samt durchlöcherter Mütze lagen auf dem Beifahrersitz. Das Navi dröhnte unaufhörlich *bitte wenden, wenn möglich, bitte wenden,* und ich wusste, ich wusste, ich sollte laufen, ich wusste, ich sollte nicht stehen bleiben, sondern laufen, doch dann fragte mich der Mann, wie er denn zur Autobahn käme. Sein Navi sei nicht mehr auf dem neuesten Stand, diese CDs mit ihren Updates würden ihn nerven, und ich zeigte ihm die Richtung an, *über die nächste Kreuzung, zur übernächsten, dann der Beschilderung folgen,* sagte ich und der Mann fuhr davon in einem knappen Dank, sodann vibrierte es wieder in meiner Tasche von Unbekannt, von einer mit unbekannter Nummer abgeschickten Nachricht:

Karla, ich kann da nicht bleiben.
Ich fahre zu dir.
Nico.

Und ich stand mitten auf der Straße. Ich wusste, früher oder später würde ich dem Auto nachjagen müssen, ihm sagen, dass er mich falsch verstanden habe, nicht links, sondern geradeaus. Er stand keine hundert Meter vor mir an der Kreuzung und ich ruderte noch mit den Armen – ein *Nein, nein, nein, geradeaus!* Aber da war es schon zu spät, und in der nächsten SMS, die kam, da stand: *Hast du noch Kontakt zu Judit?*

DREI UND ZWANZIG
1999 und Silvesternacht 1999/2000

In Oberbach waren die Kirchen an hohen Feiertagen voll. Zu Allerheiligen trugen die Frauen Pelz, die Männer schwere Mäntel. Die Hände verschränkten sie vor den gefüllten Bäuchen und die Brillen beschlugen, wenn man aus der Kälte in die notdürftig beheizte, jedoch vollgesteckte Kirchenbank rutschen musste. Im Anschluss an die Messe pilgerten die Gläubigen an ihre Gräber. Den Angehörigen sollte gedacht werden. Die Menschen aber dachten vorrangig an sich selbst. An den Kuchen, der zu Hause wartete. An das, was am Kuchen noch gemacht werden musste, wenn die Nachbarn einen aufsuchten, einen heimsuchten, nach dem Friedhofsbesuch den Zustand der Nachbarn inspizierten, da musste es perfekt und *angemessen sein,* hieß es, *einem solchen hohen Feiertag angemessen.* An sich selbst wurde also gedacht. Und manchmal auch an die Toten. Die Kriegstoten, *die gefallenen Helden,* die auszogen wie Odysseus, um heldenhaft zu kämpfen, nicht, weil etwas geraubt worden wäre, nein, keine Helena war gestohlen worden, sie mussten sich etwas anderes wiederholen, *was niemand gewollt hat,* wie seit jeher gesagt wird, *gewollt, wirklich gewollt hätte das doch niemand,* niemand hätte je irgendwas davon gewollt. Und so wären es eben Helden, die es zu holen gelte, deren Ehre wieder herzustellen wäre. Helden wie Judits Großvater, dachte ich vor dem Jesusgemälde stehend, das aufgrund der besonders blutenden Jesushände die Kinder in ihren Bann zog und die Kapelle im Land überregional bekannt gemacht hatte, wie auf der Tafel vor der Kapelle geschrieben stand. Und ich folgte Nico in das von einigen Kerzen erleuchtete Kirchlein. An Allerheiligen war es ebenfalls geöffnet und dem Pfarrer krochen vor dem geöffneten Portal Gebete aus der Kehle in ein Megafon, die von der versammelten Gemeinde wiederholt wurden. Eine Kakophonie entfaltete sich so über den Friedhof und deckte, deckte die Klagen der vielen toten Kinder zu. Kinder, die nicht einmal begraben, sondern seit über fünfzig Jahren irgendwo verstreut lagen, weil sie nicht entsprochen hatten, ihre deformierten Glieder, ihre Laute nicht den Sprachlauten des gestählten Volkskörpers geglichen hatten. Jenen Kindern wurde nicht gedacht, *nicht an Allerheiligen und auch sonst nie,* wie Judit nicht müde wurde zu betonen; denen waren keine Gedenk- oder Heldentafeln gewidmet worden, da es sich nicht um *ihre Toten* handelte, obwohl es ihre Toten waren, sondern um die der anderen, *die anderen waren's,* die schwiegen, die sich schämten, die sich Jahrzehnte später immer noch schämten für ihre *dummen Kinder,* für ihre *patscherten Kinder,* wie es hieß, *dumme Inzuchtkinder seien das gewesen,* die es einfach *nicht besser hatten. Leider. Leid können sie einem tun. Vielleicht wär's aber wirklich besser gewesen, wenn sie gar nicht erst* – dann eine bedeutsame Geste. Ein Nicken. Hauptsache stumm. *Ich will ja nichts gesagt haben. Aber vielleicht ist's für alle besser,* hieß es oft, heißt es noch heute oft. Und Nico ging zum Bild. Er drehte es um, drehte das Bild des blutenden Jesus einfach um und sprühte auf seine Rückseite:

Das ewige Licht leuchte ihnen.
Lass sie ruhen in Frieden.
Und vergib uns unsere Schuld.
Unsere große, große Schuld.

Dann pinnte er an, eine Liste mit jenen Namen an den Rahmen des Gemäldes, die der Öffentlichkeit dank der Krankenakten im hiesigen Archiv der Hebammenstation erhalten geblieben waren. Einer Handvoll Engagierten ist es gemeinsam mit Historikern zu verdanken, dass jenen Kindern ein Teil ihrer Identität zurückgegeben werden konnte, die eigentlich nie wieder an die Oberbacher Oberfläche hätten zurückkehren sollen. Eine von ihnen, die sich der Sache angenommen hatte, war Judit.

VIER UND ZWANZIG

Nico hatte eigentlich längst gelernt, nicht selbst, sondern die Zeit entscheiden zu lassen. Er hatte gelernt, Oberbach entscheiden zu lassen. Das gefiel ihm nicht, ganz und gar nicht, aber Oberbach hatte für ihn entschieden, seitdem in Oberbach zum ersten Mal Licht auf seine Haut traf, dachte ich mitten auf der Straße stehend. Mitten auf der Fasanstraße verlagerte ich mein Gewicht von einem Bein aufs andere und ich sagte mir, dass es okay sein würde, Nico zu sehen, dass ich keine Sorgen haben müsse, dass es nur gerecht wäre. *Alle Schuld rächt sich auf Erden, die Schuld, die große, große Schuld,* und ich dachte an das Auto, an den Mann mit der löchrigen Wollmütze, wie er zurücksetzt, das Fenster wieder nach unten summen lässt und sagt:

Komm, steig ein.

Und die Haut wurde immer dünner, Nicos Haut sie wuchs, verwuchs mit Oberbach und wurde dabei immer dünner, dünnhäutiger, unsicherer. Zunächst verwuchs sie mit der Schule, die er abbrach, und die ersten Risse in seiner Haut zeichneten sich ab. Dennoch wuchs sie weiter, weiter über eine Lehre der Metalltechnik, der Elektrotechnik, oder so ähnlich! Eine Lehre jedenfalls, die Nico auch beinahe abgebrochen hätte. Aber dann hat er sie noch bestanden, mit *Ach und Krach, mit Ach und Krach aber doch,* wie man so sagte in Oberbach. Dann hat sein Stiefvater vor Stolz protzend für ihn ergattert, ja erklommen, wie ein erfahrener Bergsteiger einen Gipfel erklimmt: einen waldgrünen Opel Kadett. *Gebraucht, aber gut in Schuss,* wie er sagte. In den waldgrünen Kadett baute sich Nico ein Auto-Radio ein. Er verband es mit den großen Lautsprechern im Kofferraum, fertig. Und der Mann im Auto wird sagen:

Es wird okay sein, keine Sorge, komm, steig ein.

Er wird geduldig warten, weil er weiß, weil schon Nico in jener Silvesternacht wusste, dass ich einsteigen und mit ihm kommen musste, dachte ich immer noch mitten auf der Straßen stehend, bis es schallte, bis es hinter mir aus einem weiteren Fahrzeug: *Hau ab, was machst du da? Verpiss dich!,* schallte. Aber die Nacht war lang, ich stand angewurzelt mitten auf der Straße, da Nico eingefallen war, da mir Nico nicht nur wieder eingefallen, sondern wieder da war, in meinem Magen, und niemand kam zurück, um zu helfen und mich zu fahren, einfach irgendwohin zu fahren, und alles war wieder in meinem Kopf – dass ich es mochte, wie sehr ich es mochte, dass ich in Nicos Zimmer hockte, diesem Ort, den selbst Judit nicht kannte. Sein Kellerzimmer ein Refugium, in das wir eingingen, einig gingen wir unter das Dach, das nicht zum Oberbacher Hoheitsgebiet zählte. Dass du beinahe eingingst wie ein kranker Hund, hatte ich nicht gesehen, nicht sehen wollen. Ich fand dich aufregend und dachte uns als Seelenverwandtschaft. Ich mochte die vielen Filme, sie mit dir anzusehen, in deinem Zimmer aus trüben Lichtern, Decken und Aschenbechern. Eine Höhle. Egal zu welcher Tages- oder Nachtzeit. Wir fuhren im Kadett zum blau beleuchteten Automaten und liehen uns Filme, die uns schon deshalb Identität verliehen, weil wir sie in der Rubrik „Independent" oder „Art House" gelistet sahen. Filme für Leute wie uns, wie ich uns eben dachte. Unsere Stunden dachte ich als Protest, als Lebensstil, als Reisen für Auserwählte, die längst nicht mehr in Oberbach anwesend waren, die Oberbach längst durchschaut hatten und nur darauf warteten, dass die Zeit uns in die Hände spielen würde, während wir mit Streifen überzogen wurden. Mit kaltblauem Independentfilmstreifen aus deinem kleinen Fernsehgerät mit Antennen wie Haargestrüpp obendrauf. Wir mussten nur auf deinem Sofa liegen und warten, bis es so weit war.

FÜNF UND ZWANZIG
Silvesternacht 1999/2000

Ein Landser-Stahlhelm und ein stilisiertes Eisernes Kreuz sollten an *drei wehrlose Soldaten* erinnern, die, wie es hieß, im Almbaumwald elf Tage nach dem Ende des Zweiten Weltkrieges *zu Tode gekommen* waren. Umzäunt und mit Blumenschmuck versehen, machte die *Heldengedenkstätte* einen sehr gepflegten Eindruck. Der Kameradschaftsbund war dafür verantwortlich. Solcherlei Heldengräber gab es am Oberbacher Friedhof viele. Judits Großvater lag ebenfalls in einem solchen, und so suchten Nico und ich nach Karl Hofherr. Ich kam ihm kaum hinterher, so gehetzt bewegte er sich zwischen den Gräbern, stolperte von Mal zu Mal und schlug sich Knie und Ellenbogen auf. Er leuchtete mit einer Taschenlampe über die Steinblöcke. Wie zwei Einbrecher auf der Suche nach Diebesgut leuchteten wir über Namen, die uns meist sogar bekannt vorkamen, aber Karl Hofherr fanden wir nicht. Nico war hochrot vor Zorn. Er warf den Rucksack in den Schnee, kramte ein gelbes Reclam hervor und ich erkannte Judits Ausgabe. Nico blätterte in ihrem Buch und suchte nach ihrem liebsten Gedicht. Dann verriss er Gestecke, hämmerte auf die Steine, die eisernen Kreuze verbogen sich unter seinen Schlägen. In das Grab der *drei wehrlosen Soldaten* wurde gar gegraben, in den gefrorenen Grund gegraben, als gelte es zu brechen, die gefrorenen Legenden aufzubrechen. *Von wegen wehrlos, die begingen Verbrechen, sogenannte Endphaseverbrechen,* wie Judit uns erzählte. Auf die eigenen Leute hätten sie geschossen, auf all jene, die ergaben, sich den Alliierten ausgeliefert haben, und dann liefen sie in den Wald, in ihr Versteck, ein Versteck fürs Rückzugsgefecht. Und der Dritte im Bunde hätte sich sogar erschossen, sich selbst abgeknallt im Almbaumwald, um sich zu entziehen, vor der Verantwortung zu fliehen, und Nico grub, er grub ihm hinterher, als gelte es zu zerren, die Reste der Geschichte zurückzuzerren ans Licht. *Das bringt doch nichts, Nico,* sagte ich, *weißt du, wie weit du dafür graben müsstest? Und in diesen Boden! Da sind wir morgen noch da,* und er ließ irgendwann davon ab, ließ die Schaufel einfach stecken, und mindestens vier solcher *Gedenkstätten* wurden noch überschrieben, von ihm überschrieben mit Judits liebstem Erich-Fried-Gedicht aus ihrem Buch.

SECHS UND ZWANZIG

Marcel dreht den Stuhl um hundertachtzig Grad. Er wirft die Zeitung auf die Sitzfläche, setzt sich auf das Titelblatt, beugt sich mit dem Oberkörper über die Rücklehne wie ein Inspektor beim Verhör. Ein Inspektor, der näher an die Delinquentin heranrückt, um Vertrautheit zu simulieren, nur um sie dann vor ein vermeintlich gut gemeintes Ultimatum zu stellen, da sie sich in eine ausweglose Situation manövriert hat. Eine Situation, die irgendwas mit seinem Fund in einem alten Boulevardblatt zu tun hat.

Ich habe zwei Neuigkeiten,
eine gute und eine schlechte, sagt er.

Welche ich zuerst wissen, welche ich zuerst hören wolle. *Die schlechte natürlich,* sage ich. Da sagt Marcel zu mir, dass er das Koma aufgeben werde, seine Wohnung ebenfalls, alles. Er räuspert sich, unterdrückt einen trockenen Hustenanfall, der sich bei ihm über Minuten hinziehen kann. *Was? Du verkaufst?* Nein, nicht verkaufen, nicht unbedingt, würgt er hervor und kann die Hustenattacke nicht länger unterdrücken. Ich gehe in die Küche. Meine Haut spannt und juckt. Nicht nur im Gesicht, vor allem die Kniekehlen brennen, sie brennen und jucken bei jedem Schritt. Ich bringe Marcel Wasser. Er trinkt und reibt sich die Augen, bis sie rot, bis sie nass und rot sind.

SIEBEN UND ZWANZIG
Silvesternacht 1999/2000

Unsere Schritte auf gefrorenem Kies rochen nach nassem Schotter. *Nach Hoffnung aus gefrorenem Hundekot,* sagte Nico, der wie beseelt schien von einer Kraft, die seine Haut glänzen ließ, *und ich fragte mich, frage und frage mich immer wieder,* erzähle ich Marcel, ob nicht ich diejenige gewesen wäre, die die Gefahr übersehen, absichtlich übersehen hat und früher hätte handeln sollen? Gefahr, die uns jagte. Aber halt auch Spaß machte wie nur was. Sie heftete sich uns als abstrakte Ahnung an die Fersen, klemmte sich zwischen die Schulterblätter, aber nie konkret genug, um abzulassen. Wir verloren uns. An die Gefahr verloren wir uns, die einen Bruch begleitete. Der Boden würde aufbrechen und Gebirge hinter uns zusammenfallen lassen wie vor Urzeiten. Und in mir wusste etwas, was sein, was daraus werden könnte – eine fremde Hand puzzelte in mir lebhaft alle Optionen auf einmal. Doch die Laternen im kleinen Oberbacher Marktpark und vereinzelte Feuerwerkskörper überstrahlten mir die Konsequenzen. Der Boden dieser Nacht sollte nicht aufgeweicht werden, keinesfalls; unser Auszug aus Oberbach dürfe nicht einfach enden, nein! Und ich kramte den letzten Krümel Haschisch aus meiner Tasche, baute einen Joint, den wir im Gehen rauchten, und ich fragte ihn:

Was hast du vor, Nico?

Keine Ahnung, mal sehen.

Die werden uns erwischen, sagte ich.

Sollen sie doch,

gab er mir zu verstehen, *aber zuvor,* sagte er in einem Ton, der mich wissen ließ, dass dies erst der Anfang, dass dies noch lange nicht das Ende der ersten Nacht im neuen Jahrtausend war; *komm mit,* durch den kleinen Park, ab auf die dünne Schneedecke der Wiese, auf der wir liefen, fielen, wieder und wieder in den gepulverten Schnee, welcher rieselte, in meine Stiefel rieselte, der Pulverschnee rieselte wie Sand in die Stiefel und die Strümpfe nahmen die Kälte an, sodass die Nacht drang, eindrang in die Knochen, während ich Nico mit den Armen rudern sah, während ich ihn rufen hörte, dass man gar nichts sein müsse, nicht erster und nicht zweiter, nicht groß, nicht klein, und *jetzt gehe ihm das endlich ein, was wir alles glauben und denken und tun müssten, glauben und wissen und zu tun gedenken müssten,* rief er in die Wendenacht. Er müsse aber gar nichts, und dann, dann sprang der Motor auch schon an. *Steig ein,* sagte Nico, *in der Elfenfabrik ist es warm.*

ACHT UND ZWANZIG

Wir haben noch geschlossen, sagte die Dame im Falafel-Laden mit dem Rücken zu mir stehend und wischte sich den Schweiß von der Stirn. *Auch keinen Kaffee?* Kaffee geht, antwortete sie und stutzte, stutzte, als sie mich, als sie meine Gestalt, die Wangen an meiner strapazierten Gestalt sah. Gedankenverhangenes Gewebe, das dem Mann im Auto noch hinterherhing, das in Nicos Nachrichten sich verfing. Sie ließ das ergraute Wettex in den Putzeimer fallen. Die Gummihandschuhe schnalzten. Sie brachte mir eine dampfende Tasse. Ich roch die frischgegossene Petersilie, die Minze. Sie bot Baklava an, stellte die Musik lauter, *die Imitationen* von Tocotronic, lauter stellte sie sie, Nico wurde lauter, *seine Widergänger in mir, die Abbilder von dir,* verbünden sich mit Passanten, *Paare und Passanten,* sie verfolgen mich, *sie verfolgen mich auf Schritt und Tritt,* singt Tocotronic in diesem Falafel-Laden, *die Straßenzeitungsverkäufer sind Nachbilder von dir, der Autofahrer,* flüsterte ich in meinen Kaffee, *und Tocotronic,* flüsterte ich, *ich schaffe es nicht, Nico,* flüsterte ich, *du kannst nicht zu mir;* und ich schaltete mein Handy ab und wieder an, wieder aus und wieder an.

NEUN UND ZWANZIG

Es gibt Nächte, in denen meine Kopfschmerzen so anschwellen, Karla, sagt Marcel, als er wieder atmen kann, dass die Augen brennen und jeder Atemzug eine solche Mühe bereitet, dass die Vorstellung, aus dem Bett aufzustehen, ins Koma zu gehen, zuvor die Zähne zu putzen, die Haare zu waschen, zu frühstücken, die Kopfschmerzen so massiv anwachsen lässt, dass ich einfach liegen bleibe, obwohl ich weiß, ich weiß! Ich muss aufstehen. Die Uhr ist unerbittlich. Ich bleibe dennoch liegen, bis sich die Füße irgendwann von selbst bewegen, mich einfach aufrichten, ich weiß nicht wie, aber irgendwie richten sie mich, richte ich mich selbst, verurteile mich dann, über den Büchern sitzend, die mir bestätigen, die mir nur bestätigen, was ich zu verdrängen versuche. Danach lege ich mich flach auf den Boden. Wie in einen Sarg. Ich vierteile eine Zeitung über mir, die mir Angst macht, die ich scannen, die ich kennen muss, um zu erfahren, um zu erspähen, etwas über die Konkurrenz erspähen zu können, die in der Zeitung vielleicht erwähnt wird, die Politik, die Lokalpolitik, die Immobilienpreise, Berichte über Ereignisse der vergangenen Nächte, und eigentlich möchte ich das nicht mehr, sagt er, er will nichts mehr, sagt Marcel und knallt das Titelblatt auf den Tisch.

Das hier,
zum Beispiel,
nur ein Beispiel:

Alles Gute, Wolferl!, titelt eine Zeitung. Das anstehende Mozartjahr lässt sich die Regierung hundertfünfzig Millionen kosten. Darunter ein Bild von Wolfgang Schüssel in barocker Kluft. Die Nation der Tänzer und Geiger, ein rotweißrotes Liederbuch, eine Großveranstaltung der Regierung trägt die Überschrift *Sound of Music,* und überhaupt, dieses Geplärre und Gezerre rund um die Kultur, weißt du nicht, was das bedeutet?, fragt er mich und zündet sich eine selbstgedrehte Zigarette an. Ich sage nichts. Rauch schleiert Marcel ein. Marcel wie hinter

Gaze, denke ich. Ein Vorhang, hinter welchem die Innenwelt des Marcel zu erahnen ist, auch wenn sie sich hinter Schwaden verbirgt, die sich nur langsam lichten.

DREISSIG
Silvesternacht 1999/2000

Wir fuhren durch menschenvermengte Silvesternachtsgassen, an deren Rändern sich die Nachbarn zuprosteten und die Kinder im Garten fuhrwerkten. Sie schossen den Rest der Raketen in den Himmel, *bis er irgendwann platzen wird,* sagte ich zu Nico in seinem Auto, auf dem Weg durch Oberbach, auf unserem uferlosen Parcours dachte ich an Judit und dachte daran, wie ich ihr diese Geschichte erzählen könnte, ob ich ihr überhaupt jemals wieder etwas erzählen werde. Während ich Teil der Situation war, wollte ich ihr eigentlich schon beschreiben, was passierte, also während die Geschichte stattfand, wollte ich Judit erzählen, was passierte, dass es ihre Geschichte wäre, die Nico beging, für sie anfing, *was längst hätte passieren müssen.* Und für einen Moment dachte ich, dass ich der Zeit ein paar Schritte voraus wäre, der Zeit und der Situation überlegen, und ich stand wie ein paar Schritte höher im Raum *und ich werde es Judit erzählen und sie wird es lieben, lieben lernen,* habe ich entschieden. Die Geschichte quer durch Oberbach mit Blick auf die Straßen, die Pupillen groß, und schon lag die Hand nicht mehr am Lenkrad, sondern ballte sich jauchzend aus dem Fenster und Nico trat auf das Gaspedal, sodass der Fahrzeugboden vibrierte, vorbei an feiernden Menschentrauben, und irgendwo saß eine Katze auf einer Tonne, bis wir an ihr vorbeischossen und sie rettend in einen Garten sprang; die Menschen am Straßenrand verschmolzen mit den Laternen. Sie wurden zu Strichen aus Lichtern über meinen Pupillen. Sie stiegen und fielen und die Silvesternacht war nicht mehr hohl, *sie glänzte inwendig, wir waren lebendig!,* bis Nico streifte, an vorbeifahrenden wie an parkenden Autos beinahe anstreifte, dann blieben wir stehen. *Es wird Scherben geben,* sagte Nico, *sie sind schon angerichtet,* lachte ich, als wir standen, unter vielen standen, die wir kannten und tranken. Einen Schnaps und noch einen tranken wir und dann trugen wir uns weiter, die Elfenfabrik rollte weiter. Ein hellerleuchtetes Auto. Von außen sah man uns, wie wir lachten, und ich zog meine Jacke, meinen Pullover, noch das T-Shirt aus, *die Augen himmelwärts, aufgeweichtes Herz,* dann jaulte der Motor wieder und der Druck im Ohr, ich gähnte, übergähnte den Druck, durch den Frost fuhren wir in Kreisen durch Oberbach, durch die Oberbacher Nacht, und in diesem Auto *war alles wahr,* bis es blinkte, Nico nach links blinkte, wieder links, und ich dachte an einen Schlüssel, der uns im Rücken steckte, um den wir uns drehten, wir drehten uns um, um unsere Schlüssel im Rücken herum. Die Aufregung wie zappelnde Fische im Magen. *Ich habe gekündigt,* hörte ich Nico sagen und das Auto hielt mitten im Nirgendwo, irgendwo außerhalb von Oberbach.

EIN UND DREISSIG

Der Mann mit dem Aktenkoffer lag auf einem Bett. Seine durchlöcherte Mütze ergab keinen Sinn für mich. Die Adresse stimmte. Nico nannte mir diese Adresse, dort würde ich ihn finden, ohne Zweifel. Aber sie wurde sinnlos für mich und im nächsten Augenblick lag eine mannshohe Puppe mit der durchlöcherten Mütze, der Raum nicht wesentlich höher als ich selbst, auf dem Teppichboden und es drückte von unten nach oben, drückte gegen meine Sohle und ich wollte mich auf eins der Betten legen, wollte mich begeben, übergeben, neben den Mann mit der kaputten Mütze, aber Nico, nein, ich musste Nico finden, bis mich eine Hand an der Schulter berührte und mich führte, mich mit sanfter Stimme in weitere Hinterzimmer führte:

Ist alles in Ordnung?

hörte ich sie fragen,

Bitte legen Sie sich hin, hörte ich die Dame aus dem Falafel-Laden sagen, als wir beiden lagen, als der Mann mit der durchlöcherten Mütze sowie ich auf unseren Rücken lagen wie ein Stück Seife. Und ich war mir fast sicher, dass ein Spielautomat neben mir stand und sich erkundigte, sich nach Marcel erkundigte, aus dem Automaten drangen die Stimmen, die sich erkundigen wollten, nach mir, nach Marcel erkundigen, die mir eventuell schon aus dem Büro oder der Wohnung etwas berichten oder mitteilen wollten, dass sie noch Zeit bräuchten, *wie viel Zeit haben wir noch? Ist Marcel noch bei dir? Melde dich,* hörte ich die Stimmen aus dem Spielautomaten sagen. Ich konnte jedoch meinen Kopf nicht mehr heben. Ich roch den Kaffee. Ich roch die Petersilie und die Minze. Ich lag wie gelähmt in einem Bett an einer Adresse, die ich nicht kannte, und sollte doch Nico finden, der es in Oberbach nicht aushielt und zu mir kommen wollte, und die Scham, als ich aufgebahrt lag wie ein Versuchstier während eines Experiments. Und dann, dann grub sich ein Finger in meinen Nacken, streichelte mich am Bauch und dann am Hinterkopf,

Ist alles in Ordnung,

hörte ich die Stimme wieder fragen,

benötigen Sie einen Krankenwagen, *aber nein,* sagte ich, nein, nein, ich könnte nur nicht tragen, nicht mehr ertragen, ich wüsste nicht wohin mit dieser Last der Silvesternacht, seit dem Jahr zweitausend wüsste ich nicht mehr wohin, und der Finger dann an meinen Lippen, er roch nach Allzweckreiniger, nach gelben Gummihandschuhen. *Schlafen Sie. Tragödien, Tragödien als solche, gibt es nicht. Es gibt sie nicht mehr, die Schuldigen, genausowenig wie es die Unschuldigen gibt. Schlafen Sie. Das ist in Ordnung,* sagte die Dame im Falafel-Laden, und ich konnte noch verneinen, *nein, nein,* sagte ich, *keine Tragödien mehr, bitte, und schon* zog ich mich am Hals, am Hals zog ich mich nach oben wie ein Flaschengeist in die Dunkelheit des Raumes zurück.

ZWEI UND DREISSIG
Silvesternacht 1999/2000

Die Theke war aus Zirbe. Es roch nach Gulasch. Nach Gulasch und nach Frittatensuppe. In der Ecke brütete ein himmelblauer Kachelofen. Die Fenster waren beschlagen, die Stimmung eine Herde aus dampfenden Westen, aus karierten Hemden, die wir beim Namen kannten, aus der Schule, Arbeit, von Bekannten und Verwandten. Schales Bier in halbleeren Kaiserkrügen an Stammtischen mit geschnitzten Rillen in den Beinen. Rillen im massiven Stammtischholz, auf dem der Benni, auch genannt Zocki, weil Zobler mit Nachnamen, schon wieder schlief. Eingesoffen. Wie in sich, in den eigenen Sud eingelegt schlief er auf seinen Unterarmen, sabberte, bekam nicht mehr mit, wie sich der Matze an der sturzbetrunkenen Kellnerin Ute aus Sachsen, die eigentlich das Gspusi vom Zocki war, zu schaffen machte, an ihrer Schürze schnaubte und hantierte, als müsste man einem Kitz die Haut abziehen. Daneben dann die Urschl. Ein zähes Weiblein mit einem Buckel, die Urschl, die war die alte Wirtin, die Mutter vom Ferdl, der jetzt die Schenke schupfte, in welcher wir an der Theke saßen und die ortsauswärts an der Landstraße lag. Die Urschl schaute dem Treiben zu und hatte ein Stamperl vor sich stehen. Sie roch nach dem alten Fritteusenfett und nach jahrzehntelang erkalteten Innereien. Eine siechende Verwesung, die an saure Milch erinnerte. Drei Männer hatte sie verlebt in ihrer Schenke. Dabei von Bescheidenheit gefaselt und stets an den Gott geglaubt, an den Heiligen Vater den Allmächtigen, der ihr selbst im Alter noch wohlige Schauer zu verschaffen vermochte. *Hoch! Ein Prosit!,* brüllte dann der Ferdl, und sie alle bissen in Keulen, in Hühnerkeulen oder in die Schweinerippen. Manch einer verschlang aus Versehen kleine Knochensplitter so groß wie Kinderfinger, welche man sonst dem Hund zu Boden warf, der sie gierig zermalmte und sich fast die Lungenhaut dabei durchstach. Der Ferdl brachte die nächste Runde. Der Andrej johlte. Der Andrej, der aussah wie eine Mischung aus Grizzly und Orang-Utan, steckte dem schlafenden Zocki geriffelte Pommes in die Ohren und drückte Ketchup auf seinen Kopf. Ein Jungbauer namens Robert, der hatte ein Flinserl im linken Ohr und gelbe, spitze Zähne, er kümmerte sich um die Jesus-Figur, genauer: um die Figur der Jesus-Christus-Figur im Herrgottswinkel, noch genauer: er leckte über des Heilands Bauch, über die Wunde, die gereinigt werden müsste, rief er den anderen zu, die eitere sonst und mich dürstet so, schrie er, und die rüstige Mutterfrau Urschl machte ihn dann zur Sau: *reiß dich zamm, du Trottel,* fuhr sie ihn an, und der Ferdl stellte ihm noch ein Bier vor die Nase.

Sauf. Halt's Maul und sauf.

Auf ein Neues, ein Gutes, sagte der Robert zum Ferdl dann und prostete ihm zu. Später sollte er sich auf die klobigen Bergschuhe kotzen, der Robert. Und wir, ja wir bestellten ebenfalls zwei Biere beim Ferdl. Wir stürzten sie so wortlos wie sie uns der Wirt gezapft und gebracht hatte. Wir stürzten sie in die Stille zwischen uns; nur mit einer Geste bestellte Nico sofort noch zwei weitere und ich musterte die alte Schenke, die sich zog, die sich im Raunen über Weiden und Schlagstöcke, übers Mähdreschen und übers Auf-die-grünen-Sauschädel-Eindreschen noch mehr zusammenzog, und die Abzeichen in den Regalen neben den schweren Krügen aus Ton präsentierten sich stolz im Geraune, protzten wie die verzierten Teller mit Wappen an den Wänden. Fotos und Bilder von Stammgästen, von der Urschl und vom Ferdl. Die Schenke ein Meer, ein Mehr an Oberbach, dachte ich und sah dann ein Kreuz, ein Mutterkreuz?, fragte ich Nico, der nur mit der Schulter zuckte. *Warum hast du gekündigt,* fragte ich. Nico reagierte immer noch nicht, hinter uns Gelächter und Gesänge über Vaterlandstreue. Die Gesichter im Gelage waren zinnoberrot.

DREI UND DREISSIG
1999

Judit war nach dem Besuch bei Nicos Mutter und bei Hannes Böhm außer sich und jagte durch die vorweihnachtliche Almbaumsiedlung zu ihren Eltern zurück. Ich fragte, was los sei, fragte sie am Telefon: Judit? Was denn los sei? *Verlassen,* vernahm ich, *Nico, das Haus seiner Eltern eben verlassen. Was denkst du was los ist?,* brüllte sie durch das Knistern und Knacken in der Leitung, und was sie dort alles hätte hören müssen über mich, was ich hinter ihrem Rücken, über sie, über ihre Familie erzählt hätte, welche Vertraulichkeiten ich weitererzählt hätte. *Ausgerechnet Nicos Familie, Karla,* schrie sie ins Telefon. Nun wäre es aus. Sie ging durch die Kälte, und jetzt wäre es eben aus, *auch mit uns,* wie wären die längste Weile Freundinnen gewesen, sagte sie mit glasklarer Stimme, und sie sagte etwas, das ich nicht mehr verstehen konnte, da der Anorak gegen ihr Handy klopfte, die Kapuze an ihrem

Handy kratzte, und *Judit,* sagte ich, *Judit, was soll das?,* rief ich, *ich habe nichts, nichts habe ich verraten, was du nicht auch jedem anderen über deinen Vater, über deine Familie permanent auf die Nase bindest!* Doch die Verbindung, die Leitung war schon tot.

VIER UND DREISSIG

Es fängt zu regnen an. Marcel drückt seine Zigarette in den Aschenbecher. Wir schauen in den Innenhof, sehen den stürzenden, den von den Dächern stürzenden Bächen zu. Der trockene Boden kann die Mengen nicht absorbieren. Pfützen bilden sich, kleine Seen unter der Schaukel, unter den Bänken. *In den meisten Fernsehserien,* sagt er dann, *kämpft die Hauptfigur gegen Unwägbarkeiten. Sie kämpft gegen Wellen wie ein Boot im Hafen, setzt all ihr Vermögen ein, um siegreich zu sein, um am Ende einer Episode wieder mit den Kiefern zu klappern, weil man bald wieder zu versinken, auf Grund zu laufen droht.* Das Publikum hätte dann seinen Cliffhanger. Und jenes Prinzip würde so lange fortgeschrieben werden, bis die Serie keinen Cent mehr abwerfe und abgesetzt werde. Für die meisten Serienschreiber bedeute das, dass sie entweder eine eigentlich auserzählte Geschichte aufs Neue, immer wieder aufs Neue fortschreiben oder eben ein erzwungenes Ende in Szene setzen müssten. *Meistens wird das mit dem Tod der Protagonisten bewerkstelligt. Das ist das Gesetz einer jeden Serie. Tod der Protagonisten durch ökonomischen Tod der Produzenten. Aber weißt du, warum das Prinzip dennoch so populär ist und nie langweilig werden wird? Weil es genau das ist, was jeder und jede von uns erleben muss, der selbstständig, eigenständig zu sein versucht,* klagt Marcel und schaut, als ob er Ausschau halte, Ausschau nach Land, nach einem neuen Ort. Die

Welt wäre so eingerichtet. Eingerichtet, um uns die Eigenständigkeit mit jedem Tag heimzuzahlen. Kaum fasst man sie, ist sie fort, ist nur gespielt, nur gespiegelt. Selbstständig sein bedeute nämlich, sein Vermögen einzusetzen, immer noch mehr einzusetzen, um das Erreichte einigermaßen abzusichern. Das Erreichte, das nie auf seinem Status Quo verbleiben kann, da es stets aufs Neue, aus allen erdenklichen Richtungen bedroht wird. Egal, wie viele Informationen gesammelt, wie viele Zeitungen gelesen, egal, wie viele Gespräche geführt oder Formulare ausgefüllt werden, sagt Marcel, und ich sehe: Im Hof liegt ein toter Spatz. Man kann tatsächlich nicht alles fangen, was fällt, denke ich.

FÜNF UND DREISSIG
Silvesternacht 1999/2000

Die junge Frau in der Schenke mit zwei blonden, zwei dicht geflochtenen Zöpfen, die Else, die nur ein Jahr älter war als ich, sie stieß sich den Kopf am Rahmen eines Bildes. Einem Landschaftsbild, das ein stilles, bodenständiges Fleckviehleben zeigte und über der Eckbank beim Ofen hing; *hahahaha;* Hohn zog sie auf sich, die Else, *ein Trampel eben,* hieß es, beinahe wäre das Bild ihr auf den Kopf gekracht, aber das hätte nicht viel ausgemacht, blafft der Robert und knockt mit den Knöcheln auf den Tisch aus hartem Holz, *Holzkopf du,* krakeelte der Robert der Else hinterher, die suchte, die Kontakt zum Andrej suchte, der am Billardtisch stand und Mühe hatte, seine aufgeplatzten Knackwurstfinger so am Tisch zu platzieren, dass er nicht sämtliche Kugeln berührte; und die Else ging an mir vorbei, verpasste mir einen Schubs, einen Stoß in die Seite, lehnte sich dann an den Grizzly Andrej an, der ihr sofort die Zunge in den Rachen schob.

Zahlen jetzt, geiferte uns der Ferdl an.

Dann ab mit euch.

Nico rührte sich nicht. *Nico, komm, lass uns verschwinden,* sagte ich. Wohin willst du denn, Karla, ich will austrinken, in Ruhe und voller Gnade sein, bitte, denn der Herr ist mit mir, herrschte Nico in die Richtung des Wirten, *Amen, Ferdl, wir verschwinden noch nicht. Aber geh du hin in Frieden und bring mir noch ein Bier,* und dann breitete Nico die Arme aus wie ein Priester. Die Handflächen nach oben gewendet. Wenn ich jetzt lache, gibt's sofort eine, das weiß ich; *ich weiß, wohin,* sagte ich anstatt zu lachen, *ganz genau wohin wir jetzt müssten, Nico, komm;* und dann wurde ich umarmt, von hinten umarmt, von einem Atem aus Schnaps und Lammkottelet. *Zu mir müsstest du, genau, zu mir!,* atmete der erwachte Zocki in meinen Nacken. *Dann treib ich dir den Teufel schon aus, du Sektenbrut, wirst schon sehen,* und schon flog der Krug, Nicos Bierkrug, dem Kopf aus runden roten Fleischbacken, aus speckigen Lippen und ketchupverkrusteter Stirn mitten ins Gesicht, sodass noch die letzten Riffelpommes aus Haar und Kragen flogen. Der Hund reagierte am schnellsten, stürzte sich auf die Pommes, und solange die Runde in der Schenke sich orientieren, erst reagieren, die Reize in ihren angefüllten Hirnen ankommen lassen musste, warf ich das meine, das volle Bierglas an die Wand. Ein dumpfer Knall, der die Aufmerksamkeit auf sich lenkte, als wir schon rannten, vor dem zähnefletschenden Hund und dem tobenden Ferdl aus der Schänke auf den Parkplatz rannten wir und verschwanden im Auto. Die Reifen drehten ins Leere, rotierten auf dem Parkplatzkies, sodass die Steinchen schossen, gen Hund und Wirt und Meute, und sie dann schrumpften, der Ferdl schrumpfte im Rückspiegel auf die Größe eines Daumens.

SECHS UND DREISSIG

Die weißen Laken fühlten sich weich, auf ihre Art weich und nasswarm an meinen Zehen an. Ich wollte meinen Mund öffnen. *Tragödien, Nico, die gibt es lange schon nicht mehr, hörst du?,* wollte ich ihn fragen, *das sagte die Frau im Falafel-Laden, hörst du?* In ein paar Stunden müsse ich wieder im Koma sein, sagte ich zu der Dame im Falafel-Laden, bis dahin möchte ich schlafen, *bitte weiter auf Ihren weißen Laken schlafen,* bat ich, aber bitte nicht stören, schrie ich, *Nico, bitte,* und ich hörte seine Stimme, irgendeine Stimme etwas sagen, von einem Krankenwagen faseln, und ich kann meinen Kopf nicht mehr heben,

Karla, bist du da drin?

Was machen wir wegen Marcel?

Weißt du schon mehr? Melde dich! Was ist los mit dir? Bist du da drin, Karla, Krankenwagen hörte ich es erzwingen, holt einen Krankenwagen, hörte ich es in einem Chor aus Stimmen klingen und das Pochen meines Hinterkopfes gegen das weiße Laken, nein, gegen etwas Weißes aus Hartplastik, aus Kabinenwand, die Toilettenkabinenwand im Koma fühlte sich kühl an, kühlend an. Der Geruch des Allzweckreinigers in meiner Nase, das Wettex schon trübe wie Abwasser, ein Geschmack von Blei im Mund, von Blei und Chlor im Mund, die Frage: wo bin ich? Ich konnte meinen Kopf nicht mehr heben. Ich lag wie gelähmt auf einer Trage und nein, kein Krankenwagen, Nico, wo ist Nico?, hörte ich mich weit entfernt noch fragen, während Marcel bereits meine Hand hielt. Die Ampel schaltete um. *Wir fahren ins Krankenhaus,* beruhigte mich Marcel, ehe mir schwarz wurde. Das Nächste, was ich weiß: *Marcel ist bei mir,* schrieb ich, schrieb die Nachricht: *Ihr könnt, ihr könnt jetzt also loslegen mit der Suche in Wohnung und Koma.* Und ich bemitleidete dann den Benjamini im Krankenzimmer. Er verfiel, zerfiel zu einem farblosen Gestrüpp. Zu retten war auch er nicht mehr.

SIEBEN UND DREISSIG

Ich gehe in die Küche. Ich fülle Milch in eine Schale, bis sie randvoll ist. Ich schlüpfe in die ärmellose, in die lila-grau-blauschwarze Kittelschürze, binde sie mir zusammen, über dem Bauchnabel zusammen. Ich stelle die Milchschale der Katze auf den Boden, die sich nicht sonderlich dafür interessiert. Ich lasse Marcel nicht aus den Augen, setze mich auf die Schale, tauche meinen Hintern in die Milch und bleibe sitzen. *Nimm uns zum Beispiel,* sagt Marcel und legt sich auf den Boden, legt sich rücklings auf den Boden, wie er es immer tut; *als wir das Koma eröffneten, habe ich damit gerechnet, dass sich die Anrainer beschweren würden. Deshalb bauten wir die beste Schallisolation und setzten auf Indoor. Nichts durfte draußen stattfinden. Und es hat funktioniert. Aber je erfolgreicher wir wurden, entdeckten auch andere das Potenzial der günstigen Gegend,* sagt Marcel und ich sehe, wie sich sein Penis regt, wie ein Fisch an Land, denke ich und fühle die kühle Milch, die mir die Schenkel entlangrinnt. *Neue Klientel zog sie an,* fährt Marcel fort. Die Studenten zum Beispiel, sie zogen auch in jenen Block, in dem sich meine Elternwohnung befindet. Neue Gastro eröffnet, kleine Kulturinitiativen kommen. So fängt es an. Und so gingen auch die Beschwerden nach oben, sagt er, *zunächst wenige, es wurden aber mehr.* Ich stelle mich über seinen Kopf, setze dabei einen Fuß auf den kleinen Schemel, trockne mich im Stehen über seinem Kopf, *was uns zu größerem Aufwand zwingen wird,* sagt Marcel, *Security, noch bessere Isolierung bei Türen und Fenstern, und dann natürlich noch die ganz großen Faktoren, Karla. Eine Regierung, die auf Mozart setzt, aber die freie Kultur- und Eventszene gänzlich dem Markt überlässt. Das Schüssel-Wolferl als Mozart. Ich bitte dich!* Die kulturelle Wende wäre genau jene, sagt Marcel und windet sich am Fußboden, in einer populärer werdenden Gegend bedeutet Wende, dass der Wettbewerb vom Staat nicht durch Subvention behindert, sondern gefördert wird, gefördert!, indem schwächere Marktteilnehmer nicht mehr unterstützt werden, sagt Marcel. Und ich bin überrascht, bin von seiner Klarsichtigkeit überrascht. *Das ist deren Programm, das Schwarz-Blaue. Das ist nicht so laut wie das ständige Getrommel gegen die Ausländer. Das ist doch nur Gequatsche, nur Gegröle. Damit wird deren eigentliche Politik überdeckt. Für uns heißt schwarz-blau: Die Musik fällt aus, die Luft ist raus und wir stehen vor einem Scherbenhaufen. Und dann kommt noch ein Rauchverbot und jeder Betrieb in der Nähe von Wohnungen hat ein Problem, wenn vor der Tür geraucht werden muss.*

Du übertreibst maßlos, Marcel, sage ich über ihm stehend. Dir gehört die Immobilie. Keine Mieterhöhung kann dir was anhaben. Und ein Rauchverbot ist auch nicht abzusehen!

Aber Kredite muss ich bedienen, Karla, sagt Marcel, rappelt sich auf und trocknet sich sein Gesicht. *Was denkst du, wie all die Infrastruktur finanziert wurde?,* fragt er und ich löse den Knoten, den Knoten der Kittelschürze wieder auf. Sie plumpst auf den Boden wie ein vom Querbalken gelöster Strick.

ACHT UND DREISSIG
Silvesternacht 1999/2000

Als müsste die Nacht durchatmen. Die Feuerwerke waren eingestellt. Die Silvesternacht legte ihre erste Pause ein. Feuerpause, dachte ich neben Nico auf dem Beifahrersitz.

Ein Strich wird gezogen werden, unter uns ist die Differenz aber noch nicht berechnet. Noch ist Zeit, noch ist es nicht so weit, dachte ich neben Nico im Auto sitzend. Wir müssten doch sofort in die Stadt fahren, *ja, fliehen regelrecht,* rief ich Nico zu. *Wir wollten doch von Anfang an die Nacht in der Stadt verbringen,* sagte ich zu Nico, *Gomorrha-Nights, zweiundsiebzig Stunden, zweiundsiebzigstundenlang Rave am Hafen,* sagte ich zu Nico, und der, ganz glühendes Hüllenwesen: *edel,* sagte er, die Idee fände er *edel* und fuhr weiter. Er fuhr weiter nach Oberbach, *das ist aber die falsche Richtung,* berichtigte ich, doch schon bog er auf einen Waldweg, auf einen verschneiten Forstweg ein. Wir holperten und verhingen, verhingen beinahe im Schnee inmitten des Waldes, schafften es gerade noch so, bis eine Halle sichtbar wurde. Umstellt von Baugerüsten und Baggern und Kränen. Eine Halle der Dannenberg AG wurde hinter einer Mauer sichtbar, in der sich ein großes Zufahrtstor befand. *Das muss noch,* sagte er. *Das Eine muss noch sein.*

NEUN UND DREISSIG

Marcel steht vor dem Spiegel. Er zieht sein Gesicht, seine Augenlider bis zur Nase, um im nächsten Moment die Mundwinkel unter die Wangenknochen zu einem Grinsen zu verschieben. Er zeigt sich die Zunge, *deine Spiegelzunge ist teigig und gelb,* spricht er zu sich selbst, *du hast es mit dem Magen, mein Lieber, nein, mit der Lunge, mit der Zungenlunge,* und er hustet, hustet seinem Spiegelbild ins Gesicht. Kleine Tröpfchen, Aerosole auf der Spiegelfläche, und er dreht sich samt Spiegel, sodass sein Gesicht nur als Abbild für mich zu sehen ist, als er haucht, den Spiegel anhaucht und poliert, ihn mit einer Socke trocknet. Dann glättet er sein Haar und wirft den Spiegel um; ich sitze verdattert da, sage zu Marcel: *Was ist los mit dir, spinnst du?* Und frage: *sag es mir, bist du krank? Wirst du sterben, oder was? Was hast du vor? Sag schon!*

Nein, krank bin ich nicht,

Nicht wirklich. Vielmehr: Kopf-hoch-krank. Durchhalteverrückt. Eine Eselkrankheit, die mich daran zu erinnern versucht, was das Koma für mich war, was für ein Gewächs es ist. Erinnere dich daran, sage ich zu mir, dann wirst du schon sehen, dann wird's weitergehen. Du musst noch besser leiden lernen, sage ich Esel mir, dann wird man dir schon nichts mehr anhaben können, schleppe, schleppe dich weiter, sage ich mir, sagt Marcel und zieht an der Zigarette. *Doch so ist es nicht, Karla. Es endet,* sagt Marcel. *Es endet und ich ändere die Richtung,* sagt Marcel; *und du, du kommst jetzt mit mir mit,* sagt er und steht auf, stützt sich ab am überfüllten Laminat.

VIERZIG
Silvesternacht 1999/2000

Die Welt im Kadett wölbte sich. Ein Moment als Monument, das Nico an die Wand, an die Hallenwand der Dannenberg AG sprühte. Auf dem Gerüst stehend, sprühte er: TRUE KILLER. So viel konnte ich entziffern. Eines seiner besten Graffitis in zwanzig, vielleicht dreißig Minuten, obwohl die Frontscheinwerfer des Kadetts nur mäßig Licht spendeten. Dann nahm ich den Mond wahr in seinem Gebilde, TRUE KILLER und der Mond, der Mond wurde zugleich zum einen kreisrunden Auge an der Wand, ein Nico-Auge, in welchem TRUE KILLER zu lesen stand. Und dann sprang er mit einem Satz und hielt sich fest, fest am Brett der nächsten Gerüstetage und zog sich hoch, zog sich noch weiter nach oben. Doch dann der herannahende Wagen, ein Kastenwagen und noch ein

Lieferwagen, schwarz, mit Signallichtern auf dem Dach. Ich löschte alle Lichter im Kadett, lauschte wie ein alarmiertes Tier, und hinter dem Kastenwagen weitere Wagen mit Signallichtern, es wird etwas verladen vom Innenraum des Kastenwagens in die Halle, und Licht, Scheinwerferlicht über dem Halleneingang dann, und ich stieg aus, sah Nico auf dem Gerüst, wie er panisch zu entwischen trachtete, nach einer Abstiegsroute suchte, die ihn unbemerkt bleiben ließ. Und ich hoffte inständig, dass er warten, einfach abwarten!, beschwor ich ihn aus der Ferne, *warte ab was passieren wird. Die sind nicht wegen dir hier,* flüsterte ich vor mich hin. Aber Nico ließ sich rutschen, so leise wie möglich, Ebene um Ebene nach unten rutschen und versuchte zu federn, seine Schritte auf dem Gerüst abzufedern, bis ich hörte, noch viel mehr Einsatzfahrzeuge heranheulen hörte, und schockstarr war ich, als dumpf, Nicos Körper stumpf am Boden aufschlug wie die Tanne in Judits Garten. Wie sie, wie sie fiel Nico ab. Aus gut sechs Metern sank er zu Boden und prallte auf mit einer Wucht, die die Sterne vom Himmel, vom Gerüst fallen ließ, an dem sie hingen.

Nico Russo ZWEI
2012

EINS

Rundum Schritte in der Mitte der Nacht. Mitten in der Nacht reger Verkehr im Haus, sage ich zum Wachmann, welcher zum Polizeibeamten sich ausbilden ließ und vor mir sitzt, wieder vor mir sitzt und für mich mein Wachmann geblieben ist. Einer, der mich bewacht, einer, der wach ist, wenn mein Wachsein mir anschwillt, über mich hinausquillt, wenn der Spuk mir zu viel wird und ich präzisiere: *Über uns, meine ich, in den Stockwerken unter und über und neben uns – das Türenschlagen, die nervösen Schritte, die vielen Haushaltsdefizite. Ist das nicht offensichtlich?*

Was willst du damit sagen, Nico?

Er rafft es nicht, kopfschüttele ich vor mich hin.

Nico, das ist Irrsinn.

Die sind wegen dir so aufgebracht.

Wo ist Karla?, fragt der Wachmann und tunkt, er tunkt eine Semmel in die Suppe.

ZWEI

Das würde ich auch gerne wissen, sage ich zum Wachmann. Mit ihr gehen Gespenster um, dieselben wie mit mir. Gespenster, die uns Zeit und Zukunft stehlen, sage ich. Wissen Sie, das schulden wir ihnen. Offenkundig. Karla stundet, stottert aber ihre Schuld nicht ab, sondern versteckt sich. So vermute ich, nein, so vermutete ich bis heute Morgen. Seit heute neun Uhr morgens besteht die Hoffnung, dass sie sich ihnen stellt. Karla sich endlich stellt, sich Judit womöglich sogar in diesem Augenblick öffnet, eröffne ich dem Wachmann. In diesem Augenblick stellt sie womöglich bereit, sich und ihre Zeit und Aufmerksamkeit. Das ist alles, was wir bieten können, was wir unseren Gespenstern zur Besänftigung anbieten können, sage ich dem Wachmann. Und wir beide, Karla und ich, sind nicht die einzig Verschuldeten. Das können Sie mir glauben. In ganz Europa gehen sie um, sage ich dem Wachmann. Sage: Nur mit Mut und etwas Magie kann es gelingen, sie auszutreiben. Ich meine: Wie lange werden wir die Miete bezahlen, die Kreditraten bedienen können? Wie lange wird die Liftanlage im Haus noch in Betrieb sein, die Heizung?, höre ich die Nachbarn klagen. Ich bin nicht derjenige, der die Menschen in Unruhe versetzt. Das können Sie nicht mir in die Schuhe schieben, erzählen Sie mir nichts. Die Wohnungen sind desolat, sehen Sie doch. Auf Grund und Boden wird spekuliert, bis zum allerletzten Grund wird spekuliert. Deshalb der Tanz im Gebäude, die schlaflosen Schritteskapaden. Rastlose. Rastloses Trampeln auf allen Etagen. Angstlasten, Altlasten, die niemanden zur Ruhe kommen lassen. Und mich schon gar nicht. Irgendwann werden sie uns heimsuchen, das Heim wird aufgesucht und wir können uns eine neue Bleibe suchen, auch Karla und ich. Sie werden es sich unter den Nagel reißen, es abreißen und als Niederlassung, als Zentrale von was weiß ich wieder auferstehen lassen. Und das Schlimmste ist, ein Gespenst kommt selten allein. Viele werden es sein. Ich erwarte sie alle. Judit, meine Familie, die Spekulanten, sage ich dem Wachbeamten, der die Stirn in Falten legt und bedächtig die Suppe vom Löffel schlürft.

DREI
2012 und 1999

Wir alle ziehen unsere Kreise, sagt der Wachmann. Kreise zur Geisterbeschwörung, meinetwegen. Zur Beschwörung jener Probleme, die uns nicht schlafen lassen. Ängste nehmen zu. Allerorts geistern Ängste durch die Köpfe. Sie rauben Seelen, brandschatzen in besonders geschützten

Landschaften, keine Frage. Ich erlebe das. Tagtäglich. Die Lage ist ernst, gibt der Wachmann zu. Aber nur bei dir sitze ich Woche für Woche. Manchmal mehrmals am Tag. Deine Nachbarn machen sich Sorgen. Sorgen, an denen nicht nur die Spekulanten beteiligt sind. Du bereitest sie, lässt sie nicht schlafen in der Nacht. Die Suppe entschädigt nur bedingt, Nico. Du bist mein Gespenst, das um den Schlaf mich bringt, auch mich, Nico, lässt du nicht schlafen. *Und ja, hören Sie, ich weiß. Ich selbst bin allen voran ein Gespenst, seelenlose Haut. Doch heute mit einem so schönen Gefühl im Bauch. So schön wie in Kilians Keller vor zwölf, bald dreizehn Jahren. Es ist, als ob man fiele, wissen Sie, rauschende Achterbahnfahrt in die Tiefe,* spukt es aus mir heraus. *Seit heute Morgen glaube ich wieder daran: wenn man für das Gespenst nur lange genug rennt, schenkt es Karla Versöhnung, mir Versöhnung, Ruhe alsdann, mit Judit die Ruhe alsdann. Alles andere, das Wirtschaftliche, die Wohnung und das amoK, bekommt Karla in den Griff,* sage ich. *Das hilft den anderen im Haus mit den Spekulanten zwar nicht, aber ich hätte mich besser unter Kontrolle und Sie können wieder schlafen, und auch die Nachbarn können wieder, versprochen.* Und der Wachmann zupft an seinem Kinnbart. Er friemelt im borstigen Gestrüpp. Er versucht ihn in die Länge zu ziehen, den graumelierten Bart von seinem Kinn zu ziehen, um die Haut zu straffen, die Haut rund um die Kieferknochen glatt zu ziehen. *Wobei der wirtschaftliche Würgegriff nicht zu unterschätzen ist,* betone ich abermals. Aus der Wirtschaft kämen die Ängste her, und erzähle, dass nicht nur Hannes Böhm damit recht zu haben schien, als er neunzehnhundertneunundneunzig zum ersten Mal ein deutsches Zwei-Euro-Musterstück zwischen Daumen und Zeigefinger drehte, sage ich dem Wachbeamten. *Das ist der Anfang vom Ende,* sagte Hannes Böhm. Er setzte seine Brille auf die Nase, dozierte: *Sie nannten es Freiheit, doch sie dachten an*

Raub. Der dritte Weg, wie sie es nennen, der Blair und der Schröder, ist ein Raubzug, keine Erneuerung, kein Weg nach vorne für Sozialdemokraten. Die Genossen wollen zwar keine Marktgesellschaft, eine Marktwirtschaft aber sehr wohl, wie der Schröder schreibt, wie die beiden schreiben in ihrem Manifest. Aber was soll das schon heißen?, fluchte der Böhm. *In Oberbach kommt es bereits an, das Gespenst einer Marktgesellschaft, einer Aktiengesellschaft, das uns aussaugen wird, das seine Zähne in unser Dannenbergwerk schlagen wird, bis nur noch Hülle zu Boden sinkt*, sagte er. *Kein Wunder, dass der Junge so in sich gekehrt ist. Kein Wunder, dass er kapituliert, dass er aber mit dem Klassenfeind kopuliert! – Ihr werdet schon sehen. Bald ist es da, und es wird nicht mehr verschwinden, es schwelt, fährt fort, fährt fort, immer weiter und weiter fort.* Und die rumpelnden Schritte schwellen dann,

schwellen sodann in der Wohnung über mir und dem Wachmann an. Auch die Schritte auf der Feuertreppe mitten in der Nacht wären untrügliche Zeichen, Anzeichen, dass der Böhm recht hatte, sage ich zum Wachbeamten. Das Geschrei sowie das Gestreite aus der Wohnung nebenan, oder gegenüber, hören Sie, hören Sie doch. Ich will nichts beweisen, es ist offensichtlich. Es hat fast nichts mit mir zu tun. Zweitausendzwölf wird das Jahr einer neuen Diktatur sein. Ein Diktat verkündet von Weisen. Von Wirtschaftsweisen aus Deutschland. Es müssen Schuld und Schulden getilgt werden, und zwar erfolgreich, sagen die Wirtschaftsweisen, sonst werden wir vor uns hin siechen, wir allesamt. Nach den Griechen auch wir, das marode, das moderne, das ermordete Abendland sowie das amoK und sein Viertel, füge ich hinzu. Und der Wachmann sieht mich an, *kann es sein, dass wir um den heißen Brei herumreden?*, fragt er und tunkt abermals ein Stück Brot in die Suppe.

VIER
2012 und 1999

Nein, das glaube ich nicht. Ich rede weder um den heißen Brei noch möchte ich mehr Suppe. Danke. Auszulöffeln gibt es genug. *Deshalb schlafen wir nicht, deshalb schlafe ich noch nicht und marschiere zwischen Küche, Pritsche und Fenster* und warte auf Karla, sage ich dem Wachmann, der sich den Mund verbrannt hat und nicht sofort, mir nicht sofort antworten kann.

Also dann: *Was mit dem Euro begann,*
sagte Hannes Böhm neunzehnhundertneunund-neunzig,
ist in denen da Fleisch geworden, in den Reinhold Renners, in den Karl-Heinz Grassers viel zu schön Fleisch geworden. Neunzehnhundertneunundneunzig ist eine Währung, ein System, Fleisch geworden. Es wird unter uns wohnen und uns seine Herrlichkeit offenbaren. *Weniger ist mehr,* verkündete er, der Reinhold Renner, im Jahr neunundneunzig. *Damit kennen sich die Christsozialen aus,* sagte Hannes Böhm wiederum, aus wenig mache er viel, *der Renner, und sie werden bravo rufen, brav bravo rufen, ein Vermehrungswunder! Auch dein Sohn will sich mit ihnen vermehren, vielleicht vermählen, wer weiß,* sagte Hannes Böhm zu meiner Mutter. Und ich würde ihn heute so gerne fragen:

Warum hast du damals nicht mehr unternommen?
Wenn du alles besser weißt?
Warum?
Kandidiere doch selbst für das Bürgermeisteramt, mach was!

Aber Hannes Böhm brodelte nur. Die Wut zauberte gischtähnliche Spuckebläschen auf seine Lippen. Meine Mutter legte ihre Hand auf die seine. Sie beruhigte ihren Hannes Böhm so effektiv wie eine zusammengerollte Katze. *Von meinen Genossen bin ich enttäuscht. Fast vermag ich nur noch auf die Blauen zu hoffen,* schnurrte er.

FÜNF

Und so setzt es sich heute also fort. Was mit den Grassers und Renners bei uns begann, sage ich dem Wachmann. Es setzt sich fort, bis es zu spät, bis es zu weit fortgeschritten sein wird. Wir sind zu weit fortgeschritten, im sogenannten Fortschritt so weit fortgeschritten, bis das Zurück nicht mehr hinter uns liegt, sondern am Horizont als Horrorvision erscheint. Es gibt kein Zurück, das Zurück wird kommen, von selbst. Es wird schrecklich sein, verstehen Sie? Irgendwann macht es Klick und eine Art bleiernes Licht, das keine Schatten mehr wirft, wird sich ausbreiten und verjagen, *das Parasitäre,* welches von den stetig gestiegenen Mieten noch nicht eliminiert werden konnte, wird aus dem Fasanviertel endgültig abgetragen, es wird abgeschabt wie Pilzbefall. Und sie werden es eine Notwendigkeit nennen. Eine Erlösung sodann.

SECHS

Wir haben gegessen. Leere Suppenteller liegen ineinandergestapelt, die aufgeweichten Brotreste wurden Stück um Stück verzehrt. Mit einem in Schnaps getränkten Taschentuch tupfe ich die aufgebissene Lippe, desinfiziere sie, warte auf den nadelspitzen Stich, sage: *Ich will nichts mehr in die Waagschale werfen, weder in die eine noch in die andere. Genug ist genug.*

Für heute Nacht, ergänzt der Wachbeamte.

Für heute ist es definitiv genug. Und so führt er mich zur Pritsche. *Abbauen, wieder aufbauen,* peitscht er. Und aufgepeitscht breite ich die Arme aus, setze mich in

Bewegung, lasse mich auf die Knie fallen, mache mich ans Werk. Ich stelle die Ordnung wieder vom Kopf auf die Füße und mir ist, als ob ich für einen Augenblick Karla erkennen kann unter des Wachmanns Bart? Als könnte ich ihre Stimme hinter seiner Nase hören,

Was ist passiert?, fragt sie.

In der Wohnung wütete er. Dann stand er wieder im Fenster. Nachbarn und Passanten haben die Polizei gerufen.

Nehmen Sie ihn mit?

Nein. Wir hatten Suppe. Es geht ihm gut, sagt der Wachmann und Karla setzt sich zu mir auf den Pritschenrand, ich sehe sie vom Kopf bis zum Becken nur, ab da hört sie einfach auf. Wie heute Morgen im amoK. Es ist vielleicht wieder ein Traum. *Es würde mich aber wundern,* sage ich und Karla legt sich zu mir. Wir schmiegen uns an. Ich rieche ihr Haar. Ihre Beine? *Existent,* murmle ich, und ich kann loslassen, *für eine Kurzweile.* Karlas Atemzüge sind ebenfalls echt und warm. Sie klagt was über Ketten in meinem Nacken. Sie säuselt, sie singsäuselt von Ketten in meinem Nacken, die sich nicht lösen lassen, die selbst sie nicht lösen kann. *Und doch bist du dem Freunde ein Erlöser,* zitiere ich Hölderlin und Karla fragt: Wie? Sag es mir. Was kann ich noch tun?

SIEBEN
1999

Was soll ich sagen, heute Morgen waren sie eben da, ärgerte ich mich an Judits Hinterkopf. In Kilians Keller roch es nach verbranntem Tiefkühlpizzenrand. Krümel kullerten unter die Decke, sie juckten am Knie. Wir zerrieben sie, zerrieben sie mit unseren Schenkeln zu Sand, Pizzasand, und Sat eins zeigte, wie der Bulle von Tölz widerwillig ins verhasste München fahren musste. *Männer in dunkelblauen Designeranzügen liefen telefonierend über den Firmenparkplatz der Dannenberg AG und alle telefonierten, ignorierten jeden von uns um sich herum. Ich hörte immer nur noch ein Klingeln und immer noch ein Fiepen. Und nein, mir war es nicht möglich, zu verstehen, was sie sagten: Kalibrierung?,* konnte ich erahnen, *Kalibrierung* oder *Konsolidierung.* Oder: *Aufbauphase?* Und wieder ein anderer sagte: *die sollen bitte, bitte noch ein wenig Geduld haben. Wir verschaffen uns einen Überblick. Hallo? Hallo!? Fuck! Kein Netz in diesem Kaff. In diesem scheiß Oberbach.*

Das waren sie nicht,
sagte Judit trocken.
Oberes Management, aber nicht die neuen Chefs.

Das bedeutet?, fragte ich. Judit aber, ganz in Benno Berghammers Fall vertieft, ganz im Kanal versunken, Sat eins verfallen, beschwichtigte:

Nichts. Noch nichts.
Es ist normal, dass große Firmen vor einer Fusion
alles auf Herz und Nieren prüfen.
Kein Grund zur Panik,
sagt mein Papa.

ACHT
1999 und 2012

Der hat leicht reden, halte ich fest. Ja, der hat leicht reden, gab Judit mir recht und schlug die Augen zu mit mir, als ein Glockenläuten in Kilians Keller drang, ein Kapellenglockenbimmeln, das in einem Windstoß sich verfing, um halb vier Uhr morgens, und aus Oberbach im Jahr neunzehnhundertneunundneunzig in Karlas Wohnung einfach weiterging, im Jahr zweitausendundzwölf.

Also halb vier?, frage ich Karla. *Schon halb vier?*, frage ich die schlafende Karla neben mir und rieche, rieche gar den Tiefkühlpizzengeruch samt Glockenschlag punkt halb vier, und was sehe ich, fantasiere ich? Meine Mutter nähert sich. Sie steht in der Tür. Und ich weiß, ein Gespenst, kein Grund zur Sorge. Karla soll schlafen, weiterschlafen. Meine Mutter ist eines von vielen, die noch kommen werden, und auf ihrem Teller Wagners Steinofen Piccolinis mit Salami. Sie setzt sich auf das Sofa, sie sieht sich mit mir die Nachrichten an: Griechenland wird genannt und Korruption. Dann muss Grasser vor den Ausschuss, heißt es. Aber nach hundertzweiunddreißig Zeugen endet der auch schon wieder; *knallhart abgedreht von der Regierung,* wie es heißt, und in der Hypo-Alpe-Adria-Bank, *in dieser Causa,* kam es zu fünfeinhalb Jahren Haft. Nicht rechtskräftig. Und die FPÖ sagt Berufung, ÖVP brüllt Berufung und meine Mutter mustert Ian Curtis an der Wand, jenes Bild von ihm mit der Zigarette in der Hand, und irgendwann macht sie mich ausfindig. Mich mit Karla auf der Pritsche liegend.

Du hier?
Ihr hier?
Ach herrje.
Was ist denn mit Judit?
Wann kommt sie endlich zu uns?

NEUN

Ich weiß nicht, Nico, ist das dein Ernst? Warum wiederholst du dich, warum lässt du mich nicht einfach in Ruhe mit dieser Frage, der permanenten wie penetranten Nachfrage, regt sich Karla neben mir und setzt sich auf, sie entsetzt sich regelrecht über die Frage, ob Judit schon hier, bei ihr im amoK sei. *Es ist gespenstisch,* echauffiert sie sich vor dem Fenster stehend. *Du verlierst dich,* poltert es aus ihr, *du entfernst dich. Ich weiß mir keinen Rat,* stockt es aus Karla und sie zerzaust ihr Haar. Schmal ist sie geworden, denke ich. *Wie zu Kindheitstagen,* so stelle ich mir Karla auf dem Buchenhofgelände vor: ein dünnes Mädchen mit geblümter Schürze, die dem Wind folgt, während sie versucht, während sie dazu versucht wird, Sonnenblumen zu malen. Sie reibt sich die Nase, die hellgrünen Augen, all ihre Knochen zeichnen sich ab.

Dann müssen wir sie endlich einladen,
bitte,
das Festival, Karla, ist die Gelegenheit.

Wir können sie doch zu deinem Festival einladen? Als Rednerin, als Expertin, wiederhole ich. Du träumst von ihr, fast jede Nacht, sage ich, frage: Woher ich das weiß? Weil wir uns Judit wechselseitig in die Köpfe träumen. Zwei Schuldige, seit Jahren Schweigende, die husten im Schlaf, dem anderen versuchen einzuhusten, Judit aus sich heraus in die Nacht zu husten, um für einen Moment Frieden zu finden. Energie kann aber nicht verloren gehen, sage ich zu Karla. Selbst mit dem Tod nicht. Selbst beim heftigsten Ausstoß nicht.

ZEHN

Nie mehr als vier Stunden pro Nacht, schlafe sie. Das Insolvenzgespenst im amoK lasse es nicht zu. *Das Spekulationsgespenst im Haus,* ergänze ich. Und in diesen vier Stunden träume sie nicht von Judit. Sie träume davon, wach zu sein. Überwach. Über die Nacht wachend, über das amoK und die Wohnung wachend wie eine Mutter, wie eine Mutter ihre Kinder bewacht, um abzuwenden, Schäden abzuwenden. Zehrend sei das, ja, aber diese Unordnung hat nicht Judit verursacht, sondern: die Mieten, die Stadtverwaltung, eine Serie aus unvorhergesehenen Schwierigkeiten, spekuliert sie und kreischt überrascht auf, als hörte sie einen Zweig knacken oder als hätte sie Wolfsgeheul in unmittelbarer Nähe vernommen. Karla kreist um mich herum. Und ich versuche mich daran zu erinnern, ob es je eine Zeit gab, in der auch ich solche Kreise ins Leben zog und bemüht war, etwas zu schaffen, etwas zu hinterlassen, Furchen in fruchtbare Erde zu ziehen *in welchen es keimt und gedeiht. Nein,* antwortet es in mir, ich habe stets auf einer Pritsche gelegen, manchmal gesessen, die Hände in den Schoß gelegt wie eine fromme Nonne. Ob als Jugendlicher in Böhms Keller, im Gefängnis, auf einer Parkbank oder in notdürftigen Bettenlagern. In Heimen, Nachtasylen, Hilfseinrichtungen, Unterführungen, wieder in Böhms Keller, dann bei Karla. Stets vor mich hinschauend wie eine namenlose Eule.

ELF
2012 und 1999

Sie schließt das Fenster zur Nacht. *Dies leere Nichts,* zitiere ich Hölderlin. Die Nacht enthält viel zu viel, wirft Karla ein. Ein überlaufendes Gefäß. Das ist ihre Paradoxie. Die größten Reichtümer türmen sich in ihr, sie sind jedoch wertlos in der Dunkelheit. Schattenbilder nur, die dich verrückt machen. Sperr sie aus, mach das Fenster zu. Die Vergangenheit bist nicht mehr du, Nico, bitte! *Ich weiß,* sage ich. *Aber jede Nacht bringt sie mir zu Gesicht. Ich weiß, ich bin es nicht, nicht mehr, obwohl ich doch gemeint bin, wenn ich an diese Nacht denke, wenn ich mich sehe, meinen blutenden Kopf wieder sehe, als du damals sagtest:*

> Wahnsinn, dass du nur diese Schramme, nur diese kleine Schramme am Kopf davongetragen hast.

Das bin ich. Das bin doch ich! Und flitsch, so schnell geht's und etwas schnalzt mich zurück.

Gib mir die Schlüssel, sagte Karla in jener Nacht und jetzt:
lass mich nur machen,
wir schaffen es schon.
Deine Elfe übernimmt.

Und augenblicklich hatte Nico wieder das Gefühl, durch eine Luke hindurchgegangen zu sein und nicht mehr er selbst sein zu müssen. Eine Luke, die an einen Ort führte, an welchem er keine Geister mehr ertragen, keine Bilder in seinem Kopf mehr ansehen musste und sich von sich selbst entfernte. Als würde er über sich, als würde seine Stimme in sicherer Entfernung über der Szenerie schweben. Er war weit genug entfernt, dass er zum Erzähler seiner selbst werden und Kontrolle über das Geschehen erlangen konnte. Mit Karlas Hilfe, unter ihrer regen Mithilfe wird es möglich sein, das er loskomme, nicht mehr mit sich und der Welt in Berührung. Und so würden auch seine Geister hoffentlich aufhören zu streifen, zu streiten, als Figuren aus Taillen um ihn herumzugeistern, kein unablässiges Kommen und Gehen, kein Zurückschauen mehr, und augenblicklich gähnten die beiden. Es war spät, reichlich spät. Nico und Karla legten sich nebeneinander auf die Pritsche, auf ihre Stirn, als hätten ihre Schädel ein Loch und könnten fließen lassen, das Jahr neunundneunzig, ablaufen lassen in einen Ausguss, der aus der Wirklichkeit in etwas Besseres führt.

ZWÖLF
1999

Wie viel Zeit verbringst du eigentlich mit ihr, fragte Judit und schaltete ab, schaltete den Benno Berghammer auf Sat eins einfach ab, bevor er Gelegenheit fand, den Mörder zu verhaften. Dabei hatte ihn doch Judit mit Karla bekannt gemacht. *Wenn du dich für die Kommune interessierst, musst du Karla fragen, die ist dort aufgewachsen,* schlug sie selbst vor in jener Nacht in Kilians Keller.

Und so dauerte es nicht lange, bis der Kaffee zischte in Karlas Mansardenwohnung in Oberbach. Das erste Treffen zu dritt. Die Espressokanne auf dem Herd in Karlas Küche ließ Dampf ab und Karla berichtete von der Kommune. Von Judit wusste sie, dass Nico sich für *diese Vögel* interessierte, wie Karla sie nannte. Wie die wildgewordenen Vögel vor ihrem Fenster wären sie im Buchenhof. Kommune wäre es schon lange keine mehr, erzählte Karla im Jahr neunzehnhundertneunundneunzig ohne Umschweife. Sie singen nicht von der Freiheit, so viel sei sicher, sie machen sich das Leben zur Hölle. Zur Hölle eines Wurms, eines Führerwurms, dessen Ruf zum Gesetz, zum Heiligsten erhoben wurde. Kunst, Freiheit, künstlerische Freiheit, was auch immer du von denen glaubst, was sie dort leben würden, das gäbe es nicht. *Das gab es im Buchenhof wahrscheinlich nie,* sagte Karla, *eine Illusion,* sagte sie, und Nico ertrug ihre Ausführungen mit zusammengepressten Lippen.

DREIZEHN
1999

Er ließ jenen Nachmittag in Oberbach über sich ergehen, ließ Karlas Ausführungen weitestgehend stehen, hakte nur ab und an fragend nach, obwohl ihm nach Widerspruch gewesen wäre, obwohl er auch Judit gerne gefragt hätte, warum sie ihn anlächle wie ein naives Kind. *Hast du es jetzt verstanden,* schien sie zu fragen, *ich habe es dir ja gesagt.* Nico konnte in die Lücke sehen, die zwischen ihnen klaffte und an jenem Nachmittag nicht mehr zu schließen war. Es lag nicht nur an Hannes Böhm, der ohne Zweifel einen Keil zwischen die beiden zu treiben versuchte, auch nicht an Judits Vater, am Wahlkampf oder der Firmenfusion. *Mir war, als hätte Judit mich, ach was, uns in diesem Moment gesprengt,* erzählte er gelegentlich auch dem Wachmann. *Als sie mich vor Karla nicht ernst zu nehmen schien, hatte sie sich eigentlich schon von mir entfernt. Fast schämte sie sich,* bemerkte er und versuchte damals zu vergessen, jenen Augenblick wieder zu verdrängen. *Es gibt eben nur den Wunsch in uns, sonst nichts,* sagte der Wachmann.

VIERZEHN
1999

Nico balancierte auf einem Drahtseil an jenem Nachmittag in Oberbach, als ihm Judit ihre beste Freundin Karla vorstellte. Er durfte es sich nicht anmerken lassen, dass Karlas Worte so schwer für ihn wogen wie vollbeladene Schubkarren, die er mit seinen Gedanken kaum hin und her zu schieben vermochte. Die Blöße war ihm unerträglich, vor zwei Sechzehnjährigen, als wäre er ein naives Kind! Karla war zwar in der Kommune aufgewachsen, *in der Sekte, Nico, in der Sekte,* doch hatte sie begriffen, worum es hier ging? *Die Idee, der Geschmack, auf den Geschmack hätten sie mich gebracht,* wie er betonte. Durch sie hätte er erfahren, was ein Bruch, ein Abriss des Gewohnten bedeute. Was Nico bisher für normal gehalten hatte, stand plötzlich infrage. Das war überwältigend. *Erwachsene Menschen, die schamlos spontan einen Plan gefasst haben. Einfach angefangen haben sie. Ein anderes Leben angefangen, von heute auf morgen,* dachte er bei sich.

Das haben sie nicht.

Sie sind lediglich jemandem hinterhergelaufen, der ihnen Heil und Seelenfrieden versprochen hat. Heil, heil, heil, hat er gerne gerufen mit ausgestrecktem Arm, sagte Karla an jenem Nachmittag. Hitler und Stalin waren einzigartige Künstler für ihn, genauso wie Jesus.

Und doch, *und doch!,* waren diese seltsamen Gestalten aus dem Buchenhof jene, die Nico einen Weg andeuteten. Einen Weg abseits der gewohnten Pfade, einen Weg, der mit Kunst beschritten werden konnte. Kunst statt Sicherheitsschuhe. Für ihn unvorstellbar bis zu diesem Zeitpunkt. Der Buchenhof besetzte seither einen Platz, den er beinahe vergessen hatte. Eine kleine Stelle, die sich bemerkbar macht, sobald jemand abfällig über den Buchenhof sprach. Es handelte sich um Sympathie, obwohl er wusste, obwohl er bereits vor Karlas Ausführungen wusste, dass es gute Gründe gab, die Kommune zu meiden. Sie stand aber für eine Idee, die in Nico wühlte und nie aufgehört hatte, sich in ihm zu verbreiten. Und ausgerechnet die Begegnung mit Judit, ausgerechnet Judit in Kilians Keller, sie hauchte jener Stelle neues Leben ein, brachte sie zum Erblühen, *wie nur was.* Doch Judit stellte ihm Karla vor. Jene Karla, die seinem Hochgefühl einen jähen Dämpfer in ihrer Mansardenwohnung verpasste, ja, ihm sogar beinahe den Garaus machte, bevor die zarte Pflanze in ihm wieder zur Entfaltung gebracht werden konnte.

FÜNFZEHN
1999

Unzweifelhaft war es jener Ruf – dieser Buchenhofruf, zu vernehmen in Kilians Keller. Wie ein leises Flüstern. Ein Gebot, durch Judit hindurch, es roch nach Holzfarben und Wachskreiden und *selbstverständlich kann Kunst ein Weg für dich sein,* sagte Judit in Kilians Keller. *Warum denn nicht? Du bist sehr talentiert,* und dann das Räuspern, ihre kleine Bewegung mit dem Kinn in seine Richtung. Erfüllt war er mit Vorstellungen. Mit Vorstellungen von sich mit Judit in einem Atelier? *Ein ganz eigener Weg. Auch wenn es kindisch klingt. Es würde uns gut gehen.* Es würde ihnen ergehen wie den Menschen aus dem Buchenhof auf ihren Rädern und in ihren orange-grünen Overalls. Leicht würden sie sein. Der Rest der Welt wäre ihnen egal. So wirkten sie auf ihn. Befreiend. Ein Gefühl wie freier Fall, ein Gefühl so zart, dass Karla es zertrampeln konnte mit wenigen Worten an jenem Tag in Oberbach. Den Buchenhof zertrampelte sie, *und meine Vision,* seine Vision von sich und Judit, so schien ihm, gleich mit. Und deshalb wollte er Karla etwas entgegnen, ihr die Augen öffnen an jenem Nachmittag für Unsichtbares, für etwas, das sie offensichtlich nicht begreifen konnte, weil sie befangen war. *Doch aussichtslos, das wäre aussichtslos.* Nico begriff, dass er Karla nichts entgegensetzen konnte in Oberbach im Jahr neunundneunzig. Er hätte sich blamiert und Judit hätte es abgeschreckt. *Der Preis war zu hoch.*

SECHZEHN
1999

Zudem fand alles nur in seinem Kopf statt. Nüchtern betrachtet, dachte Nico sich, war die Kommune doch bedeutungslos. Es war lediglich ein kleines Stück Welt, eine geheimnisvolle Welt, zugegeben, mit welcher er die Zwischenräume zu füllen versuchte, die seine Beziehung zu Judit aufgerissen hatte. *Seit unserer ersten Nacht in Kilians Keller,* erzählte er einst auch dem Wachmann, *war mir wieder zumute, als hätten sich die Wege in Oberbach verändert, als würden sie nur zufällig existieren, als könnten sie jederzeit verschwinden wie der Morgenkaffee, der mir von der einen Stunde zur nächsten nicht mehr schmeckte. Die tägliche Fahrt zur Arbeit fühlte sich an, als wäre es die erste oder die letzte. Details fielen mir ins Auge, die ich vorher nie wahrgenommen hatte. Die Maserung des Hirschknopfes an der Weste meiner Mutter. Wie merkwürdig sich die Farben der Flurfliesen zu jenen im Badezimmer verhielten. Die verschnörkelten Metallbeschläge an den Treppengeländern, woher stammten sie? Waren sie von Anfang an da? Oder die rotumrandete Uhr in der Küche, die ledernen Äpfel in der Holzschale. Warum fahre ich eigentlich nicht mehr mit dem Fahrrad? Warum fahren nicht alle in Oberbach mit dem Fahrrad zur Arbeit? Die Wege sind nicht weit.*

SIEBZEHN

Je selbstverständlicher, je bewährter etwas war, desto alberner, ja entrückter erschien es Nico. Für ihn stand die Welt Kopf. Die Begegnung mit Judit ließ ihn den Alltag in Oberbach bereits als überwunden annehmen, als existiere er bloß noch vorübergehend. Manch einer mochte es Übermut nennen, *den Flug eines Verliebten.* Doch Nico stand kurz davor zu platzen vor Tatendrang. Er war bereit, alles zu vergessen, was er über das Leben zu wissen glaubte. Es galt, neu sehen zu lernen, das Falsche abzustreifen wie Klamotten vor dem Sprung ins Wasser. Mit Judit würde alles anders werden. Eine Aussicht, die ihn ebenso verwirrte wie euphorisch sein ließ. Eine Energie, die sortiert gehörte. Zumindest um sich zu versichern, dass sie nicht schrumpelt, wie damals nach seinem Besuch auf dem Buchenhof, der ihn mit derselbe Euphorie überhaupt erst infizierte. Sie lag vergraben. Unter Spott und Gelächter vergraben und vergessen war sie. *Judit hatte sie aber entdeckt, okay, vielleicht nicht entdeckt, aber zu neuem Leben erweckt,* sagte Nico.

ACHTZEHN
1998/1999

Wir waren fünfzehn, vielleicht sechzehn Jahre alt, erzählte Nico an jenem Nachmittag in Oberbach in Karlas Mansardenwohnung. Kilian, ich und noch ein paar andere, wir wollten rauchen, etwas zu rauchen kaufen. Wir lernten ein Pärchen kennen, das in unserem Alter war. Die beiden lebten seit Kurzem im Buchenhof und wir könnten mit, mit zu ihnen kommen, schlugen sie vor. Und so saßen wir an jenem Abend in diesem großen Buchenhofgarten. Es wurde gemalt und gekocht. Es roch nach Heu, nach frisch gemähtem. Wohnzimmermöbel standen verstreut in allen Ecken und Winkeln des Gartens. Ein Kanapee, ein Diwan, Sitzsäcke und große Kissen. Wir saßen etwas abseits der anderen und rauchten Joints, viele Joints, und die beiden redeten unaufhörlich. Sie sprachen von ihrer Kindheit in einer anderen Kommune. Sie redeten von der bürgerlichen Welt in der Stadt und der kleinbürgerlich-bäuerlichen in Oberbach und wie sie uns verschlingen würde. *Erschlagen mit dem dröhnenden Klang der Glocken,* die hier einzig zu vernehmen wären, *neben dem Rauschen des Baches im Wald,* palaverten sie noch, als dann ein paar der Älteren auf uns zukamen. Sie setzten sich in unsere Runde, hießen uns willkommen, bald küssten sie sich alle, sie knutschten wild. Eine küssendes Durcheinander. Das Pärchen löste sich vor unseren Augen auf und verschmolz so selbstverständlich zu neuen Verbindungen, dass wir nicht mehr sicher waren, ob wir unserer Wahrnehmung noch trauen konnten. Erst die Frage einer Frau, die meiner Mutter ähnlich sah, holte uns zurück, holte uns auf den Boden Oberbachs zurück.

NEUNZEHN
1998/1999

Wer seid ihr eigentlich, fragte sie. Es wurde totenstill. Niemand konnte etwas sagen und ich schämte mich, versuchte etwas aus mir herauszuwringen, wenigstens zum Ausdruck zu bringen, wie faszinierend und inspirierend es hier sei. Doch auch ich konnte nicht überwinden, konnte nicht über diese Hemmung springen, sondern wir saßen verschlagen da und wir drückten im Schrecken die Joints aus. Aus Angst davor, dass man uns ertappen, uns verraten könnte. Doch sie lachten, allesamt lachten sie über uns, Karla! Das wäre die Angst, sagten sie, exakt jene Angst, die wir zu überwinden suchten. Recht hatten sie. Geschädigte wären wir, Geschädigte einer Gesellschaftsangst. Wir müssten uns aber vor nichts fürchten, und schon gar nicht vor diesen Irren im Dorf, vor unseren Eltern, sagten sie. Es gäbe nichts, das einen daran hindern könne, frei zu sein, sich freizumachen von all den Gewohnheiten, die einem normal erscheinen, so natürlich *wie der Baum im Wald oder der Vogel auf dem Dach,* warf Karla ein. *Das ist Kunst, das Leben ist wie die Kunst, das Leben ist die Kunst, sagten sie, stimmt's? Lebensmaterial. Material, das es zu formen gilt, nach den eigenen Vorstellungen. Erst dann, erst dann wäre man Mensch,* ergänzte Karla. *Und dann zogen sie sich aus, nicht wahr?*

Ja, fast alle von denen zogen sich aus, musste ich zugestehen. Als ob die Kommunarden damit ihren Worten den Beweis folgen lassen würden. Sie liefen unter Eulenrufen zum Bach. Wir blieben sitzen. Für wie lange, weiß ich nicht mehr.

Ja, so machen sie das immer, sagte Karla. Manipulation, weiter nichts.

ZWANZIG
1999 und 2012

Nico versuchte Karla an jenem Nachmittag wenigstens mit etwas Trotz zu begegnen, wusste aber nicht wie. Er suchte nach einem Haar in der Suppe, nach einem Geruch, der ihn allenfalls abstieß an Karla. Aber da war nichts. Er war lediglich überrascht, so hatte er sich das nicht vorgestellt, so hatte er sich Karla und auch die Kommune nicht vorgestellt; *wütend war ich, ja. Aber nicht auf Karla, sondern auf ihre Erzählungen, auf den Rundumschlag aus wenigen Sätzen, auf ein Zertrümmern, den Ruf zertrümmerte sie, den Ruf, welchen ich vernahm, von einem anderen Leben.*

Warum so vorwurfsvoll,
damals,
fragt er sie jetzt in ihrer Wohnung auf der Pritsche liegend. Karla schlägt die Augen auf. Im Halbschlaf antwortet sie:
Ich war doch nur eifersüchtig, Nico.

EIN UND ZWANZIG

Nico, komm, steh auf, sagt Karla, und ich zögere. Zögere, wie es eben meine Art ist. Zögere, weil ich nicht glauben kann, dass ich wieder sitze, auf der Pritsche in der Fasanstraßenhitzezelle sitze, der Illusion aufsaß, dass Judit bei Karla im amoK weilte, ja, Karla noch nicht einmal bewegt zu haben, auf eine Einladung hin, auf Judit zubewegt zu haben, und ich zögere wieder. Zögere wieder, weil ich nicht mehr daran glauben kann, mir selbst nicht mehr vertrauen kann. Habe ich sie nicht gesehen? Ich habe doch die beiden am Tresen miteinander reden sehen? Lügt mich Karla an? Und wenn ja, wozu? Von meiner Pritsche aufgestanden, setze ich mich wieder hin. Höre das Geräusch, das meine Handfläche erzeugt, wenn sie über den Stahlrahmen der Pritsche gezogen wird. Ich sitze wieder auf der Pritsche. So viel ist sicher. Und ich möchte Joghurt. Joghurt und Mezzomix. Doch auf halbem Weg, so könnte man sagen, habe ich wieder kehrtgemacht, was habe ich noch alles verkehrt gemacht?, frage ich Karla, was habe ich noch fälschlich für wahr gehalten?

Nichts, Nico. Du wirst sehen. Es wird wieder gut. Wir werden kämpfen, murmelt sie auf der Pritsche liegend, *neue Wege beschreiten mit dem amoK, die Wohnung behalten. Dann wird alles besser werden. Das schaffen wir schon. Versprochen.*

Aber, nein, nur Judit, murmle ich. Nur das mit Judit beschäftigt mich, sage ich und dann seufzt Karla von der Pritsche auf und verschwindet in ihr Zimmer. Sie versperrt die Tür. Ich lege mich auf den Bauch und lasse die Arme links und rechts von der Pritsche baumeln. Am Boden Staub und Sand. *Nach der Hitze des Tages, waren es der schönen Inseln wohl zu viele,* dämmert mir Hölderlin.

ZWEI UND ZWANZIG
2012 und 1999

Bin ich dann eingeschlafen? Nein, ich kann nicht schlafen und drehe mich, drehe mich vom Bauch auf den Rücken zurück. Schlaf ist für die Lebenden. Depression klebe wie ein böser Spuk an Fersen, heißt es bei Mark Fisher. Ein Spuk, der wachhält, schwächt aber wachhält, und ich sehe ein Leben, dessen Drehbuch längst vorliegt. Ich sehe Kilian, der mich wieder fragte: *Was? Die Leute im Buchenhof findest du interessant? Das sind Idioten!,* lachte er. Er lachte mich aus nach unserem Besuch im Buchenhof. *Unmöglich,* fügte dann auch Hannes Böhm hinzu, *unmöglich, dass die von der Kunst allein leben. Was du fantasierst,*

Junge! Die haben kleine Firmen gegründet. Weißt du das nicht? Die arbeiten als Gärtner, als Möbelpacker, als Kuriere. Die drücken die Preise ins Bodenlose. Arbeiten unter dem Mindestlohn und geben ab. Die geben alles ab in eine Art Gemeinschaftskasse, die dem Alten gehört, lässt er mich wieder wissen und ich fühle mich ertappt wie damals. *Von wegen Solidargemeinschaft.* Und ich erinnere mich an Karla, erinnere mich an ihre Schilderungen in ihrer Mansardenwohnung, von der Frau mit den geflochtenen Zöpfen, wie diese im Buchenhof schrie: *Ich will auch ein Mensch sein!,* und sich dabei würgte, stellvertretend, stellvertretend den Vater mit gespreizten Fingern in ihr strangulierte. Wie sie ihn am Hals zu fassen bekam, *du alte Drecksau,* schrie sie. Alle wären aufs Äußerste erstaunt gewesen und wollten einen Vatermord erkannt haben, wollten ihren Vater oder Großvater ebenfalls ermordet wissen, endlich verschlissen, endlich zerrissen diese Last, diese Last aus schwarzgrauer Judenasche, und wieder Kind sein, unschuldig sein, wie Reinhold Renner, wie Reinhold Renner sich zu reinigen versuchte, aber anders, auf seine Weise, denke ich. Der Versuch von den Taten, von den Toten seines Vaters loszukommen. Auf seine Art. *Die Videos, aufgenommen von einer 16-mm-Agfa-Movex-Kamera, konnten wir nicht ignorieren,* sagte Hannes Böhm mit geschwollenem Auge, mit einer Platzwunde auf der Stirn, bis er wieder von Karla verdrängt wird in meinem Film, von Karla, die über ihr verstörendes Staunen sprach, sie sprach darüber in ihrer Mansarde in Oberbach: *Ich, ein echtes Kind, kein Erwachsener, der wieder zu einem Kind regredierte,* erzählte Karla, *ich stand nackt mittendrin, wisst ihr, inmitten des Irrsinns im Buchenhof, und wisst ihr was,* fragte Karla, *wisst ihr was ein Strickvieh ist?*

Nein, antwortete Judit.

Sie war sichtlich angefasst.

DREI UND ZWANZIG
1999 und 2012

Das Strickvieh war ein großes, weiches Tier aus Wolle mit vielen gestrickten, gestrickten oder gehäkelten Brüsten und Schnullern und Hörnern. Wir Kinder konnten Milch trinken, das Tier schlagen oder es liebhaben, jedenfalls sollte es dazu dienen, den *Irrsinn der Kleinfamilie, der mütterlichen Kinderbetreuung auszuschalten.* Nicht die Mutter kümmere sich, sondern die Gemeinschaft, das Strickvieh. Auf uns Kindern ruhte die Hoffnung, dass wir außerhalb der kapitalistischen Gesellschaft, außerhalb der bürgerlichen Kleinfamilie aufwachsen, um Freiheit in einer gänzlich neuen Form der Gemeinschaft zu begründen. Wir sollten aus jenem Kern hervorgehen, der unter den Schichten, unter all den Unwesen treibenden Zeit- und Familiennazischichten verschüttet lag. *Das war radikal gedacht, Nico, durchaus,* erzählte Karla, die Nico ein Feuerzeug über den Tisch in ihrer Mansardenwohnung in Oberbach reichte.

Das ist doch nicht falsch,
nicht unbedingt falsch, zögerte es mit dem Rauch an seinen Lippen vorbei.
Falsch, was ist schon falsch?

Es war radikal und vielleicht auch angebracht, gab Karla zu. In einem Land wie Österreich, aus dessen Schoß ungebrochen autoritäre Charaktere krochen. Aber die Freiheit im Buchenhof war keine. Sie war Gesetz. Das Nacktsein, die freie Sexualität, alles Gesetz. Wer sich nicht daran hielt, flog. Selbst die Unterwäsche wurde kollektiviert. Individualität wurde eliminiert. Alle Buchis gaben vor, Konventionen nicht zu kennen, doch entwickelten sie einfach selbst welche und bemerkten nicht, wie rigide sie waren. Ihre Konventionen waren heilig. So heilig wie der Messdienst. Andächtig waren sie. Andächtig wie Kinderaugen in der Kirche.

Aber sie waren doch glücklich!, versuchte ich Jahre später in der Fasanstraßenwohnung an das Gespräch anzuknüpfen.

Sie waren unsicher und suchend!, erwiderte Karla. Sie wollten daran glauben. Sie wollten an das ganz andere Leben glauben, an einen Zustand umfänglichen Glücks. Genauso wie du. Das habe ich in der Mansarde bereits geahnt, sagte Karla. Erst heute kann ich dir aber sagen: Freiheit ist asozial. In einer Gemeinschaft wird es sie nie geben. Wir beide suchen die asoziale Freiheit, Nico. Judit tat das nie. Sie sehnte sich auch aus Oberbach, ohne Zweifel. Aber dafür musste sie nicht alles hinter sich lassen und einen Weg einschlagen, von dem sie selbst noch nicht wusste, wohin er führen würde. Sie war nie wie du und ich. Sie war nie das, wofür du sie gehalten hast, Nico. Judit wusste, dass sie studieren würde. Sie wusste, dass es andere Lebensentwürfe gab, die man ergreifen konnte, ohne sich einem allzu großen Risiko auszusetzen. Sie bewegte sich innerhalb etablierter Bahnen. Sie sprach zwar gerne von der Revolution, aber die Revolte, der Um- und Ausbruch selbst, war das ihre nicht.

Sie ist eben vernünftiger als wir.

Weiß ich nicht, sagte Karla, sie ist jedenfalls langweiliger.

VIER UND ZWANZIG
1999

Wenn ich ihn so reden höre, erzählte mir Judit einmal in Kilians Keller, dann kommt mir mein Vater vor wie ein Hochzeitsplaner. Ein Planer, der abwechselnd Anweisungen erteilt oder die Braut schmückt, die Firmenbraut aufhübscht. Dafür weist der Reinhold Renner ein. Rastlos. Pausenlos. Er weist aus, er weist an, er weist ein. Ihm ist alles andere als langweilig, meinem Vater, der die

Firma wie eine Braut schmücken würde, während er auf seine Frau vergaß, wie ein *Turbokapitalistenirrwicht,* so bezeichnete ihn Judit in Kilians Keller. *Der Papa hat jetzt eine andere Braut. Der Mama geht's nicht gut, glaube ich.* Aber der Reinhold sei verplant. Die Firma musste verkuppelt werden, dem auserwählten Bräutigam möglichst teuer verkauft werden, dem Auserwählten aus dem deutschen Bruderland, der die ersehnte Fusion, die Liaison eingehen möge, obwohl sie ihn teuer zu stehen kommen könnte, wenn er erst einmal bei ihr liegen geblieben war, wie der Mann sich zur Frau legt. *Was liegt, das pickt.* Eine Beziehung auf Lebenszeit, die den Standort sichern, die den Ort Oberbach voranbringen würde, lässt er ausrichten, lässt er bei jeder Gelegenheit die Oberbacher wissen. Der Reinhold, der wird's richten. Ein frischer Wind umgibt ihn. Sein Wind wird aufziehen, aus der Union, zu der auch der Reinhold nun gehört, im Herzen Europas, aus diesem Herzen wird ein frischer Wind auf- und bei uns einziehen. Ein Verbindungsglied in die globalisierte Wirtschaftswelt, dieser Wind. Und das ist erst der Anfang, Nico, machen wir uns nichts vor. Mit der Aufgabe, mit der Ausgabe so vieler Anteile, mehr als fünfzig Prozent der Firmenanteile, wird der Wind bald drehen und aus ganz anderen Richtungen uns um die Ohren wehen. Da schützen selbst die Berge nicht, *dann weht hier ein anderer Wind, und die Anweisungen meines Vaters werden zu Aus- und Abweisungen werden, zu Abbauarbeiten, da hat der Hannes recht. Nico, bitte sage ihm das, dass ich das auch so sehen würde, dass das Geld eine Anlage sucht, die sich rentiert, und dabei nicht nur die Anlagen im Werk zu warten sucht, sondern sie abschafft, die menschliche Arbeitskraft sukzessive mit ihren modernen Anlagen abschafft. Doch die schöne Bescherung bekommt ihr nicht zu Gesicht,* entrüstete sich Judit einst in Kilians Keller. Die Rechnungen, die bleiben dann am

Boden liegen, die Abgerechneten seid ihr, die *Arbeiter fallen durch den Rost,* wie sie es nannte. Bezahlen würde nicht ihr Vater, *sicher nicht.* Auch wenn er die Aufgabe, die Ausgabe der Anteile, der Anleihe selbst schultere und eine Last trage, die sich die Oberbacher nicht vorstellen können, *die ihnen auch nicht vermittelbar wäre,* zitierte Judit ihren Vater. Was er hier leiste, wäre kaum zu ermessen, in Geld kaum aufzuwiegen, weshalb es nur angemessen sei, wenn ich mir was leisten, mehr leisten könne als die meisten in Oberbach, Judit!, zitierte sie ihren Vater: Und zum Dank sollen sie mich künftig Häuptling rufen.

FÜNF UND ZWANZIG

Und dann ist da ein Ruck. Ein schwarzer Balken, der sich ins Bild schiebt. Ein weißer, dann wieder ein schwarzer Balken, der sich vor die Linse zieht, vorsichtig, beinahe zögernd, in das Fernsehgerät hineinbegibt. *Es gibt den Geist auf, das Gerät,* höre ich es ploppen, irgendwo unter all den Staubmäusen in unserer Wohnung hervorploppen wie eine geöffnete Bierflasche. Meine Mutter aber berührt das nicht. *Ich sehe in die Röhre, als gäbe es das weiße Rauschen auf dem Bildschirm nicht, mir egal, was im Fernsehen läuft;* es war ihr immer schon egal; *Hauptsache es unterhält mich, nicht wie dein Vater, Nico, der unterhält dich und mich bis heute nicht.* Ich schalte ab, ziehe den Stecker aus dem Ding, aus ihrer unablässigen Gehässigkeit und es zischt hinter mir.

Was war das?, frage ich,

Was zur Hölle war das, frage ich in die ausklingende Nacht, auf der Pritsche sitzend, und warum bin ich wach, warum bin ich eigentlich immer noch wach? Und wie kann ich es ertragen, Karla, nicht länger kann ich ertragen, wie du schneidest, Judit meidest, meine ich, indem du deine Wunden versuchst aus dir herauszuschneiden, die du nur vergrößerst, rufe ich in ihr Zimmer, lade sie ein, das ist die Gelegenheit, wiederhole ich. Wer weiß, wie lange das amoK noch sein, wie oft solche Gelegenheiten sich noch ergeben werden.

SECHS UND ZWANZIG

Wir können uns das nicht leisten, höre ich Karla fiepen. Mit einem Skalpell in der Hand, bestimmt wieder mit einem Skalpell in der Hand, höre ich sie von nebenan: *wir können uns das nicht leisten. Jemanden aus Belgien kommen zu lassen, wo denkst du hin; und dann ausgerechnet Judit.* – Doch du träumst von ihr, Karla, besonders an den frühen Tagen im Jänner, in den Nächten im Dezember, sprichst du fast nie, mit niemandem. Du wirkst gebeugt, in dich selbst gedrückt. In dich eingerückt die Schuld, die Scham, die uns gegenübersitzt. Wir sehen den Vögeln zu, essen schweigend Ravioli, dann verschwindest du wieder. Du verschwindest im amoK oder wohin auch immer, und wenn du wiederkommst, aber nicht in dein Bett gehst, sondern dich auf das Sofa legst und in meinen Zeichnungen und Notizen blätterst, *in allem, was von dir bleiben wird,* bis dir die Augen zufallen, starre ich in deinen Schlaf, in deine Unruhe noch im Schlaf, und merkst du nicht, wie dir die Haare ausfallen, mit jedem Zucken und Rucken bleiben Haare auf deinem Kissen zurück.

SIEBEN UND ZWANZIG
1999 und 2012

Dann verschwanden die Balken aus dem Bild. Es bauschte sich auf ein Rauschen aus Licht, ein Rauschen aus viel zu viel Licht vor langer Zeit, zu lange Belichtungszeit, dachte ich. Es krisselt das Bild, *zum Glück,* hörte ich Judit in Kilians Keller sagen, bevor sie abbrach und die DVD aus dem Abspielgerät nahm. *Ich kann das nicht sehen, das ist zu viel,* ventilierte sie.

Und sobald ich daran denke, sobald ich noch heute daran denke, erscheint ihr Großvater mir. Ich bemerke seine Anwesenheit in der Wohnung. Bemerke, wie er neben meiner Mutter auf dem Sofa Platz nimmt. Wie er den Kanal wechselt, den Kanal zur frühmorgendlichen Wiederholung des EM-Finales zweitausendundzwölf in Polen, in der Ukraine: *da war ich, da war ich auch schon,* bellt er begeistert mit ausgestrecktem Zeigefinger in Béla Réthys Stimme.

Die Diskrepanz war für mich nie zu ertragen, erzählte mir Judit in Kilians Keller. Der alte Mann, der mich in den Arm nahm; und dann der Galgen. Jener Galgen, vor dem er neunzehnhundertzweiundvierzig stand. Die Schlinge, die er um den Hals legte, die er über einen Kopf zog, der auf dem Video nur als schwarzer Schatten zu erkennen war. Zu viel Gegenlicht. Doch bevor er die Luke öffnete, ging er noch zum Kameramann. Zum Kameraden, der seine Sechzehn-Millimeter-Kamera hielt. Er wies ihn an, sich zu drehen mit der Sechzehn-Millimeter. Er wies ihn an, mit dem Rücken zur Sonne sich zu drehen, und dann erkannte man den Mann. Ein ukrainischer Bauer aus dem Dorf Kortelisy, dessen Leben durch die Luke hindurch verschwand, einfach absackte, aus ihm heraussackte, bis dann ein Schwenk, ein Schwenk zu einem Mann, der stand lässig angelehnt in grauer Uniform, wie der Großvater eine trug, und dort stand noch ein Mann in einer Uniform, wie der Großvater eine trug. Die Leichen neben ihnen lagen aufgereiht. So ordentlich wie das Geschirr in der alten Vitrine.

Und dann fällt ein Tor. Béla Réthys Jubel in meinem Ohr, bis die Fensterflügel klappern und dann das Fingerknacken in der Küche, nein, das Knacken eines Gurkenglases. Karla findet keinen Schlaf. Und das Knacken erinnert mich, wie im Jahr neunundneunzig Hannes Böhm stets in der Küche stand. Unweigerlich sehe ich wieder Hannes Böhm in der Küche vor dem geöffneten Kühlschrank stehen, Hannes Böhm auf der Suche nach seinen Pfefferoni,

die Pfefferoni,
Gabriele, wo sind die Pfefferoni,
höre ich ihn wieder fragen,
meine Mutter fragen, im Jahr neunundneunzig,
die ihm sagt, dass wir sie kommen lassen sollen.
Die Judit, meine sie.
Sei doch nicht so stur, Hannes, bitte.

ACHT UND ZWANZIG
1999

Hannes Böhm hatte sich nicht zurechtgemacht. Er verzichtete auf *angemessene Kleidung,* wie es hieß, wie es von allen Teilnehmenden eingefordert worden war. Dem Anlass angepasst hätte sie sein sollen, die Kleidung. Ein schlichter Anzug, ein Hemd, vielleicht eine Krawatte, das hätte genügt, hätte der Delegation der Dannenberg AG schon genügt, um die Inspekteure des künftigen Partners auf dem Firmengelände zu empfangen. Ein Zeichen des Respekts. Aber ein Zeichen war es, dass Hannes den Männern aus Deutschland in seiner Arbeitskluft die Hände schüttelte. Mit festem Griff ging er auf sie zu, er begrüßte sie höflich, schüttelte auch Reinhold Renner die Hand.

Hannes Böhm,

sagte er. Schichtleiter, Vorarbeiter, Betriebsrat. Seit

zweiunddreißig Jahren in der Firma, ein Leben, ein Arbeitsleben lang. Im Namen der Belegschaft auch von mir: Herzlich willkommen bei uns in Oberbach.

NEUN UND ZWANZIG
1999

Sie setzten sich in Bewegung. Eine Traube Abgesandter aus Deutschland zog mit dem ausgewählten Häufchen der Dannenberg AG über das Werksgelände. Die Inspekteure begutachteten mit prüfenden Blicken, notierten auf Klemmbrettern, und eigentlich hätte der Rundgang an einem Vormittag beendet werden sollen, doch beim Gang durch die Hallen wurden nicht nur Maschinen und Fluchtwege untersucht. Hannes Böhm hatte noch andere Pläne. Hannes stellte den deutschen Inspekteuren nämlich weniger die Infrastruktur und die Arbeitsabläufe vor, er brachte ihnen das Personal näher. Zu jedem wusste er eine Geschichte. Er wusste, wie lange er oder sie schon hier arbeiteten, wie wichtig sie alle für das Werk wären. Als Hannes Kilian sah, schlug er ihm vor allen kräftig in den Nacken. *Vater wird der junge Mann bald,* sagte er. *Ein Gewinn für Oberbach –*

und ein Talent, unterbrach mich Judit. Alles hätte er richtig gemacht, der Hannes. Es bekämen die Zahlen ein Gesicht, eine Geschichte, mein Vater muss ja kochen! Er hasst es, wenn ihm die Show gestohlen wird. Und tatsächlich: die Erleichterung, dass der Hannes sich so einsetzt für die Belegschaft, *ließ ein Leuchten in deren schaudernde Herzen.* Plötzlich war Zukunft wieder in ihnen. Und Hannes wusste: sollten sie sich in ihm irren, sitzt allen bald als letzter Gesellschafter das Nichts gegenüber.

Und trotzdem, Judit,

kotzt er mich an, sagte ich ihr in Kilians Keller.

DREISSIG

1999

Dass das nicht geht, wiederholte Hannes Böhm. *Es geht einfach nicht, es tut mir leid. Dass Nico das einfach nicht versteht! In welche Situation er mich, ach was, in welche Situation er sich selbst bringt,* höre ich Hannes Böhm, hörte ich ihn im Dezember neunundneunzig in den geöffneten Kühlschrank fluchen. Dass er Verständnis habe. *Jung, verliebt, jaja, der Junge schwebt mit seinen Gedanken irgendwo. Der lässt sich gerne Flausen in den Kopf setzen,* nichts Neues sei das. *Aber Judit Renner, nein, unmöglich.*

Unmöglich,

wiederholt er vor meiner Mutter stehend. In dieser firmenpolitisch aufgeheizten Phase sei das eben unmöglich! *Das musst du doch verstehen – was würden wohl die Nachbarn sagen? Alle sind sie in der Firma. Und zu uns, ausgerechnet zu uns, kommt die Tochter des Geschäftsführers?* Nicht vor seinen Augen, sagte er zu meiner Mutter und schlug den Kühlschrank zu. Tabu sei das. *Ein für alle Mal.* Pfefferoni hatte er keine gefunden.

EIN UND DREISSIG

Am liebsten würde ich dem Hannes Böhm heute sagen, dass nichts von dem, was er gesagt oder prophezeit hatte, eingetroffen war. *Die FPÖ ist Geschichte, hat sich in die Luft gesprengt, gegen einen Baum ist sie gefahren. Deine Roten regieren, Faymann regiert, das Dannenbergwerk steht immer noch und hat sogar noch mehr Mitarbeiter:innen als in den Jahren neunundneunzig und zweitausend. Oberbach geht's besser als je zuvor. Reinhold ist seit zwölf Jahren Bürgermeister. Nichts ist eingetroffen von deinen Befürchtungen, nichts. Profitiert haben sie von der Fusion und selbst die ÖVP hat erkannt, dass man den Blauen was entgegensetzen muss,* rezitiere ich in den dunklen Raum auf der Pritsche sitzend.

ZWEI UND DREISSIG

Bald wird es vorbei sein. Das amoK wird Geschichte sein, die Wohnung, und ich. Doch reden wir nicht davon, es wird für mich keine Bewandtnis mehr haben, sagte Nico zum Wachmann, der am Kühlschrank, der sodann am Herd stand und den Suppentopf zudeckte. *Um die Sanitäter, um euch Polizisten wird's mir leidtun. Aber bis zum Winter will ich nicht warten. Alles würde dampfen und flüssig gewordenes Gehirn wie gespienes Müsli auf dem Bürgersteig gefrieren, auf dem Fasanstraßenbürgersteig. Die Securities auf ihrem frühmorgendlichen Weg zum neueröffneten Hervis oder die ersten Kundinnen der Sparda-Bank-Filiale finden mich. Keine Anteilnahme in ihnen. Nur Schockstarre. Starr wie die Banner am Baustellengerüst, am Eingang vor der alten Tabaktrafik. Sie kündigen Gigs an oder einen Pop-up-Store; Secondhandmode zum Kilopreis. Coming Soon. Bald also,* kündigte er dem Wachmann an.

DREI UND DREISSIG
2012 und 1999

Doch dann denke ich mich wieder zu Judit. *Warum hast du das gemacht, in jener Nacht, in jener Silvesternacht in Oberbach?,* wird sie mich fragen. *Warum kommst du nicht zum Punkt, warum redest du um den heißen Brei herum, um die entscheidende Frage, und löffelst Suppe,* höre ich sie sagen und ich entferne mich, entferne mich gedanklich noch weiter und suche, *bin auf der Suche nach der Zeichnung,* nach einer bestimmten Zeichnung, sage ich, *nach meinem Entwurf,* sage ich zu mir. Mit ihr wollte, nein, mit

Judit hätte ich mich werfen können, mich ins Leben *verflüssigen.* Ich bin auf der Suche, nach allem, was nicht gewesen sein darf aber immer noch west in uns. Wo war der Moment, der zu einem Anfang wurde, zum Anfang jener Nacht, frage ich mich, war es die Wut auf Judit, die mich fallen, die mich auf Karla prallen ließ an jenem Nachmittag in der Mansarde, war es die Wut auf Oberbach? Auf meine Mutter, auf Hannes Böhm, auf Reinhold Renner, auf vergessene Väter, versessene Großväter?, die unaufhörlich ihr Unwesen treiben in uns, worüber aber geschwiegen wird, wie über diese Nacht von neunundneunzig auf zweitausend geschwiegen wird, obwohl sie noch wuchert, in uns wuchert und um uns herum wuchert und, *na gut, ist ja gut,* sagte Karla dann, sagte Karla in Oberbach in ihrer Mansardenwohnung:

> Wenn du mir nicht glaubst,
> dann stelle ich dich den Leuten im Buchenhof eben vor.

VIER UND DREISSIG

Ich nehme wieder wahllos Stifte zur Hand, versuche zu zeichnen, jenen Augenblick, an dem ich mich entschloss, in Judits Garten zu klettern, ihn mit geschlossenen Augen zu reproduzieren, aber es will nicht. Ein Chaos auf Papier, ohne System, mir fehlt es doch überhaupt an System, rufe ich über die Pritsche hinweg in Karlas Zimmer. Und dann stelle ich mir unsere Wohnung als Kreislauf vor. Ein Blutkreislauf ist ein überlebenswichtiges System, flüstere ich in den Raum. Dagegen habe ich mich gewehrt. Mit einer Verschwendungssucht, mit einer Selbstzerstörungssucht mich dem Leben verwehrt, gegen das Leben aufbegehrt, das mir überwachsen schien. Überwuchert. *Dann Judit,* wiederhole ich. Die

Erinnerung mit Judit an einen Anfang, als es für mich begann, verständlich zu werden, endlich verständigt zu werden. Mein Leben vernahm endlich von einem Anfang, der forderte, ein anderes Leben von mir forderte, mit welchem ich nur anfangen müsse, einen Anfang setzen, einen ersten Schritt; mit Judit kann dieser Schritt gelingen. *Wie war das noch, was war das genau?* War es nur ein Gefühl, das Neues entstehen ließ? Eine Stimmung, die ich seither suche wie ein Süchtiger. Warum kann ich sie nicht finden, warum will sie mir nicht mehr gelingen? Zeichne ich zu schlecht? Ich weiß nicht recht, wie man steht, wie man schwindelfrei durchs Leben geht. Nicht einmal mit Gewalt, nicht mit dem Kopf durch die Wand wollte es klappen in jener Nacht. Das war's wahrscheinlich. Mit Gewalt wollte ich niederreißen, den Schein einreißen. *Doch das Gegenteil trat ein.* Ich kippte um. Kippte, um auf die andere Seite zu kommen. Um schnell durch eine Luke hindurch auf eine sichere Seite in eine Zelle zu kommen, in welcher ich dabei zusehen kann, wie mir die Zeit davonläuft, wie die Zeit abläuft, ohne sie einholen zu müssen. Hörst du, Karla? Seit jener Nacht sehne ich mich nach einer Hand, die mich am Leben hält, nach einer *gestrengen Hand, die mir befiehlt* und mich am Leben hält, nur um es unentwegt verschwenden und versäumen zu können. Ist das verständlich? Das Gefängnis war ein solcher Ort. Deshalb verehre ich den Wachmann. Dort wurde für mich gesorgt. Ich konnte mich endlos verschwenden. Also werde ich auch im Verschwenden irgendwann enden. Im Übersturz, im Überdruss, ein überflüssiges Leben, weil versäumt, weil *verabsäumt zu machen den ersten Schritt auf wackeligen Böden.* Ich verabschiede mich, ohne dass ich eine Ahnung habe, wie es in Wirklichkeit ist, sich in der Wirklichkeit frei zu bewegen, hörst du, Karla? Ich sickere viel lieber fort, ohne

Draht zu dem, was man Leben nennt. Und ich weiß nicht, ob es eine Verwirrung ist, aber jedes Gespräch mit meinen Gespenstern ist echt, Karla, so real, sage ich, dass es unerheblich ist, ob sie echt sind oder nicht.

Und sodann gedämpftes Licht.
Rosafarben das Morgenlicht, das dringt,
durch das angelehnte Fenster mir den frischen Wind
zur Pritsche bringt.

FÜNF UND DREISSIG

Was ist deine Absicht, Nico, mit Judit?, höre ich Karla fragen, *was möchtest du mir sagen, warum soll ich sie einladen?*

Ich war wohl eingeschlafen. Wie spät ist es?

Halb Sieben. Fast noch Nacht, Nico weißt du, die Nacht damals.

Lass es, Karla –

Nein, erwidert sie und blättert durch meine Zeichnungen, klickt sich durch die Entwürfe. *Dieser hier ist sehr schön,* sagt sie und verweist auf den Flyer zu ihrem Festival im nächsten Jahr. Ich spreche da nicht darüber sonst, aber aus mir wurde in jener Nacht in Oberbach etwas befreit. Von dir wurde ich konfrontiert. Konfrontiert mit einer Tatsache, die ich immer wieder, irgendwie und irgendwo einzuholen versuche – jene Nacht hat mich mit der Tatsache bekannt gemacht, dass verbrannte Erde kein Ende, nicht destruktiv, sondern auch kreativ sein kann. Zerstörung ist ein Anfang. Ein Neuanfang, eine Wahl. Und ja, auch eine Genugtuung. Seither ist jegliche Furcht in mir verflogen. Aber Judit, sagt sie, sie schaffe ich nicht, ich kann nicht, sagt Karla und legt sich auf meine Pritsche.

SECHS UND DREISSIG
1999

Meine Mutter reichte Hannes Böhm eine Flasche Wasser. Im Raum stand Rauch. Rauch und Hannes Böhm. *Und überhaupt,* gurgelte er, *warst du eigentlich schon bei denen? Warum hackst du immer nur auf uns herum, bei den Renner warst du aber auch noch nie!*

Doch, war ich!

Lass dich aber nicht täuschen, belehrte Judit mich nach meinem Besuch bei ihrer Familie. Sie stoppte die Musik in Kilians Keller. *Bürgerliche Etikette ist der größte Schwindel. Nicht mit Aufrichtigkeit verwechseln, Nico. Mein Vater war nicht nett, weil er glaubte, das gehörte sich so. Er will sich aus seiner eigenen Herkunft heben und somit über dich.*

Und dann erhob er sich tatsächlich,

berichtete Judit von einem anderen Abend, berichtete Judit von jenem Abend, als der Reinhold Renner zur Tür schritt und den Vertretern des deutschen Unternehmens sein Heim öffnete. *Die Witze gingen hin und her,* erzählte Judit. Mein Vater hatte aber nie das letzte Wort. Witze gingen auf seine Kosten, der Kopf von Reinhold Renner wurde rot. Nach dem Schnaps wurden die obersten Knöpfe der Hemden aufgemacht und mein Vater lachte mit, hörte das Gewieher. Oft verstand er nicht, worum es ging. Die Geschäftsleute aus Deutschland waren nicht seine Welt. Er prustete viel zu laut, sich nach links und rechts drehend, grunzend schlug er den Männern auf die Rücken. Er versuchte, sich zu erheben, sich seiner Herkunft zu entledigen. An jenem Abend gelang es ihm nicht.

SIEBEN UND DREISSIG
1999

Morgen wird es so weit sein, dann wird unterzeichnet, erzählte Hannes Böhm. *Darauf einen Schnaps, Nico,* und er leerte, leerte seinen Stamper und schenkte sofort nach: *Weißt du, die Menschen sind überall gleich. Sie haben Probleme, Wünsche, Sehnsüchte, Ängste. Und wenn die Zeiten dunkler werden, wenn auch nur gefühlt, lassen sie sich verführen, von Leuten wie Judits Vater, die die Steigbügel für die Blauen immer in der Hand halten. Doch irgendwann werden sie alle dann schmerzhaft feststellen, der kleine Mann aus Oberbach, dass er wieder einmal an der Nase herumgeführt wurde,* sagte Hannes Böhm und wurde unterbrochen, von meiner Mutter, die ihm die schwere Wacholderschnapsflasche aus Ton vom Tisch nahm.

Bring sie mit, die Judit, sagte sie.
Du musst ja nicht dabei sein, Hannes.
Jetzt reicht's aber!

ACHT UND DREISSIG
1999

Das Leben war mit Judit ein anderes. Wusste Nico, dass er sich mit ihr abends in Kilians Keller treffen konnte, war der Tag gelungen. An ihr haftete etwas, das Falten warf durch Oberbach. Falten, die Nico schirmten, die Platz zur Deckung für ihn boten. Judit gab Nico das Gefühl, dass sie für sich waren und nichts anderes an sie herankam. Aber seit dem Nachmittag bei Karla wirkte sie abwesend. Sie reagierte auf die Einladung, auf die Einladung, die er für sie bei seinen Eltern erstritten hatte, weniger emotional als erhofft. *Was ist los?,* fragte er. *Karla nimmt dich mit in den Buchenhof. Einfach so. Obwohl sie kennt, obwohl sie die Geschichte meines Großvaters kennt. Mich hat sie nie dorthin mitgenommen. Entschuldige bitte, Nico. Ich freue mich und komme natürlich gerne. Wird Hannes Böhm auch da sein?*

Nein, eher nicht.

Schade.

NEUN UND DREISSIG

Das war ihre Antwort?, fragt Karla und schüttelt das Pritschenkissen auf. Ich glaube, sagt sie, da war schon zu beobachten, dass die Liebe zu dir ein Gespinst, eine bloße Projektion war. Vergiss Judit, lass los, lass einfach los, sagt sie. Wir laden sie nicht zu uns ein. Es war die andere Welt, die unbekannte Variable hinter den Wänden der Almbaumsiedlung, die sie reizte, die sie verromantisierte. Aber alles verliert, wenn es konkret wird, seinen Zauber. Die Wirklichkeit ist profan. Und das Proletariat war ein ideologisch aufgeladenes Phantasma, das sich schlagartig entzauberte für Judit, als sie ihm zu nahe kam. Ein Problem der akademischen Linken. *Weitverbreitet,* schlürft Karla in ihre Teetasse und schlüpft in einen gelben Rock, während über ihre Lippen plötzlich zittert:

Bitte Nico, lass doch einfach das Fenster geschlossen.

VIERZIG

Wie ein Klappmesser schrecke ich auf. Ich springe in die Morgenstunden. Draußen klirren Flaschen im Glascontainer. Staub wirbelt im Licht. Wie Gas im Mineralwasserglas, denke ich noch, bis Judit schneidet, eine Schneise schneidet sie durch die flirrenden Partikel, sie saust hindurch, an mir vorbei auf meine Mutter zu. Sie sehen sich nicht an, meiden den jeweils anderen Blick, als Judit: *das Schicksal hat gnadenlos zugelangt, Gabriele,* sagt. *Auf seine linkische Weise. Das müssen Sie doch sehen. Nico hatte eigentlich nie eine Chance. Dass er jetzt ist, wo er ist, müsste Sie eigentlich mit Stolz erfüllen. Der sozialen Reproduktion ist er entkommen in jener neunundneunziger Nacht. In Ihrem Milieu geht man normalerweise bis sechzehn zur Schule und das war's dann. Warum sollte man auch Schulbänke drücken, wenn man doch fräsen kann?*, zitiert Judit den Hannes Böhm. *Nico hat durch mich verstanden, dass seine Geburt in ein Klassengefüge sehr großen Einfluss darauf hat, was als erstrebenswert wahrgenommen wird und was nicht. Und Ihr Leben, Gabriele, ist es nicht. Das konnte er von mir lernen. Er konnte lernen, dass es gläserne Wände der Klassengrenzen gibt, die kaum zerbrochen werden können. Die hat Nico aber in jener Nacht geknackt.*

EIN UND VIERZIG

Schön, dass ich dich nach so langer Zeit wieder einmal sehen darf, Judit. Du bist ja ein richtiger Mensch geworden, erwidert meine Mutter neben Judit auf dem Sofa sitzend. Ein Mensch, der sich auch was sagen traut, das hat die Karla erzählt, hat die Karla uns damals schon verraten. Das brauchen wir. Solche Menschen vermisse ich. Ich habe solche Sehnsucht nach Menschen, die keine Marionetten sind, keine bürgerlichen Kunstgeschöpfe, keine hochnäsig gezüchteten Automaten, keine Plastiktrottel, die sich alles, die sich viel mehr als alles leisten können und dabei verrückt werden wie deine Mutter, wie der Nico und Karla uns verraten haben. War deiner Mutter ungesund zumute? Der soll es aufs Gemüt geschlagen haben, wie uns die beiden verraten haben. Ohje. Stimmt das? Wie geht's ihr eigentlich, meine Liebe, verstehe mich nicht falsch, das geht mich alles nichts an, ich meine, mir geht es emotional nicht ans Herz, ich will zwar auch schön sein, versteh mich nicht falsch, ich will auch froh sein, ich will lachen, ich will jubeln wie du und deine Mutter, Judit. Aber zu welchem Preis? Ich will echte Liebe, ich will die echte Sonne, alles will ich, genauso wie du. Nur gesünder. Und noch mehr davon will ich, noch mehr, und dann spitzt sie ihre nassen Bierlippen. Du gefällst mir, Judit, hast mir immer schon gefallen.

ZWEI UND VIERZIG
1999

Arbeiterstolz ist keine Behinderung, schnauzte Hannes Böhm. *Wir sind für diese Judit doch nur eine Idee aus Büchern, eine abstrakte Vorstellung. Ihre selbstgefällige Klage über die Entfremdung und Knechtung der arbeitenden Klassen ist Vokabular, das ihrem Herrn Papaaa zeigen soll, dass sie sich nicht mit ihrer Familie identifiziert, sondern mit dem Klassenfeind. In Wahrheit liest bei uns aber niemand Brecht oder Marx. Das ist ihr Privileg allein. Wer hat da schon die Zeit dafür? In Wahrheit verachtet sie uns, das sage ich dir, Karla. Es ist nett, dass du dich für deine Freundin einsetzt, und ich glaube dir auch, dass sie sich auf unserer Seite wähnt, aber in Wahrheit verabscheut sie uns,* sagte Hannes Böhm zu Karla, als sie sich mit ihm über einen Teller Saure Wurst hermachte. Hannes Böhm gefiel, dass Karla ihn um noch mehr Maggi bat. Noch mehr Maggi und Essig und Öl.

DREI UND VIERZIG

Es tut mir leid, bitte, es tut mir leid, Judit, sage ich zu ihr, die sich einrollt, in meine Decke auf der Pritsche einrollt und mit Karla darunter verschwindet. Es geht nicht um Politik, es ist der Neid, der den Böhm und meine Mutter zerfrisst. Das sagte ich doch auch deinem Vater, als ich bei euch zu Besuch war, erinnerst du dich? Meine Leute in der Almbaumsiedlung brüsten sich, sagte ich, mit neuen Anschaffungen, die ihnen das Gefühl geben, es ebenfalls geschafft zu haben: *Ein Gebrauchtwagen, ein Neuwagen auf Leasingraten, ein Fernseher, Schränke aus dem Katalog,* sagte ich an jenem Abend bei deinen Eltern. *Auch wenn man es sich nur gerade so leisten kann. Materieller Wohlstand ist wichtiger als die Politik, die ihn ermöglicht.* Dein Vater stimmte mir zu, Judit. *Arbeiterstolz,* sagte ich, *das ist nicht mehr als eine nette Parole. Sie hat aber wenig mit der Realität meiner Leute zu tun.*

Was interessiert mich das, Nico?

Meine Mutter ist tot!, tönt Judit unter der Decke.

VIER UND VIERZIG
1999

Die ersten Veränderungen im Werk zeichneten sich am Ende des Jahres neunundneunzig ab. Sicherheitsvorkehrungen müssten auf den neuesten Stand gebracht werden, hieß es. Sie entsprächen nicht mehr den Standards, hieß es. Und Hannes Böhm kam bedrohlich nah, kam Nico bedrohlich nah, der zurückwich und sich die Hüfte stieß am Tisch. Erste Abteilungen werden wegen Renovierungsarbeiten geschlossen, Arbeitskräfte in den bezahlten Urlaub entlassen oder an anderer Stelle unter ihrer eigentlichen Qualifikation wieder eingesetzt. Sicherheits- und Verschwiegenheitsprotokolle wurden der Belegschaft vorgelegt, die in Zukunft einzuhalten wären. Verstöße, und seien sie noch so klein, führten zu sofortiger Entlassung, schimpfte er. In der Kantine gibt es kein Bier, überhaupt keinen Alkohol mehr auf dem Werksgelände, auch nach Dienstschluss nicht. Geraucht werden darf ab kommender Woche ausschließlich in markierten Bereichen, für die Parkplätze würden in Zukunft Gebühren eingehoben, *ach was!,* hätte er gehört, hätte er zumindest gehört und:

Sag mal träumst du?,
fragte Hannes Böhm und weckte Nico, der auf dem Sofa eingeschlafen war.
Weißt du, wie das ist, wenn
ein Reinhold Renner,
vor all deinen Männern,
vor all meinen Leuten im Werk,
nach einer Nachtschicht
zu mir kommt und dich lauthals lobt, was ich denn für einen großartigen Stiefsohn hätte. Wie reflektiert und realistisch! Erfrischend seist du! Und wie toll der Abend neulich gewesen sein soll! Weißt du, wie das ist?

FÜNF UND VIERZIG

Ich lege mich zu Judit, zu Karla und Judit, spreche von Spekulation und Zirkulation; spreche davon, dass wir endlich da angelangt wären, wo wir hinmüssten, nämlich zum entscheidenden Punkt. Ich könne nämlich fühlen, wie sich die Welt dreht, um einen herum, wie sich im Fall, in meinem Fall alles einmal umdreht, rund um mich dreht. Böhm, meine Mutter, Karla, alle vom Kopf bis zur Hüfte, sie kreisen, sie fallen wie ein Baum, landen neben mir, neben meiner Pritsche, *und es kreist dabei nicht alles um dich, Nico,* höre ich Karla rufen, *warum hast du das gemacht?,* wird sie durch den Raum rufen und Judit wird fragen: warum habt ihr beide das gemacht? Was ging in euren Köpfen vor?

SECHS UND VIERZIG

Ich taste nach Feuerzeug und Zigaretten. Es sind keine Gespenster, die umgehen in diesem Haus. Erst als ich mich an das Vormittagslicht gewöhnt habe, sehe ich, dass die Wohnung vermessen wird. Eine Delegation aus Deutschland inspiziert das Haus mit Klemmbrettern in der Hand. Karla öffnete ihnen die Tür zu unserer Wohnung, ist das Judit hinter ihr? Sie stehen unter, sie stehen hinter der Delegation. *Die Wohnungen sind desolat, wie Sie sehen,* sagt Karla und setzt sich auf die Pritsche und ich frage mich: sitzt Judit neben ihr und hält Karlas Kopf mit beiden Händen wie gestern im amoK? Jedenfalls: Nur die Pritsche steht noch im Raum. Die anderen Möbel sind entfernt, manches noch in Umzugskartons verpackt. Die Türen der leergeräumten Küchenschränke stehen offen. Nur der große Suppentopf steht im Kühlschrank, welcher stumm die bauchige Tür von sich streckt.

SIEBEN UND VIERZIG

Ich taste wieder nach Feuerzeug und Zigaretten. Der Lärm im Zimmer lässt nach und das Fenster ist kein Fenster mehr, sondern eine stechend helle Fläche. Karla und Judit sitzen wieder auf der Pritsche. Sie essen Nüsse. Wie gestern im amoK. Doch diesmal sehen sie mich. Sie deuten aber lediglich auf diese Fläche. Sie deuten auf sie und schon laufe ich, schon laufe ich langsam, langsam laufe ich auf die stechend helle Fläche zu. Aber ich kann nicht erkennen, ich kann nicht erahnen, ob das Fenster auch wirklich geöffnet ist, sage ich und vergewissere mich, ob die beiden meinem Tun noch beiwohnen, und schon bohren sich, es bohren sich aus dem Boden abstehende Zimmermannsnägel durch meinen Fuß. Ich schmecke Metall im Mund, sofort der Geschmack nach Metall im Mund und drehe mich zu den beiden um, versuche ihnen nahe zu kommen, so nahe, wie es die Nägel im Fuß eben zulassen. *Du wirst sie einladen?*, frage ich.

Ich werde sie einladen,

antwortet Karla und verschwindet unter der Pritsche. Erst dann, erst dann strecke ich vorsichtig den Zeigefinger nach dem Fenster aus. Ich bin sehr verwundert, dass der Fensterglaswiderstand nicht da beginnt, wo ich ihn eigentlich vermutet hätte. Meine Verwunderung hält so lange an, bis ich realisiere, dass mein Fuß sich schmerzlos von den Nägeln löst und ich eigentlich schon längst, dass ich eigentlich schon längst das Glas mit meinem Finger durchbrochen haben müsste. *Komm! ins Offene, Freund! Die Tage werden schön.* Erst dann bemerke ich, dass alles auf mich wartet und mir längst zu Füßen liegt, und in meinem Fall, ja, da springt und hebt sich's, erhebt sich ein Jauchzen sodann, ein so wunderbares Gefühl im Bauch wie bei einer Achterbahnfahrt in die Tiefe, denke ich, eine Fahrt *ins liebliche Blau.*

Judit Renner ZWEI
2018

EINS
1999

Nico war ein ruhiges Kind, das seine Holzfarben pflegte wie einen Schatz. Mit feuchten Tüchern reinigte er seine Stifte, stundenlang konnte er *für sich sein,* wie Nicos Mutter sagte. Sogar als Baby genügte er sich. Er verliebte sich in das Windspiel und beobachtete die Zweige vor seinem Fenster und nur manchmal kratzte er sich so heftig den Schorf vom Kopf, bis er weinte und ihm das Blut vom Kopf troff, sagte Gabriele Russo auf der Kante ihres Sofas sitzend, jederzeit bereit, *ihre Männer* zu begrüßen, ihnen die Anoraks abzunehmen und sie anzuweisen, die durchnässten Socken, die Thermounterhosen im Keller aufzuhängen. Eine konspirative Aura umgab sie. Sie sprach leise und bedacht. Mit ihren Knien stemmte sie sich gegen den massiven Fliesentisch, um nicht von der Kante zu rutschen. Mit der flachen Hand streifte sie über die Oberfläche, als wäre sie noch nicht sauber genug. Als sich unsere Blicke trafen, fühlte sie sich ertappt. Ihr verlegenes Lächeln erschien mir wie ein Flehen, für die Flusen und Krumen am Fliesentisch nicht verurteilt zu werden.

Nico weinte leise, fuhr sie fort,

das Blut troff vom Kopf, und doch war es, als hätte er sich für den Schmerz geniert, wie ich mich für seinen Vater, seinen eigentlichen, seinen leiblichen genierte. Ich weiß nicht, was du schon gehört hast, stimmte sie an, wischte über den Tisch und rieb die Handflächen aneinander. Aber ich möchte dir sagen, dass Nico sich vor der Welt für ihn entschuldigt hat, schon als Baby. Weil er sie nicht behelligt wissen wollte. Von seinem Vater nicht behelligt wissen wollte, stellte Gabriele Russo fest, indem sie die braunen Fliesen des Tisches mit der Unterkante ihrer Faust abermals abwischte.

Der Nico war schon als Baby ganz anders.

Das konnte man sehen.

Ganz anders als sein Vater, der Claudio. Aber das weißt du ja bestimmt. Der hat auch im Werk gearbeitet, der Claudio. Und ich bin deinem Vater heute noch dankbar, Judit, bitte, ich weiß nicht, was du weißt oder zu wissen glaubst, aber ich möchte, dass du jetzt von mir hörst, dass ich das nicht vergessen habe, sagte Gabriele Russo und hob eine Tasse samt Unterteller hoch und wischte mit der Handkante über den Tisch. Dein Vater war damals noch nicht Geschäftsführer. Aber er hat sich eingesetzt. Er hat mit Benjamin gesprochen. Und der wiederum mit seinem Vater. Nur wenige Tage nach meinem Anruf wurde mir versichert, dass Claudio aus Italien nach Oberbach kommen könne. Die Firma würde auch bei den bürokratischen Hürden helfen. Ich kann dir gar nicht sagen, wie sehr ich mich bis heute schäme!

Es tut mir leid.

Ich verstehe nicht ganz, warf ich ein

und richtete meinen Blick auf die Porzellantasse in Gabriele Russos Hand. Ich konnte greifen, wie sehr sie es bereute, mit dieser Geschichte überhaupt angefangen zu haben.

ZWEI
1999

Meine Mutter schlief viel im Winter neunundneunzig. *Wie schon als Kind,* bemerkte sie zufrieden. *Kein Grund für skeptische Blicke, meine Liebe,* kalmierte sie mich und schob so meine Sorge zur Seite. Womöglich war sie auch unbegründet, die Sorge, dachte ich. Wenn von ihrer Kindheit berichtet wurde, breitete sich seit jeher das Panorama eines Schlafes vor meinem inneren Auge aus, der ihr immer dann zupasskam, wenn das Gefühl der Fremde und der Veränderung in ihr überhandnahm. Warum also im Jahr des Wahlkampfes und der bevorstehenden Firmenfusion nicht auch? So wird es sein, hoffte ich und erinnerte mich daran, wie mir erzählt wurde, dass die Geschwister meiner Mutter über den Fischgrätenboden tobten und an die Kundschaft in der darunterliegenden Apotheke gemahnt werden mussten, oder am liebsten mit den Reagenzgläsern experimentiert hätten – was strengstens verboten war –, während der Mutter nur die Bange ins Gesicht geschrieben stand. Der permanente Vorstoß ihrer Geschwister in neue Gefilde einzudringen, schockierte sie. Sensibel sei sie gewesen. *Immer schon*. In ihren Träumen sei sie eigentlich zu Hause, hieß es. In ihnen entfaltete sie sich erst ihren Raum, in welchem sie, eingehegt in enge Grenzen, ihre persönliche Unendlichkeit fand. Und so glich auch ihr Leben einem komfortabel eingerichteten Versteck. Einem Refugium aus Decken. Aus Kaminfeuer im gutbürgerlichen Altbau ihrer Eltern und den gefilzten Pantoffeln. Aus Strickjacken und ölfarbenen Stillleben und schließlich aus einem Haus bei meinem Vater am Almbaumhügel, das von Wald umfriedet lag und zu langem Schlaf einlud. Wäre es ihrer Familie möglich gewesen, hätte meine Mutter vermutlich Privatunterricht in deren Wohnung genossen und das Schicksal eines *hypersensiblen Mädchens*, wie es hieß, wäre ihr und der Familie noch etwas länger erspart geblieben. Doch der Arbeitsalltag beschloss andere Gesetze. Und so verlief sie sich als schulpflichtiges Mädchen tagelang in ihren Büchern. Ein Graus war ihr das Stiftsgymnasium, welches von Franziskanernonnen betrieben wurde. Die Präsenz anderer war überfordernd. Die Apotheke, die Stadt an sich, ebenso. Ihre ganze Liebe galt geschriebenen Geschichten. Geschriebenen Geschichten, die jedoch, sobald beendet, aus ihrem Bewusstsein verschwanden, ja, von ihren Träumen absorbiert wurden.

Und so stellte ich mir meine Mutter als Mädchen im Hinterzimmer der elterlichen Stadtapotheke vor. Dort konnte man sie unbeaufsichtigt sitzen lassen, während das Tagesgeschäft besorgt wurde. Zwei Welten, die sich bestenfalls nicht berühren sollten, obwohl die Außenwelt mit all ihren Problemen und Konflikten die Existenzgrundlage besorgte. Während sich also andere mit der Wirklichkeit und ihren Konflikten befassten, versuchte meine Mutter vom Alltag abzulassen. Gab es Streit oder Probleme, verfolgte sie diese zwar mit dem neugierigen wie bangen Blick eines Kindes, das darauf hofft, dass sich der Vorhang hebt – doch unverändert ihr Blick, als das Schauspiel beendet, der Streit beigelegt war. Sie schien wie eine Leinwand, auf die projiziert wurde, doch das Projizierte hinterließ keinerlei Spuren. Auch dann nicht, als ich meinem Vater damals: *Papa, du kannst mich mal!,* in seiner Bibliothek entgegenschleuderte, als er mich zur Silvesterfeier und anderen Wahlkampfaktivitäten vergattern wollte. Keine Regung kam von ihr. Eine weiße Leinwand war sie – *was mich nur noch wütender machte,* berichtete ich Karla, die mich mit ausgebreiteten Armen in meinem Zimmer empfing. Sie hatte auf der Treppe gesessen und alles mitangehört.

Ich werde mit Hannes Böhm reden,

sagte sie. Vielleicht kann ich ja, –

bitte nicht, unterbrach ich sie. *Bitte nicht,* sagte ich und hörte meinen Vater in der Bibliothek ungläubig meine Mutter befragen, was sie denn damit bezwecken wolle? Wir lauschten gespannt, konnten aber nicht verstehen, was ihn so erzürnte. Nur Scherenschnitte waren zu hören und ein: *Gib mir das! Gib das bitte wieder her,* meines Vaters war noch zu vernehmen. Erst später erschloss sich, dass meine Mutter in jenem Moment begonnen hatte, aus ihren geliebten Gedichtbänden Seiten mit der Schere auszuschneiden. Sie schnitt Teile eines Gedichts, meist nur eine Strophe, aus einem ihrer vielen Bände aus und kombinierte sie mit einem anderen, manchmal sogar mit mehreren anderen Gedichten. Dafür bevorzugte sie Trakl. Trakl war eine Konstante. Auch Celan. Sie legte die ausgeschnittenen Seiten in einen Rahmen und fügte dem neu entstandenen Text einen Gegenstand hinzu. Ein getrocknetes Blatt, ein Wattestäbchen oder den Kugelschreiber meines Vaters. Ein Geschenk von Benjamin, das sie an jenem Nachmittag mit Kleber beschmierte und auf das Papier zu drücken versuchte.

DREI

Ich solle ihn bitte nicht falsch verstehen. Ihm persönlich wäre es egal, ihm wären die Filme, die Produktionsfirma, all das wäre ihm egal. Ihm persönlich. *Den Oberbachern halt weniger,* sagt mein Vater in seiner Bibliothek sitzend. Manche hätten Vorbehalte. Wollten ihre Ruhe. *Und irgendwann muss auch eine Ruhe sein.* Die Nachbarn rund um den Buchenhof hätten genug ertragen. Seinetwegen könne Karla machen, *was auch immer sie sich vorstellt, tun zu müssen,* formuliert mein Vater, formuliert er mit viel Bedacht, schon lange hat er sich wohl Gedanken darüber gemacht, wie er dieses Gespräch beginnen wird. Ganz Politiker, denke ich. Bei ernsten Themen ist er vorbereitet. Seltsam, dass er bei der Lokalpolitik geblieben ist, denke ich noch und sehe mich in seiner Bibliothek um. Viel hat sich nicht verändert. Der Raum verschluckt seit jeher jegliches Geräusch. Zwischen den Buchseiten verebbt der Hall, als hätte man ihn abgewürgt. Kein Ort im Haus ist so still. An keinem Ort hält sich mein Vater lieber auf. Nur das Kanapee ist neu. Auf ihm liegt sorgfältig zusammengelegt eine Decke aus Frottee und mich überkommt das Bedürfnis, mich augenblicklich zuzudecken, es mir auf der samtenen Fläche für einen Moment gemütlich zu machen. Doch ich ermahne mich: *hör dir an, was er dir zu sagen hat, und dann vergiss es wieder. Das wird Karlas Problem. Teile ihr mit, was du zu sagen hast, dann kümmere dich wieder um dich,* denke ich, während mein Vater von Verantwortung spricht. Wieder einmal. Doch diesmal von einer *historischen Verantwortung.* Weißt du, Judit, sagt er, vielleicht hätten wir mehr darüber sprechen müssen, vielleicht hätte ich dir die Hinterlassenschaft deines Großvaters, all die schrecklichen Fotos, die Briefe, die Videos, nicht vorenthalten sollen. Aber es sei dir versichert, alles ist noch da. Ich konnte es nur so schwer ertragen, dass sich an jenem Ort, der für Benjamins Familie beinahe zum Grab wurde, eine vollkommen verrückte Kommune einnistete. Mich tröstete lediglich der Gedanke an Benjamins Worte, als er meinte, dass das doch genau richtig sei – ein offenes, künstlerisches Experiment. Leider haben sich meine Zweifel bestätigt. Noch einmal lasse ich es nicht zu, gibt er mir zu verstehen und trinkt gierig aus seinem Wasserglas.

VIER
1999

Geschäfte wären es gewesen. Seine Nebengeschäfte, seine neben dem Dannenbergwerksgeschäfte. Vom Fenster neben seiner Maschine, also durch das Fenster hindurch, über den Parkplatz hinaus, betrieb er sie, seine Nebengeschäfte, der Claudio, haspelte Gabriele Russo, sichtlich aus dem Konzept gebracht. *Einfach so, so nebenbei.* Aber bei vollem Bewusstsein soll er dabei gewesen sein. Regelrecht geschäftig soll er sich verhalten haben. *Als würde er nicht Blaumann, sondern Anzug tragen,* echauffierte sie sich. Er wäre plötzlich ein anderer gewesen. Das hatte sie nicht kommen sehen. Dabei war er doch Vater eines dreijährigen, bald vierjährigen Jungen, als er wechselte, seine Persönlichkeit vom Hilfsarbeiter zum Gangster oder wahlweise auch zum Banker. Und sie wüsste nicht, was schlimmer gewesen wäre. *Gangster oder so ein Typ im Anzug, bei allem Respekt,* stellte sie fest. Zunächst hätte er nämlich nur die Briefchen gewechselt. *Die Briefchen?,* fragte ich.

Die gefalteten Briefchen.

Du weißt schon.

Aus Italien hatte er das Zeug.

Woher auch sonst? Das ist so typisch!, schimpfte sie und ihr unverhohlenes Vorurteil machte mich sprachlos.

Zunächst also die Briefchen. Von einem zum anderen. Wahnsinn, wie viele bei ihm kauften! Man würde es nicht glauben, dass es in Oberbach dafür überhaupt einen Markt gebe, erzählte sie. Doch ausgerechnet Nicos Vater, der nie eine Ausbildung gemacht hatte, der fühlte sich dann dazu auserkoren, Geschäftsmann zu werden. Er fing an, sein Geld aus den sogenannten Nebengeschäften zu verleihen. *Darlehen,* nannte er das. *Darlehen an den ein oder anderen Kollegen.* Doch irgendwann machte es eben klick. Es klickten die Handschellen, erzählte sie mit den Händen auf ihren Knien. Am Dannenbergwerksparkplatz klickten sie. Beinahe schwelgend erzählte sie das, bis der Kegel eines Autoscheinwerfers durch den Raum schweifte und unsere Aufmerksamkeit auf sich zog.

Frau Russo, davon wusste ich nichts.

Danke, dass Sie mir davon erzählt haben, sagte ich noch. Und wissen Sie, die Arbeit Ihres Mannes, die Arbeit von Hannes Böhm bewundere ich sehr, rief ich ihr noch hinterher, als sie schon aus dem Wohnzimmer stürmte und die Kleiderbügel zum Empfang bereithielt.

FÜNF

Selbst der Signalton einer neuen Nachricht klingt dumpf. Als würde der Raum dem hohen Ton die Spitzen nehmen. Ich sehe meinem Vater zu, wie er das Glas vorsichtig auf sein Glasnierentischchen zurückstellt und im letzten Moment einen Biermarkenpappdeckel darunterschiebt.

Lies sie, die Nachricht. Und antworte Karla, gibt er mir in gespielter Beiläufigkeit zu verstehen. *Alles geplant, alles von ihm so gewollt,* schießt mir durch den Kopf. Und ich lese: *was ist denn los? Weißt du jetzt, was dein Vater von dir will? Geht's um den Buchenhof?* Und eigentlich möchte ich antworten, möchte ich ihr versichern, dass ich das schon regeln werde, dass sie sich keine Sorgen machen solle. *Komm runter, mach dir keine Sorgen,* möchte ich ihr schreiben, aber nein! Es geht jetzt nicht um Karla. Einmal nicht um sie, sondern um dich. Karla möchte in den Buchenhof, ermahne ich mich, nicht ich. Und ich möchte sein Angebot auch nicht annehmen. Für mich ist das Leben anderswo.

Weißt du, Papa, sage ich, es geht nicht nur um historische Verantwortung. Deine Frau verunglückte beim Buchenhof. Benjamin bekanntlich nicht. Und was die Hinterlassenschaft betrifft: Nico hat mir damals eines der Videos gezeigt, die du Hannes Böhm überlassen hast. Du hieltst noch nie auch nur eine einzige Antwort für mich bereit. Ich habe deshalb versucht, sie mir selbst zu geben, keine Sorge. Und eine Antwort, die ich für mich finden konnte, lautet: In Oberbach möchte ich nicht sein. Alles hier engt ein. Daran wird auch dein Zentrum nichts ändern.

SECHS

Es gab keine Annäherung. Kein vorsichtiges Heranschleichen, kein Abtasten, denke ich, bevor mir der Karton fast aus der Hand rutscht, den ich in unserer Wohnung an seinen angestammten Platz zurückstellen werde. Zumindest den einen, denke ich noch, als Symbol, stelle ich für mich selbst klar. *Aber als Symbol wofür?* Als Symbol dafür, dass Karla nicht hält, was sie verspricht, und die Kartons ausräumt wie schon so oft versprochen? Als Zeichen dafür, dass ich jetzt die Dinge selbst in die Hand nehme? Als Versöhnungsgeste? Revolte? Bloßer Trotz? Ich weiß es nicht und komme mir klein vor. Die Tür zu unserer Wohnung fällt sanft ins Schloss. Die bodennahen Wandleuchten springen an. Die Katze wartet vor ihrer leeren Schüssel und beschwert sich, und ich wundere mich wieder, dass es keinerlei Mühe bedurft hat oder sonstiger Überwindung bei unserem ersten Zusammentreffen zweitausendunddreizehn, nach so vielen Jahren. Es waren keine Barrieren vorhanden gewesen. Das Wissen um die Silvesternacht neunundneunzig fiel mit einem Mal nicht mehr ins Gewicht. Karla stand vor mir, berichtete mir von Nicos Tod und ich musste ihr nichts erwidern, keine Beschwichtigung im Sinne von: es ist so viel Zeit vergangen, Schwamm drüber. Wie lächerlich wäre das auch? *Schwamm drüber.* Nach jener Nacht war alles anders gewesen. *Schwamm drüber.* Und sie, Karla, hatte maßgeblichen Anteil daran, und dennoch, denke ich jetzt in unserer Küche stehend, ihre Magie, ihr Wesen verfing, es umfing mich einfach ihre Persönlichkeit, das Festival, das amoK, all das war sie. All das, was mir fehlte, was mir gefehlt hatte, war sie. Es war eine Liebe, von der ich lange nichts wusste, von der ich womöglich nichts wissen wollte, deren Zeit aber gekommen war. Etwas so Offensichtliches, das ich nicht hatte sehen können, bis die Einladung zu ihrem Festival in meinem Posteingang summte. Was sie geschaffen hatte, war beeindruckend. Es beeindruckte mich über alle Maßen und es war, als hätte sie mit ihrer Einladung so lange gewartet, bis sie mir ihr Werk vorzeigen, mich eingliedern und gleichberechtigt daran beteiligen konnte. Und da stand sie dann. Sie ließ mich wortlos wissen, wie sicher sie sich ihrer Gefühle war. Nichts war mehr kompliziert oder unübersichtlich. Sie war bereit, mich als Teil in ihren Kosmos aufzunehmen, den sie für mich geschaffen hatte. Alles war selbstverständlich. Die Telefonate, die sie vor mir führte. Die Absprachen über wichtige Entscheidungen, das amoK betreffend, die Firmengründung, all den Rat, den sie sich von mir einholte. Die Badezimmerroutinen. Es klingt verrückt, denke ich in unserer Küche stehend und sehe mir den Flyer des Festivals wieder und wieder an.

Allein das,

sage ich vor mich hin. Im Jahr zweitausendunddreizehn war das Pionierarbeit. Umso mehr ärgert es mich, sage ich mir selbst und schubse die Schublade zu, wie sich das Leben entladen, wohin es sich entwickelt hat. Ein Ruck durchfährt mich und es krampft die linke Hand.

SIEBEN
1999

So sehr seine Ablehnung ins Mark traf, so voll war mein Kopf vor der ersten Begegnung mit Hannes Böhm. An Schlaf war am Vorabend nicht zu denken. Ich saß auf dem Teppich und blätterte in meinen bene-Ordnern, las die Berichte, die Listen, die Namen der Kinder und der Täter. Dann versuchte ich mich darin, Sartre zu lesen und mir ein paar einprägsame Sätze zu merken, wie *unsere Freiheit ist heute der Entschluss,* oder so ähnlich. Nein, so lautete der Satz nicht. Es sollte nicht funktionieren, dachte ich und war mir dennoch sicher, Hannes Böhm mit mir versöhnen zu können. Seine Skepsis, so sagte ich mir, war angebracht, *verständlich.* Ich sprach mir Mut zu. Ich würde ihm von meinen Recherchen berichten, die mich von meinem Großvater zur Pflegeanstalt St. Ruprecht in Oberbach und zum hiesigen Krankenhaus führten, in welchem meine Großmutter, *die Anni,* als Hebamme gearbeitet hatte. Ich las die Verordnung vom 18. August 1939, in welcher alle Ärzte, Krankenschwestern und Hebammen verpflichtet wurden, Neugeborene und Kinder unter drei Jahren, die Anzeichen einer schweren geistigen oder körperlichen Behinderung zeigten, zu melden. Schwarz auf weiß wurde alles festgehalten, als ob es nichts Normaleres gäbe. Eine Akte, ein Kürzel, Fall geschlossen, abgeschlossen,

dieses Kapitel ist abgeschlossen, Judit,

versuchte mir mein Vater deutlich zu machen. Dass das nicht der Wahrheit entsprach, das wusste er. Es käme ihm nur ungelegen, hielt ich ihm entgegen, dass die Namen in Oberbach – sowohl der Täter als auch der Opfer – nicht im öffentlichen Bewusstsein existierten, sondern in dunklen Archiven vegetierten. Das musste auch mein Vater einsehen. *Doch nicht jetzt,* das müsse jetzt doch nicht sein! Es könne doch noch warten. *Das Credo Österreichs,* rief ich aus. *Nicht jetzt! Es muss noch warten, später, alles später!* Aber wann soll das sein, das Später? Wenn der Haider an der Macht ist? Wenn die Koalition tatsächlich kommt und du Bürgermeister in Oberbach bist? Wenn deine Partei, die Schuschnigg-Partei, die Dollfuß-Partei, den Wert der Erinnerung und die Gefahr der Hetze und der Fremdenfeindlichkeit erkannt hat? Aber ich verstehe dich schon, Papa, Hauptsache, das erstarrte politische System wird endlich erschüttert. Das dürfe auch erschüttert werden. Aber nicht die Gemüter, nicht die braven Bürgergemüter mit ihrer Vergangenheit. Die sind sensibel. Nur bei der verkalkten SPÖ und ihrer Kalkmauer der Sozialpartnerschaft ist es egal. Die darf endlich gelöst, aufgelöst werden mit genügend Ätze und Hetze. Da sind alle Mittel recht. Der Hausverstand sagt einem das. *Und all das würde ich Hannes Böhm erzählen, genau so,* dachte ich. Und wenn wir uns gut verstehen, hätte ich ihm noch mehr von meinem Vater berichtet. Ihn vielleicht von der ein oder anderen Unterredung unterrichtet, die ich mitangehört hatte. Ich würde mich auf die andere Seite, auf seine Seite schlagen und keinen Zweifel daran lassen, dachte ich und nahm meine Kopfhörer zur Hand. Hörte laut Musik, Schlaf war keiner in Sicht, so aufgeregt war ich.

Und als er dann da war, der Hannes Böhm, hörte ich, wie die schweren Skischuhe auf den Fliesenboden geknallt wurden, wie Gabriele Russo ihren Männern, *da seid ihr ja,* freudig in die triefnasigen Gesichter rief und mir der Herzschlag ans Trommelfell klopfte.

Ist die jetzt wirklich da,

blaffte Hannes Böhm.

Ja, Hannes, bitte!, versuchte Gabriele ihn zu beruhigen. Doch die Schroffheit des Hannes Böhm ließ in mir etwas fallen. Etwas, das Löcher schlug und von meinem Bauch bis zur Sohle zog.

Die soll verschwinden.

Hannes, bitte!

ACHT
1999

Mit den verschnittenen Gedichten schien meine Mutter sich immer weiter von uns zu entfernen. Sie machte die Nacht zum Tag. *Sie ritt die Nacht, tagnächtlich.* Sie geisterte vom Speicher in den Keller, führte Gespräche. Ihr Nachthemd war wie eine Fahne, die für ein Jetzt stand, *kein Später, keine Schalenurne,* die Allverwandelte stieg durch das Haus, hängte ihre Gedichte in schlichten Holzrahmen auf und übertrug ihr Inneres auf Papier oder sprach es in die Dunkelheit.

Weiß verblüht der Mohn am Zaun
Mit der Aschenkelle geschöpft
Und die Sense klirrt im Feld,

darunter eine kleine Handcremetube und kleine weiße Punkte, die sich mit der Zeit zu braunen Klecksen verfärbten. Manchmal schnitt sie Gedichtzeilen aus und klebte sie übereinander. Manchmal schien es, als würde sie in Strophen sprechen, und dann stand sie wieder am Geländer und verhandelte ihre ein-, nein, ihre selbst ausgebildete Familiengeschichte. Sie sprach dann, als würde sie im Parlament eine Rede halten. Karl Renner ließ ihr einfach keine Ruhe. *Sie, die Christlichsozialen, sie stehen heute in der Gefolgschaft des jüdischen Großkapitals, ganz offen gesagt, der jüdischen Banken,* zitierte sie ihn und wandte sich danach ab, vergrub ihr Gesicht in den klebrigen Händen. Vielleicht wäre es doch richtig, dass ihre Familie nichts mit dem Karl-Renner-Zweig zu tun haben wolle, offenbarte sie bei einem Abendessen meinem Vater, der sich nichts anmerken ließ und stur weiter seine Eierspeise aß.

Meine Mutter mutierte zu einer Maschine. Eine Maschine, die manisch den Haushalt erledigte, Wäsche wusch und auch größere wie kleinere Reparaturen vornahm, nur um mitten in der Arbeit wieder abzubrechen und sich den vielen Schnipseln in der Bibliothek meines Vaters zu widmen, *Gedichtrahmen,* wie sie sagte, anzufertigen, während sie die VHS-Kassetten mit den großen Geschichtsdokumentationen von Hugo Portisch im Videorecorder wieder und wieder laufen ließ. Sie befand sich in einem Gespräch mit sich selbst und doch mit einem

Ensemble aus Gespenstern, die ihr die Welt bedeuteten. Ich versuchte von meinem Vater zu erfahren, was er zu tun gedenke, *mit der Mama*. So könne es doch nicht bleiben, und er stimmte mir zu.

Er stimmte mir zwar zu,

aber was er genau machen würde, verriet er mir nicht, erzählte ich auch Nico. Was hat sie nur?, fragte ich ihn. Doch Nico zeichnete weiter, zeichnete weiterhin meine Mutter und legte mir schließlich seine Skizze vor, die meine Mutter aus vielen kleinen Teilen zusammengesetzt zeigte. Ein Portrait wie ein Mosaik aus Scherben. Und auf jedem gebrochenen Teilchen standen Zeilen angedeutet, die wie eingemeißelt auf ihrem Körper prangten. *Sie versucht eben, mit sich umzugehen. Mit allem, was sie bewegt, einen Ausdruck zu finden. Ich finde, das ist eigentlich ziemlich normal,* flüsterte er konzentriert und korrigierte mit einem Bleistift den ein oder anderen Strich. Er wirkte ähnlich gefesselt, ähnlich gebannt wie sie, und ich dachte mir: Irgendwie hat er recht. Und ich sah ihm weiterhin beim Zeichnen zu.

NEUN

Mein Telefon kommt nicht zur Ruhe. Es vibriert minutenlang. Kaum aufgehört, ruft Karla wieder an und ich suche in meiner Tasche, suche nach dem vibrierenden Handy, versuche es stummzustellen, dabei jedoch meinen Vater nicht aus den Augen zu verlieren, der über der Situation zu schweben scheint wie jemand, dessen Plan aufgeht, dessen Saat nun ausgesät, nur noch aufzugehen braucht.

Du kannst mit Karla telefonieren.
Kein Problem.
Ich verstehe das.
Es geht jetzt ums Geschäft.

Doch diesen Gefallen werde ich ihm nicht tun. Ich muss mir sogar eingestehen, dass ich es weit weniger problematisch empfinde, als mein Vater vielleicht glaubt. Im Gegenteil, Karla wird damit fertig. Irgendwie tröstet es mich sogar, dass auch sie mit Unwägbarkeiten zu kämpfen haben wird. Unwägbarkeiten, die sie nicht als solche akzeptieren würde, sondern die sie umdeuten wird. *Freiheit besteht nämlich darin, umzudeuten, umzuwerten,* höre ich sie sagen. Und doch spreche ich dann nicht das Angebot an, sondern komme indirekt auf den Buchenhof zu sprechen. Ich möchte von meinem Vater wissen, wie es zu diesem Kauf eigentlich kommen konnte, was denn gegen Karlas Firma spräche und wie er annehmen könne, dass es in Oberbach daraufhin einen Aufstand gegeben hätte. *War es deine Befürchtung oder gab es konkrete Anzeichen?*, frage ich und ich gebe damit frei, einer Neugier freien Lauf, die darin besteht, bestätigt zu bekommen, was ich vermute, bestätigt zu bekommen, wie richtig es war, von hier weggegangen zu sein, und wie wichtig es für mich sein würde, auch nicht hierher zurückzukommen. Aber das steht ohnehin außer Frage, denke ich noch und frage meinen Vater: *was war da los? Warum habt ihr ausgerechnet den Buchenhof gekauft?*

Das interessiert dich?

Kannst du dir das nicht denken?, fragt er, nur um mir dann zu versichern, dass ich diejenige sei, die voller Vorurteile wäre und nicht nach deren Bestätigung bei ihm zu heischen brauche.

Bitte, was?

Ja, so ist das. Kannst du nicht verstehen, dass die Menschen hier keine Lust auf eine solche Firma haben, die entsprechendes Klientel anlockt oder anlocken könnte für ihre Dreharbeiten? Und das, nachdem sie Erfahrung mit der Buchenhofkommune machen mussten? Und ja, ich weiß schon, das sind keine herkömmlichen Schmuddelfilmchen. Ich habe mir ein paar gekauft und angesehen, weißt du. Schon ok so. Aber lügen wir uns doch nicht in die Tasche: es bleibt, was es ist. Egal, wie man es tauft. Die Buchenhofkommune nannte sich auch nicht Sekte, sondern Künstlerkommune. Die Leute hier sind eben skeptisch. Mehr kann ich dir nicht erzählen. Da würde ich Vertrauen missbrauchen. Aber kannst du es uns verhehlen, dass wir als Gemeinde sagen: das möchten wir nicht wieder? Also ich nicht, sagt er und ich finde endlich das Handy. Ich schalte es ab, möchte ihm sagen, wie falsch er liegt, wie ahnungslos er ist, schüttle aber nur ungläubig den Kopf.

Was mich hingegen interessieren würde: was sagst du eigentlich zu der Entwicklung von Karlas Filmen?, setzt er dann noch nach. Die ersten Filme sind sehr künstlerisch. Zugegeben. Aber seitdem Karla operativ eingestiegen ist und die Firma breiter ausgerichtet hat, sieht die Sache doch etwas anders aus, findest du nicht? Also ich war verblüfft. Und mich geht es im Grunde nichts an. Aber, warum arbeitest du eigentlich nicht bei ihr in der Firma? Würde das nicht passen?

Was willst du andeuten?
Ich habe auch ein eigenes Leben, Papa,
und ich bekomme sehr wohl mit,
was bei Karla in der Firma passiert.
Die müssen ihre Projekte finanzieren,
ihr Personal bezahlen. Deshalb die Justierung,
die Neuausrichtung so mancher Filme.

Das verstehe ich, sagt er, und schon ärgere ich mich. Ich ärgere mich, dass ich ihm in die Falle gegangen bin, dass ich Verständnis zeige für wirtschaftliche Zwänge, dass ich ihm dieses Tor geöffnet habe!

Weißt du, sagt er dann,
ich weiß, dass du dein eigenes Leben hast. Wenn

ich dich richtig verstanden habe, passiert gerade auch einiges bei dir. Du bist nicht mehr an der Uni? Erzähle mir bitte davon! Und zu deinen Vorbehalten gegenüber den Oberbachern kann ich dir noch sagen, dass wir dieses Zentrum schlicht benötigen. Das ist eigentlich der viel wichtigere Beweggrund für diesen Kauf. Die Zeiten ändern sich. Selbst hier.

Ha!

Bitte, Judit, das ist respektlos. Und schon steht er auf. *Möchtest du was trinken?*

ZEHN

Karla und ich hatten alle Zeit der Welt. Alles stand uns offen und Angst hatten wir auch nicht. Selbst als sie zweitausendvierzehn oder -fünfzehn das amoK verließ und sich beruflich neu orientierte, war ich mir sicher, dass uns nichts etwas anhaben könnte. Die großen Hürden würden ausbleiben. Ihre Zuversicht war ansteckend. Und auch als Paar würden uns die typischen Probleme nicht ereilen, uns nicht! Wir hatten Stürme hinter uns, die für ein Leben, die für zwei Leben reichten, denke ich, als ich den Rollkoffer packe.

Ich weiß nicht, wie viel ich mitnehmen muss.

Die Reise nach Oberbach ist keine Weltreise und mehr als zwei, vielleicht drei Nächte würde ich nicht bei meinem Vater bleiben. Und während ich eine leichte Jacke in den Koffer falte, muss ich an jenen Tag denken, als das Bett in unsere neue Wohnung angeliefert wurde. Als wir nicht mehr auf den Matratzen schlafen mussten und nicht voneinander lassen konnten. Atemlos waren wir. In uns ruhend. Während draußen der Alltag hastete, erdete mich ihr Herzschlag. Wir hatten ausschweifenden Sex. Mit niemandem war es wie mit ihr. Manchmal ereilte mich der

Wunsch, ganz in ihr zu verschwinden, mich mit dem Kopf immer tiefer in ihren Schoß zu bohren, bis ich umschlossen war wie der Taucher vom Wasser. Und doch gab es jene Stunden, denke ich, die sich wie Keile zwischen unsere trostvollen Gesten schoben. Jene blassblaue Morgenstunde nach einer durchgemachten Nacht, in welcher wir den Kopf der anderen in Händen hielten und mir die Stirne in Kummerfalten lag. Eine jener Stunden, die anders hätte fortgesetzt werden sollen, denke ich jetzt und drücke auf den Knopf, welcher die Jalousien der raumhohen Schlafzimmerfenster herunterfahren lässt. Die Katze steht in der Tür und sieht mich fragend an. *Ich komme bald wieder,* sage ich zu ihr und es klingt wie eine Lüge. Die Katze verschwindet in der Küche und *was ist? Was hast du,* hat mich Karla damals gefragt. Und ich sagte ihr, dass ich an meine Mutter denken musste. Und wie Karla sich daraufhin an die Bettkante gedreht hat und dasaß, da saß sie, wo ich jetzt sitze, und fragte: *Möchtest du jetzt endlich darüber sprechen, über diese Nacht?* Mir wurde kalt und elend zumute. Die mit Grauen überwachsene Spur blühte vor meinen Augen auf. Bleischwere über uns.

ELF
1999

Hannes Böhm verlor keine Zeit. Er kam ins Wohnzimmer, der Anorak stand offen, und bevor ich seine Gestalt, seine Gewalt zur Gänze wahrnehmen konnte, verschwand Nico hinter ihm in den Keller. Wortlos. Blicklos. Als würde er mir sagen wollen, dass ich jetzt bekommen würde, was ich unbedingt gewollt hätte. Dass ich mich jetzt selbst davon überzeugen konnte, dass Böhm nicht meiner glorifizierenden Vorstellung entsprach. Dass er ein grober Klotz sei, dessen Welt kaum größer war als die Almbaumsiedlung. Dass er einer von jenen war, die erst nach ein paar Bieren Reden schwingen konnten, während sie nüchtern zum schüchternen Stammeln neigten. *Deshalb ist er auch kein Gegenkandidat.* Und es stimmte, Böhm agitierte im Hintergrund gegen meinen Vater. Am Stammtisch. In der Firma bei Betriebsversammlungen. Böhm war das, was im Volksmund *bauernschlau* genannt wurde. Er konnte sich Daten und Fakten merken. Er sog die Fernsehberichte sowie die Weiterbildungsseminare des Karl-Renner-Instituts auf wie ein Schwamm. Sein Problem war vielmehr die dezidierte Meinung und die rigorose Geste, die er daraus ableitete. *Du wirst schon sehen,* sagte Nico, und gut, dachte ich, gut, dass ich nun sah, welches Herz wirklich in ihm schlug, und ich versuchte aufzustehen, wartete vergeblich, dass die Aufregung, das Sirren der Sekunden sich endlich in Wut entlud, bis Gabriele Russo an Hannes Böhm sich vorbeizwängte, sich zwischen uns drängte.

Gib mir jetzt dein nasses Zeug,

sagte sie und schob ihn wieder in den Flur zurück. *Hat sie jemand gesehen?,* echauffierte er sich. *Nein,* seufzte Gabriele. *Und wenn schon, jeder weiß, dass die beiden ein Paar sind. Mach dich nicht lächerlich!* Dann verschloss er hinter sich die Badezimmertür. Ich blieb wie angewurzelt auf dem Sofa sitzen.

ZWÖLF

Wie dünn die Hülle der Gewohnheit ist, zeigt sich, wenn sie platzt. Wenn sie aus heiterem Himmel aufbricht und erst wieder heilen, wieder verwachsen, sich zu einem homogenen Gewebe verbinden kann, wenn die Zeit es eben erlaubt. Solange ihr Schutz noch nicht gegeben ist, droht bei jedem Schritt Gefahr. Jeder Handgriff hat das Potenzial zu scheitern, jeder Schritt, als würde man ihn zum ersten Mal ausführen. Und so musste sich auch mein Vater sein Terrain nach dem Tod meiner Mutter erst wieder erschließen. Wie zum ersten Mal stand er in der Wohnküche. Die Kaffeebohnen lagen in weiter Ferne, die Messer weit und breit nicht in Sicht. Seine Schritte waren tastend. Seine Blicke pendelten zwischen hilflos und erschrocken darüber, was fortan seine Tage bestimmen würde. Sein Körper glich einem Tier in neuer Umgebung. Nicht hektisch, aber angespannt. Bei meinem Vater dauerte es schließlich einige Monate, bis er sich die Gewohnheit zurückerobert hatte und die Wunden zu heilen begannen. Es dauerte noch weitere Monate, bis er nicht nur begriff, wie die Küche sortiert, sondern auch, dass kein Ordnungssystem der Welt in Stein gemeißelt war. Er fing nach und nach an, sich die Kästchen und Schubladen im Haus zu erobern. Und als die Gewohnheit wuchs, ging er dazu über, die Möglichkeiten des Hauses seinen Bedürfnissen anzupassen. Und so stelle ich auch heute wieder fest, wie sehr diese Gewohnheit mit Wirklichkeit verwechselt wird. Wenn mein Vater aufsteht, um mir Wasser zu holen, nimmt er die Gläser aus einem anderen Teil des Wandschranks, als ich es wie selbstverständlich in Erinnerung habe. Wirklichkeit ist nichts als die tägliche Prägung, denke ich, nichts anderes als die Art und Weise, wie wir unser Leben zu organisieren pflegen. Und mein Vater organisiert es rationaler und egoistischer. Die Gläser stehen nicht mehr nah am Esstisch und somit für Gäste besser erreichbar, sie sind nun über dem Spülbecken einsortiert. Sie dienen ausschließlich seiner Vorliebe für Leitungswasser, und auf Gäste muss er ebenso wenig Rücksicht nehmen wie auf die Wünsche oder Bedürfnisse irgendeiner anderen Person, die mit ihm unter einem Dach lebt. Der Tod meiner Mutter war eine Zäsur, ohne Zweifel. Es war aber auch ein Anfang, wenngleich ein erzwungener. Und nach über achtzehn Jahren ist die zur erdrückenden Opulenz neigende Prägung meiner Mutter endgültig gewichen. Ihre Spuren sind nur noch in kleinen Details vorhanden, die aber mein Vater kuratiert, wie das ein oder andere Rahmengedicht in einer unscheinbaren Ecke. Alles andere hat für seine reduzierte Funktionalität Platz gemacht. Früher konnte man sie ausschließlich in der Bibliothek erahnen, heute regiert sie bis in den Keller und nach draußen in den Garten. Nichts ist zu viel, alles folgt den Bedürfnissen des Reinhold Renner, denke ich noch und bekomme ein Glas in die Hand gedrückt. Die Wasserkaraffe ist beschlagen. Eiswürfel schwimmen in der Mitte des bauchiges Gefäßes zu einem Eisblock verschmolzen, dessen Spitze aus der Wasseroberfläche zeigt.

Weißt du,

hebt mein Vater an,

vielleicht überrascht es dich, aber das geplante Zentrum im Buchenhof ist mir ein besonderes Anliegen. Nicht, weil ich die karitative Ader in mir entdeckt hätte, sondern weil dieses Zentrum für den Ort zu einem wichtigen Baustein wird. Ein Baustein, der Oberbach zukunftsfit machen soll. Dir mag es vielleicht nicht auffallen, aber die Kunst der vermeintlichen Langeweile in Oberbach, ich nenne es ja Konstanz, liegt in den kleinen Anpassungen. Sie liegt in der schleichenden Veränderung, die nur so groß ist, dass sie die meisten nicht wahrnehmen und sich der Eindruck vermittelt, hier bliebe alles beim Alten. Aber die Wirklichkeit sieht anders aus. Natürlich tut sie das, wiederholt er sich und schenkt mir so schnell ein, dass fast alle Eiswürfel in das Glas fallen und das Wasser überläuft. Während er mit einem Küchenpapier den Boden aufwischt, setzt er fort: weißt du, die Gemengelage ist gar nicht einfach. Es gibt die Stadtflucht. Keine Frage, wir spüren das. Du bist ein Beispiel unter vielen. Oberbach wächst aber trotzdem. Nicht so stark wie benötigt, aber es wächst. Auch das Wohlstandsniveau bewegt sich nach oben. Das ist hauptsächlich dem Werk zu verdanken, aber auch sonst wird hier so einiges richtig gemacht. Im Tourismus beispielsweise. Geld ist vorhanden, Arbeitsplätze auch. Wir haben es geschafft, dass wir eine der lebenswertesten Regionen Österreichs sind, und dennoch müssen wir uns anstrengen, qualifizierten Zuzug zu akquirieren. Es reicht einfach nicht. Die Bevölkerung wird immer älter. Wir haben zu wenig Ärzte, zu wenig Pflegepersonal, zu wenig Arbeitskräfte im Werk oder in der Gastronomie. Wir müssen uns ins Zeug legen! Wir müssen schönen Wohnraum zur Verfügung stellen oder vergleichsweise günstiges Bauland. Bist du durch die Almbaumsiedlung gekommen? Hast du gesehen, wie sehr sie sich verändert hat? Das einfache Familienhaus ist dem modernen Würfelbau gewichen. Auch der Bedarf nach Wohnungen ist gestiegen. Wir haben zwei fünfstöckige Gebäudekomplexe in Planung. Kannst du dir das vorstellen? Das Leben wird anspruchsvoller und teurer. Dem steuern wir zwar entgegen, aber wir benötigen Menschen, die es sich nicht nur leisten können, sondern die es sich auch leisten wollen! Und da kommt nun auch der Buchenhof ins Spiel. Es steigt in Oberbach der Bedarf nach ganztätiger Kinderbetreuung. Wir werden keine qualifizierten Arbeitskräfte anlocken, wenn wir ihre Ansprüche nicht erfüllen. Qualifizierte Betreuung und Spracherwerb sind gefragt. Zudem müssen wir die Barrieren zu jenen abbauen, die noch immer unsere Sprache nicht sprechen und hier in einer Art Parallelgesellschaft leben, während wir sie im Werk aber dringend benötigen. Oberbach ist nur dann attraktiv, wenn sich die Fehler, die in den Städten passiert sind, nicht wiederholen. Verstehst du, was ich dir sagen will, Judit? Hier gibt es die

Möglichkeit, etwas zu gestalten. Und ich finde, du bist dafür die beste Wahl.

DREIZEHN
1999

Im Dezember neunundneunzig stand die Mutter blass vor der Kirche im Wind. Der Lippenstift stach rot aus ihrem Gesicht. Die Hände vergrub sie im Mantel. Ihr Blick war stolz und stoisch auf ihren Mann gerichtet, der sich mit dem Primar des hiesigen Krankenhauses unterhielt. Zuletzt schien es ihr besser zu gehen. Sie schlief zwar immer noch weniger als im Jahr neunundneunzig eigentlich üblich und schaute zuweilen ohne Regung der Witterung zu. Doch sie stellte ihre Lese- und Bastelwut ein. Sie wehrte sich auch nicht mehr gegen die Verpflichtungen, die mein Vater an sie herantrug, und wirkte stabil. An manchen Veranstaltungen fand sie sogar Gefallen. Fast schien sie froh, das Haus verlassen und den Gesprächen anderer Menschen lauschen zu dürfen. Ein freundliches *Grüß Gott* sowie ein *vielen Dank, blendend, wie geht es Ihnen?,* hatte sie sich als Kommunikationsinstrumente ebenfalls zurechtgelegt. Der Kirchenbesuch kam ihr deshalb besonders gelegen. Die Gespräche waren kurzer Natur und ihr Mann diktierte deren Verlauf. Im Anschluss daran kam es ihr vor, als würde sie in der Kirche einem Schauspiel beiwohnen, das sie schon so oft gesehen hatte, dass sie sich ohne sozial auffällig zu werden, auf abwegige Details konzentrieren konnte, während sie sich in Gesellschaft befand. So analysierte sie minutenlang den kleinen Sprung im Kirchenfenster oder betastete die Rillen im Holz der Kirchenbank, bis die Messe gelesen war. Dabei verlor sie ihre Umgebung nicht gänzlich aus dem Sinn. Mein missliebiges Seufzen, als der Pfarrer vor der Kollekte um besonders großzügige Spenden bat, da damit eine Mission in Afrika unterstützt werden würde, quittierte sie mit einer Ermahnung. Für das Ausbleiben meines *Vater unser* kassierte ich ihren Ellenbogen. Dabei waren beide keine eifrigen Kirchgänger. Meiner Mutter wurde es zwar anerzogen, doch mein Vater lernte erst von der Familie seiner Frau, dass die Kirche der Versammlungsort der konservativen Bürger im Ort war. Es war dann auch seine fixe Idee, im Jahr vor der Bürgermeisterwahl regelmäßig den äußerst schlichten Sakralbau in Oberbach zu besuchen. *Wahlkampf wird auch auf dem Kirchplatz betrieben,* ließ er uns wiederholt wissen, und so verpasste mein Vater keine Sonntagvormittagsmesse. Und einer der wichtigsten Gesprächspartner war Primar Doktor Richard Eugen. Er war der Leiter der ärztlichen Direktion und somit Schlüsselfigur im Gesundheitswesen Oberbachs. Sein Wohlwollen konnte mein Vater nicht ignorieren und Richard Eugen wusste darum. Er liebte es, seine Position auszukosten, und betrachtete meinen Vater als einen seiner künftigen Angestellten. Er begriff sich als Instanz, vor welcher sich der neue Bürgermeister zu rechtfertigen habe, und ich wunderte mich stets aufs Neue ob der Servilität, die mein Vater an den Tag legte. Fast geduckt stand er neben ihm, als die obligatorische Floskel vom Primar kam: *Schöner Gottesdienst heute, wie hat es Ihnen gefallen, Frau Renner?*

Wissen Sie, am schönsten ist,
antwortete meine Mutter dann wie aus der Pistole geschossen,
am schönsten ist,
dass der Gottesdienst reinigt.
Nicht nur, dass die Sünden bei der Beichte verziehen werden,
sondern auch im Gebet,
auch im Gebet findet sich Trost

und Vergebung.
Außerdem das Gefühl,
das Gefühl, Teil der Gemeinschaft zu sein,
ist so wunderschön, befreiend auf eine ganz eigene Weise,

antwortete meine Mutter. Und wissen Sie, setzte sie fort, am meisten mag ich, dass allen im Kirchenschiff bewusst ist, dass Wasser gepredigt, aber Wein getrunken wird, wie man zu sagen pflegt. Meine Tochter hat mir vor Kurzem erzählt, dass Ihre Einrichtung neunundvierzig Kleinkinder an das deutsche Reichsministerium gemeldet und damit in den Tod geschickt hat. Neunundvierzig Kinder! Sie wurden in den Jahren vierzig bis dreiundvierzig von der Heil- und Pflegeanstalt Oberbach nach Hartheim oder nach Linz-Niedernhart gebracht. Dort wurden sie ermordet. Was sagen Sie denn dazu? Sollte man nicht Verantwortung übernehmen? Stellvertretend. Auch vor Gott. Ein Hinweis, eine Tafel vielleicht? Das wäre ein Anfang. Was sagen Sie, Herr Primar Eugen?

VIERZEHN

Baustellen rund um unseren Wohnblock sind nichts Neues. Die Mitte der großzügigen Grünanlage wird wieder aufgerissen, die Karlas und meine Wohneinheit umgibt. Mit dem Leitungs- und Rohrsystem stimmt was nicht. Ein Neubau-Cottage sollte es sein. Ein *über sieben Hektar großer Wohntraum. Eines der aktuell bedeutendsten Stadterweiterungsprojekte*. Zumindest stand es so im Prospekt. Ein Mix aus Fernwärme und Photovoltaik sichert Heizung und Kühlung. Die Fassaden sind begrünt. In den erdgeschossigen Einheiten gibt es Restaurants und Nahversorger. Eine kleine Stadt in der Stadt mit dörflichem Flair. Paradox, denke ich. Und zur Widersprüchlichkeit gehört auch, dass der Wohntraum nicht richtig in die Gänge kommt. In vielen Wohnungen wird noch gearbeitet. Schremmarbeiten wecken uns verlässlich um sieben und an die Staubschicht in den Hausgängen haben wir uns ebenso gewöhnt wie an die Bauarbeiter, die mittags feixend in einer Ecke sitzen und sich sichtlich amüsieren. Vielleicht über uns?, frage ich mich oft. Über den Zauber, der veranstaltet wird. Jener Zauber, der uns Bewohnern vorgaukelt, in einer Verheißung zu leben, die wohl nie richtig funktionieren wird. Warum sollte sie auch? Zu gut wird daran verdient. Und manchmal frage ich mich dann, was in deren Köpfen vorgeht, wenn sie uns, wenn sie all die Menschen sehen, die morgens auf ihren Wegen an die Schreibtische und Computertastaturen an ihnen vorbeischweben? Ihre Familien werden mit den Kindern der brotzeitenden Arbeiter nie in Berührung kommen. Deren Kinder wiederum werden mit den Kindern der Cottage-Kita keine Freundschaften schließen. Es verhält sich wie mit Menschen aus einer Parallelwelt, die sich nur dann in die Quere kommen, wenn im verheißungsvollen Teil etwas nicht mehr funktioniert oder wenn es in den Arbeitervierteln Probleme mit der Miete gibt, denke ich noch und esse eine weitere Scheibe Käse aus der Verpackung. Die Schremmarbeiten werden fortgesetzt. Karla ist heute Nacht nicht nach Hause gekommen. Die Katze schnurrt trotz der wanderschütterten Kulisse zusammengerollt auf dem Sofa. Ihr Ohr zuckt, manchmal schmatzt sie im Schlaf. *Schwamm drüber,* sagte ich zu ihr und ich ertrage es nicht, ich ertrage es nicht länger, sage ich vor mich hin. Ertragen heißt sich beugen, denke ich jetzt. Schwamm über diese Nacht, Schwamm über Begebenheiten, die in der Vergangenheit liegen und geschehen sind, sagte ich zu ihr an jenem blassblauen Morgen und *nein, Karla, ich möchte wirklich nicht darüber sprechen,* sagte ich. *Es gibt nichts wiedergutzumachen,* sagte ich. Jung und dumm wären wir gewesen. Wir alle gemeinsam. Eine Dummheit hat sich verselbstständigt. Wer weiß, vielleicht war es auch ein Drang, ein Befreiungsdrang, der sich ungebremst bahnbrach in jener Nacht in Oberbach. *Aber dafür habe ich Verständnis,* beugte ich mich. *Die Mama hätte auch, nein, sie hat ihre Anteile. Genaugenommen wäre es ihre Schuld. Wäre sie nicht gewesen, wäre sie nicht losgefahren mit meinem Fahrrad, nichts wäre passiert! Ja, ich weiß: Wäre. Und doch ist es wahr! Schwamm drüber,* über die Vergangenheit drüber, einfach hinweg. Damit kennen wir uns aus, denke ich jetzt, die Österreicher wollen geliebt werden, wollen keinen Konflikt. Sie können es nicht ertragen, wenn sie nicht zurückgeliebt werden oder kein Ertrag aus dem Ertragen springt. Abgeben wollen wir. Uns abgeben. Bei Eintritt bitte abzugeben, jegliche Verantwortung bitte ablegen, das können wir. An Gott, Kaiser, Vaterland. An finstere Prälaten und Führer aller Arten, deren Opfer dann zu sein wir schon ertragen werden. Das eigentliche Opfer zu sein, das erträgt sich nämlich. Das ist unser Kreuz. Das ist unsere Erlösung. Dann wird uns nämlich geholfen, dann wird uns schon jemand geholfen haben und wir dürfen hoffen, auf eine Zukunft hoffen, auf Aufschwung hoffen, obwohl wir es hassen werden, dass nicht wir selbst für uns sorgen, egal!, würge ich vor mich hin. Auf einen Aufbau, auf einen Neuaufbau, auf *Wohnen im Neubau,* auf sicheres Wohnen unter Schirmherrschaft, dürfen wir dann hoffen, obwohl wir uns uneingestanden dafür verachten. All das ist doch politisch, denke ich jetzt und es würgt, es würgt sich aus mir der Scheiblettenkäse durch die Speiseröhre zurück in den Mund und ich schlucke. Ich spüle die Masse, die Käsespeichelmasse brav mit einem Schluck Sekt in den Schlund zurück und sehe aus dem Fenster. Ich sehe aufgebrochene Erde. Baggerfurchen in der Mitte der Wiese, und der Baggerfahrer hält an. Er steigt aus seiner Kabine, geht zur Schaufel und hebt einen Igel aus der Erde. Mit beiden Händen setzt er ihn an anderer Stelle sachte wieder ab. Und wer weiß, vielleicht wird er mir ein Loch graben, denke ich, in das ich dann verschwinden kann. Am liebsten hätte ich einen unterirdischen Hinterausgang. Nur um sicherzugehen.

FÜNFZEHN
1999

Im Grunde war das Wesen, das meinige, hier das falsche. Ein Wesen zu viel war ich. Ein Wesen an einem Ort, an dem es keinen Platz bekommen sollte. Ein Wesen, das sich in ein feindliches Habitat verirrt hatte, das keine an sein Wesen angepassten Lebensbedingungen bereithielt und nicht in der Lage war, sich diese zu erkämpfen. Scharfe Kanten, scharfe Waffen würden hier vonnöten sein. Schlagkraft, Schlagfertigkeit, Durchsetzungsvermögen – sämtliche Eigenschaften, die ich gerne hätte, die ich gerne gehabt hätte, von denen ich mir stets einredete, dass ich sie besitzen und ich nicht wie meine Mutter stets den Rückzug antreten würde, wenn es ein klein wenig ungemütlich wird – diesen bürgerlich gezüchteten Gehorsamsrückzug. Ein Rückzug, bei dem man in sich hineinfrisst, bei dem man in sich selbst den Platz ausmisst, um abzustellen, den gebeugten Willen ruhigzustellen, mit dem Gesicht zur Wand, mit dem Gesicht zur Bauchdecke, unter der er dann rumort. Doch die Wahrheit war, dass ich genauso funktionierte, dämmerte mir. Dass ich Schlagkraft nur entwickeln konnte, wenn ich sicher war, dass nichts dabei verletzt würde, wenn genug Vertrauen in das Gegenüber vorhanden war. Himmel, ein Hasenfell war ich! Noch immer, noch immer ein behütetes Kind oberhalb der Almbaumsiedlung, das vor jeglicher Härte zurückschreckt, auch wenn ich mich gerne unerschrocken präsentierte, mich unerschrocken vor mir selbst inszenierte. Eigentlich, so dämmerte mir, konnte ich meine Durchsetzungsfähigkeit ausschließlich bei meinem Vater erproben. Wenn ich ehrlich mit mir selbst war, so wurde mir schlagartig klar, konnte ich nur vor ihm mutig sein. Trotz allem. Unsere Konfrontationen hatten zwar so manche Konsequenz, aber es ging nie bis zum Letzten, es kam nie zu einem Bruch, glühte es mir durch den Kopf, als ich Hannes Böhm im Badezimmer brüllen und fluchen hörte. Bisher experimentierte ich in einem geschützten Umfeld. Mit der Welt hatte ich noch keine Berührung, wenn überhaupt, dann in der Schule. Schutz suchen, Schutzräume aufsuchen als bestimmender Reflex. Kopf einziehen, sich ducken. Den Schwanz einziehen und den Rückzug antreten. Verständlich, würde so mancher sagen, aber ich hasste mich dafür, in diesem Sofa sitzend hasste ich mich dafür und irgendwie musste ich es doch abschütteln, musste ich die –

Es tut mir leid, Judit,

keuchte Gabriele Russo, sichtlich am Rande ihrer Belastbarkeit. Es war das eingetreten, was sie zu verhindern versucht, zu verhindern gehofft hatte. Dass Hannes sich im Griff haben würde, hatte sie gehofft. *Aber du siehst, er muss sich erst beruhigen,* entschuldigte sie ihn noch. Und ich war baff. Ich war baff und sagte: *krass!* Das war mir zu krass. Ich zitterte mich auf, mich aus den Mulden der Sofakissen auf, nur um mich wieder fallen zu lassen, zu weich!, dachte ich noch, ich wäre viel zu weich! Und es entsprach wohl meinem kleinen Wesen, dass ich nicht Hannes Böhm, den es hätte treffen müssen, auf den ich hätte warten müssen, dass es nicht ihn als ersten traf. Obwohl er es hätte sein sollen, er hätte das Ziel sein sollen, nicht Gabriele Russo, die ich stattdessen anschrie. Ich schrie mit einem Mal. Ich schrie wie noch nie, und es war, als hätte ich Stimme und Zuversicht gewonnen, während die Angst auf dem Sofa sitzen blieb. Was sollte sein, was sollte denn schon sein? Gar nichts kann er mir anhaben, der Hannes Böhm. Auch Nico war mir mit einem Mal egal. Er kam mir gar nicht erst in den Sinn, als ich *krass* flüsterte, dann

Krass, brüllte.
Wie redet der denn mit mir?
Was ist das für ein
alter Schweinehund?
Und du!
Deine dumme Entschuldigung,
Deine dumme Unterwürfigkeit, spar sie dir!

Gabriele schnappte nach Luft. Sichtlich vor den Kopf gestoßen, taumelte sie ein wenig vor mir zurück. Dieser Abend war unaufhaltsam gekippt.

SECHZEHN

Mein Vater haucht in seine Hände und reibt sie aneinander. Trotz Hochsommer und der Sonnenlichtatmosphäre in der Bibliothek, fröstelt ihn. Vielleicht liegt es am Alter, an seiner schlechter werdenden Durchblutung. Womöglich auch am kalten Wasser, das er jeden Tag in penibel gleichbleibenden Mengen zu sich nimmt. Ich wäre die Beste, wiederholt er dann, und ich frage mich, wie oft Karla mich noch angerufen hat. Sollte ich nachsehen? Ich lasse meinen Blick durch die Bibliothek schweifen. Die Reihenfolge der Bücherrücken ist weitgehend unverändert. Wenigstens hier, wenigstens durchzieht diesen Raum die Vergangenheit. Eine beruhigende wie gewohnte Ansicht. Ich entdecke die beiden Bände von

Walter Benjamin. Exakt an jenem Platz, der ihnen seit jeher zugedacht war und auf denen auch in der Silvesternacht neunundneunzig mein Blick ruhte, obwohl ich damals nichts über Walter Benjamin wusste. Ihr knallroter Umschlag sticht hervor und es ist, als würden sie mich daran erinnern wollen, dass es gelte, ein Feld weiterhin zu entdecken, auf dessen Weiten man zu sich selbst, zu einer Freiheit insofern gelangen könne, als dass der Blick sich verändert, ein tieferes Verständnis der Zusammenhänge sich ausbildet und man später vielleicht sogar selbst in der Lage wäre, eine Praxis der Gedanken zu entwickeln, weiterzuentwickeln, die dann andere Menschen wiederum elektrisieren und inspirieren würden. Vor achtzehn Jahren erschien mir das auf eine Weise poetisch. Eine Poesie, die in Erkenntnis zu finden ist, in der Begeisterung für Denken und Sprache, denke ich, während ich an meinem Wasserglas nippe. Und ich frage mich, wann ich dieses Gefühl, wann ich dieses Hochgefühl zuletzt empfunden habe? Ich bin mir nicht sicher. Im Studium? Nach meinem Entschluss, nicht mehr an die Uni zu gehen? Da war es da. Die Vorstellung, mich ausschließlich dem Lesen und Schreiben zu widmen, verzückte mich, gab mir Kraft, ohne Zweifel. Doch die Arbeit selbst, die Absagen, die vielen Stunden vor der weißen Fläche auf dem Bildschirm, das unablässige Blinken des Cursors im leeren Worddokument, all das frisst am Hochgefühl, das die Vorfreude noch auszulösen imstande war. Ein Zustand, der zirkuliert, dabei viel zu oft in mir gefriert und mich immer seltener loslässt, mich an mir selbst zweifeln lässt. Und auch jetzt, jetzt wieder das Gefühl festzusitzen. In der Bibliothek meines Vaters. Ein Fixpunkt, an welchen mich das Universum zurückführt, denke ich, bis mich mein Vater unterbricht. Er ist unschlüssig, was er mit dem nassen Küchenpapier anstellen soll. Er entscheidet sich schließlich, das vollgesogene Knäuel in sein leeres Glas zu stopfen. Daraufhin rückt er seine Brille mit dem Zeigefinger wieder zwischen den Augen zurecht und verkündet, dass er sich Sorgen mache.

Sorgen um dich, Judit, sagt er dann.

Und wer weiß, wie oft ich dir noch auf eine solche Weise helfen kann.

SIEBZEHN
1999

Primar Richard Eugen war konsterniert, ja übertölpelt. Dass er davon noch nie gehört hätte, dass er dem nachgehen werde, *selbstverständlich,* das hätte es hier in Oberbach gegeben? *Nicht zu glauben!*

T-4, unterbrach ich.

Tiergartenstraße vier, hakte ich nach.

Haben Sie davon nie gehört? *Oh doch,* das hätte er, *selbstverständlich,* aber nie habe er daran gedacht, dass das auch in Oberbach,

aber wir haben Ihnen geschrieben,

warf ich ein.

Vor drei Monaten haben wir –

Genug jetzt, mahnte mich meine Mutter an. Der Herr Primar könne doch nichts dafür und bestimmt hätte er sehr viel zu tun. *Einmal muss Schluss sein. Bitte entschuldigen Sie uns.* Dann nahm sie mich bei der Hand und zerrte mich zum Auto. Ich drehte mich zu den angewurzelten Männern um, die sichtlich nicht wussten, wie sie reagieren sollten. Die Fahrt verlief stumm. Meine Mutter stellte irgendwann das Radio an. Mein Vater schaltete sofort wieder ab. Zu Hause begann sie stante pede wieder, ihre Gedichtbände zu zerschneiden. Mein Vater schloss sich über Stunden mit ihr in der Bibliothek ein.

Die Zeit kehrt zurück in die Schale, im Spiegel ist Samstag, im Traum wird geschlafen, der Mund redet wahr, die Männlein, Weiblein, traurige Gesellen, sie streuen heute Blumen blau und rot, auf ihre Grüfte, die sich zag erhellen, sie tun wie arme Puppen vor dem Tod.

Gebrauchte Papiertaschentücher sowie ein Schokoladeherz klebte sie rund um jene Zeilen. Das Schokoladeherz war eingedrückt und schmierte ins Gedicht. Mit der Zeit verfärbte es sich grau. Eine der wenigen Anfertigungen, die noch im Haus hängen. Eine Gedenktafel gibt es hingegen noch immer nicht, denke ich.

ACHTZEHN
1999

Noch nie war etwas befreiender, als Gabriele Russo in ihrem Wohnzimmer anzubrüllen. Es war egal, was noch kommen würde. Wer hätte gedacht, dass es nur eines kleinen Rucks bedürfte, nur eines kleinen Schrittes über die Hemmschwelle, und schon wurde der Körper geflutet, Adrenalin bis in die Fingerspitzen. Eine zarte Hoffnung keimte auf, dass auch Hannes Böhm bald zu uns hinzustoßen würde und die Auseinandersetzung einen weiteren Höhepunkt finde. Eine friedvolle Fortsetzung des Abends war meinerseits ausgeschlossen. Selbst wenn die beiden sich entschuldigen würden. Ja, selbst dann! Nicht einmal für Nico würde ich Frieden schließen. Er müsste sich entscheiden: Entweder er kehrte den beiden den Rücken und verließ endlich den Keller seines Stiefvaters. Oder er müsste sein Leben eben plätschern lassen wie bisher. Mein Verständnis war aufgebraucht. Und jenes von Gabriele Russo ebenso. Aufgebracht warf sie mir an den Kopf, dass ich genauso verrückt wäre wie meine Mutter, *ja, ich weiß davon! Karla und Nico, beide haben es mir erzählt!* Und dass ich mir nichts einbilden solle, *glaubst du echt, du wärst was Besseres?* In ihrem Haus lasse sie sich nicht so behandeln, rief sie über mich hinweg, als ich sie für unfähig erklärte, als unfähig und eine Schande für jede Frau, die in den letzten Jahrzehnten dafür gekämpft hatte, mehr als nur Haushaltsgehilfin zu sein. Wie sie da stand, *sieh dich doch an, mit der nassen Wäsche in der Hand, peinlich,* brüllte ich, peinlich wäre das, bis Hannes Böhm aus dem Badezimmer gestürmt kam. Das Rauschen in meinen Ohren übertönte fast sein Geschrei. Dass er meinen Großvater schon bekämpft hätte und meinen Vater erst recht. Dass er ein Blutsauger sei, dem man nicht trauen dürfe. *Der benutzt die Leute, wo er nur kann! Aber das weißt du selbst, das weißt du selbst am besten! Hauptsache er bekommt seinen Willen. Und so bist du auch! Ansonsten wärst du jetzt nicht hier. Respektier einfach, dass wir dich hier nicht haben wollen! Es gibt kein Recht darauf, gemocht zu werden! Ich vertraue dir genausowenig wie dem Reinhold!* Das hätte er immer schon gewusst, dass ich auch so eine wäre, niederträchtig und verlogen. Und von Nico solle ich mich in Zukunft fernhalten. Dass der Reinhold ihn ausnützen würde, *euere Beziehung für sich irgendwann verwenden würde,* schäumte Böhm, das hatte er schon kommen sehen. *Aber so!*

Wie?, wollte ich wissen.

Was redest du da?

Frag ihn selber. *Diesen Kapitalisten. Diesen Faschisten! Kommt dir das nicht bekannt vor?*, schrie er mit hochrotem Kopf und ich spürte, wie es mir aus meinem Inneren gegen die Augen drückte. Nicht, weil mir sein Geschrei zusetzte. Nein. Es waren meine Worte, die aus Hannes Böhm sprachen. Meine Worte, die ich Karla oder Nico gegenüber verwendet hatte, um meinen Vater zu beschreiben. Aber erst aus dem Mund von Hannes Böhm wurde mir bewusst, was ich von mir gegeben hatte. Was ich damit angerichtet hatte! Wie überzogen ich war! Wie groß musste mein Geltungsdrang sein, dass ich dafür meinen Vater ausrichtete? Ich schämte mich. Natürlich sah ich ihn kritisch, die Wahl, die Fusion, selbstverständlich war ich nicht einverstanden mit seiner Politik, mit seiner Weltsicht. Aber dass ich ihn in Oberbach, in einem solchen Nest, vor anderen, vor seinem Angestellten, so bezeichnet und beleidigt hatte, war im Grunde unverzeihlich. Das hatte er nicht verdient, dass es die Runde ging im Ort. Ich hatte keine Sekunde daran gedacht, dass meine Worte die vertrauliche Ebene zwischen Karla, Nico und mir verlassen, dass meine Worte bis in die Werkskantine und die Almbaumsiedlung zu Hannes Böhm getragen werden könnten.

Mit faschistischen Vätern kennst du dich doch bestens aus,
oder nicht?
Das habe ich zumindest gehört.
Du konntest sogar gute Geschäfte mit ihnen machen,
habe ich gehört!
Ziemlich raffiniert,
du mieses Arschloch.
Nichts als ein vertrottelter Oberbacher,
ein Maulheld,
ein Hetzer im Polstersessel bist du.
So habe ich das zumindest gehört.
Und recht hat er,
der Nico.

Und jetzt: Verpiss dich, sagte ich in souveränem Ton und huschte bestimmt an ihm vorbei. Ich riss meine Jacke mit so viel Kraft vom Spannbügel, dass dieser kaputtging und die Stange aus der Verankerung brach.

Nur Schrott in diesem Haus.

Warum wundert mich das nicht?

Ich schlug die Tür zu. Hannes Böhm riss sie wieder auf und krakeelte lautstark hinter mir her. Eine Show für seine Leute. Die musste noch sein. Aber es war mir nicht mehr wichtig. Ich würde für die Russos und Böhms und die Almbaumsiedlung stets eine Feindin bleiben. Und Nico? Nico verschwand in seinem Keller, er verschwand damit aus meinem Leben. Was aus uns nun werden sollte, war mir bereits bewusst, als ich Karlas Nummer wählte. *Nämlich nichts,* flüsterte ich mir zu. *Das war's.* Ich sollte ihn nie wieder sehen.

NEUNZEHN

Wie, helfen? Du musst mir nicht helfen, sage ich und lasse den Eiswürfel aus dem Mund zurück ins Glas fallen. Wie kommst du darauf, dass ich Hilfe brauche? Ich gleite vom Sessel, muss mich sammeln, massiere mir die Schläfen und drehe meinem Vater den Rücken zu. Am liebsten hätte ich ihm von meinen Plänen erzählt, von der Beschleunigung, von den Projekten, die es umzusetzen galt, frage ihn aber:

Weißt du eigentlich,

was du mir vorschlägst?

Ich soll einfach nach Oberbach zurückkommen und in einem Haus arbeiten, das eigentlich Karla kaufen wollte? Ein Haus, in dem sie aufgewachsen ist. Ein Haus, das mehr für sie wäre als nur eine perfekte Produktionsstätte. Kannst du das überhaupt begreifen? Was du von unserer Beziehung hältst, was die Leute von uns denken, das ist mir schon bewusst, aber dass du glaubst, ich würde so einfach –

Nein, tut mir leid. Halt. Stopp, fällt mir mein Vater sofort ins Wort. In dieses Licht lasse ich mich nicht rücken von dir. Ich habe nichts gegen eure Beziehung. Und im Ort schert sich da auch niemand drum.

Das glaubst du doch selbst –

Doch, Judit, das glaube ich. Es gibt hier nicht mehr und nicht weniger Intolerante als in der Stadt. Hier fallen sie nur stärker ins Gewicht. Ich verstehe, dass das ein Thema für dich ist, aber es hat nichts mit meiner Entscheidung zu tun. Ich habe auch nichts gegen Karla. Mir ist lediglich schleierhaft, wie ihr nach dieser Nacht wieder zusammenfinden konntet. Aber das ist euere Angelegenheit, obwohl es hierzu noch einiges zu sagen gäbe, was noch nie zwischen uns zur Sprache kam, Judit. Aber darum geht es jetzt nicht. Es geht nicht um sie. Um Karla mache ich mir auch keine Sorgen. Es geht mir um dich! Mir ist unwohl, wenn ich daran denke, wohin sich unsere Lage entwickelt, wie sich die politische Situation und der Arbeitsmarkt verändern werden in den nächsten Dekaden und dass dich diese Entwicklung immer weiter in die Abhängigkeit von Karla treiben wird. Da sage ich dir ganz offen, ergreife die Chance und emanzipiere dich von ihr! Um deiner selbst Willen! Das wird auch Karla verstehen. Die findet eine andere Stätte. Aber für uns ist dieses Projekt zentral.

Du liebe Zeit!,

seufze ich und ziehe meine Fingerkuppen über die Bücher in den Regalen. Dann umklammere ich die Leiter mit beiden Händen, steige ein, steige ein, zwei Sprossen nach oben, nur um mich wieder abrutschen zu lassen wie an einer Sprossenwand.

Herrje, Papa. Wo soll ich nur anfangen? Du vermischst viel zu viel. Du machst dir Sorgen um die Politik und den Arbeitsmarkt? Da sitzen doch deine Leute! Was genau stört dich denn? Für dich läuft es doch. Du konntest offensichtlich wieder etwas drehen, oder nicht? Denn wer genau finanziert dieses Zentrum? Die Gemeinde allein wird es nicht sein, stimmt's? Und warum soll ausgerechnet ich, die keinerlei Erfahrungen in diesem Bereich hat, die Leitung übernehmen? Wie läuft denn dieses Auswahlverfahren? Ist das überhaupt öffentlich? Oder ist das abgekartet? Warum solltest du sonst so selbstverständlich davon ausgehen, dass ich einfach antrete, und niemand wird je infrage stellen, ob ich überhaupt die geeignete Kandidatin bin oder ob es nicht noch andere gäbe? Es ist so typisch, Papa! Geschachert und geschoben. Und du bist nach wie vor Teil dieser korrupten und intransparenten –

Judit, jetzt setz dich sofort wieder hin!,

entfährt es meinem Vater. Sein Kopf leuchtet.

ZWANZIG
1999

Ich war außer mir. Der Wind fuhr unter die Kapuze. In der Almbaumsiedlung strahlten die Lichter aus den Häusern in die Kälte. Ich zog Rotz unter die Stirn, die Hand fror an meinem Ohr, fror mit meinem Motorola samt der Wut auf Böhm und Nico und Karla an mein Ohr, und endlich, endlich hörte ich Karla fragen: *Hallo, was ist los,* fragte sie. *Judit, was ist denn los? Bist du nicht bei Nico? Wie war's?*

Wie es gewesen sei, schrie ich in die Hand an meinem Ohr, was sie denn denken würde? *Eine Katastrophe,* katastrophal wäre es gewesen! *Aus ist es. Aus und vorbei. Auch die Freundschaft zwischen uns. Aus und vorbei. Was du hinter meinem Rücken erzählt hast, wie sehr du mein Vertrauen missbraucht hast, das vergesse ich nie!*

EIN UND ZWANZIG

Sollte ich noch länger auf Karla warten? Die Katze streckt sich und springt vom Sofa. Sie verschwindet und ich höre ihr Scharren im Kistchen, das die Stille bricht. Um die Mittagsruhe einzuhalten, enden die Arbeiten für zwei Stunden. *Eingefrorene Zeit,* denke ich und fixiere das iPhone mit seinen abgerundeten, hellen Rändern. *Ping!* Und zugleich ein Summen. Keine Nachricht von Karla, eine Bestellbestätigung. Ich könnte sie anrufen, noch einmal versuchen anzurufen, aber was dann? Ich sehe auf die gepackten Koffer, tippe: *Karla, ich fahre nach Oberbach zu meinem Vater. Er möchte mich unbedingt sprechen. Außerdem muss ich nachdenken. Über mich, uns,* lösche dann aber die beiden letzten Zeilen. Ich vertreibe den Dämon im Raum, indem ich schweige, warte, auf einen besseren Zeitpunkt warte, *der besser passen würde, um ernsthaft miteinander zu reden,* wie es heißt. Auf diesen Zeitpunkt warte ich, der nicht kommt, der aber nicht mehr kommen wird, fürchte, nein, weiß ich. *Schwamm drüber.* Unsere Liebe ist aufgebraucht, fantasiere ich. Gegenverrechnet, mit Karlas Schuldbewusstsein gegenverrechnet. Schuld, die ich kleinzureden, *Schwamm drüber,* kleinzuschweigen versucht hatte, die ich ihr abends aus ihren inneren Windungen zu hauchen versuchte, *du bist mein ganzes Glück, ohne dich wüsste ich nicht, was Liebe ist,* flüstere ich vor mich hin. Und doch ist es so, je näher ich zu ihr rücke, je mehr ich sie brauche, desto überwältigender wird die Distanz. Als würden wir uns verlieren, obwohl wir im selben Bett schlafen. Meine Ahnung, dass sie Mitleid mit Liebe verwechselt und nun müde davon geworden war, verfestigt sich zur Angst. Zur Angst, dass sie in mir wiederholt sieht, Nico sich vor ihren Augen in mir wiederholen sieht, für den sie gesorgt, den sie zu retten versucht hat. Aber ich bin nicht Nico! Und auch nicht meine Mutter! Ich schenke mir ein weiteres Glas ein. Karla entfernt sich mehr und mehr. Sollte ich es ihr gleichtun? Ich lege mich auf das Sofa. Mir ist schlecht und schwindelig. Die Katze stößt ihr Köpfchen gegen den gepackten Koffer und schnurrt.

ZWEI UND ZWANZIG

Es reicht! Was ich alles riskiert habe, was ich in Bewegung setzen musste, ach!, winkt mein Vater ab. Er atmet tief durch, atmet abermals und führt seine Fingerspitzen vor seinem Brustkorb zusammen.

Du meditierst seit Neuestem?

Ich bin beeindruckt!

Judit, bitte, und ich weiß, für die Generation meines Vaters ist es selbst im Jahr zweitausendachtzehn noch schwer zu verstehen, dass Befehle keine angemessene Form der Kommunikation ersetzen, dass ihr Wille nicht per Verkündung geschehe. Er klopft sich dann mit der Faust gegen sein Herz. Ein leichtes Klopfen. Kein rüdes wie bei einem flimmernden Bildschirm, sondern ein vorsichtiges, beinahe ängstliches Drücken auf eine Enge, die sich in ihm zusammenzieht.

Alles in Ordnung?

Bitte schau nicht so besorgt, setzt er fort und beginnt zu berichten. Er beginnt, mich von seinen Gedanken zu unterrichten, die er sich in den vergangenen Monaten gemacht habe. *Weitgehende.* Zudem habe er sich mit Vertrauten besprochen, die die Lage ähnlich beurteilen.

Welche Lage denn?, treibe ich ihn an.

Die Lage ist die, Judit, ich gebe zu, anfangs ein Freund dieser Regierungskonstellation gewesen zu sein. Aber davon bin ich abgerückt, weitestgehend abgerückt. Sie ist das Symptom des Untergangs unserer Zivilisation. Und niemand wehrt sich dagegen. Im Gegenteil. Kannst du dich noch erinnern, als die Union uns bestraft hat für den Haider? Davon sind wir meilenweit entfernt. Es wurde so normal, nicht nur in Österreich, europaweit rücken wir nach rechts, ohne Sanktion, ohne mahnenden Ton aus Brüssel. Es wurde so normal. Normal ist es, gegen die Eliten zu hetzen, gegen die Ausländer, gegen die Medien. Das ist ihr größter Erfolg, dass es normal geworden ist. Es herrscht Hilflosigkeit weit und breit angesichts der vergifteten Öffentlichkeiten, die diese Leute vor allem im Digitalen erschaffen. Propaganda, die Menschen züchtet, die Menschen verrückt, voneinander und aneinander verrückt werden lässt. Gehirnwäsche sei das. Nichts als Gehirnwäsche. Die graben an den Fundamenten der Nachkriegszeit im Namen einer Freiheit, die mit einem aufgeklärten Verständnis nichts mehr gemein hat. Es ist die Freiheit des Stärkeren. Die Freiheit eines imaginierten Volksempfindens, das sich benachteiligt wähnt und vom Abstieg bedroht. Vielleicht sogar zurecht! Und meine Partei wird fröhlich mitmachen, um nicht in der Bedeutungslosigkeit zu versinken.

Erzähl mir was Neues, Papa!

Ja, du willst es immer schon gewusst haben. Eingetreten ist es dennoch. Nichts konntet ihr ausrichten. Oder um es deutlich zu sagen: Das Versagen ist ebenso auf eurer linken Seite. Und was du bis heute nicht zu begreifen scheinst: Universitäten, der Kulturbetrieb, die Geisteswissenschaften, all das werden sie künftig abschaffen. Das ist Faschismus, Judit. Stück für Stück. Das passiert schon jetzt. Und das nicht nur aus ideologischen Gründen. Der globalisierte Wettbewerb wird härter. Unsere Gesellschaftsordnung wird neu errichtet werden und Kunst und Kultur wird man bestenfalls als unnötigen Luxus begreifen, bei dem es zu sparen gilt. Autokraten werden erstarken. Verteilungskämpfe werden zunehmen, der Klimawandel stellt die Ressourcenfrage auf radikale, auf noch gar nicht abzusehende Weise. Das Leben, wie ich es kannte, wie du es kennst, ist vorbei. Was glaubst du, wird dann für dich noch übrig bleiben?

Papa, du klingst ja pessimistischer als ich!
In einem Crash steckt mehr, als du denkst.
In der katastrophischen Veränderung wohnt eine große Chance!

Judit, mir ist nicht nach Scherzen zumute.

DREI UND ZWANZIG
1999

Ich stapfte über gefrorenen Moosboden. Der Boden war hart und weich zugleich. Wenn ich nachts nach Hause ging, wählte ich oft den Umweg über die Feldwege auf den Almbaumhügel, ging die Trampelpfade entlang durch den Wald. Die Straße war bei Nacht auch nicht ungefährlich. Zwei langgezogene Kurven, ein fehlender Bürgersteig sowie spärliche Beleuchtung führten des Öfteren zu Unfällen vor unserer Zufahrt. Außerdem beruhigte mich der Spaziergang und ich kletterte schließlich über die morschen Holzzäune, die das Wild abhalten sollten, und dann über den Maschendraht, näherte mich unserem Haus von der Rückseite. Das Licht in der Bibliothek war an. Wahrscheinlich konnte ich es nicht erwarten, mit ihm zu sprechen, ich sehnte mich nach meinem Vater, mein Gewissen biss mir in den Nacken, weshalb ich nicht den Hauseingang wählte, sondern direkt auf das Bibliotheksfenster zusteuerte. Ich sah die Rückseite des Chesterfield-Sessels. Musik klang dumpf durchs Fenster und ich klopfte gegen die Scheibe. Mein Vater drehte ruckartig seinen Kopf nach hinten, sein Gesicht bleich vor Schreck. Und auch meine Mutter kam mit ihrem Gesicht hinter der Lehne hervor. Sie war nackt. Mein Vater sah mich entgeistert an und bedeutete mir, dass ich wie jeder andere Mensch das Haus gefälligst über die Vordertüre betreten solle. Als ich schließlich die Tür zur Bibliothek aufzog, steckten beide wieder in ihren Klamotten.

Judit, was ist denn? Was machst du so früh wieder hier?

Ich komme mit. Zu Silvester, zu deiner Silvesterfeier, meine ich.

Und was ist mit Karla und Nico?

Die sind mir egal.

VIER UND ZWANZIG

Die Maschinen sind verstummt im Innenhof. Es dämmert der frühe Abend. Die Vögel picken Brotbrösel und speien in die Resthelligkeit des Tages mit Nachdruck ihren Gesang, der tagsüber von den Baustellen verschluckt wurde. In pulsierenden Gruppen fliegen sie wild um die Häuserblöcke, verweilen auf den Rinnen, fliegen fiepend weiter, ziehen dahin; *Keine Zeit zu verlieren,* denke ich und trinke, trinke Sekt und notiere Zeilen, Zeilen zu einer neuen Organisation, zu einer neuen Organisationsform, die ich mir wie einen Vogelschwarm vorstelle. Kein Zentralismus, nein, keine Gesellschaft, keine Think Tanks oder Agenden für dies oder jenes, keine Verbindungen, keine Corps, wie sie die Rechten oder die Konservativen kennen, nein, nein. Hierarchien wären der Tod und würden uns nur bremsen, notiere ich. Sie würden dem aufgeklärten Ideal einer freien Gesellschaft widersprechen. Und dennoch dürfe man das Potenzial der progressiven Kräfte nicht vergeuden, denke ich, notiere: indem sie unorganisiert, in kleinen Splittergruppen unorganisiert, ja chaotisch weiterhin ihr Dasein fristen. Es gelte, eine neue Infrastruktur aufzubauen, die miteinander vernetzt ist. Korrespondieren müssen wir, uns Antworten geben und diese so verbreiten, wie im einundzwanzigsten Jahrhundert, wie es unserer Zeit gemäß wäre. Ermächtigung und Eroberung des digitalen Raumes, notiere ich und komme mir groß, immer noch größer vor, bis Karla mir erscheint. Sie erscheint mir hinter, nein, sie scheint weiß wie in die Gardine verwoben. Ich erkenne tätowierte Waden. *Seit wann?*, höre ich mich fragen, aber sie winkt ab und lacht, lacht über meine Notizen,

woher weißt du, was ich mir notiere?

Ich weiß es einfach, sagt sie. Ist ja nichts Neues. Oder glaubst du, du hättest nach einer Flasche Sekt als erste die Schwarmintelligenz entdeckt? Und ich sehe eine Blume in ihrer Hand. Einen ganzen Strauß. Und dann klackern ihre Schlüssel tatsächlich im Schloss. Die Katze plötzlich wach und läuft, sie läuft zur Tür, läuft zu ihr und ich höre ein langgezogenes *Halloo, Judit? Bist du noch da?*

Sie klingt fröhlich.

Fuck.

Sie klingt nach Geschenk, denke ich, nach einer Aufmerksamkeit, und das Wort *ertragen* kommt mir wieder in den Sinn. Ich kann nicht ertragen, dass ich ignoriert, sie mich so negiert. Dass sie ohne mich Spaß hat, dass sie ihre Arbeit hat, dass sie lacht, stets weitermacht, als gäbe es keine Widerstände, mich auslacht, ohne zu lachen, freilich, aber dennoch von oben herab auf mich wirkt, einwirkt auf mich, ätzend, dass sie ihre Kisten nach Jahren noch nicht ausgeräumt hat, als wäre sie bald wieder auf dem Sprung, für den Absprung bereit, bereit von mir abzuspringen und mich auflaufen, nein, auslaufen zu lassen, während sie weiterspringt, hops, einfach woandershin, das macht mich wahnsinnig! Dass sie ihre Schuhe quer zueinander stehen lässt, ätzend, dass ich mich um ihre Katze kümmere, ätzend, und dass sie um all das weiß, sie weiß darum!

Und dann versucht sie,
mir wieder alles recht zu machen.
Zart und besonders verständnisvoll ist sie.
Von der einen Sekunde zur nächsten
darf ich dann bestimmen. Über das Essen, über das Abendprogramm, über sie, über ihren Körper, bis sie einschläft und sie am nächsten Tag wieder nur für sich existiert.

Du bist ja noch da, stellt sie fest.
Sie wirkt müde, abgekämpft,
was weiß ich,
was sie wieder angestellt hat, was in ihrer Firma los war, ob sie auf einer Party war, ohne mich? Widme dich deiner Arbeit, denke ich, *lass sie einfach,* und doch sehe ich Karla zu, wie sie ihre Tasche ablegt, die Katze füttert und schließlich im Schlafzimmer verschwindet.

FÜNF UND ZWANZIG

Ich öffne das Fenster in den hinteren Teil des Gartens. Die Wärme des auslaufenden Sommernachmittags und der Geruch der Sträucher fällt in die Bibliothek wie Gerümpel aus einer überfüllten Garage. In der Ferne rotieren Traktoren über die Felder. Ein Hubschrauber fliegt Baumstämme aus dem Wald. Noch immer kommt es mir vor, als existiere an diesem Ort *alle Zeit der Welt,* sage ich zu meinem Vater, der an seinem Schreibtisch Medikamente sortiert und mit dem Telefon zwischen Schulter und Ohr auf einem Zettel einige Zahlen notiert. Ich rieche die Gräser und vergesse, vergesse für den Moment, warum ich mich in seinem Haus befinde. Am liebsten hätte ich mir Tee gekocht. Mich mit einer heißen Tasse in den Garten gelegt, mich unter die weiße Markise begeben und an nichts gedacht. An nichts. Als ob es eine Zukunft gebe, die von selbst kommt. Sie holt einen ab, sobald es so weit ist. Man müsse nur Geduld haben und alles würde seinen Gang gehen, murmle ich vor mich hin und er verstehe nicht, er verstehe mich einfach nicht, was Besseres könne mir gar nicht passieren! *Allerorts leckt das Boot, rette sich wer kann, Judit!*

Und ja, sage ich

dann stammle, murmle, schweige wieder.

Dass ich mich natürlich um meine Zukunft sorge, würde ich ihm gerne sagen, dass ich nicht wisse, wohin mich meine Arbeit bringen würde. Aber dass ich es herausfinden müsse, und ich weiß selbst, *wie klischeehaft das klingt,* antworte ich Karla, antworte ich auch dem Vater in meinem Kopf, und mir ist, als würde mit jedem Hundegebell der Glaube an mich, mit jedem Blöken einer Ziege die Kraft aus mir, aus meiner Arbeit schwinden.

Ich schließe das Fenster.

Die Bücher um mich herum klagen an. Mahnen mich daran, festzuhalten, meinem Vater zu sagen, dass mir nach Scherzen ebenfalls nicht zumute ist, dass ich aber – im Gegensatz zu ihm – mich nicht der Zukunft einfach verschließen, mich zurückziehen und das Beste hoffen kann, sondern es regelrecht begrüßen *muss,* wenn Veränderungen eintreten, schlagartig. *Nur Mut!,* rufen sie mir zu, die Bücher. Viel zu lange würden wir in einer Wiederholung der immergleichen Mantras leben, sodass der Niedergang unausweichlich, dieser gar beschleunigt werden müsse. Europa wäre nur der letzte Torwächter einer Ordnung, der alten Ordnung, die überholt wird, die überholt wirkt. Amerika macht es vor. Die Demontage beginnt. *Die Krähen schrei'n schon, und ziehen schwirren Flugs zur Stadt,* schreibt Nietzsche. Es gelte jetzt, sich gerade nicht zurückzuziehen!

Geht es dir wirklich gut?,

frage ich stattdessen. Seine Finger zittern. *So dunkel kenne ich dich gar nicht,* sage ich. Natürlich stünde es nicht gut um uns. *Aber noch sind wir nicht verloren,* beschwichtige ich. Bitte, sag mir, wie geht, wie steht es eigentlich um dich?

Es ist nichts.
Nur das Übliche.
Der Blutdruck,
du weißt schon, wiegelt er ab.
Die Medikamente helfen gut.

Weißt du noch, wann wir uns zuletzt so ausgiebig in diesem Raum unterhalten haben?

Natürlich.

Natürlich wisse er das. Dazu hätte er auch noch einiges zu sagen, wie gesagt, da gäbe es noch so manches, raunt er und legt sich eine runde Tablette auf die Zunge. *Doch ich erwarte gleich noch einen weiteren Anruf, bitte entschuldige.*

SECHS UND ZWANZIG
Silvesternacht 1999/2000

Meine Mutter war von der Euphorie angesteckt, die mein Vater am einunddreißigsten Dezember neunzehnhundertneunundneunzig wie eine Monstranz vor sich trug. Eingehüllt in eine Wolke aus Parfüm, aus Haarspray und Körperlotion, gehüllt in ein Kleid aus schwarzer Seide mit silberglänzenden Nähten, in Ohrringe, die sie aussehen ließen wie eine Adelige vor einem Festakt. Sie schminkte sich kräftiger als sonst. *Passend für das Saallicht,* ließ sie mich wissen und ich wurde den Eindruck nicht los, dass sie sich auf eine Rolle freute, die sie heute Abend aufführen dürfe. Sie übte vor dem Spiegel. Sie zog sich die Handschuhe an und wieder aus, machte einen Knicks. *Guten Abend, Benjamin, wie schön, Sie zu sehen, nach so langer Zeit,* hörte ich sie vor dem großen Schrankspiegel üben.

Sie drehte sich im Kreis, wiederholte: *wie wunderbar, was Sie nicht sagen, ich verstehe nur zu gut, ganz genau so ist es, Sie bringen es auf den Punkt, fantastisch, grüßen Sie mir Ihre Frau!* Dann gab sie ihrem Spiegelbild einen Kuss. Der Lippenstift färbte auf die kalte Fläche, während mein Vater im Frack vor dem Wandschrank im Flur stand. Er friemelte ungeschickt an der Fliege und versuchte sich vergeblich am Hosenschlitz, bis meine Mutter ihm zu Hilfe eilte.

Na, wie sehe ich aus?,

fragte er schließlich seine Frau, die ihm über die Schulter streifte, dann über den Rücken. Sie pustete ihm ins Gesicht, zupfte an seinen Haaren, sie war sichtlich unzufrieden. Aber es war zu spät: *wir müssen,* drängte er und ließ den Motor an. *Was den Bürgermeister anlangt, da geben wir uns zuversichtlich, mehr nicht, hört ihr? Bescheiden bleiben,* schärfte er uns ein. Die Fusion würde natürlich ein Erfolg werden, davon müssten wir überzeugt sein. *Psychologie, nichts als Psychologie,* wiederholte er. Aufregung und Vorfreude umgaben die beiden wie Duftwolken in alten Comics. Sie waren *zum Greifen,* wie man sagt, *beinahe zum Schneiden,* wie man sagt, fast wie jene Schwaden, die uns am Veranstaltungsort dann entgegenschlugen. Schwaden aus dampfenden Blaukrautkesseln, aus brutzelnden Spanferkeln und butterweichen Serviettenknödeln, aus triefenden Zapfhähnen und schwitzenden Männern, die sich ihrer Sakkos längst entledigt hatten und sich an den Kegelbahnen vergnügten. Niemand von ihnen trug einen Frack. Der Saal war übersät von Fahnen und Wimpeln. Der Jägerverband präsentierte die besten Schüsse der Saison. Rund um die festlich geschmückten Tische mit weißen Tischtüchern, Schnittblumen und Kerzen, gesellten sich Biertische mit dunkelgrünem Gestänge. Damit hatte meine Mutter nicht gerechnet. Dass Benjamin seinen Gästen, die auch aus Deutschland und sogar mit ihm aus Amerika angereist waren, einen saftigen Teil Oberbachs präsentieren wollte, dieser Umstand lähmte sie. Stumm stand sie vor der Garderobe und suchte verzweifelt nach einem freien Platz für ihren teuren Mantel. Zwei Frauen drängten sich an uns vorbei. Sie warfen ihre Jacken einfach über den Ständer und stimmten darin überein, dass eine Demokratie eben eine Demokratie sei, das müssten sie doch akzeptieren, diese Journalisten, die keinen Respekt hätten, es sei ja kaum zu glauben! *Zum Kotzen,* kreischte eine der beiden. *Denen geht's nur um ihre Egos mit ihrem Gebläse. Eitelkeit, nichts als Eitelkeit,* meinte sie. Die andere setzte hinzu, dass sie geldgierig wären und uns unseren Erfolg nicht gönnten. *Nestbeschmutzer, ganz richtig, Nestbeschmutzer! Dreckwäscheschleudern, sonst nichts. Gut, dass der Haider denen das Maul stopfen wird.* Ein naher Bekannter von ihr, der wäre auch so ein Schreiberling, der wäre jetzt gut beraten sich umzusehen, ansonsten schneiden wir sie ihm ab, dem seine Zunge. *Ganz genau,* stimmten sie überein, und ich hakte mich bei meiner Mutter unter. *Komm, wir suchen uns unseren Platz,* flüsterte ich ihr zu. Doch bevor ich sie in Bewegung setzen konnte, tippte sie einer der Frauen auf die Schulter. *Du dumme Kuh,* schnalzte es aus ihr. Daraufhin verschwand meine Mutter mit mir in der Menge.

SIEBEN UND ZWANZIG

Ausrangiert wie ein altes Haushaltsgerät, denke ich. *Ausrangiert wie jene, die ausgedient haben, die für den Verwertungsprozess nicht mehr zu gebrauchen sind,* schreibe ich und frage mich, ob ich nicht biografischer herangehen, eine Mischung aus Biografie und Abhandlung anstreben sollte? Die Geschwindigkeit an mir selbst, ein sich überholendes Denken an mir als Figur darstellen, die über sich hinaus, über die vorgegebenen Bahnen rasen *muss,* wenn sie sich befreien und die Kontrolle wiedererlangen will. Noch mehr Geschwindigkeit, die ich selbst erzeuge, bedeutet Kontrolle über mich selbst, was bedeute, *Kontrolle zurückzubekommen,* schreibe ich und bin elektrisiert, auch, weil ich zwischen Beschleunigung, Befreiung und Kontrolle einen Widerspruch rieche. Ich krieche vom Sofa und sammle die Krümel auf, welche die Katze neben ihrer Schüssel hinterlassen hat. *Ich muss nachdenken.* Ich rücke Karlas Schuhe zurecht und hänge ihre Jacke an den Haken. *Nur die Beschleunigung über die Banden der Wirtschaftsordnung hinaus,* schreiben die Akzelerationist:innen, würde *die Wiederholung, das Immergleiche* durchbrechen und für echte Veränderung sorgen. Ich sprühe den Spiegel mit blau schimmernder Flüssigkeit ein und wische mit altem Zeitungspapier die schaumigen Bläschen ab.

Ich sollte als Figur,
als Metapher in meinem Text
präsent sein, nicht dahinter verschwinden, sage ich zu mir, Theorie als Literatur begreifen, und sehe mich mit jenen Gedanken gerüstet, aufgerüstet zu einer respektablen Position, zu einer Profession, die Anerkennung finden könnte, die Augenhöhe mit Karla herzustellen vermag, und so schleiche ich ins Schlafzimmer, um nachzusehen, ob sie schon schläft. Gestärkt wäre ich jetzt für ein Gespräch, das einiges zu begradigen imstande wäre, endlich in der Lage für ein Gespräch, endlich in einer Position der gleichberechtigten Stärke, denke ich noch, doch es sieht so aus, als würde Karla schlafen. Sie liegt mit dem Gesicht zum Fenster. Ich sehe, wie der Atem ihre Schulter leicht nach oben zieht, dann wieder in die weiche Matratze sinken lässt. Ich ziehe die Tür zu, höre sie, höre sie meinen Namen sagen. Sie hält sich die Hand vor Augen, geschwollene

Augen, vor Schlaf, vor zu wenig Schlaf angeschlagene Augen, sie wirkt, als hätte sie geweint, ach nein, denke ich. Viel wahrscheinlicher ist, dass sie die Nacht zum Tag und den darauffolgenden Tag wiederum zur Nacht gemacht hat. Wie sollte es auch anders sein?, ermahne ich mich. Frage aber: Alles fein bei dir? Alles gut? *Weiß nicht,* sagt sie, *das wird sich erst noch zeigen,* sagt sie, *kommst du ins Bett? Bitte!*

Ja, gleich, antworte ich, und weiß bereits, dass ich auf dem Sofa schlafen werde. Morgen nehme ich den ersten Bus nach Oberbach. Das steht fest.

ACHT UND ZWANZIG

Die Rinde am Baumstumpf ist mit Efeu überwachsen. Der Gärtner hat ihn ausgehöhlt und zu einem Gefäß geformt, zu einem mit Erde befüllten Behältnis, das, zu einem Beet umfunktioniert, Rosmarin und Thymian hervorbringt. Kräuter wachsen also aus der Silvesternacht, denke ich, aus Nicos Schnitt, aus diesem Einschnitt. Und ich denke nach, denke, während mein Vater im Haus telefoniert, an das sich verändernde Oberbach. Hat sich hier mehr verändert als von mir bemerkt wird? Und hätten die Oberbacher nicht sogar recht, wenn sie Gras, wenn sie den Kräutern lieber beim Wachsen zusehen und möglichst auf Geschwindigkeit verzichten wollen? Nur so viel wie nötig, nicht so viel wie möglich? Was, wenn der Neoliberalismus nicht überholt werden, sondern ausgebremst, zum Erliegen gebracht werden muss? Nicht Geschwindigkeit, sondern Trägheit, frage ich mich und denke:

Ich habe die Tanne gemocht.
Trotz der vielen Fotos.
Trotz der vielen falschen Fotos,
der erlogenen Idylle zum Trotz.

Und sage dann vor mich hin: leben wir nicht alle in Illusionen, die wir um jeden Preis aufrechterhalten wollen? Steht nicht an jedem Anfang eine starke Illusion, die wacht, die darauf aufpasst, dass nicht jeder Lebensentwurf in dunkler Nacht versinkt, die ihn jederzeit zu verschlingen droht? Illusionen und Schlaf sind heilsam. Sie schirmen ab. *Der Schlaf in Oberbach,* notiere ich, *der auf den Körper durchschlägt, auf mein Gedächtnis, das ansonsten nachgibt, dem irgendwann mit zunehmender Geschwindigkeit nicht mehr zu vertrauen ist,* notiere ich. Der Preis: Ein Leben zwischen immer noch brauner Blut-und-Boden- und Bauernkultur, und doch ist da auch Fortschritt. Eine hartnäckige Mentalität eines Gestern in Oberbach, eine rechte Mehrheit, und eben doch – da ist auch: der Biobauer, die Biobäuerin, die die Landwirtschaft revolutionieren, *die gibt es, Judit,* höre ich mich korrigieren, höre ich den Vater in mir korrigieren. *Zudem die ökologischen Fortschritte im Dannenbergwerk, die vielen Photovoltaik-Anlagen auf den Dächern, das musst du anerkennen.* Und hier wären wir im Falle des Falles besser geschützt, versteckt, zuweilen auch autark, schreibe ich. Ein seltsames Gemisch in mir.

Kategorien stürzen ein.
Irgendwie ist es schön, hier zu sein,
bei ihrem Vater,
notiere ich über mich.
Dann checkt sie ihre Nachrichten. *Ping.*
Sieben Nachrichten von Karla auf ihrem Bildschirm.

NEUN UND ZWANZIG
Silvesternacht 1999/2000

Benjamin wusste genau, was er tat. Er war exakt so, wie ich ihn mir vorgestellt hatte. Er hielt höfliche Distanz, hatte jedoch den untrüglichen Instinkt eines Menschenkenners. Wenn es sein musste, beugte er sich vor und signalisierte Vertrautheit. Er berührte den Arm des Gegenübers oder legte lobend die Hand auf die Schulter. Er sah gut aus. Er wusste sowohl vor den Geschäfts- als auch vor den Feuerwehrleuten die passende Anekdote zu erzählen. Die einen verziehen ihm den weltgewandten Mann, die anderen konnten es kaum glauben, dass er sich mit dem Bezirksobmann der Freiheitlichen scherzend verstand. Mein Vater wich ihm kaum von der Seite und fand aus der Zustimmung kaum wieder heraus. *Wie Benjamin sagt,* war der Satzanfang seiner Wahl. Nur mit meiner Mutter wusste selbst dieser Mann nichts mehr anzufangen. *Lauter kranke Leute, total Verrückte* wären hier versammelt, ließ sie Benjamin wissen, was würden die hier suchen?, fragte sie ihn. Benjamin wiederum hielt hilfesuchend nach meinem Vater Ausschau. *Eine ganz schreckliche Bagage, ausschließlich perverse Extremisten, die in ihrer Freizeit Tierkadaver fickten und sich vorstellten, die Viecher hätten zuvor sämtliche Migranten gefressen und dann auf ihren Feldern wieder ausgeschissen. Ortstafelstreit beigelegt.* So einfach wäre das, sagte sie. Es war verstörend.

Wenn du es sagst, Lisa,
wird es so sein,
versuchte er sich herauszuwinden.

Luise, Benjamin, bitte, ich heiße doch Luise Renner, woraufhin er sich mir zuwandte: *Wir müssen deinen Vater finden, schnell!* Und schon war er im nächsten Gespräch verschwunden.

DREISSIG

Die Versuche, Karla zurückzurufen, scheitern. Ich verschiebe die schwere Terrassentür. Die Wohnküche ist angenehmen frisch, wesentlich frischer als die aufgeheizte Luft unter der Markise. Gut gefüllt ist der Kühlschrank, stelle ich fest. Brotaufstriche und in Olivenöl eingelegte Champignons finden sich darin.

Er bietet mir einen Job an,

schreibe ich an Karla. *Der Buchenhof wird von der Gemeinde gekauft. KITA oder KIGA oder was weiß ich, was dort alles entsteht. Ich soll das leiten. Wir müssen reden!*

Ist das schon fix?, antwortet Karla prompt.

Keine Ahnung. Weißt du nichts? Wir müssen reden. Lehne das natürlich ab, schreibe ich, doch minutenlang kommt nichts zurück, bis:

Kann nicht telefonieren.

Mehr nicht, wundere ich mich noch, doch der Paprikaeiaufstrich schmeckt so gut, dass ich mir ein weiteres Brot damit beschmiere und erst jetzt registriere, wie hungrig ich bin.

EIN UND DREISSIG
Silvesternacht 1999/2000

Während des Essens blieb meine Mutter stumm. Sie verfolgte die Gespräche, nickte und simulierte, dass sie verstand. Nur in das Lachen, das viel zu laute, stimmte sie nie mit ein, kaute nur umso langsamer ihr Essen. Besonders angetan hatte es ihr das Gebäck. Selbst als die meisten von ihren Plätzen aufgestanden waren, blieb sie sitzen und aß mit Bedacht Bissen um Bissen. Die Festreden ertrug sie mit verschränkten Armen und einer Faszination für das schale Wasser in den langhalsigen Karaffen. Nur in den Applaus für ihren Mann, den Benjamin mit lobenden Worten bedachte, stimmte sie enthusiastisch mit ein. *Auf dass das neue Jahrtausend uns gewogen sein möge,* jubilierte sie und prostete in die Runde, als wäre sie umgeben von lieben Freunden. Mein Bitten und Betteln, nach Hause zu fahren, zeigte bei meinem Vater folglich keinerlei Wirkung. Es sei doch alles in Ordnung, beschwichtigte er. Und nach dem Mitternachtsfeuerwerk würden wir aufbrechen, versprochen. Dann forderte er meine Mutter gar zum Tanz und die beiden gliederten sich ein in den sich drehenden Menschenhaufen, während ich mir einen Weg nach draußen zu bahnen versuchte.

ZWEI UND DREISSIG
Silvesternacht 1999/2000

Du gespaltener Engelsmund, du damischer Teufel! Japse, verrecke, heule, heischte mir Karla auf die Mailbox. Dann ein Geräusch wie singende Schienen, wie Lautsprecher auf Anschlag. Auf einer Schaukel sitzend, starrte ich auf meine Schuhspitzen und hörte wieder und wieder die tobende Karla ab. Um mich herum wurde das Feuerwerk aufgebaut. Was könne sie dafür, wenn ich über meinen Vater spreche, als wäre er die Apokalypse?, überschlug Karla sich. Was könne Nico denn dafür, wenn ich nicht zu dem stehe, was ich aller Welt bereitwillig erzähle? Nie wieder, nie wieder würde sie mit mir sprechen und Nico erst recht nicht! *Weißt du, wie es dem gerade geht?,* drohte, ja, bohrte sie in meine Mailbox und ich drehte mich in der Schaukel ein, bis die Ketten knirschten, bis keine weitere Umdrehung mehr möglich war.

Hatte sie recht?

War ich ungerecht? Hatte ich nicht selbst daran Schuld? Karla hatte nur versucht, mir zu helfen mit Hannes Böhm. Nico hatte mich gewarnt, seine Konfliktangst war mir ebenfalls bekannt, nichts Neues also. Ich ließ los und klammerte mich an die eiskalten Maschen aus verzinktem Edelstahl. Das Winden, das um sich selbst Winden, das um alles und um jeden sich herum Winden, das sich befreien Wollen, eigentlich, aber das Nicht-wissen-wie, spritzte mir aus dem Leib, als das Schaukelkarussell zum Stillstand kam. Das Abendessen flog in großen Brocken auf den gefrorenen Mulch. Ein Pyrotechniker mit Basecap glotzte ungläubig. Besser wurde mir nicht. Es sollte nicht verschwinden, sollte nicht einfach ich verschwinden?, ich konnte nicht, kein Aufbruch in mir, nirgends. Ich wusste nicht wohin und ging in den Saal zurück. Die ersten holten sich ihre Mäntel, um sich vor der Halle das Feuerwerk anzusehen. Die Mitternacht rückte heran. Die Plätze meiner Eltern waren leer.

DREI UND DREISSIG

Selbst die Teller und Tassen sind neu. Schwarze Schieferoptik. Sämtliches Geschirr in schwarzer Schieferoptik. Ich schleiche weiter durchs Haus. Ziehe Schublade um Schublade auf, es gilt nachzusehen, ob Reste der Vergangenheit noch in ihnen lagern und darauf warten, wiederentdeckt und eingeatmet zu werden. Gelebte Langsamkeit. Angestaute Zeit, geronnene Vergangenheit, die sich zwischen Decken versteckt hält, hinter Kissen, unter den Lampenschirmen der Nachttischleuchte. Erinnerungen, die ein Haus lagert, in sich anlagert, die sich in einem Haus ablagern, Schicht um Schicht, wie Rauch oder Küchendampf an den Wänden. Doch die meisten Läden sind leer. Die Möbel andere. In meinem Zimmer steht das Fenster ganzjährig auf Kipp. Es riecht frisch nach Wind und Wald. Das Bett ist nicht bezogen, im Schrank hängen lose ein, zwei Shirts, ein Dutzend alte Kleider und nur zwei Paar Wollsocken finden sich darin, die mir unbekannt sind. Die beiden Badezimmer im Obergeschoss sind neu verfliest. Schwarz-Weiß-Optik. Zwei Gläser stehen für mich bereit und frische Handtücher hängen über der Wanne. Aus dem Schlafzimmer meines Vaters tritt die Sonne und leuchtet ein Trapez auf den Boden. Die Tür steht leicht angelehnt. Ich schrecke davor zurück, das Schlafzimmer meiner Eltern zu betreten, die Erinnerung überschrieben zu sehen von gänzlich neuem Interieur, und so drücke ich die Tür zu, die wieder und wieder aufspringt und erst nach einem heftigen Stoß verschlossen bleibt. Das Gefühl, das Haus meiner Kindheit nicht mehr zu kennen, breitet sich aus. *Entfremdung,* das Wort *Entfremdung* kommt mir in den Sinn, bis ich meinen Vater sprechen höre. Er geht telefonierend aus der Bibliothek, holt sich seine Laptoptasche und verschwindet wieder, zieht die Tür hinter sich zu, die sein Sprechen in einen dumpfen Moll-Ton wandelt. Fast nichts dringt nach außen. Nur die Tatsache, dass er da ist, denke ich und erinnere mich an die Zeit unmittelbar nach dem Tod meiner Mutter, denke daran, wie es mich beruhigte, nur zu wissen, dass er anwesend war und telefonierte. Er machte weiter, setzte die Fusion und den Wahlkampf unbeirrt fort. Das Amt war ihm schon zuvor sicher gewesen, doch der Tod meiner Mutter, so schien mir, bescherte ihm eine überwältigende Mehrheit. Und so sehr ich damit zu kämpfen hatte, dass der Trauer wenig Platz eingeräumt wurde, so sehr ich damals versuchte, ihn für seinen Egoismus zu verabscheuen, so sehr kann ich in meinem alten Zimmer stehend verstehen, dass nur der gewohnte Gang ihn, uns, zu stabilisieren vermochte. Er war es auch, erinnere ich mich, der mich anhielt, meine Pläne weiterzuverfolgen. Pläne, die mich doch aus Oberbach führen sollten, die mir Freiheit versprachen, die seit Homers *Odyssee* so tief in unserer Kultur verwurzelt war, dass außer Diskussion stand, den sicheren Hafen nicht zu verlassen. Denn nur so würde man reifen, zu einer Persönlichkeit sich entwickeln, die dem Leben und seinen Fallen gewachsen wäre, und zurückkehren in den Heimathafen?, frage ich mich und schüttle das Kissen auf, schließe das Fenster.

Du wolltest das,
du sollst das auch weiterhin wollen, schärfte er mir ein. Und doch war ich nach dem Schulabschluss hin- und hergerissen. Ich steckte fest. Denn nicht nur die Trauer lähmte, sondern die Unsicherheit. Unsicherheit, ob er nicht sogar heimlich erleichtert war über den Tod, über die nun abfallende Last, die sie ihm verursacht hatte. Doch auch die gerötete Entgeisterung in seinem Gesicht verunsicherte mich, als der Tag meiner Abreise bevorstand. Der Abschied von ihm, den ich mir wie einen langersehnten Auszug vorstellen wollte, fühlte sich wie Verrat an. Verrat an einem Mann, der nun allein blieb in der Totenstille. Aber auch Verrat an mir, die sich dem selbsterzeugten Ruf nach Freiheit beugte, nach einem Land, das Freiheit und Auftrag verband, obwohl ich ihn uneingestanden gerne überhört hätte. Plötzlich stand die Tür offen und ich hatte Angst. Die ersehnte Freiheit zog schwer an meinem Hals. Am liebsten wäre ich sitzen geblieben in meinem Zimmer, gestehe ich mir ein, während ich das Bett überziehe. Am Flughafen stieg ich aus dem Wagen und konnte mich nicht umdrehen. Minuten später ging ich doch aus der Abflughalle ins Freie zurück. Doch die roten Rücklichter in der Ferne waren keine mir vertrauten mehr.

VIER UND DREISSIG
Silvesternacht 1999/2000

Als ich die beiden auch nach Mitternacht nicht finden konnte, organisierte mir Benjamin seinen Fahrer. Ich nahm auf der Rückbank Platz. Meine Anrufe zu Hause, die Anrufe bei Nico oder Karla verpufften. Der Wagen steuerte wie auf Schienen durch die Almbaumsiedlung, zog gleichmäßig über die beiden langgezogenen Kurven auf den Hügel und blieb sanft vor der Auffahrt stehen. Ich lehnte die mir angebotene Hilfe ab. Das Tor stand offen, was kein gutes Zeichen war. Ein wildes Lachen entfuhr mir, als ich die umgestürzte Tanne in der Einfahrt liegen sah. Was hatte das zu bedeuten? Unwetter kam nicht infrage. Die Schneelast auch nicht. Vor dem darniederliegenden Tannenwipfel war der Wagen meines Vaters geparkt. Die Motorhaube des Mercedes war zerbeult, die linken Frontscheinwerfer zerborsten, die Windschutzscheibe zersplittert und mindestens ein Reifen war platt. Ich stürzte ins Haus und fand meinen Vater sichtlich angetrunken in der Bibliothek. Er war ehrlich erleichtert darüber, dass ich da war. Meine Anrufe hätte er wohl überhört. Der Schock steckte noch fest in seinen Knochen. Die Mutter hätte, *wie aus heiterem Himmel,* ein Rotweinglas zerbissen.

Sie blutete wie verrückt!

Doch ins Krankenhaus wollte sie nicht, sagte er. Sie hätte ihm sogar ins Lenkrad gegriffen, als sie bemerkte, dass er nicht den Nachhauseweg einschlug. Der Wagen fuhr gegen eine Leitplanke und stoppte erst an einem in den Boden geschraubten Pflock. *Und nein, die Polizei konnte ich nicht rufen. Ausgerechnet ich! Was sollte ich denen sagen? Was?,* wiederholte er mehrmals.

Gut, dass wir es irgendwie geschafft haben!

Keine Ahnung, ob uns wer gesehen hat.

Darum kümmere ich mich morgen.

Die Blutung war zum Glück nicht ganz so schlimm.

Sie hat Schmerz- und Schlafmittel genommen und liegt jetzt im Bett, sie schläft, sagte er überraschend gefasst, fast so, als müsste er nur noch selbst daran glauben, es sich selbst nur noch häufiger versichern, und dann würde wieder alles in Ordnung kommen.

Und was ist mit der Tanne passiert?,

brachte ich noch aus mir heraus.

Das ist eine gute Frage, Judit. Die musst du Karla und Nico stellen.

FÜNF UND DREISSIG

Mein Vater beugt sich über die Pläne, die auf seinem Schreibtisch ausgebreitet liegen. Hier könne ich am besten erkennen, wie das Zentrum aussehen solle. Er tippt mit dem Zeigefinger auf mehrere Grafiken und fordert mich auf, doch näher zu kommen. Ich aber frage ihn, wie er das vorhin gemeint habe, was er mir zu sagen versuche, aber noch nicht auszusprechen imstande war.

Ich weiß nicht, was du meinst, Judit. Du liest doch selbst in Zeitungen, wahrscheinlich in einigen mehr als ich. Unsere politische Ordnung nach dem Krieg baut auf der Beziehung zu Amerika und gefestigten Demokratien auf. Wenn diese Eckpfeiler wanken, wenn Amerika wankt, gerät das Gefüge außer Kontrolle. Wer weiß, was alles auf uns zukommen wird. Der Horizont verdüstert sich, das siehst du doch, das siehst du doch auch, oder willst du mir sagen, dass du den Fantasien einer Sechzehnjährigen hinterherhängst, die sich auf den Zusammenbruch der liberalen Staaten freut, weil endlich dem Kapitalismus der Stecker gezogen wird, weil die ewige Selbstgeißelung endlich an ihr Ende kommt und man es immer doch gewusst haben will, dass der Westen die Ausgeburt der Hölle sei.

Das meine ich nicht, sage ich und sehe mich gefasst, seit Langem zu klaren Gedanken in der Lage, und verstehe plötzlich, dass einen die Vergangenheit einholen wird. Ein Neuanfang kommt immer zu spät, wenn das

Vorangegangene offen bleibt. Deshalb wiederhole ich:

Das meine ich doch überhaupt nicht.

Was denn dann?

Was hast du noch zu sagen, zu jener Nacht von vor achtzehn Jahren, bestehe ich mehr als ich frage, und sehe, wie er seine Brille zurechtrückt, sich langsam aufrichtet und zurück zu seinem Sessel schlurft. Das hätte er nicht sagen sollen, gibt er mir zu verstehen. Ich solle es vergessen, ob ich Karla erreicht hätte in der Zwischenzeit, versucht er abzulenken. Doch ich bleibe dabei: *Bitte, Papa!*

SECHS UND DREISSIG
Silvesternacht 1999/2000

Zu lange hätte er die Augen verschlossen. Zu lange hätte er die Probleme meiner Mutter ignoriert. Heute Abend rächte es sich, erzählte mir mein Vater in seinem Sessel sitzend und schenkte uns Whiskey ein. Da wäre also das Österreich in ihm. Zu viel von diesem Österreich. Sich so lange einer Illusion hinzugeben, die einem weismacht, dass alles in Ordnung wäre, bis es zu spät sei und eine Befreiung aus eigener Kraft nicht mehr möglich schien, sondern erst etwas passieren müsse, *dass immer erst etwas passieren muss!* Das war schon bei deinem Großvater so, und ich spitzte die Ohren. Ein aufbrausender Mann war er, sagte mein Vater. Ein Mann, der bei einem falschen Blick oder einem versehentlichen Stoß auf der Straße in Rage geraten konnte. Er lief schimpfend durch die Wohnung und wartete auf den geringsten Anlass, seine Wut auszulassen, seine Wut auf sich selbst. Weil er versagt hatte. Keine Reue, sondern Jähzorn – aus verpasster Gelegenheit gespeist. Weil ihn das Gefühl nicht losließ, dass er jemand war, dass es richtig war, dass er wichtig und richtig war, und nun auf ihn herabgeschaut wurde. *Ein jeder Dahergelaufene,* wie er zu sagen pflegte, will es plötzlich besser gewusst haben. Sogar sein Sohn. Irgendwann sogar der Sohn! Jeder, der nicht seine Ansichten teilte, war sein Feind. Er empfand sich sein Leben lang im Recht, da er sich doch nur *gewehrt* hatte, wie er immer sagte. *Bloß gewehrt* und geopfert hätte er sich, *aufgeopfert* und getan, was eben getan werden musste. Nur dankte es einem niemand und das rächt sich, das ist dann nur gerecht, wütete er, wenn es sich eines Tages rächt, dass er verspottet und an den Pranger gestellt worden war. Erst nach seinem Auszug konnte mein Vater begreifen, konnte er aufarbeiten. Zu lange hatte er der Gewalt Glauben geschenkt. Zu lange hing er der Überzeugung an, dass sein Vater irgendwie recht gehabt hätte.

Er war normal.

Wenn dir was normal erscheint,

ist es so und wird nicht hinterfragt, sagte er. Erst der Umgang mit deiner Mutter, mit der Familie deiner Mutter war entscheidend. Ich lernte sie kennen, lernte mit ihrer Familie Benjamin und die Dannenbergs kennen – *und umso weniger verstehe ich aber,* warf ich ein, *warum du die Hinwendung zur FPÖ unterstützt!*

Das wäre Strategie,

winkte er ab. Nichts Dramatisches. Manchmal würden einen die Umstände zwingen, sich strategisch zu verhalten. Eine Abwägungsentscheidung wäre das. Mehr nicht. Auch Benjamin sieht das so. Keine Angst, da wird nichts kaputtgehen, sagte er und schob leise ein *hoffentlich* hinterher.

Was machen wir mit Nico und Karla?

Das entscheidest du, Judit.

SIEBEN UND DREISSIG

Ich werde so oft anrufen, bis sie abnimmt, mich annimmt, so oft anrufen, bis mir endlich jemand abnimmt, das leise Singen in meinem Ohr, die Stimmen, das Höhnen und Stöhnen und Lachen von Nico und Karla auf der Terrasse abnimmt, es verbannt und erstickt bis keine Funken mehr schlagen aus der Nacht, aus unserer Nacht der Gefallenen, der auffallend dunklen Schatten, die die Zweige vor dem Fenster auf das Kissen in meinem Zimmer werfen; und *ich höre wieder, wie die Mutter leise singt.* Bis sie mich zurückruft, werde ich wählen, nie wieder auflegen, bis ich Karla sagen kann, Karla, wie sehr es mich nach achtzehn Jahren immer noch trifft, wenn ich von meinem Vater aus erster Hand hören muss, dass Nico und du, auf unserer Terrasse, ihr zwei miteinander!, nein, das kann doch nicht sein! Dass ich zwar nie mit ihr über den Unfall, über die Nacht in allen Details, in allen Absichten und Motiven gesprochen habe, da in meinen Augen alles gesagt, nichts gesagt werden musste, aber das ist so lächerlich, der Schmerz, so lächerlich es klingen mag, ein ebenso verstörender wie großer, das hören zu müssen, von den Küssen, von den, ach, ich will es gar nicht wissen, denke ich und das Wort *Betrug liegt ganz Weiß im Dunkel,* die Atmung fällt mir schwer. *Der Tod, der malt in mir mit weißer Hand, ihr grinsend Schweigen an die Wand,* sodass ich nicht weiß, wie es jetzt mit uns weitergehen soll, Karla, werde ich sagen, dass ich mir meine Sachen abholen lasse, wenn wir nicht alle Karten auf den Tisch, und dann, dann höre ich ein Knacken in der Leitung. Sie nimmt ab, endlich nimmt sie mir ab, fährt es in mich und es klingt nach Halle, nach Sporthalle oder Kirche? Abflughalle? Dass sie nicht telefonieren könne, *verdammt noch mal, Judit,* höre ich Karla fluchen.

Bist du am Flughafen?, höre ich mich fragen.

Ja, hör zu, ich muss verreisen. Nimm das Angebot an, das klingt vernünftig, alles andere später, versprochen, sagt sie, sei mir bitte nicht böse, sagt sie böse? Der Empfang ist schlecht, *ich muss, Judit,* höre ich noch und ich lege auf, nur um nach fünf Sekunden abermals anzurufen. Das soll es gewesen sein? Die Wirklichkeit ist so banal, so brachial wie brutal, denke ich noch und rufe bei Karla an, wieder und wieder. Bis mich die Mailbox wissen lässt, dass der gewünschte Teilnehmer nicht zu erreichen sei und unerreicht auch bleiben wird. *Das war's,* weiß ich, weiß etwas in mir. *Versprochen.* Ich wanke aus meinem Zimmer nach unten in die Bibliothek zurück. Ich weiß, es wird schöne Tage geben in Oberbach, und glaube es mir selbst.

ACHT UND DREISSIG
2000

Die Polizei sirente mich aus dem Schlaf am Neujahrstag. Die Raben hasteten über den Almbaumhügel mit harschem Schrei. Ihr Schattenflug streifte über das Dach. Sie schwanden über die Baumwipfel wie ein Leichenzug und mein Vater starrte versunken. Mit zerzaustem Haar hielt er mein Fahrrad, das von der Polizei ausgeladen und um die gefällte Tanne herum vor seine Füße geschoben wurde. Das Hinterrad hatte eine Unwucht, Kratzer und Schrammen auf dem Gestell, der Korb war lädiert.

Es gab einen Unfall,
sagte er zu mir.

Er habe auf dem Sofa geschlafen, nein, nichts hätte er bemerkt. *Es gab einen Unfall,* wiederholte er. *Sie hat sich dein Rad genommen,* und ich wunderte mich noch, dass der Schock mich nicht fing, nicht anfing, dass er nicht da verfing, wo ich es eigentlich vermutet hätte. *Wir müssen aufs Revier,* und meine Verwunderung hielt so lange an, bis ich in mein Zimmer zurückgekehrt war, um was anzuziehen, um einzusehen, dass schon längst, dass es schon längst passiert war, der Tod die Grenze passiert haben musste und weitergezogen war. Eine Routine würde jetzt einsetzen, die keine sein sollte, aber dennoch: der Gang, die Behördengänge, die Bestattung. Selbst die Beerdigung war vorgezeichnet in Schablonen, die nun auszumalen anstanden. Beinahe dankbar schaute ich aus dem Fenster. Auf das Leben da draußen. Auf alles, was da kommen würde, um uns zu helfen. Erst dann bemerkte ich, dass wir müssten, *nun wirklich aufs Revier,* und ich stürzte abermals in mein Zimmer zurück. Es rumpelte in mir, etwas holperte. Doch da war sie nicht. Keine Karla, die meinen Anruf entgegennahm. Vorm Fenster nur ein Baum. Und das Leben da draußen.

Karla Ulrika DREI
2006

EINS
Silvesternacht 1999/2000

Regelrecht gequetscht in den Kadett. Die Luft blieb weg. Die Karosserie schnürte und drückte, ließ mich weder vor noch zurück. Ein Mantel aus Blech, und ich wusste nicht: War's das? Was soll ich jetzt bloß tun? Und wie? Wie sollte ich leben, wie sollte es weitergehen, wenn Nico tot, tot hinter der Halle lag, und bitte, bitte nicht!, lass ihn leben, flehte ich abgesackt, in meinem Sitz vom Schock gepackt, vor mich hin betete ich, abgefuckt in meinem Anorak lag ich mehr als ich saß, im Beifahrersitz zerstoben saß ich. Ja, zerstoben war ich, ja: *Ein flügelloser Vogel ohne Kopf,* während der Wald draußen gelb schimmerte. Das Einsatzgelb rotierte an die Hallenwand, in den Wald und an die Hallenwand, auf die die Gabelstapler zufuhren. Sie luden aus den Ladeflächen der Lastkraftwagen, luden ab ins Innere der Halle, fütterten weiter den nimmersatten Hallenmagen, der noch in der Silvesternacht nach Mitternacht die Arbeitskraft der Belegschaft verlangte, ihre Gaben verbrannte, um sich aufrecht zu halten, um zu wachsen, über sich hinauszuwachsen in die Welt. Und würde auch nur eine Minute stillgestanden, wäre das Rennen wohl verloren, das Wachstum zu Ende. Das Dannenbergwerk ein unendlicher Lauf. Ein Vierundzwanzigstunden-Dauerlauf, der keine Sieger, nur Verlierer kannte, und mir war das Hallentor ein Schlund. Ein Vierundzwanzigstunden-Schlund, dachte ich, in den sie fuhren, in den sie einführen mussten die Lebensrationen, die Überlebensportionen, und so kamen sie, kamen wieder aufs Neue gefahren, die Stapler mit leeren Fingern kamen herausgefahren auf Bretterbahren, um neu aufzuladen, Paletten aufzugabeln, Paletten mit schwarzem Plastik überzogen, nur um sie wieder in den Rachen jener unersättlichen Halle zu fahren. Was also tun in dieser Kulisse? Kein Rat, kein Pfad, nirgends. Bis ich *aussteigen* dachte. Einfach ans Aussteigen. Und ich hörte, ich versuchte mich einzuhören in die Szenerie, in mich hineinzuhören, bis ich sie, ja, wie von selbst öffnete, die Beifahrertür. Sie ging auf und ich marschierte. Ich marschierte gegen den Wind. Ich marschierte auf den Konvoi zu. Die langgliedrigen Gabelstaplerzinken im Blick, die Arme in die Luft gereckt. Bereit. Bereit, mich zu ergeben. Zu allem war ich bereit. Ich schlitterte auf dem eisigen Boden zum Zaun. Ich musste mich stellen, mich bemerkbar machen, Hilfe holen lassen. Es war zu spät.

ZWEI

Marcel balanciert auf der Bordsteinkante wie ein Seiltänzer. Er springt auf Parkbänke, hält sich an Ampelstangen fest und grüßt, er grüßt Passanten wie alte Bekannte. Dabei streckt er seinen Arm von sich, als lehne er an einem Schiffsmasten, und er wedelt mit seiner Mütze. *Ahoi, Matrosen,* und es schwingt, beschwingt mich, ihn so zu sehen. Ein radschlagender Marcel auf der Wiese. Ein aus sich rollendes Rad. Befreit von den Schritten, die hinter ihm liegen, die auf die Gelenke drückten. Befreit von allen Umschlägen, den Prostituierten, die im Koma, die in uns, die mir im Magen liegen – dann ein *Ah!* atmen, als hätte er kühles Wasser über einen heißen Tag getrunken. Und dann entfährt ihm noch ein: *Ja!* Ein: *Ja, was ist denn dann passiert? Das wird es doch nicht gewesen sein mit Nico?* Und ich hechle ihm hinterher. Nein, nein!, verschnaufe ich und mein Kopf ist schwer. Schwer und leer. Und ich frage ihn: hörst du mir überhaupt noch zu?

DREI
2005

Zuletzt hatte ich Marcel so beschwingt gesehen, als er im Koma nach seiner Bierkastenstapelattacke am Sonntagvormittag die Schotten dichtgemacht hat. Da nahm er Anlauf, sprintete sodann von Euphorie gepackt einfach drauflos, als müsste er einen Wettlauf gewinnen, als müsste er nur einen unliebsamen Konkurrenten überholen, um ein langersehntes Ziel zu erreichen. *Weg da, du Knecht*, rief er, *hau ab!* Und dann mit Schwung der Sprung ins Gebüsch. Ins Gebüsch vor einer Werkstatt, vor deren Fassade. Die gestrichene Fassade in der Fasanstraße unweit vom Koma. Eine kleine Autowerkstätte wäre hier beheimatet gewesen, *mit nur einer jämmerlichen Hebebühne. Meine Eltern ließen hier ihren Wagen warten, wieder richten, wieder so weit aufrichten, dass er fuhr, ein weiteres Jahr für sie fuhr. Mehr schlecht als recht, wie sie sagten, und der Mechaniker habe ihnen, wie immer, einen guten Preis gemacht, wie immer, wie sie sagten, der alte Stjepan hat uns wieder einen guten Preis gemacht,* lachte Marcel beinahe nostalgisch. Bis er eben nicht mehr konnte. Sie nicht mehr halten konnte, die Preise, sich selbst nicht mehr auf den Beinen halten und bezahlt hätte, *den Preis eben bezahlte. Danach war nämlich Schluss.* Und *Graffiti wuchsen. Sie wachsen wie Moose über Waldböden und Baumstämme,* sagte Marcel im Gebüsch sitzend, *an der Wand entlang wachsen sie und machen die Flächen und Wände der Stadt wieder zu einem Körper, zu einem Stadtkörper mit den Insignien der stummen Vielen im Viertel,* sagte Marcel und stützte sich aus dem Gebüsch, klopfte sich die gebrechlich gelben Blättchen vom Hintern. Das würde ihn berühren, so sehr berühren! Dass Unbekannte einfach ihre leeren Zeichen ins Fleisch der Wände einritzten, sie tätowierten *und jetzt, jetzt wird die Fassade gereinigt. Eine Fahrrad-*

werkstätte wird einziehen. Aufstieg *wird sie heißen, wie passend,* lachte Marcel, *die Fassade wird gestrichen. Und warum? Für einen Street-Art-Künstler namens ill-chill wird sie neu gestrichen und ich verstehe schon und ich vergebe ihnen,* rief er aus und wankte auf die Werkstätte zu. Er schnappte sich einen beschädigten Einkaufswagen, der an der Ecke abgestellt stand. Ich war mir sicher, er würde ihn an die Wand fahren, mit Karacho an die Wand krachen lassen, an die geweißte, die darauf wartete, besprüht zu werden, besprüht von ill-chill, mit einem Aufstiegs-Graffito, *der dafür bezahlt wird, wahrscheinlich gut bezahlt wird,* und ich hielt den Atem an. Aber dann, dann setzte Marcel sich in den Einkaufwagen: schieb an!, rief er. *Und: wenn sie die Wand besprühen lassen, die Aufstiegs-Leute, die Aufstiegs-Meute, dann hätten sie den Untergrund dafür belassen, einfach so belassen sollen, ihn übersprühen, die kleinen Schmierereien,* sie wären nämlich gedeckt, rief Marcel im Einkaufswagen sitzend, *befleckt wäre die Wand von den Vielen im Viertel, die sie bedeckt hätten wie Gold eine Währung deckt. Aber das müssen sie selber wissen,* rief er, *und jetzt schieb an,* und wir rasten die Fasanstraße entlang und es fühlte sich befreiend an, obwohl nichts, nichts Aufregendes passiert war. Nichts wurde zerrissen, nichts ging kaputt. Irgendwann brach der Einkaufswagen auf halbem Weg in sich zusammen. Er sah aus wie eine deformierte Skulptur. Marcel hob sie auf das Dach einer Haltestelle. Da stand sie gut, dachte ich.

VIER
Silvesternacht 1999/2000

Als hätte ich sie ertappt. Als hätte ich Agenten einer feindlichen Macht beim Verladen von Waren verbotener Art ertappt, da schnappten sie nach Luft, da rissen sie die

Hände aus den Taschen ihrer Kluft und riefen sich Kommandos zu. Es kam zum Erliegen. Die Kompanie einer Verlademaschinerie kam zum Erliegen. *Steht da wer? Was macht die denn hier? Wie ist das möglich? Unmöglich!* Wie das Unmögliche möglich wär?, dass ich hier, weit nach Mitternacht, in der Jahrtausendwendesilvesternacht! *Verboten, strengstens,* sei das, und ich rüttelte am Zaun; wollte klettern, wollte steigen, *bleiben lassen!,* rief einer. *Hilfe,* rief ich, denn der Nico liegt, der Nico liegt hinter der Halle, und *was? Was sagt die, was sagt sie?* Und endlich kommen zwei der Gestalten auf mich zu. *Russo! Nico Russo, bitte, schnell, er ist gestürzt, vom Gerüst gestürzt,* und während die beiden sich noch wunderten und ihre Funkgeräte zückten, stürzte ein Fahrer aus dem Stapler, aus seiner Kabine, dann noch einer, und noch einer, und sie verschwanden, all jene, die sofort verstanden, den Namen wohl erkannten, die verschwanden allesamt hinter der Halle.

FÜNF

Mimikry, denke ich. Mimikry ist der richtige Begriff, denke ich noch, als Marcel plötzlich um die Ecke biegt, sich um die Ecke in eine Gasse stiehlt und verschwindet. *Warte kurz,* funkelt er mir zu und verschwindet zwischen zwei Containern, im Dunkel eines Spalts, ein Spalt belagert von einer Gestalt, die auf einer Decke sitzt. Eine Gestalt mit Kapuze tief im Gesicht. Und sie spricht, sie spricht ein auf Marcel, und es klickt, es klickt ein Aktenkoffer und Marcel grinst verschmitzt und zieht sein Gesicht noch weiter in den Schatten zurück, bis es verschwimmt mit dem Hintergrund, und es dringt, es schwingt das Tuscheln der beiden ununterscheidbar, hektisch, geschäftig, *lass mich, nicht, nein, zeig her, echt jetzt, wer?, Ja!,* flimmert es zu mir. *Mimikry,* denke ich und tippe in mein Smartphone: Mimikry. *Mimikry bezeichnet in der Biologie eine Form der Nachahmung, die dazu führt, dass dem Nachahmer und Fälscher Vorteile durch die Täuschung entstehen, durch die Imitation von Vorbildern, welche zum Beispiel für potenzielle Beute oder für Bestäuber attraktiv sind.* Und in der Psychologie bezeichnet jener Begriff *das Phänomen, dass Menschen andere Menschen unbewusst, ja automatisch nachahmen und sich ihnen anpassen.*

SECHS
2003 und 2006

Es ist zu wenig, wenn wir nur mit uns, aber nicht in Synergien rechnen, sagte Marcel vor zwei, drei Jahren, als das Fasanviertel zunehmend studentischer, künstlerischer, insgesamt *hipper* wurde, wie es heißt. Zweitausenddrei, vielleicht zweitausendvier. Ateliergemeinschaften wie der *Tummelturm* oder Friseurläden wie das *Directors Cut* eröffneten im Viertel. Cafés wie das *Desiree* überzeugten mit Möbeln, die aus alten Paletten geschnitten wurden. Ausrangierte Briefkästen wurden kurzerhand zu Regalen umfunktioniert und Kredenzen aus den frühen Fünfzigern liebevoll restauriert. Im *Directors Cut* legten sie Platten auf. Neue und gebrauchte Scheiben wurden sogar verkauft. *Echte Raritäten,* und *du kennst dich doch aus mit Kunst,* warf Marcel mir hin. *Wenn die von uns profitieren, wenn die unser Modell adaptieren, unsere Klientel absorbieren, dann holen wir uns von denen auch wieder was zurück,* sagte er.

Und ich sehe, wie die Gestalt unter der Kapuze ihn gegen die Brust stößt, Marcel sich daraufhin zweimal im Kreis dreht und dann von ihr umarmt wird. Sie stupsen sich und flachsen miteinander. Ich höre so was wie: *Konzept.* Als auch: *viel Glück.* Dann umarmen sie sich erneut, verkünden den vorbeihastenden Passanten im Chor aus ihrer dunklen Gasse: *Seht doch her, der Mond! Verfehlt ihn nicht!* Und Marcel sieht mir ins Gesicht: *Weiter, Karla, mach nur weiter so, Karla, gleich bin ich bei dir, du wirst sehen!,* speit er mir ins Gesicht, und ich weiß nicht, ob es als Drohung gemeint ist, aber bevor ich etwas sagen, bevor ich noch irgendetwas erwidern kann, verschwindet Marcel mit diesem Mann unter der am Boden liegenden Decke. Der Koffer fliegt, fliegt fast bis zu mir. Er ist leer. Sie umschlingen sich wie Liebende und mir ist, als könnte ich sie kichern hören, ein Schmatzen unter der Decke, ein Schmatzen aus ihrer dunklen Ecke? Ich lehne mich zurück. Lehne mit dem Rücken an der Wand, die die Wärme des Tages gespeichert hat. Ein Schmetterlingspärchen tanzt keinen Meter entfernt von mir, es tanzt kreuz und quer, sie bilden eine Vielgestalt, eine Hydra fast. *Ich kann den eigenen Augen nicht trauen,* denke ich laut, *unmöglich! Es müssen mindestens drei Schmetterlinge sein,* denke ich noch und weiß: ich lauge aus und lasse rutschen, lasse mich an der rauen Wand entlang zu Boden gleiten.

SIEBEN
Silvesternacht 1999/2000

Nico wurde gestützt. Das Gelenk, es hing, nein, es ging der Arm aus dem Gelenk. Wie ein Geschenk hielt Nico seinen Arm. Jeder Finger ein trockner Ast, starr und schockkarg. Er hustete. Er hustete, bis die feuchten Augen mich sahen, ansahen – verwundet, verwundert, als wäre ich eine verwaschene Täuschung, die verschwinden würde wie der Krampf, wie der Krampf in seinen Fingern, wenn man nur oft genug blinzelt, wenn man fest genug drückt, sich fest genug das Handgelenk hält. *Wir fielen im richtigen Land ein,* scherzte Nico mit den Stützen, mit seinen Unterstützern, die wissen ließen, die all die anderen die Namen *Russo, Nico Russo, Hannes Böhm* wissen ließen, und manch einer wiederholte, gab sie weiter, als wären es geheime Codes, mit welchen man den Tresor öffnen konnte, und wieder andere tauschten sich in ihrer Landessprache so andächtig aus, dass es für mich nach Konversation auf einer Intensivstation klang, in welcher man sich vorsichtig nach dem Befinden des Patienten erkundigte und mit so viel Bedacht seine Worte wählte, dass nichts weiter kaputt gehen konnte, während ich am Rand stand, am Zaun. Ich ließ sie alle kalt. Ich ließ sie offensichtlich gänzlich kalt, sie ließen mich stehen am Zaun, denn sie hatten sich entschieden, ließen uns ziehen. Ein gelbbehelmter Mann half Nico über den Zaun. *Haut ab, wir haben nichts gesehen,* sagte der. *Kommt, wir machen weiter.* Und er drehte ab, drehte uns den Rücken zu. *Ein gutes Neues übrigens,* gab Nico ihm auf den Weg. Doch der Mann ging stur retour, ohne den Gruß zu erwidern, er ging retour zu den dampfenden Ungetümen, die auf ihn warteten im gelben Licht, das tanzte, kreisrund vom Dach der Lastkraftwagen prangte.

ACHT

Stimmen und Gesichter flanieren vorbei. Ein aufbrausendes Gelächter verebbt. Jemand trägt ein Töpfchen Küchensalbei zur grünlackierten Tür, zu einer Eingangstür gleich neben mir. Sage: *ich wohne nicht hier, vielen Dank, ich sitze nur und warte,* warte ab, bis die Person ihre Schlüssel aus der Tasche kramt und endlich die Tür öffnet, hinter der kühle Luft strömt, aus dem Erdgeschoss mir ins Gesicht sich ergießt, und als ich endlich die anderen dran hab, am Telefon, dann bin ich berauscht, als sie sagen, als sie beklagen, dass nichts, sein Büro ein Nichts, gar nichts mehr da, Leerstand. Das Nichts ein kahles Büro. *Was? Geht in seine Wohnung,* rase ich ins Telefon im Flüsterton, denn er spricht, *Marcel spricht mit einer mir unbekannten Person, und essen gehen,* sage ich, *er will dann noch was essen gehen,* bis eine Stimme mich unterbricht, *Frau Ulrika,* nennt sie mich, sie ruft es ziemlich laut und *ich bin nicht taub,* fauche ich, *was ist?* Und brauche eine Weile, brauche, bis ich registriere, Marcel vor meinem Gesicht mit seinem Blick, der mich erwischt, beim Telefonieren mich erblickt, und ich fange an zu schwitzen, wie wild zu schwitzen, bis Marcel dann sagt: *Können wir? Ich verhungere!* –

Marcel, wer war das?

Wer war was?

Und ich weiß nicht, sage ich, *der Typ da hinten in der Gasse?* Du meinst Gustav?, gibt Marcel verwundert zurück. *Du kennst Gustav nicht? Ist ja verrückt!* Und ich schüttle den Kopf, vergrabe ihn in meinen Händen, kratze mir die Wange, über Nase, Mund und Kinn. *Aber, aber, Karla, kein Grund nervös zu werden. Es heißt doch, mit zunehmenden Wirren fängt's erst an, Spaß zu machen! Es zeigt sich dann, aus welchem Holz du bist! Auf, auf! Weiter geht's!*

NEUN
Silvesternacht 1999/2000

Als wir wieder im Wagen saßen, holperte der Kadett den Waldweg zur Straße zurück. Nicos linke Hand hielt das Lenkrad fest, während er die rechte Schulter gegen den Sitz rollte, als würde er einen verspannten Nacken nach dem Aufwachen mittels Strecken und Dehnen lockern wollen. Doch nur das Knacken der Achsen war zu hören, die über dem zerklüfteten Wurzelboden an den Rand ihrer Belastbarkeit getrieben wurden. Das Rotieren der Räder auf Eis und Schnee klang wie der surrende Rechenprozess eines PCs. Manchmal verhing der Wagen auch, schlenkerte, brach aus am Heck, und am liebsten hätte ich Nico gewürgt, gegen seinen Kehlkopf gedrückt, bis ihm der Schädel platzte wie jenen Zeichentrickfiguren, die zu lange die Luft anhielten. Ich konzentrierte mich jedoch auf Nicos rollende Schulter, auf das Ächzen und Stöhnen des Wagens, und war mir unsicher, war es Wut, die in mich fuhr? Grund gab es ja genug! Die Nacht würde uns auf die Füße fallen! Vielleicht hatte Nico in der Gaststätte jemandem das Auge ausgeschlagen? Und die Tanne in Judits Garten. Der verwüstete Friedhof! Für einen Moment wurde mir der Vorhang gehoben. Mein Blick war frei, der Rausch der Tat verflog, glattes Meer.

Aber da war nichts dergleichen,
daher rührte nicht die Wut,

sage ich zu Marcel, der sich noch einmal zu den Containern umdreht und der Kapuzengestalt den Mittelfinger und seine Zunge zeigt. Beide lachen. Und ich: mich packte eine Wut, die von woandersher kam, von ganz woanders, klage ich mit dem Rücken zur tagwarmen Wand. Sie kam aus Nicos Fall. Aus seinem Fall vom Gerüst. Er war ein Schlag in mein Gesicht, weil er kappte, den Auszug aus Oberbach an ein jähes Ende brachte, wo sich doch erst die ganze Welt in uns gedrängt hatte und wir, nein, ich, am Glück der Überfülle litt wie noch nie zuvor. *Noch nie war ich so erfüllt, so elektrisiert, doch dann der Sturz vom Gerüst,* erzähle ich Marcel. Und doch manövrierte Nico uns geschickt zur Straße zurück. Da standen wir dann. Am Straßenrand. Nico sollte ins Krankenhaus. Also links abbiegen, wieder Richtung Oberbach. Was auch sonst? Alles lichtete sich, wurde still. Doch dann der Blick von Nico, wie er versuchte zu fangen, auf einem Seitenstreifen, *den Wind, die Woge, den Stern, den Vogel, die Uhr, alles was flieht, alles was spricht, einzufangen und zu fragen:* Was nun zu tun sei, was die Stunde nun geschlagen habe?, als im Radio dann, *Sabotage, Sabotage* spielten sie von den Beastie Boys. Ich drehte das Radio laut und wir versuchten uns noch von der Seite einzusehen, doch Nicos Gesicht, seine Lippen bewegten sich bereits mit – *I'm out and I'm gone, I'll tell you now, I keep it on and on,* und ohne ein Wort zu sagen, ging der Blinker dann nach rechts. Wir fuhren Richtung Stadt. Auf leergefegten Silvesterstraßen, die in der Kälte nass, lamettanass funkelten, schildere ich Marcel.

ZEHN
1999

Meine Mansardenwohnung in Oberbach hatte ich nach Judits Ausbruch in Hannes Böhms Haus tagelang nicht verlassen. Ich ernährte mich von Überbleibseln, die in der Wohnung waren – von Birnen, Pasta und Marmeladenbroten. Ich musste mir eingestehen, dass ich nicht klarkam. Ganz offensichtlich nicht. Die Schnitte am Unterarm juckten. Manche rochen nach vergärenden Pfirsichen. Ich schloss meine Hand über der Gillette-Klinge, drückte zu, dachte an das Wort: *Pfirsichfäule.* Zählte meine Rippen mit dem Rasiermesser ab. Nein, ich kam nicht mehr klar. Ich öffnete einen beliebigen Ordner mit Fotos. Klickte auf *Nico mit Hornbrille,* die wir an einem Samstagvormittag am Flohmarkt erstanden hatten. Judit neben ihm – singend in einem Leopardenmustermantel und einer roten Sonnenbrille. *Ich konnte weder mit Nico noch mit Judit mehr befreundet sein,* summte es in mir und ich versuchte mich daran zu gewöhnen, mich daran zu erinnern, welche Worte ich Judit auf die Mailbox schmierte, *so verlogen sehe ich dich, dein müdes Leben, zwischen den bene-Ordnern, Judit! Klatsch dir deinen schweren Kopf auf den Asphalt. Du würdest endlich frei sein, wenn dich die LKW-Räder schleifen, deine Augen zwischen Reifen und Steinen, auf ihrem Weg ins Werk dein Hirn zerreiben, auf ihrem Weg in dieses beschissene Werk, und weißt du eigentlich, was du getan, was du Nico!,* und dann legte ich wieder auf. Die siebte oder achte Nachricht war das, ich sagte nicht: *mir,* sagte ihr wieder nichts von mir. *Ich werde wohl noch Zeit brauchen,* beschwichtigte ich mich und registrierte, wie ich mich wieder, wieder und wieder vor mir selbst rechtfertigte. Kaputt, das einzige Wort, das mich beschreiben konnte, war: kaputt. *Buchenhofkaputt,* nannte ich einen Fotoordner und bemerkte, wie der Freispruch ein wenig Linderung brachte und mir für einen Moment warm wurde. Ich wartete aber nicht mehr tatenlos ab, ob Judit doch noch anrufen würde. Oder ob Nico mich endlich anrufen, mich aufklären, mir erklären würde, was passiert war an jenem Abend in der Almbaumsiedlung. Derweilen verstaute ich Klamotten in Säcken. Hier würde es nicht weitergehen. In zwei Tagen war Silvester und ich werde mir meine Organe schon selbst heilen, fluchte ich vor mich hin. Ich wusste, wo die Zonen meiner Leere liegen, und löschte den Ordner mit den Buchenhof-Fotos.

ELF
2003

Synergien ließen sich im Jahr zweitausendunddrei leichter erzeugen als gedacht. In den vorangegangen Wochen traf ich hauptsächlich Abgänger:innen von Kunstakademien in ihren Ateliers. Ihre ersten Ateliers waren das, die sie im Fasanviertel mieteten. Begeistert begegneten sie meinen Vorschlägen – ganz wie Marcel es vorhergesagt hatte: Die meisten waren sofort dabei, als ich sie einlud, ihre Arbeiten im Koma zu zeigen. *Club und Kunst zusammendenken,* referierte ich. Mit jedem Mal gefiel ich mir mehr. *Das schütteln wir aus dem Ärmel, kein kuratorisches Konzept, die Anarchie der Clubnacht soll sich in der Ausstellung spiegeln. Film wird auf Tanz treffen, Fotografie auf elektronische Musik, weil das Leben selbst Kunst ist,* palaverte ich. Die Lebensweise sei das Kunstwerk, das wir feiern. Eine ganz eigene Lebensweise, die wir nicht dem Gewöhnlichen überlassen sollten. *Deshalb her mit allem, was schön ist und was uns die Freiheit weist,* sagte ich und war mir insgeheim bewusst, dass ich nicht nur die Buchenhof-Phrasen wiederholte, sondern dass sie zum ersten Mal Sinn für mich ergaben. *Ihr kommt und baut auf. Wo im Club, ist egal. Macht, was ihr wollt. Wir wollen es gar nicht wissen. Überraschungen sind erwünscht.* Und dann unterhielten wir uns über das Reisen, wann wir endlich wieder einmal reisen würden? Und wir schlossen die Augen, wir tranken Tee, wir tranken Vodka mit Orangensaft, jemand legte Keta für alle auf. Es wurden Kastenwägen angemietet, Trittleitern eingeladen und für den Eröffnungsabend hatte Marcel sogar *Directors Cut* organisiert. Mitten auf der Tanzfläche ließ er sich die Haare schneiden. Um Punkt ein Uhr morgens, das Pillenvolk folgte ihm. Dankbarkeits- und Überwältigungsgefühle in frisch gestylten Köpfen pumpten über die Tanzfläche, während gespenstische Figuren aus Schweinedärmen über uns waberten, die unmittelbar vor die Lüftungen gespannt worden waren und auch von den Deckenventilatoren erfasst wurden. Zudem fluteten unzählige kleine Monitore den Raum. Auf einigen waren Penisspitzen in unterschiedlichen Farben, Formen und Größen zu sehen, die im Loop ejakulierten. Auf einem Banner stand in grellen Buchstaben wiederum: *Egostruktur oder Ich auch.* Der Weg in den Darkroom war gesäumt von Puppen in kleinen Kinderwägen, die entweder brüllten oder die Frage: *Wollt ihr den totalen Krieg?,* zigmal hintereinander stellten. Ein DJ des Abends hieß passenderweise: Johannes B. Brecht. Sein Set hieß *Free. Die Trommeln der Nacht* und er wurde beklatscht, beklatscht, als wären wir nicht auf der Tanzfläche, sondern im Theater. Er wusste sichtlich nicht, wie ihm geschah, aber er verbeugte sich brav und übergab das Pult an eine DJane, die nicht mehr fließend anschloss, sondern ebenfalls mit andächtigem Applaus begrüßt wurde. Es wurde still. Sie legte die erste Platte auf den Teller. Und bevor die Nadel in die erste Rille sprang, hörte man jemanden in die Stille fragen: *willst du auch noch eine Viertel? – HM. ÖHM. EM. Okay. Wieso nicht?* Manch einer drehte sich dann zu den beiden um. Ein: *Pssst!* war zu hören. Scharf und langgezogen.

ZWÖLF
Silvesternacht 1999/2000

Unsere Hirne wurden geflutet. *Ich kann es nicht fassen, dass du nur ein paar Schrammen davongetragen hast,* kreischte ich in die Musik, die durch Nicos Auto schepperte, als müsste jeder Zweifel, jedes nagende Gefühl von den Beastie Boys übertönt werden, erzähle ich Marcel, der sich an mich hängt wie ein Großväterchen, das über die vielbefahrene Straße geführt wird. *Die Aufregung juckte mir unter der Haut,* sage ich. Mit jedem zurückgelegten Kilometer wurde sie laut, lauter als laut. Nico und ich rauschten unter den Sternen, rauschten unter Brücken hindurch. Massive Autobahnbrücken, Bahnübergangsbrücken. Vorbei an den Türmen, Wohntürmen, die an den Einfallsstraßen lagen. Da waren wir also. In der Stadt. In der Stadt, und es war immer noch Silvesternacht. Mit einem Mal waren wir wieder mittendrin, nachdem wir es fast schon vergessen hatten. Taxis rauschten hupend an uns vorbei. Menschen überall. Manch einer strauchelnd wie ein gefallener Engel. Der Herzschlag der Metropole blaulichterte. Manchmal knallte es. Die Kreuzungen luden zum Tanz. Menschentrauben schoben sich vor unseren Augen über die Straße, bereit sich auszutoben, sie zogen von der einen Location zur nächsten, und für uns war das neu, irrealer Schatten auf einer Windschutzscheibe, und wir saßen dahinter, im Dunkel des Wagens, und es pochte, klopfte in unseren Köpfen ein Puls jenes anderen Lebens, das jetzt das unsere werden wollte, *da sind wir jetzt also, das sind wir jetzt,* sagte ich, *wir in einem anderen Leben,* sagte ich zu Nico, *das Andere leben,* es fühlte sich passend an. Das war keine Selbstverständlichkeit. Noch nie war etwas so passend für mich, sage ich zu Marcel, und erinnere mich, dass ich Nico dann im Kadett von der Kommune erzählte. Ein Bedürfnis, das mir stets fremd war. In jenem Moment, mitten in der Stadt, wollte ich jedoch berichten, Nico von ein paar anderen Gleichaltrigen und mir berichten, die wie ich *ganz normal* sein wollten. *Wir kannten ja das Normal nicht,* schilderte ich. *Wir wussten nicht, was das sein sollte, wir wussten nichts vom Außerhalb. Aber was sollten wir sonst begehren, wenn nicht das? Die Erwachsenen waren im Vorteil. Sie erschlossen sich eine neue Welt aus der alten. Für uns gab es keine Änderungsaufgabe mehr, wir hatten keinen Vergleich. Vielleicht sehnte ich mich deshalb nach einer Existenz wie der von Judit. Aber das funktioniert nicht, das passte freilich für mich nicht, wie sollte es auch?,* fragte ich. *Aber das hier, das könnte doch was sein, oder nicht? Lass uns einfach nicht mehr nach Oberbach zurück. Heute noch, am Neujahrstag, sehen wir uns um,* sagte ich enthusiastisch, und dann parkte Nico den Kadett in der Nähe des Hafens. Die Schlange vor dem *Bunker,* aus welchem die Bässe wummerten, reichte fast bis zum Parkplatz. Nico rollte ein letztes Mal seine Schulter, und bevor wir ausstiegen, ermahnte er mich, nicht weiter über Judit zu sprechen. *Bitte, Karla, lass das,* zitterte er blass und zündete sich sofort eine Zigarette an.

DREIZEHN
1999 und 2006

Langsam rückte Nico mit der Sprache heraus, als er mir am Telefon vom Abend in der Almbaumsiedlung berichtete. Als wäre jedes Wort kontaminiert, erzähle ich Marcel. Wie gelähmt wäre er gewesen. Wie gelähmt, als ihm der Hannes Böhm die Aktion vom Reinhold Renner schilderte. Wie Reinhold Renner den Hannes Böhm gedemütigt hatte, nachdem er, Nico, einige Tage zuvor bei Judit eingeladen gewesen war. Das hätte er nicht für möglich gehalten, das wäre nie Nicos Absicht gewesen! Er dachte stets, dass das zwischen den beiden Alten bloßes Platzhirschverhalten wäre, Platzhirschverhalten, das ausschließlich zwischen ihnen ausgetragen werden würde. Aber auf einmal sah sich Nico da hineingezogen, der Renner versuchte einen Keil zu treiben zwischen den Böhm und seine Leute. Als ob Nico auf der Renner-Seite stünde und der Hannes heimlich auch. Hannes war natürlich wütend, und wie! Seinen Zorn könne er ja verstehen. Und dann soll auch noch Judit aus der Haut gefahren sein. Wie verrückt, obwohl sie doch selbst am besten wusste, wie ihr Vater tickte. Obwohl sie selbst doch stets versicherte, auf welcher Seite sie stünde! *Und da hatte er recht,* sage ich zu Marcel, *das waren Judits Themen. An niemandem arbeitete sie sich so ab wie an ihrem Vater und an all den politischen Aspekten. Letztlich war sie mit Nico nur deshalb zusammen, da bin ich sicher. Sie wusste es vielleicht nicht. Aber so war es,* sage ich zu Marcel, der die Hände tief in die Cordhosentaschen gräbt. Und vielleicht hätte er auch was sagen sollen, der Nico, aber irgendwas, so Nico, ließ ihn erstarren, ließ ihn einfach in seinem Keller verharren, und ich wusste, dass auch er wusste: *Es waren nicht die Umstände, die den Abend kippen, die ihre Beziehung in die Brüche gehen ließen. Die beiden waren selbst verurteilt, zum Scheitern verurteilt, weil sie eben waren wie sie waren, so grundverschieden eben.* Nico lebte regungslos neben ihr. Er war so weich und verträumt. Er ließ geschehen und trieb im Glück, das er in ihr sah. Ambitionslos und realitätsfremd. Alles, was Judit eigentlich abstoßend fand, für uninteressant befand. Mich erinnerte er sogar an die meisten Männer bei uns am Buchenhof. Er erinnerte mich an all jene, die keine eigenen Zimmer hatten, da sie den Frauen vorbehalten waren. Er war wie sie, die jeden Abend um Einlass werben mussten. Und weil es keine Zweierbeziehungen geben durfte, mussten sie sich jederzeit, allen gegenüber unterwürfig zeigen, ach was, geradezu sklavisch verhalten, und sie zogen auf unerklärliche Weise ihr Glück daraus. Jedem Konflikt gingen sie aus dem Weg. Meinungen oder Ansichten vertrat keiner von denen. Wahrscheinlich hatten sie auch keine. Sie lieferten sich aus. Willenlose Subjekte, die malten, meditierten oder irgendetwas reparierten.

Befehlsempfänger, sage ich und Marcel ergänzt, dass das doch verständlich sei, *das hört sich wie die wunderbare Rückkehr in die mütterliche Rundumversorgung an,* frohlockt er und bedeutet mir abrupt, stehen zu bleiben. Er tippt mit dem Zeigefinger auf seine Lippen. Er sieht sich um. Er sieht sich um wie ein Jäger auf der Pirsch, und ich versuche sein Verhalten zu ignorieren, sage, jedenfalls hätten Judit und Nico versucht, eigene Wünsche und Vorstellungen im anderen zu finden. Projektionen wären das gewesen, die gar nicht im anderen vorhanden waren. Phantasmen, Gespinste. Sie hatten sich getäuscht, im anderen fundamental geirrt, ergänze ich und Marcel verpasst mir daraufhin einen Schmatz auf die Wange wie ein Enkelkind, das sich für ein Geschenk bedankt. *Machen wir das nicht alle? Ist doch egal,* sagt er, *Hauptsache, man hat eine gute Zeit.* Und dann bleibt er wieder stehen. Er sieht sich um und duckt sich. Was ist denn?, frage ich. *Ich weiß nicht, Karla. Ich hätte jetzt gerne ein Eis!*

VIERZEHN
Silvesternacht 1999/2000

Dann standen wir in der Reihe. In einer rauchenden Silvesternachtspartyreihe. In einer dampfenden Willst-du-auch-nochmal-Reihe oder einer Hat-jemand-noch-Zigaretten-Reihe vor der großen Bunkertür, die von zwei Gladiatoren flankiert wurde. Breitschultrige Riesen in metallisch glänzenden Daunenjacken. Krieger hinter Sonnenbrillen und Tattoos. Tattoos vom Nacken bis über die Glatzen, und vor ihnen eine Reihe, eine Schlange angezogen vom Gehämmer aus dem Keller, aus dem Bunkeruntergrund, und Nico hielt sich fest am Feuerzeug. Er verschenkte Zigarette um Zigarette und war sichtlich überfordert von den Wellen, der gesprächigen Bewegung, den Lippenbewegungen der vielen *People,* die ein wenig kieferten. *Partypeople,* die sich im Sprechen verkanteten und verkannten, seine Zigarettenausgabe als Großzügigkeit verkannten, und da war ein Typ mit einem Köcher, mit Pfeil und Bogen wie Armor und kleinen Plüschflügeln am Rücken, und ich musste grinsen, weil, ich wusste es auch nicht. Das Gezischel war ansteckend und das Wummern unter uns die Verheißung, bis wir dran waren, bis wir vor den beiden Glatzen standen, und wir wussten auch nicht. Ein wenig gedrängt, ein wenig bedrängt von den vielen Menschen, die hinter uns warteten, wagte Nico einen Schritt nach vorne, *was?, nicht!, was machst du?*, knirschte ich von der Seite, doch Nico war apathisch, wie nicht mehr bei sich, mit tiefen Furchen unter den Augen griff er zwischen den beiden Mannstürmen hindurch zur Tür und zog sie auf. Hinter uns wurde der Atem angehalten. Ich dachte: *Jetzt werfen sie uns aus der Reihe.* Doch Nico hielt die Tür, hielt mir die Tür auf, die beiden rührten sich nicht, sie nahmen sich zurück. Sie gewährten uns Zutritt und ich drehte mich noch einmal um – die hinter uns wollten es auch so handhaben, wollten es genauso probieren, doch deren Hände wurden geblockt, sofort von den beiden niedergeschmettert, *was zum*, dachte ich noch, doch dann der nächste, der drängendere Gedanke: *Was ist denn das für ein Hammer?* Ich bewegte mich kaum, stand auf der Treppe und konnte spüren, wie sich Verbindungen klinkten, einklinkten in mein Gehirn, vom Ohr in den Kopf, mit Hochdruck, auf Knopfdruck in die Nervenbahnen. Jedenfalls gab ich meine Jacke ab. Nico wollte seine anbehalten. *Es ist doch viel zu warm!* Aber nichts zu machen. Warum auch immer.

FÜNFZEHN

Was soll ich dir erzählen, sage ich zu Marcel, der genüsslich über seine Pistazieneiskugel leckt und mit mir auf die Straßenbahn wartet. Du weißt, wie das ist. Es war, als hätte es ausgesetzt, *es*, die Musik, *es*, die Kraft, der Bass, was weiß ich, mich irgendwo in einem unbekannten Land ausgesetzt, und ich verlor Nico aus den Augen. Ich stand auf der Tanzfläche. Der Bass ließ auf sich warten, zwei kleine Klicks lang, ein Harren, ein Luftanhalten, und als der Bass wiederkam, sich einsetzte, in uns hineinversetzte, *zerfetzt, zerfetzte es die Crowd regelrecht*. Alles war frei und weich und klar. Ein Kraftschub, ein Aufschub, ein kollektiver Tanz und ein umfassender Sprung. Alle hatten teil, das war ja der Witz, bloßer Moment, keine Geschichte, die sich erzählen ließe, nur die Tanzhandlung und Körperlanguage, Booka Shade im Remix, *Body Language* aus Schweiß und irgendwie auch Sex, sage ich zu Marcel, der hin und her, den Kopf vor und zurück schwingen lässt wie ein Huhn und summt, die Body-Language-Melodie vor sich hin brummt, bis er: *Das ist es,* sagt. Nichts anderes hätte ihn hierhergebracht. Wieder zum Kind gemacht werden, ja, auslassen, es einfach laufen lassen, das wär's! Auf allen Vieren kriechen, sich im Dreck suhlen. Die Schnuller auf den Partys, eine Zeit lang unendlich viele Schnuller, und einmal übergab mir jemand eine eingebildete Schlange und sagte: *diese deine blonden langen Haare sind die schönsten!, bitte pass auf mein Baby auf.* Ein Raum ohne Hass, ohne Grenzen. Aber nicht im politischen, nicht in einem ernsthaften Sinn. *Und es ist mir ein Graus, dass ich das jetzt empfinden muss,* sagt Marcel und wirft den Zipfel der Eistüte weg. Was meinst du?, frage ich. *Ich empfinde Hass. Das ist nicht gesund,* sagt er, *mit mir ist eben keine Politik, nichts Politisches oder sonst wie Anständiges zu machen,* sagt er und steigt in die Straßenbahn ein.

SECHZEHN
1999

Nico ging am frühen Silvesterabend neunundneunzig vor dem Haus in der Almbaumsiedlung auf und ab. Er ging zum Zaun, hielt Ausschau, trommelte sich auf die Schenkel. Er hatte sich diesen Abend anders vorgestellt, und ins Gespräch mit sich selbst versunken, versuchte er noch zu verhandeln, noch etwas daran zu ändern. Er gestikulierte, hob die Schultern, winkte ab. Und als er mich erblickte, sah ich ein Gesicht aus weißem Leinen, das hing, das nass und ohne Spannung an seinen Wangenknochen hing. Noch nie hatte ich einen traurigeren, einen einsameren Menschen gesehen. Er zippte seinen Parka zu und kam mir entgegen. *Wir müssen nichts machen, Nico,* sagte ich zur Begrüßung. Wir könnten einfach bei dir oder bei mir bleiben. *Nein, nein, es ist egal, passt schon,* gab er mir zu verstehen. Es wäre zu Hause noch weniger auszuhalten. *Außerdem, Silvester, Millennium,* sagte er und streckte den Arm in die Luft wie zum Partisanengruß. Nicht einmal er würde zu Hause sein wollen, *keinesfalls,* sagte er. Und so zogen wir los mit unserem seelischen Gepäck, auf der Suche nach einem guten Fleck, nach einem Ort, an dem ein bisschen Glück für uns zu bergen war.

SIEBZEHN

Natürlich dauerte es nicht lange und *die Höherberufenen,* wie Marcel sagt, fanden sich regelmäßig im Koma ein. Menschen, die über Pop schrieben und das Zusammenfinden von Pop und Kunst als einen *Gegenstand* begriffen, wie sie sagten, als *ihr Thema.* Was man nicht alles lesen musste, flucht Marcel: von der Tanzfläche als Subversion, von einer Gemeinschaft, die politisch zu verstehen sei, weil verbindend, über Geschlecht und Hautfarbe und alle sonstigen Kategorien hinweg. Über die Nacht als das Andere, als das Unbewusste, darüber wurde sich ausgelassen, über die Nacht als aller Tage Anfang. Ein Ventil sei das für die Gesellschaft. Seelenhygiene. Und dann wurde meist noch ein Baudelaire-Zitat hinzugefügt und, ja, was sollten sie auch sonst schreiben?, fragt Marcel in der Straßenbahn. Sie konnten ja schlecht sagen, dass der einzige Zweck E-Schübe, Lines am Klo und Sex im Keller wären. Das wirkt profan und pervers, schon klar. Da denkt man sofort, die spinnen! Wir wussten es schon immer, die spinnen einfach! Schlecht fürs Geschäft. Schlecht fürs Geschäft wäre das. Und ja, schon klar, ich hab das alles gefördert, bin da mittenrein. Doch, dass wir plötzlich keinen Club, sondern einen *Raum,* in dem wir Politik betreiben und *Diskursräume öffnen,* Safe-Spaces schaffen würden, daran habe ich nicht gedacht, als ich plötzlich mit irgendwelchen Leuten Mineralwasser getrunken und Sätze gesagt habe, wie: *Vielleicht setzen wir uns zusammen, warum nicht, spannend, wir sprechen darüber, lasst uns im Gespräch bleiben, auf jeden Fall, ich hab da auch schon eine Idee, es könnte ja sein, dass wir wirklich nicht allein sind, dass es einen Weltgeist gibt, ja, Kooperation, warum nicht? Lass es uns so machen, wir werden ihn bald sehen, den Geist, nicht wahr?,* und schwupp, da waren sie. Die Initiativen und Vereine. Gegründet von Akademiker-Kiddies, die klug genug waren, einen Förderantrag auszufüllen und sich das wenige Geld des zusammengeschrumpften Kulturetats aufzuteilen. Sollte mir recht sein, dachte ich, sie trugen es immerhin zu uns, da sie sich für eine Veranstaltung einmieten konnten. Das hat uns mehr als einmal das Überleben gesichert. Sicherlich. Aber wir wurden normalisiert. Wenn man so will, wurden wir *kulturell bedeutend,* oder so ähnlich. Absolut vernünftig. Das ist doch die tieftraurige Tatsache! *So traurig auch wieder nicht,* entgegne ich. *Kann schon sein, dass es normaler wurde dadurch. Normalisiert, wie du sagst. Aber hat es uns nicht auch etabliert? Als Nische. Als Widerständige!* Und Marcel winkt ab. Er umfasst die Stange in der Straßenbahn und drückt auf den Knopf. *Ich weiß schon, dass dir das gefällt. Aber diese Vereine kommen und gehen. Und ich habe das Gefühl, dass das Koma nicht mehr mir gehört. Außerdem bleibt zu wenig hängen, Karla. Wir müssen davon leben, und die auch. Das ist zu knapp,* und zack – Marcel springt auf, *da müssen wir raus!,* ruft er und freut sich, freut sich so sehr, dass er beim Sprung aus der Bahn die Hacken zusammenschlägt.

ACHTZEHN
Silvesternacht 1999/2000

Geld hatte ich keines mehr, aber irgendjemand ging einfach neue Biere kaufen. *Ist doch Silvester!* Dann der Kuss von einer Frau mit Zungenpiercing, Bauch an Bauch, ich sagte ihr, wie gut sie roch. Sie schob mich durch das Geschiebe, durch das Gewummer, wir sind keine zwei Meter gekommen, dann kreischte sie auf und warf sich dir an den Hals, Marcel, *weißt du noch?,* frage ich vor dem Falafel-Laden. *Ja! Stimmt! Genau, so war das!* Das ist Marcel, sagte sie. Sie stellte mich dir vor und sie erzählte dir, dass ich in die Stadt ziehen wolle, *am besten sofort!* Und du meintest nur: *Cool!* Dann hast du mir deine Nummer gegeben, melden sollte ich mich einfach. *Du bist cool,* sagtest du zu mir und so zogen wir weiter durch die Menge, *wieder was zieh'n,* sagte sie, und auf dem Weg zum Klo ging eine ganz andere Party, das ist Marcel, der kann dir sicher helfen, sagte sie noch einmal, und dann: *Komm!* Es trotteten uns gravierend Zappelnde entgegen aus den Toiletten, Verstörte. Die schauen uns an, am Boden zwei Zentimeter Wasser, Abwasser, es roch nach Feuchtigkeit und Rauch, und doch saßen welche auf dem Boden, rauchten irgendwas, Halleluja, sagte ich, und wir ins Männerklo, weil weniger los. Und da noch mehr Wasser, und wir verschränkten uns vor den Kabinen, ihre Hand auf meinem Bauch, immer tiefer, sie kramte in ihrer Hose, zog dann die Kabinentür hinter uns zu, mein Speichelfaden auf ihrem Piercing, der sich zog, und wir zogen, zogen dann wieder nach oben, *Was sagst du?,* brüllte mir die Frau ins Ohr, als wir wieder auf der Tanzfläche waren, *dass ich Nico suchen muss, ich bin mit ihm hier und kann ihn nicht mehr finden.* Und dann breitete sie beide Arme aus, *dem wird's schon gut gehen, wir sind hier alle nett,* und sie erzählte mir was von Unterwäsche und zündete mir eine Zigarette an, wir ließen uns von unseren Getränken trinken, Wärme, Schrittkaskaden unter und über und neben uns, als wären wir mit allen und mit allem verbunden.

NEUNZEHN

Um die Wärme, *genau um diese Wärme und Verbundenheit,* würde es ihm gehen, sagt Marcel und lässt sich seine Falafel schmecken. *Sie ist nicht mehr da,* schmatzt er, *einfach nicht mehr da,* während der Kichererbsenbrei aus seinen Mundwinkeln quillt. Die Dame im Falafel-Laden hat mich wiedererkannt. Sie verschwindet im hinteren Teil ihres Imbisses. Dass er das Koma aufgeben werde, wiederholt Marcel. Zu einer Gewohnheit, zu einer Bürde wäre es erstarrt, und ich, ich sage, *ich weiß, dass ich das schon weiß,* werfe ich jetzt ein und will wissen, will endlich wissen, was er vorhat, woher die Umschläge kommen, *das ganze Geld, Marcel. Kommt das von den Prostituierten?* Und er heitert auf. Beinahe klart sein Gesicht, erfreut sich, er freue sich, dass mich die paar Damen so sehr beschäftigen würden. Für ihn wäre das eigentlich nur ein Spiel. *Sogar ein avantgardistisches,* sagt er, *oder ein surrealistisches, ich bin mir da nicht so sicher, was die Begrifflichkeiten betrifft, da bin ich eben doch unsicher,* witzelt Marcel und wischt sich den Mund mit dem Handrücken ab. Ihm würde es eigentlich nur um den Ausdruck gehen. Dinge zueinander bringen, die nicht zueinander finden wollen, obwohl sie sehr gut zueinander passen würden. *All das garniert mit einer Prise feinem Humor,* sagt er und ich sehe ihn im Fenster des Falafel-Ladens gespiegelt. Draußen fährt eine Karawane auf Fahrrädern vorbei. Aus einem Ghettoblaster tönt *Clandestino* von Manu Chao. *Anders wäre das nicht zu ertragen,* meint Marcel und winkt den Vorbeifahrenden zu.

ZWANZIG
Silvesternacht 1999/2000

Nico lag unter Jacken, unter Pullovern und Taschen, zwischen anderen Schlafenden auf einem mit Brandlöchern übersäten Sofa, aus welchem gelblich angesengte Synthetikwolle quoll. Er war nass. Von oben bis unten. *Was hast du denn gemacht?,* wollte ich wissen und versuchte ihn hochzuziehen. Er reagierte nicht. Wie sediert starrte er auf das in seiner Hand blauweiß gleißende Display. *Und wie kaputt das doch alles ist,* brachte er schließlich hervor. Er lallte. Er müsse zurück, lallte er. *Oder ist dir mittlerweile alles scheißegal?* Und ich wusste nicht, ob ich ihm zusprechen sollte, den Mut zusprechen, dass ich bereits Leute kennen würde, dass wir unterkommen würden, *bestimmt! Untertauchen,* schrie ich gepusht von zu viel Euphorie, viel zu viel Energie, *wir müssen jetzt einfach untertauchen!* Jetzt müssten wir es einfach durchziehen. *Nicht unterkriegen lassen!* Aber da war nichts zu machen. Nico war in eine andere Sphäre abgetaucht, *was hast du dir eingebaut?, Nico?* Er rufe sich jetzt ein Taxi, das ihn heim oder zur Polizei bringen solle, oder zuerst zur Polizei und dann heim? *Nein!,* schrie ich ihn an. *Keinesfalls.* Ich wüsste, was jetzt zu tun sei, und stürzte das Klamottenknäuel von seinem Körper, schnappte mir seinen Parka, *komm mit,* und Nico raffte sich langsam auf, schob die anderen Körper von sich, die sich wie Sandsäcke zu einer neuen Formation fallen ließen. Ich schob ihn mit den Händen auf seinem nassen Rücken die Treppen nach oben. Er wankte. Sein Arm hing schlapp an seiner Schulter, als gehörte er nicht mehr ihm. Draußen war es hell. Es schneite.

EIN UND ZWANZIG
1999

Das Enis war eine Dorfdisco, die den VIVA-Trends, den MTV- oder GO-TV-Trends nacheiferte, aber die vielen Jahre als Oberbacher *Tanzkeller,* wie es noch Mitte der Neunziger hieß, nicht abschütteln konnte. Die Einrichtung war weitgehend funktional. Holzvertäfelungen aus den frühen achtziger Jahren schimmerten unter bunter Beleuchtung, und die Tanzfläche war klein. Flankiert wurde sie von festverschraubten Stehtischen und kleinen Tresen. Auf der runden Fläche wähnte man sich in einer Arena, die über wenige Treppenabsätze betreten werden konnte und von allen Seiten einsichtig war. Lichterketten, die an Weihnachtsdeko erinnerten, wanden sich durch den Raum. Eine unproportional große Diskokugel drehte sich mit Unwucht über den Oberbacher Köpfen. Das Publikum war gemischt. Zottelige Slipknot-Shirt-Träger sowie Avril-Lavigne-Fan-Girlies, Mittzwanziger in langen schwarzen Mänteln und dunkel geschminkten Augen sowie Skater in weiten Etnies-Hosen, ein paar versprengte Punk- und Metalheads sowie Blumenkinder in Strickpullovern. Man kannte sich. Der DJ, meist Enis selbst, spielte entsprechend querbeet, was alle unzufrieden zufrieden sein ließ. Aber das Enis war zumindest die erste und einzige Anlaufstelle für all jene, die sich in Oberbach nach einer Kultur abseits der allgegenwärtigen Folklore sehnten. Und so war es auch in der Silvesternacht neunundneunzig für Nico und mich die erste Adresse. Sie stand am Anfang unserer Nacht, die dort, hätte man mich zuvor gefragt, auch zu Ende hätte gehen sollen. Doch aus eben jener Adresse kam Nico gestürmt. Er hatte meine Jutetasche bei sich, meine Jacke. Er zog mich aus der rauchenden Traube vieler bekannter Gesichter. Einfach so. Einfach herausgezogen, und niemandem ist es wirklich aufgefallen. Schon gingen wir schnurstracks drauflos und Nico sagte nur: *Komm, komm mit!* Und ich lief, ich lief ihm eben hinterher, dem Nico.

ZWEI UND ZWANZIG

Marcel lächelt spitz. Er wirkt zufrieden, fast versöhnlich. Beinahe bereit, mir und den anderen, ja sogar den Fahrradfahrenden ihre Verfehlungen zu verzeihen, sie auf sich zu nehmen und einzugestehen, dass er nicht ganz unschuldig war an der angespannten Situation. Dass man sich wieder annähern würde. Dass man sich nicht weiter sorgen müsse, *alles halb so schlimm,* würde er sagen. *Wir finden wieder zusammen,* würde er sagen, nein, *soll er gefälligst sagen!,* denke ich, bemerke aber, dass er spitzt, mit seiner Aufmerksamkeit zu den Nebentischen spickt: *Wird denn das Projekt jetzt gekippt?,* fragt die Mittdreißigerin ihre Tischnachbarin, ganz in schwarz gekleidet, die in ihrer knallroten Handtasche nach ihrem Brillenetui sucht. *Wir haben einen weiteren großen Etat im Visier. So viel dazu,* antwortet die. *Das verlangt aber ein Höchstmaß an Kreativität. Das kann so mancher Kollege einfach nicht bieten. Das müsse uns deutlich mehr beschäftigen als einen künftigen, allenfalls vorläufigen Verlust des ein oder anderen Stakeholders. Wie viel Uhr haben wir denn?* Und beide sehen synchron auf ihr Handgelenk. Sie verschwinden aus dem Laden, die Tür klingelt auf und wieder zu, *weißt du,* sagt Marcel, *die Idee mit den Mädchen, mit den Huren, entstand spontan, sie ist ebenso profan wie spontan,* und ich bin ratlos, sehe der Dame in Schwarz noch hinterher. In der Dämmerung wäre es passiert. In den Morgenstunden, als zwei, drei leicht Bekleidete noch ins Koma eingekehrt wären, da sie wohnten, wohl in der Nähe wohnten, wie Marcel sagt, und die sich nach einer anstrengenden Nacht einfach noch etwas amüsieren wollten. *Privat seien sie hier, haben sie gesagt,* erzählt Marcel, der sie gefragt, der sie angeblich sogar gefragt hatte, als sie bei ihm an der Bar saßen und Averna bestellten. Eine hätte sogar eine Spex dabeigehabt, behauptet Marcel, *und freilich feingehacktes Weißes.* Schnell habe er bemerkt, wie sich Grüppchen an der Bar vorbeischoben. Blicke aus Afterhourgeilheit und Verlangen nach Geborgenheit, die Leere füllt, die die Leere nach nachlassenden Endorphinschüben aufsaugt und das Gemüt wieder aufbaut. *Die Drei fanden es lustig, flirteten, hatten einfach Spaß,* so Marcel. *Und das wiederholte sich von Mal zu Mal. Manchmal tanzten sie ausschließlich, manchmal nahmen sie den ein oder anderen mit nach Hause. Ob sie dafür Geld verlangten? Was weiß ich! Kann mir doch egal sein,* sagt Marcel. Das wäre aber auch nicht entscheidend, denn sie waren ja privat da und frei zu tun, was immer sie wollten. So funktionierten doch diese Partys. Himmel noch eins! Sie konnten sich einen privaten Liebhaber mitnehmen oder einen genehmen Freier. *Wen juckt's?,* fragt Marcel und streift die letzten Krümel vom Tisch. Das sei bei Weitem nicht das Krasseste, *das je im Koma passiert war, Karla. Und du glaubst auch nicht, wer da alles angekrochen kam! Geld leihen? Wieso?, fragte ich stets zurück, während das Gegenüber in sich hineinlachte und ich dachte: ach, ach! Da schau einer an. Interessant.*

DREI UND ZWANZIG

Auch in seiner Wohnung alles leer. Als wäre Marcel nie hiergewesen, schreiben sie. Nur ein Suppentopf in der Küche. Da stünde *Karla* drauf. Da stünde mein Name auf einem Post-it. Und der Zigarettenautomat, *tabaccoland,* hänge an der Wand, schreiben sie. *Was hat das zu bedeuten?,* fragen sie, und ich warte auf Marcel, der die Rechnung bezahlt, der die Rechnung jetzt bezahlt, und ich frage ihn, ob das alles, alles nur des Geldes wegen passiert sei, ob das die Geschichte der Umschläge wäre? *Natürlich nicht,* erwidert er und rückt den Stuhl zurecht. Ich mochte die einfach, *die Huren,* sagt er und faltet einen Zettel auf und liest, verliest laut im Falafel-Laden ein Pamphlet, *Das Pamphlet einer Lustdirne,* wie Marcel uns wissen lässt, und er hebt an, von Dienstverweigerung zu fabulieren, von Boykott. Ob Ehemänner oder Direktoren, Beamte oder Professoren, sie alle werden tanzen, *nach des Dirnenflötenklang.* Wir Kurtisanen wären frei, wo andere in Verpflichtungen steckten, in unerträglichen Beziehungsgeflechten, in moralischen Geboten und *wie die Boten seid ihr stets zum Dienst bereit. Aber ich! Ich schlafe, so lange es mir passt. Ihr spritzt ab, wenn es mir Freude macht,* und bezahlen, ruft Marcel all den Gästen im Falafel-Laden zu, während ich ihn zur Tür schiebe, *bezahlen werdet ihr mich, denn wir sind die Königinnen der Nacht und ihr unsere Untertanen!,* und ich schiebe ihn nach Draußen, mit aller Kraft, peinlich sei das! *Was soll das, Marcel?,* frage ich ihn, doch er lacht. Er strahlt mich an, der Text einer berühmten Kurtisane wäre das. *Keine Ahnung, wie die genau heißt. Findest du den nicht auch geil?* Den habe er von einer der *Huren* bekommen und der Text fasziniere ihn, spräche ihm sogar *aus der Seele,* wie man sagt. Den hätte er gebraucht. Dringend. Die Erinnerung an seinen eigenen Anspruch, mit welchem er das Koma einst eröffnet hätte.

That's the way.
Sofort spornte ich mich fortan
mit der Kraft der Kurtisane an.
Seither scheiße ich auf Richtlinien und Regularien, Codizes und Awareness oder was weiß denn ich! Endlich!, seufzt Marcel und macht eine Kniebeuge, dann zweimal den Hampelmann, und ich springe ihn an. Ich packe ihn an seinem Kragen und frage, ob das Geld also tatsächlich

von den Frauen käme und dass jetzt genug sei, *ich mache nicht mehr mit, Marcel, ich gehe zur Polizei!*

VIER UND ZWANZIG

Silvesternacht 1999/2000

Verteilte Grüppchen standen vor dem Bunker. Sie standen in verstrahlten Gesichtern unter Strom. Die Silvesternacht hatte ihnen beigebracht, dass man vergessen konnte, wie man ging, wie man sprach, und ich schubste Nico an den Grüppchen vorbei, die uns nach Zigaretten fragten. Nico in seinen nassen Klamotten zitterte sich zum Wagen und *was machen wir jetzt?,* fröstelte er, und ich wollte die Schlüssel, *wo sind die Schlüssel, Nico?* Er fummelte nervös in allen Taschen, für einen Moment dachte ich, wir wären verloren, aber der Schlüssel fand sich, friemelte sich aus Nicos Hose, *du kannst doch gar nicht fahren,* warf er mir vor die Füße. *Ich kann. Ich darf nur nicht,* gab ich ihm zurück. *Gib schon her. Volle Fahrt voraus zum Buchenhof. Die sechzehnjährige Elfe übernimmt jetzt die Fabrik.*

FÜNF UND ZWANZIG

Marcel verschränkt seine Arme hinter meinem Rücken. Ich weiß nicht, ob er mich umarmt oder festhält, umgarnt oder mich zurückhält, mich davon abhält, einfach loszulaufen zur Polizei, oder ob er mich besänftigen möchte. Ich drücke gegen sein Steißbein, stoße mich von ihm ab und bin dann sehr verwundert, dass ich keinerlei Widerstand erfahre. Marcel lässt los, *geh nur,* sagt er, wäre zwar schade, dass es jetzt so weit sei, *dass du zur Polizei,* aber er halte mich nicht auf. *Auch wenn es letztlich zu deinem Nachteil ist,* sagt Marcel und bestellt ein Taxi. *Ich habe Zeugen. Ich habe Zeugen, ich kann beweisen, dass das dein*

Geld, sprudelt es aus mir. *Das glaube ich dir,* erwidert Marcel gelassen. *Du kannst zur Polizei, steht dir zu. Geh zu ihnen und händige ihnen Geld aus, das unter Umständen ganz legal mir gehört. Versteuert und abgehoben von meinem Konto. Und ich würde dann sehr froh sein, dass ich es wieder hätte. Aber ich würde mich auch wundern, denn immerhin habe ich es dir geliehen. Warum bringt Frau Ulrika es denn zu euch? Seltsam. Das verstehe ich nicht. Denn stets zu ihren Diensten wäre ich doch, würde ich sagen* und verarschen, er soll aufhören, mich zu verarschen, schüttele ich aus mir, und dann wird er ernst, bilde ich mir ein, dass Marcel jetzt doch noch ernst wird, als das Taxi kommt. *Da, das Taxi,* ruft er aus und schlägt beim Sprung von der Bordsteinkante erneut die Hacken zusammen. *Also, Folgendes: Du kannst mitkommen, Karla, mir die Geschichte von dir und Nico zu Ende erzählen, und ich werde dir die Umschläge näherbringen. Oder du gehst einfach ohne mich deiner Wege. Aber ich muss jetzt,* sagt er und steigt ins Taxi. Und als ich schließlich auch ins Taxi krieche, mich neben Marcel auf die Rückbank setze, wird mir schwindelig. Mir wird sogar richtig hitzig zumute, als hätte sich mein Brustkorb spontan in Brand gesteckt, und da starre ich entsetzt auf den Hinterkopf des Fahrers, auf dessen Mütze, auf dessen schwarze Wollmütze mit den Löchern an der Seite. *Wenden, wenn möglich bitte wenden,* klingt es durch den Wagen, und ich kann nicht sagen, ob es derselbe Kerl, oder ob es vielleicht sein Widergänger ist? Wenn möglich bitte wenden, sagt der Fahrer dann in den Rückspiegel und grinst, er lächelt mich freundlich an, während Marcel klopft, ihm zur Begrüßung auf die Schulter klopft. *Zum Flughafen?,* fragt der Fahrer dann. *Ja, bitte. Ab durch die Mitte!,* frohlockt Marcel.

SECHS UND ZWANZIG
Silvesternacht 1999/2000 und 2006

Obwohl Nebel und Schneetreiben auf den Straßen nach Oberbach regierten, blitzte hinter dem Gestöber immer wieder die Sonne hervor, erzähle ich Marcel in die Taxifahrt. Diese verläuft ruhig. Erstaunlich vertraut vor den FM4-Charts im Hintergrund. Als wäre ich sie bereits gefahren, so scheint mir. Als müsse ich keine Angst mehr haben, da ich weiß, da ich um ihren Ausgang weiß, obwohl ich mich nicht erinnern kann. *Eine seltsame Stimmung, surreale Wetterlage auf unserer Fahrt nach Oberbach,* setze ich meine Erzählung schließlich fort. Und ich berichte den beiden von Nico, der saß, auf dem Beifahrersitz saß er nur in seinen Boxershorts. Die Heizung kochte den Kadett von innen, die Socken lagen auf der Armatur und die restlichen Klamotten hingen irgendwo im hinteren Teil seines Autos. Nico hatte aufgehört zu zittern. Er schwieg angestrengt, bis er irgendwann damit begann, wie Judit zu sprechen, er zitierte sie, ich versuchte nicht darauf zu achten. Wir fuhren auf der Autobahn. Es fühlte sich wie Unbesiegbarkeit an, trotz der Anspannung war ich mir sicher, dass es richtig war, nach Oberbach zurückzufahren, zum Buchenhof. *Dort werden sie uns helfen. Es wäre doch gelacht, wenn wir nach all dem, was wir durchgemacht haben, Kapitulation erwägen würden.* Und dann sprach Nico plötzlich von den Göttern. Von den antiken. Er klang so sehr nach Judit, als er sagte, dass die Götter Humor hätten und lachen würden, *sie lachen sich über unsere Befreiungsversuche kaputt, Karla, ja, sie machen sich nicht nur lustig, sie verhöhnen uns,* sagte er. Wie Kinder würden wir boxen, boxen in einen Papiersack. *Puff. Befreiung verpufft,* sagte er, *nichts zu machen, mehr ist da für uns nicht zu holen. Und weil die Götter Humor haben, schenken sie uns zu Silvester einen bunten Lichterregen. Wenn wir Kinder also am Firmament mit unseren Befreiungsraketen anklopfen, dann zuckt für Sekunden hellbuntes Licht am Stanniolhimmel und es zieht sich ein verglühender Faden in die Schwärze hin. Dafür hat man bezahlt, für den Schein hat man schließlich bezahlt!*, brüllte er, und man würde auch in Zukunft dafür bezahlen, denn letztlich löse sich unsere Hoffnung, die Vergangenheit abzustreifen, in Rauch und Bausch und Nebel auf. *Unsere lächerliche Hoffnung stürzt dann als ausgebrannter Müllklumpen wieder zu Boden und verraucht, verrottet, verendet. Und wir, was tun wir?*, fragte Nico mit Judit in seiner Stimme, *wir jauchzen ooohhh und ahhhhh; und wahrscheinlich wird es für einen Moment tatsächlich befreiend wirken, und vielleicht zieht sich diese Farce deshalb über Stunden, die ganze Nacht über tanzend und trinkend hin, weil wir uns für Sekunden im gleißenden Licht dem Schein hingeben können, es der Zeit gezeigt, der Zeit und ihren Göttern gezeigt zu haben, dass sie vergangen seien und wir den Lauf wieder selbst bestimmen würden im neuen Jahr, weil wir Tatmenschen sind, weil wir Österreicher faschistische Neujahrsvorsatzmenschen sind, schrie Nico ganz im Juditduktus.* Jede Rakete wäre eine lächerliche Geste des Aufstands, jede Pille eine kleine Blähung, die im jämmerlichen Zerbersten münden würde. Ein Furz, verglühend in der Zeit, verglühend im Lauf des kommenden Jahrtausends, so wären wir. Eine Blähung in der neuen Zeitrechnung, die genauso grau in grau und genauso unterschiedslos werden würde für uns wie alle Zeitalter zuvor, mit hoher Wahrscheinlichkeit sogar noch schlimmer. *Die Geschichte kommt über ihren Anfang nicht hinaus, niemals.* Da hätte der Hannes schon recht. *Nur für Ausgewählte, nur auf Auserwählte scheißt der Teufel nicht,* zitierte Nico den Hannes Böhm und schlief ein.

SIEBEN UND ZWANZIG

Genug hätte er jetzt gehört, sagt Marcel. Ein Mann des Ressentiments wäre Nico, sagt er und der Taxifahrer stimmt ihm zu. Unter dem Ressentiment ersticke die Schönheit, Karla, *es erstickt das Spiel,* unter dem Joch des Ressentiments ersticke zuallererst man selbst, führt er aus. Es gäbe dann nur die Vergeltung. Sieh dich vor, Karla, sieh dich vor dem Ressentiment vor, es verstellt dir die Sonne und hindert dich beim Fliegen, es sinnt nur nach Rache, um die ginge es schließlich dem ewigen Nein-Sager, dem verbitterten Trübsalblaser, *aber sie will nicht gelingen, glaube mir,* sagt der Taxifahrer, sie wird nie gelingen, und ich verstehe nicht, frage mich, ob es tatsächlich derselbe Typ oder vielleicht sogar jener Gustav unter der Kapuze ist, den Marcel vorhin in der Gasse traf? Dann sehe ich durchs Fenster. Wir biegen von der Umfahrungsstraße Richtung Flughafen. An den Feldern entlang spaziert eine Frau mit ihrem Hund. Ein kleiner, weiß-braun gefleckter Hund, dem die Zunge frech an der Seite herabhängt. Das Hündchen wirkt, als würde es grinsen, denke ich, und dann springt es, es springt in jenem Moment, als ein Paar an den beiden vorbeispaziert. Der Mann trägt einen Apfel in der Hand, den sich der Hund aber gekonnt klaut, ihm einfach so aus der Hand maust. Alle sind verdutzt. Die Hundebesitzerin schämt sich, windet sich entschuldigend vor den beiden, doch der Mann muss sogar schmunzeln und Marcel ruft aus: *Was für ein Schlawiner! Hast du das gesehen? So muss es sein!*

ACHT UND ZWANZIG

Silvesternacht 1999/2000 und 2006

Wir hatten den Pass geschafft und näherten uns Oberbach. Das Schneetreiben wurde dichter. Er wirkte fast, als würde es wieder dunkel werden, und ich weckte Nico auf, wir wären fast da, sagte ich und Nico hatte Schmerzen, er schüttelte den Kopf, zog sich mühsam das getrocknete Shirt über und zumindest einen der beiden Socken wieder an. Was wir denn im Buchenhof zu suchen hätten, *das bringt doch nichts,* und sein Gesicht verdunkelte sich. Die Lippen wurden blau und ich sagte ihm, dass er ruhig atmen solle. Extreme Zustände, Panik, wären im Buchenhof nichts Negatives. Die Kommune weiß damit umzugehen, sie sehen sie sogar als notwendig an, sagte ich, *als notwendigen Teil einer gelungenen Befreiung von inneren Stauungen.* Dein Zustand, Nico, ist ganz normal, mach dir keine Sorgen. Sie werden dich aufnehmen, da bin ich sicher. Sie werden mit dir reden, weinen, dich ohrfeigen, in die Ecke treiben, dich systematisch bearbeiten, bis alle Lasten aus dir fallen. Es wird dir guttun, die Kommune und du, ihr werdet weitermachen, womit du vergangene Nacht begonnen hast, sagte ich und dann rumpelte es. Der Wagen machte einen Hops. Die Achsen krachten wie zuvor auf dem Waldweg, nur, dass sich jetzt etwas in sie fraß, etwas, das sich in Form eines Streifens in sie hineingeworfen hatte und sich in ihnen verfing, sie versperrte, verklemmte, den Kadett ins Schleudern brachte, in gefühlten Minuten schleuderte der Wagen an den Straßenrand, drehte sich schließlich in den Graben. Was war das? Ein Ast, ein Tier?, fragte ich panisch. Dann das Klopfen, das Pumpen, die sirrenden Sekunden, bis heute in meinen Ohren. Nico drehte sich um und sagte nur: *Nicht, nicht hinsehen.*

Und ich sehe Marcel jetzt ins Gesicht, das ungerührt die News auf FM4 vernimmt. Ich möchte ihn fragen, ob er überhaupt versteht, ob er verstanden hat, was ich sage, doch bevor ich fortfahre, wendet er sich kurz und knapp zu mir, zieht die Augenbrauen hoch und zwinkert.

NEUN UND ZWANZIG

Nachdem Marcel den Fahrer bezahlt hat, lädt er zwei große Koffer aus dem Kofferraum. Mein Handy vibriert, ich gehe ran. Sage, dass ich im Augenblick nicht sprechen kann, dass wir am Flughafen wären und gleich bei der Gepäcksabgabe und dem Sicherheitscheck, dass ich mich melde, versprochen, immer wieder: *versprochen,* und Marcel nimmt mich an der Hand. Die Luft in der Abflughalle ist viel zu kalt. Die Schlangen vor den Gepäckannahmestellen halten sich in Grenzen und ich möchte Marcel beschwören anzuhalten, dass ich noch nie jemandem diese Geschichte erzählt hätte und dass ich wisse, wie sich das anhörte, doch Marcel lässt mich nicht, unterbricht mich, erstickt mich im Keim. *Karla,* sagt er dann, *ich werde dir nicht verraten, woher das Geld kommt. Das kannst du vergessen.* Das wäre aber auch nicht die entscheidende Frage. *Sondern?,* frage ich und bin verwirrt, dass er nicht nach Nico, nicht nach mir und dem Unfall, dass er kein Wort darüber verliert. Was ist denn die entscheidende Frage?, dränge ich. *Was wir mit dem Geld anstellen werden, natürlich, das ist entscheidend,* jubiliert Marcel so begeistert wie ein Animateur in einem Kinderclub. *Komm mit mir, komm einfach nach,* sagte er dann. *Wir verwenden das Geld in Kapstadt, bis der Verkauf der Wohnung und des Clubs geregelt ist. Ich habe mir was überlegt, da gibt es einen narrensicheren Weg! Einen Gustavweg! Pack deine Sachen, buch auch einen Flug und mach einfach, was ich dir sage. Oder, Karla, immer langsam,* sagt er dann, *bevor du jetzt gleich aus der Haut fährst – du behältst das Geld.* Was? Warum?, stößt es aus mir, spucke ich buchstäblich in Marcels Gesicht, der es sich schmunzelnd trockenwischt. *Ja, du verwendest es, um die Verbindlichkeiten des Koma zu begleichen, und der Laden samt Wohnung gehört dir. Du findest schon einen Weg. Einen Weg, es zu speisen, in den Betrieb einzuspeisen. Dann kannst du machen, was du für richtig hältst mit dem Club. Mach Kunst oder ein Puff daraus, mir egal. Du bezahlst mir monatlich Miete und Pacht. Wenn jemand das kann, dann doch du, stimmt's?* Und ich bin baff, wie, was, was machst du denn in Kapstadt? *Neuanfang!*, sagt er dann. Oder am Strand liegen. *Worin der Unterschied besteht,* fragt er sich selbst. *Gute Frage!*

DREISSIG
Silvesternacht 1999/2000 und 2006

Nico telefoniert. Ich höre nicht, was er sagt. Er telefoniert und dann telefoniert er erneut. Ich weiß, dass er die Schuld auf sich nehmen wird, obwohl ich ihn nicht recht hören kann, habe ich ihn genau so verstanden. Er ist ganz bei sich, während mir das Blut in den Ohren rauscht und ich mich von mir selbst entferne. Er wirkt wie ein Platzanweiser. Er weiß, was zu tun ist. Er stellt ein Warndreieck auf, macht die entsprechende Blinkanlage an. Er schlüpft sogar in die signalgelbe Weste. Dann öffnet er die Fahrertür. Er führt mich um die Schnauze des Wagens herum, setzt mich auf den Beifahrersitz, verschließt die Tür hinter mir. Er nimmt die Schuld auf sich, ich sage nichts, ich sagte nichts, das bräuchte er für sich, sagte er, sage ich vor mich hin, sage ich zu Marcel nicht laut, es war taub, in meinem Kopf war es laut und taub. Marcel nimmt meine Hand, drückt sie, und Nico schreitet durch das Schneetreiben zurück. Ich sehe, wie er sich bückt, zu dem am Boden liegenden Körper, nur ich, hörst du Marcel, ich bin gefahren! Und ich sehe, wie Nico erneut telefoniert, sehe, wie Marcel sich von mir löst, mir über die Hand streift, lass dir Zeit mit deiner Entscheidung, sagt er, und in meinem Kopf kommen die Sätze an, dass Nico sich noch nie so sicher gewesen wäre, dass ihn der Gedanke augenblicklich gefangen genommen hätte, sich zu stellen. Wie eine Vision wäre es gewesen, die er jetzt leben wolle. *Bestimmung,* sagte Nico, sage ich noch zu Marcel. *Ich verstehe das,* bekräftigt er und steht ungerührt vor mir mit seinen beiden Koffern, *wie eine Bestimmung, nimm sie mir nicht weg,* und ich sehe Nico im Schnee sitzen, sehe, wie er dann das Fahrrad aufstellt und den Korb wieder an die Stange klemmt. Ich kann mich nicht bewegen. *Ich werde hierbleiben, Marcel,* sage ich und in der Ferne hörte ich die Signalhörner der Polizei. Wachbeamte in meinem Sinn, nein, das dürfte die Rettung, ein Krankenwagen sein, dachte ich.

EIN UND DREISSIG

Marcel ist weg. Er verschwindet nach dem Sicherheitscheck im Bauch des Gebäudes. Er dreht sich nicht mehr um. Das Geld hätte ich ja längst. Er freue sich, *egal was kommt,* und wünsche mir alles Gute. Dann ist er auf und davon. Ohne Wehmut, Anklage oder gar Reue. Jederzeit könnte ich ihn besuchen, jederzeit könnte ich machen, könnte ich es ihm nachmachen. Das solle ich nicht vergessen. Zelte abbrechen ginge am besten mit einem Flugticket. *One Way.* Sein Anwalt, oder war es der Notar?, würde sich bei mir melden. *Der Gustav,* grinst er. Und dann ein Küsschen auf die Wange. Mehr Wange an Wange, es stupft sein Bart. Dann schon die Reihe, die Taxischlange vor dem Flughafen. Es knallt die Sonne auf deren Dächer. Ich bin geblendet und suche den Fahrer von vorhin. Dann geht bei einem Wagen die Beifahrerseite auf. Der Wollmützentyp beugt sich zu mir, als wüsste er schon. Ich sage ihm, dass wir Nico finden müssten, und ich ziehe mir die Schuhe aus. *Meine Fersen jucken,* sage ich. Der Fahrer nickt, er wisse wohin. Und schon scheren wir aus, schon schert er mit seinem Wagen aus der Reihe.

FSC
www.fsc.org
MIX
Papier | Fördert gute Waldnutzung
FSC® C106954

Das bei der Produktion dieses Buches entstandene CO_2 wurde durch die Finanzierung von Klimaschutzprojekten kompensiert.

Druckprodukt mit finanziellem
Klimabeitrag
ClimatePartner.com/17357-2507-1002

Die Drucklegung dieses Buches wurde gefördert von:

STADT : SALZBURG
LAND SALZBURG
Linz Kultur L_nz

ISBN 978-3-7013-1333-4

www.omvs.at
info@omvs.at

Otto Müller Verlag GmbH
Ernest-Thun-Straße 11
5020 Salzburg
Österreich

Lektorat: Christine Rechberger
Gestaltung: wir sind artisten
Autorenfoto: Philip Brunnader
Druck und Bindung: Florjančič Tisk D.o.o, Maribor